冷戰與中國文學現代性

王曉珏——著

康凌——譯

MODERNITY WITH A COLD WAR FACE

Reimagining the Nation in Chinese Literature across the 1949 Divide

—— By ——

Xiaojue Wang

一九四九前後

重新想像中國的方法

目次

如得其情，哀矜勿喜

王德威

《冷戰與中國文學現代性》處理二十世紀中期中國政治的劇烈變動及其文學表徵。一九四九前後國共內戰導致台海對峙，影響至今不息。針對這一課題兩岸文學史從來高調處理，建國與淪陷，集權與民主，共產主義與資本主義，革命與離散，甚至邪惡與善良等二元辯證都是耳熟能詳的論述。這類論述雖然有其道理，但不足以說明歷史情況的詭譎以及文學曲折的回應方式，也忽略了國共內戰與世界局勢的聯動影響，等而下之者則成為口號宣傳的附庸。

王曉珏教授的專書即以此為出發點，在「內戰」之上，以「冷戰」作為關鍵詞，重新思考現代中國文學的分裂性與世界性。她認為，冷戰期間的中國以前所未有的程度捲入國際體系，而文學作為具有社會意義的象徵性活動，投射了從個人到家國，從台海到國際的重層關係。不僅如此，文學所銘刻的種種教訓並不因時間消逝而遠去。新世紀以來全球亂象此起彼落，冷戰幽靈捲土重來。當此之際，我們必須再度叩問文學與政治的關聯何在。

有關「冷戰」的緣起莫衷一是，此處我們選擇具有文學性的說法。一九四五年十月十九日，英國小說家喬治．歐威爾（George Orwell）在報紙專欄使用「冷戰」一詞，描繪核戰爭陰影下的世界，並警告這樣的世界將會是「沒有和平的和平」。有鑒於一九四五年八月初廣島、長崎的原子彈爆炸的巨大災難，歐威爾預見一種前所未見的戰爭——與和平——模式。與此同時，歐威爾發表了著名的《動物農莊》（Animal Farm），劍指方興未艾的共產主義正如福音般蠱惑全球。

二次大戰結束以來，由美國與蘇聯分別領導的民主、集權陣營形成，新興國家鵲起，德國、越南、朝鮮統治權分裂，形成以後數十年對抗局面。五十年代末中國企圖主導第三世界力量，帶來更多變數。但這是「沒有和平的和平」年代。冷戰各方一面叫陣，一面談判；一面打開此前帝國殖民強權僵局，一面四處煽風點火，唯恐天下太平。世界大戰總在一觸即發的邊緣，區域戰爭從韓戰到越戰，再到以色列、巴勒斯坦衝突，未嘗或已，軍備競賽、核武威脅尤其變本加厲。九〇年代初蘇聯解體，結束冷戰格局。但觀諸今日全球，後冷戰陰影只有較前更有過之而無不及。

王曉珏指出，一九四九國共內戰創痛慘烈，但只有在方興未艾的全球冷戰脈絡裡，才更能體會其牽一髮而動全身的意義。「冷戰」以其「冷」傳達了暴力的新形式，影響所及，也改變了廣義文學書寫與閱讀方法。相對於上世紀第一、二次世界大戰的電光石火，冷戰各方爾虞我詐，衍生成耗時耗力的持久戰。美蘇各自動員「代理人」國家，化整為零，決戰千里之外，韓戰、越戰和以阿戰爭莫不如此。冷戰的底線是核武。有了廣島、長崎原爆的前車之鑒，民主和共產陣營其實理解核武一旦爆發，將導致人類文明萬劫不復，但為嚇阻對方，以核武先發制人又成為必要之惡。

弔詭的是，在不斷置換代理人、延宕終極戰爭到來的過程中，冷戰仰賴的不再只是先進武器彈藥，而竟然是日新又新的修辭話術。師出必須有名，敵我意識形態或曰真理必須上綱上線，談判、妥協與拖延一樣極盡曲折之能事。媒介宣傳成為冷戰的前哨戰。同一機制的對立面則是監控、消音，是惡之欲其死的迫害。「文」與「政」的相互為用在傳統中國其來有自，二十世紀中期因全球冷戰而被完全「現代化」了。知識分子和藝文人士首當其衝，原因無他，大敵當前，攘外必先安內，而文藝被視為最不可捉摸的力量。

如王曉珏指出，國際冷戰論述和一九四九的國共內戰論述其實互為表裡。共產黨和國民黨鏖戰的後台，是美蘇勢力的隔空過招。「不是敵人，就是同志」的二元辯證主導一切。在其下的則是道德感傷主義，是雙向妖魔化的犬儒主義，或更極端的，類宗教的原罪主義及其逆反——虛無主義。夏志清先生以一九五〇年代台灣作家姜貴（一九〇八—一九八〇）小說《旋風》（一九五九）為例，指出極端意識形態者有如色情狂，都是杜斯妥也夫斯基筆下的「著魔者」（the possessed，典出杜氏同名小說）。《旋風》原名《今檮杌傳》，檮杌者，怪獸也。

文學作為中國知識分子和文人「興觀群怨」的方法，從來沒有如此兇險多變。寫什麼，怎麼寫，可以是身家性命的考驗，墨水的代價往往是血水。正是在這樣的觀察下，王曉珏叩問，難道這就是冷戰時期的中國文學麼？置身後冷戰時代的我們，應該以什麼樣的態度和方法回顧一九四九前後的狂熱與憂傷，同時反省新時代的偽善與暴虐？在摩尼教式（Manichaean）非此即彼的對立話語中，在政權高壓的機制下，我們如何抽絲剝繭，體會作家文人言不由衷的表白，曲折曖昧的心事，甚至挖掘深藏「抽屜裡的寫作」？

更重要的，王曉珏點出這些作家的遭遇不僅為中國文學裂變的抽樣，更應該被視作「世界中」的文學現代性的見證。藉此，王召喚一種激進的詮釋學，從而還給那個時代的作家一個公道。她強調，文人對抗歷史無明的方式可以是真刀真槍、遇堅即摧的吶喊彷徨，但更是漫長無盡的見招拆招——一種隱身術，一種障眼法。她引用本雅明（Walter Benjamin）論布德萊爾（Charles Baudelaire）棲身中產社會的的比喻，謂之為「祕密懷有著對他的本階級及其統治的不滿的特工」。[1]的確，冷戰時期的中國作家效忠黨國、為王前驅者固不乏人，但調動文字力量，從事「隱微寫作」者才更彰顯了這個世代的寫作政治之風險，寫作倫理之艱難。

《冷戰與中國文學現代性》第一章介紹一九四九前後，國共雙方文藝論述的鬥爭。在延安，毛澤東推出〈新民主主義論〉（一九四〇），劃定中國文學現代性從近代到現代，再到當代的三段論路線，以此對應無產階級革命的進程。毛的立論在〈在延安文藝座談會上的講話〉（一九四二）之後落實為行動綱領；文藝創作的目的無他，就是為政治服務。一九四九毛更乘勝追擊，發表〈論人民民主專政〉，強調以黨（人民）領政，管控階級與上層建築。論者常指出毛的「專政」與葛蘭西（Antonio Gramsci）的「領導權」（hegemony）間的對應，但毛及其從者對權術的操弄又豈是葛蘭西在獄中的喃喃話語所能相比？跨過台灣海峽，國民黨政權痛定思痛，早在一九四八年五月頒行〈動員戡亂時期臨時條款〉，次年追加〈臺灣省戒嚴令〉，確立所謂白色恐怖治理模式。一九五三年蔣介石又提出《民生主義育樂兩篇補述》，強調規訓生活、導正審美活動的迫切性，不啻重回一九三〇年代新生活運動的宗旨。台海國共政權之外，殖民地香港獲得意外的言論空間。除了左右文化勢力各說各話外，旅港的新儒家徐復觀、唐君毅、牟宗三、張君勱於一九五八年發表〈為中國文化敬告世界人士宣言〉，力倡以儒家學說開出民主科學、復興中華之道。

這些論述正是冷戰格局下，對中國之命運所形成的「大說」。它們是政治的，因為攸關家國方向，甚至成為治國綱領。它們也是文學的，因為不論左右，其實都是作為「想像中國的方法」。歷史的後見之明可以指出這些大說的漏洞和偏頗，但卻必須正視其發生的邏輯性。同樣令我們深思的是，如何看待這些論述的遺產。毛澤東置下的緊箍咒帶來多少腥風血雨，陰霾至今猶存，蔣介石的育樂政策則早已煙消雲散。徐、唐等人的儒家民主說曾被視為封建餘毒，曾幾何時，中共卻偷梁換柱，由批孔改為尊孔。如今孔子學院遍佈全球，彷彿是後冷戰的灘頭

1 Walter Benjamin, *Charles Baudelaire: A Lyric Poet in the Era of High Capitalism*, trans. Harry Zohn（London: Verso, 1983）, p. 104n1.

堡。

本書其他各章處理沈從文、馮至、吳濁流、張愛玲、丁玲等作家個案。從國共「內戰」語境而言，作家的立場或進或退，皆有跡可循，但從國際「冷戰」語境而言，他們的處境和選擇陡然變得複雜起來。丁玲以《太陽照在桑乾河上》（一九四八）獲得一九五一年史大林文學獎二等獎，一躍而成社會主義世界文學名家。然而不過四年，她淪為毛澤東整肅的階下囚；在中蘇關係急劇惡化的年月，國際樣板作家的頭銜也難保她的命運。張愛玲一九五二年出走香港，為謀生計，成為美國新聞處譯者和寫手；她的反共作品不折不扣的是文化冷戰的一環，卻每每透露弦外之音。吳濁流成長於日據時期台灣，戰後台灣回歸中國，一九四九後成為美國第七艦隊協防下的反共堡壘。吳徘徊在去殖民、後殖民、再殖民的身份選項中，左支右絀。日文小說《亞細亞的孤兒》寫盡一代台灣知識分子的惶惑。沈從文和馮至同屬現代主義京派作家，抗戰期間同在西南聯大任教，戰後卻因立場不同分道揚鑣。馮至經由歌德和里爾克參詳出毛澤東的偉大，決定皈依；沈從文則在一九四九年自殺未遂後被迫退出文壇，後半生與古文物為伍，文革後以「出土文物」姿態成為諾貝爾獎提名的常客。

王曉珏處理這些個案，一方面專注他們各自創作的曲折軌跡，一方面思考個人生命如何與時代的必然和偶然相互消長。他們演繹一則又一則悲喜劇，有身不由己的無奈，也有奮不顧身的自豪；有或沉默或叫囂的決絕，也有婉轉多姿的機鋒——或是譏諷。其中沈從文一九四九前後從精神病院走向博物館的經歷，無疑最能撼動讀者。三十年代的沈從文以鄉土文學享譽中國，抗戰初期已經開始思考中國現代性的條件不必局限於啟蒙和革命。他從文學、音樂和民間工藝美術中發現更為抽象——其實也更為具象——的形製，投射民族復興的審美願景。沈從文的願景註定一廂情願。內戰末期他被打為反動作家，一九四九年三月底，在北平解放的歡欣中，他陷入精神狂亂，自殺未遂。

王曉珏以精神分析理論討論沈從文的「發狂」，不禁讓我們聯想魯迅《狂人日記》的意義。面對分崩離析的世界，瘋狂或精神分裂彷彿成為唯一的逃逸路線。同樣瘋狂的隱喻也見諸吳濁流的《亞細亞的孤兒》。台灣客家青年在日本和中國，殖民現代性和民族主義現代性中上下求索，終於失去理智。《亞細亞的孤兒》原以日文寫成，十年之後才輾轉譯為中文出版。這其中三地跨文化的錯位，失語以及無語的痛苦，還有世紀末台灣本土派對「孤兒意識」的重新包裝，在在凸顯冷戰所投射的碎片化世界觀。

沈從文與丁玲結識於二十年代，可謂患難之交，但三十年代各奔前程。丁玲遠赴延安，一躍而為左翼紅人，沈則轉入學院。到了共和國建國前夕，兩人已形同陌路。丁玲日後所遭受的迫害苦難眾所周知，但最為人不解的是文革平反後，她對黨、對主席的忠誠熱愛只有變本加厲。另一方面，與沈從文曾是西南聯大同事的馮至早年留德，深受歌德啟蒙與浪漫文學影響，以精妙詩歌從事生命沉思。但這樣一位沉靜的詩人兼學者也不能免於革命狂飆；他以歌德式的

「決斷」投向毛記天堂。馮至的變和丁玲的不變，形成尖銳對比。

有關丁玲和馮至的政治與文學選擇，評者見仁見智。王曉珏強調這兩位作家所經過的心路歷程，還有所遭受的肉身試煉，並不亞於更能得到讀者同情的沈從文或吳濁流。如上所述，她捨棄了善惡分明的二元論，分析這些作家的洞見與盲點。丁玲九死不悔的意識形態狂熱何嘗沒有一種荒謬主義般的堅持？馮至從歌德到歌功頌德，畢竟代表他徘徊在形而上的寂寞深淵多年後，所作的形而下的縱身一躍。王曉珏對這兩位作家給予同情的理解：不論救贖或沉淪，他們活出了時代的矛盾。

本書以張愛玲的冷戰蹤跡最為高潮。張愛玲一九四九前後的遭遇已有大量學術研究。王曉珏所關心的是張如何遊走鐵幕內外、東西之間，將她個人的冷戰戰線拉長為一生的文字糾纏。五六十年代的張愛玲既為美新處撰寫反共小說、翻譯美國經典，也為電懋公司打造煽情或逗笑的劇本；既中英並用，改寫、重寫、翻譯自己熟悉的小說題材，也一頭栽進《紅樓夢》研究。於此同時，她來往於日本、香港、台灣及北美各地。七〇年代越戰結束，冷戰似乎偃旗息鼓，張卻幽幽的發表新作、舊作，一再召回那個風雨如晦的世代。《雷峰塔》、《易經》、《色，戒》、《小團圓》、《海上花》、《紅樓夢魘》、《對照記》……。張的飄忽不定，「不識時務」，不啻是冷戰幽靈的最佳對話者——「時代是倉促的，已經在破壞中，還有更大的破壞要來……」

《冷戰與中國文學現代性》是北美學界第一部全方位研究冷戰與中國及華語文學的著作。

王曉玨首開風氣，可記一功。藉著五位作家跨越一九四九的經歷，她寫出了極端的年代裡，「何為中國」的漂移性。只有從外部的、冷戰的視角，才能窺見其複雜的層次。在她看來，中國在冷戰陰影下的分裂，不僅源自於國內或國際的意識形態對抗，更是未完成的、彼此競爭的、不同的想像現代中國的模式下的產物。

同樣值得注意的是，王曉玨處理這樣嚴峻的題材，下筆卻自有收放的尺度。如前所說，作為一本反思冷戰意識形態的專書，她首要的挑戰就是如何摒除冷戰式的意識形態二元論與道德感傷論。此書從大處著眼，因此批判之餘，更見包容。張愛玲在《傳奇》序言如是說：

> 不記得是不是《論語》上有這樣兩句話：「如得其情，哀矜而勿喜。」這兩句話給我的印象很深刻。我們明白了一件事的內情，與一個人內心的曲折，我們也都「哀矜而勿喜」吧。[2]

如得其情，哀矜勿喜。見證歷史的暴虐、人性的摧折，我們油然而生恐懼與悲憫。這是《冷戰與中國文學現代性》的倫理要義吧？此刻全球和兩岸敵我喧囂，新冷戰甚至熱戰「惘惘的威脅」

2 張愛玲，《傳奇》序（台北，皇冠出版社，1983），頁二。

再起，一切恍如昨日。閱讀此書，能不感歎我們從過去學到了什麼？曉珏多年治學唯精唯勤，我有幸見證她的成長與專志，也佩服她直面歷史大課題的用心。謹志閱讀所得，聊為共勉。是為序。

王德威

哈佛大學東亞語言與文明系講座教授、中央研究院院士

中文版序

王曉玨

我現在為《冷戰與中國文學現代性》的聯經中文版寫序，正值全球新冠疫情逐漸退去，俄烏戰爭持續，加薩走廊危機爆發之時。自二〇一九年，美國主流媒體開始頻繁使用「新冷戰」這個概念來評介中華人民共和國和西方的關係變化，數年之間，這種論調愈演愈烈。「新冷戰」其實並不新。當年撰寫本書的英文原著時，正逢九一一恐怖襲擊。我攻讀東亞和比較文學博士的哥倫比亞大學，位於紐約城上西區，一直是美國知識界最活躍的中心。當時，美國主流媒體對恐怖主義的描述，動用了許多冷戰時期的二元對立的話語和修辭。一時之間，有關新冷戰時代的到來的言論，甚囂塵上。從政治霸權到文化宗教衝突，學界對文化冷戰興趣猛增，與此不無關聯。

在這本書裡，我所關注的中心問題是，如何處理二十世紀中葉國共內戰以來中國知識分子經歷的種種危機和挑戰，及其對中國現代文學發展的影響。在我動筆構思此書時，學界對一九四〇、五〇年代的文學關注甚少，而且往往局限在新文學、現代文學、當代文學、反共文學或者建國文學等框架之中。如何在聚焦國族與文學的傳統文學史之外，尋求新的研究視角？一九四九年中國所經歷的地緣政治變化不僅是兩黨多年對抗的結果，同時也是二戰結束以來全球冷戰格局形成的一個重要組成部分。如果把中國文學放入冷戰研究的範疇，會帶來什麼樣新的視角、語言、文學和時空架構呢？處於亞洲與世界的冷戰格局之中，如何重新尋求中國文學或者華語文學在興起的世界文學中的定位？這正是我通過此書提出的主要議題。為中國文學研究引入冷戰研究這個新的範疇，本書希望警醒並批判簡單固化的冷戰二元對立的思維邏輯，在文學文化多元性中尋找人文的共通性，探索並揭示中國現代性中的那些細微而複雜，多元化的層面。

一九四九年之後，中國文學版圖呈現出多元的、跨地緣政治疆界的格局。冷戰開啟的地理學，在政治、文化、語言層面上引發了歧義紛呈的族群、疆土和現代主體性的想像，生成了新的邊界、中心、路徑、網絡與交叉點，並帶來了新的冷戰文化地形圖。本書成書以來，北美學界對中國文學的研究也經歷了極大的拓展，從中國現代文學、海外華人文學、華語語系文學一直到近些年王德威教授深入論述的華夷語系文學，都在回應著一個關鍵問題：在二十世紀中葉以來的全球地緣坐標系中，如何定位以各種華語甚至夷語寫作的多元的「中國」文學。當前新冷戰乃至所謂新新冷戰的爭論，圍繞華夷之辨展開的激烈討論，在在證明了，本書提出的問題絕非明日黃花，而是具有持續相關性和當下迫切意義。

自從本書的英文版問世以來，文化冷戰研究已蔚然成風，成為北美學界重要的學術領域。隨著更多的檔案開放，學術著作精采紛呈，在英文世界如雨後春筍一般出現。筆者一方面為文化冷戰研究取得的深度廣度高興，同時也覺得無法加以引用和對話，深以為憾。此處略提自本書英文版寫作出版後，文化冷戰研究領域出現的幾個新的重要研究方向，以及其中主要論著，作為補充。因篇幅原因，不能一一點到，只能有待將來專文補足。

近十年間，北美文化冷戰研究重點經歷了非常重要的轉向，不再只是集中於美蘇兩大國之間的文化競爭，而轉向了全球不同區域的政治經濟環境中出現的具體的文學、電影、音樂、文化機構、城市設計，乃至日常生活方方面面的問題。文化冷戰研究學者亞當・皮特（Adam Piette）在其《文學冷戰：從一九四五到越南》一書中開門見山地指出，在英語世界中，直至步入千禧年，冷戰文化研究僅僅關注歐美地區的文化現象，這是一種缺陷，這種以美蘇為框架的研究模式急需打破。[1]安德魯・哈蒙德（Andrew Hammond）則進一步提出「全球冷戰文學」（global cold war literature）這一新的批評範疇，把冷戰研究範圍擴展到全球，強調「對冷戰時期文化創作研究的關鍵點在於，必須承認冷戰的影響力波及全球範圍。」[2]

在新一代的文化冷戰研究中，美國和亞洲的關係和亞太地區研究問題成為熱點。幾部重要學術專著著力論述美國作為冷戰時期太平洋地區新霸主，如何在太平洋地區通過文化途徑，以

1 Adam Piette, *The Literary Cold War: 1945 to Vietnam* (Edinburgh: Edinburgh University Press, 2009).

2 Andrew Hammond, *Global Cold War Literature* (London and New York: Routledge, 2012), p. 2.

各類方式和策略，聯合、收編亞洲的在地資源。亞洲、離散亞洲以及亞美群體在文學文化層面，如何面對和反思分裂與整合。《冷戰東方主義》討論美國冷戰時期的中產階級文化是如何想像亞洲的，[3]該書作者克莉絲蒂娜・克萊恩（Christina Klein）考察了冷戰時期美國在亞太地區進行的「自由亞洲」的整合，以及與中產階級文化作品之間的千絲萬縷的聯繫。她認為，冷戰時期美國在亞洲的擴張過程中，一種新型的殖民主義和東方主義是齊頭並進的。克萊恩的第二部專著《冷戰世界主義》則聚焦朝鮮半島南北分裂後的南韓，考察一九五〇年代韓國導演韓瀅模的電影世界，討論冷戰時期的美國文化如何滲入日常生活的點點滴滴，並在銀幕上充分顯現，以此定義一種在自由亞洲浮現的冷戰世界主義。[4]《帝國的終點》則試圖定義「冷戰整合」（Cold War integration）這個新概念，以挑戰傳統的對立與分野的研究範疇，強調美國冷戰時期對亞洲的策略以文化整合為主，其目的在於建立美國在太平洋地區新帝國霸主的地位。[5]在《冷戰式友誼》一書中，約瑟芬・朴（Josephine Park）考察了冷戰對韓國和越南戰爭移民的影響，尤其是韓戰和越戰在多大程度上決定了亞裔美國人的歸屬感。[6]

陳光興的《作為方法的亞洲》和筆者的《冷戰與中國文學現代性》則嘗試在全球冷戰框架中重新思考二十世紀中葉以來的華語文學。[7]亞洲的文化生產在全球冷戰文化研究中的重要性逐漸凸顯出來。王梅香深入研究了自由亞洲協會和亞洲基金會等非政府組織在冷戰初期台灣和香港的文化活動和作用。[8]單德興、王智明等學者也陸續推出對冷戰文化台灣的研究。對自由亞洲的文化生產的關注也越來越多，包括筆者對冷戰時期香港電臺文化的研究，傅葆石、沈雙等學者對亞洲基金會和《中國學生周報》的研究。[9]學界對東南亞華語社會的研究也不斷深

---

3 Christina Klein, *Cold War Orientalism: Asia in the Middlebrow Imagination, 1945-1961* (Berkeley: University of California Press, 2003).

4 Christina Klein, *Cold War Cosmopolitanism: Period Style in 1950s Korean Cinema* (Oakland, California: University of California Press, 2020).

5 Jodi Kim, *Ends of Empire: Asian American Critique and the Cold War* (Minneapolis: University of Minnesota Press, 2010).

6 Josephine Park, *Cold War Friendships: Korea, Vietnam, and Asian American Literature* (New York: Oxford University Press, 2016).

7 Kuan-Hsing Chen, *Asia as Method: Toward Deimperialization* (Durham: Duke University Press, 2010); Xiaojue Wang, *Modernity with a Cold War Face: Reimagining the Nation in Chinese Literature across the 1949 Divide* (Cambridge, MA: Harvard East Asian Center, 2013).

8 王梅香，〈冷戰時期非政府組織的中介與介入：自由亞洲協會、亞洲基金會的東南亞文化宣傳（一九五一—一九五九）〉，《人文及社會科學集刊》三二卷一期（二〇二〇年三月），頁一二三—五八。

9 Xiaojue Wang, "Radio Culture in Cold War Hong Kong," *Interventions: International Journal of Postcolonial Studies* 20.8 (2018): 1153-170; Shuang Shen, "Empire of Information: The Asia Foundation's Network and Chinese-language Cultural Production in Hong Kong and Southeast Asia," *American Quarterly* 69.3 (September 2017): 589-610. 傅葆石，〈文化冷戰在香港：《中國學生周報》與亞洲基金會，一九五〇—一九七〇〉（上），《二十一世紀》一七

入，徐蘭君和傑瑞米・泰勒等學者的貢獻尤其重要。[10]

近幾年興起的又一個文化冷戰研究重點是，把冷戰和亞非拉地區的去殖民運動連接起來進行考察。金珍妮（Jini Kim Watson）二〇二一年的專著《冷戰清算》揭示了獨裁統治並非自由民主的不足形式，而是冷戰與去殖民化糾葛的結果。本書專注於美國在亞太地區的幾個盟友的反共政策和國家暴力基礎設施，包括韓國的軍事獨裁、菲律賓的馬科斯統治、李光耀治下的新加坡，以及蘇哈托的印尼，分析了這些區域冷戰時期的詩歌、小說、作家會議紀錄、漫畫和電影等文化文本。[11] Peter Kalliney在二〇二二年出版的著作《美學冷戰：去殖民和全球文學》中探討，亞非拉殖民地在語言和文化自主性方面對冷戰文化帝國主義的回應，去殖民地區的作家們試圖利用蘇聯和美國的各種文化外交網路資源，在一定意義上得以發展自己的美學項目，爭取一定程度的自主性。[12]

筆者這本著作*Modernity with a Cold War Face: Reimagining the Nation in Chinese Literature across the 1949 Divide*原書由美國哈佛大學亞洲中心於二〇一三年出版。寫作和成書過程，得到我的父母、兄姊和我的家人的全力支持，並受益於眾多師長和朋友的建議和幫助。首先感謝我在北京大學德語語言文學系的導師孫鳳城教授和哈佛大學日爾曼語言文學系的導師裘蒂絲・瑞恩（Judith Ryan）教授。孫先生是馮至於一九四九年之後在北京大學培養的最早的一位女弟子，而瑞恩教授是里爾克研究的重要學者，兩位先生的指導對我完成馮至、德語文學和中國文學現代性一章頗有裨益。在構思和寫作本書的過程中，我在哥倫比亞大學的兩位導師，王德威教授和胡伊森（Andreas Huyssen）教授，在無數次求教和討論中給予了最及時的幫助，他們的熱情、耐心和學術涵養，使我受益匪淺。夏志清先生年事已高，不辭辛苦，不但為我的博士資格考試主考了張愛玲和中國文學現代性，而且作為我的博士論文委員會的成員，悉心審閱評議了我的整部博士論文，感激之情，無以言表。還有許多的師友也在我的寫作和出版過程中給予了無私的幫助：廖炳惠、梅家玲、柯慶明、張淑香、陳平原、張誦聖、Kevin M. F. Platt、Karen Redrobe、Josephine Park等教授們，感謝他們的啟發與洞見。宋偉杰仔細閱讀了書稿，提供了寶貴的意見；胡金倫精心審校全稿，提供了無私的幫助。尤其感謝我的導師王德威教

三期（二〇一九年六月），頁四七—六二；傅葆石，〈文化冷戰在香港：《中國學生周報》與亞洲基金會，一九五〇—一九七〇〉（下），《二十一世紀》一七四期（二〇一九年八月），頁六七—八二。

10 Jeremy Taylor and Lanjun Xu eds, *Chineseness and the Cold War: Contested Cultures and Diaspora in Southeast Asia and Hong Kong* (New York: Routledge, 2022).

11 Jini Kim Watson, *Cold War Reckonings: Authoritarianism and the Genres of Decolonization* (New York: Fordham University Press, 2021).

12 Peter Kalliney, *The Aesthetic Cold War: Decolonization and Global Literature* (Princeton, N.J.: Princeton University Press, 2022).

授，從最初在哥倫比亞大學肯特堂研讀一九四〇年代的中國作家作品，理解他們在歷史劇變之際經歷的痛苦和無奈，到後來我自己親身經歷了現實的風浪與考驗，才明白冷戰從來沒有結束。冷戰的鬥士和解放的囚徒，何曾逝去；柏林牆倒掉了，但學院裡冷戰的橋頭堡依然聳立。多年以來，是王老師一直支持和鼓勵，諄諄教導，讓我體會到時代劇變時那一代知識分子之立身立命，其中的沉重與真正的勇氣，更讓我感悟到，王老師作為一代學人的楷模，治學為人，其中的寬廣與深厚。

非常感謝復旦大學康凌教授將此書譯成中文。康凌是美國聖路易斯華盛頓大學陳綾琪教授的高足，是非常出色的現代文學學者。譯文完稿之後，又經我數次修改、補寫和審訂。書中如有訛誤，應該由我負責。感謝美國羅格斯大學研究委員會為中文版出版給予的慷慨資助。感謝胡金倫先生鼎力促成此書在聯經出版公司的出版。一併致謝本書編輯團隊的悉心幫助和支持。

導論

本書從二十世紀出現的對中國現代性的諸多想像出發，回望中國一九四九年的分裂。它將考察中國文學中彼此競爭、融合及衝突的那些想像現代中國的模式，它們或在大陸，或在台灣、香港，或在海外，跨越地緣政治的裂隙，並置身於全球冷戰的語境之中。上述考察將提出理解中國之分裂的方式，並展現那些未完成的或是被壓抑的理念與理想，是如何在後冷戰時代的政治、文學與文化中重新浮現出來。藉由對藝術與政治、國族與敘述之間的微妙關係的討論，我將探究二十世紀中期，中國知識界在文學文化層面，如何回應了冷戰中國的國家分裂。這些文化實踐和探索中產生的思考至今仍在影響著華文世界中形形色色的政治與文化事件。

一九四九年標誌著二十世紀中國歷史、文學和社會發展的一個重要轉捩點。隨著國民黨政府遷台，中國大陸社會主義政權的確立，冷戰意識形態在東亞地區豎起的竹幕無可規避地橫亙於台灣海峽。中國在意識形態與領土兩方面都分裂為若干不同的政治與文化實體——大陸、台灣、香港、海外，導致數以百萬計的中國人流離遷徙，背井離鄉。如同那些發生在德國、越南、朝鮮的割裂一樣，中國也經歷了冷戰的分裂。在其對二十世紀的國家分裂的研究中，羅伯特·謝弗（Robert K. Shaeffer）指認出兩種截然不同的模式：「一種是英國的殖民地，如愛爾蘭、印度、巴勒斯坦，另一種是由二戰末期強權國家的軍事占領所導致的，如德國、朝鮮、中國和越南。」[1]前者是以種族為界的單邊隔離，而後者則是一個多邊過程，是冷戰的產物。

儘管國共兩黨在內戰（一九四六—一九四九）期間均依美蘇衝突所生之勢而立，但是，東亞冷戰的兩極構造，以及大陸與台灣隔海對峙局面的形成，卻是由另一場熱戰——朝鮮戰爭——的爆發而確立的。朝鮮戰爭（一九五〇—一九五三）導致了杜魯門政府在外交防禦政策上的劇烈變動——先前，台灣是被排除在美國的西太平洋防衛圈之外的。[2]美國意識到，中共如若占據台灣，將使其得以控制「日本與馬來亞之間的航道，因此威脅菲律賓、琉球、乃至日本本土」，並由此嚴重地損害太平洋地區的安全與美國在此的利益。因而，在美國出兵朝鮮半島不久之後，它便派出其第七艦隊巡航台灣海峽，以遏止中共與國民黨的軍事行動。[3]儘管新

---

1 Robert K. Schaeffer, *Severed States: Dilemmas of Democracy in a Divided World* (Lanham, MD: Rowman & Littlefield, 1999), p. 89.

2 見 John Lewis Gaddis, *The Long Peace: Inquiries into the History of the Cold War* (New York: Oxford University Press, 1987), pp. 80-86; Gordon H. Chang, *Friends and Enemies: The United States, China, and the Soviet Union, 1948-1972* (Stanford, CA: Stanford University Press, 1990), pp. 72-75.

3 Jian Chen, *China's Road to the Korean War: The Making of the Sino-American Confrontation* (New York: Columbia University Press, 1997), p. 116. 此書對朝鮮戰爭中太平洋地區的國際政治局勢提供了詳盡的分析。關於冷戰對立在東亞的形成，見John Lewis Gaddis, *We Now Know: Rethinking Cold War History* (New York: Oxford University Press, 1997), pp. 54-84. 不論就東亞而言，還是就研究更充分的歐洲而言，學界似乎都沒有就冷戰的分期達成共識。有些學者認為東亞於一九四八年開始加入冷戰（見Akira Iriye, *The Cold War in Asia: A Historical Introduction* [Englewood Cliffs, N.J.: Prentice Hall, 1974], pp. 164-165）。不過其他人認為衝突在更早的一九四五

成立的中華人民共和國對朝鮮戰爭的參與事實上阻礙了毛澤東（一八九三—一九七六）發起另一場解放台灣的常規戰爭的計畫，它也同時延緩了蔣介石（一八八七—一九七五）反攻大陸的野心。[4]所以，美國對台海局勢的介入，不僅中斷、乃至最終延阻了國共之間的直接軍事衝突，更促成了台灣海峽這一地緣政治邊界的形成，最終在共產主義大陸與美國支持的「自由」島嶼之間，確立了冷戰意義上的對立關係。

自二十世紀末開始，北美學界對文化冷戰的興趣日益增長。越來越多的研究開始關注冷戰時期東西方政府如何借助文化的武器，競爭意識形態與文化霸權。[5]其中翹楚當推桑德斯出版於一九九九年的專著《文化冷戰：中央情報局和文藝世界》（Frances Stonor Sauders, *The Cultural Cold War: The CIA and the World of Arts and Letters* [New York: New Press]），仔細鉤沉了在美國和歐洲，中情局通過對藝術家和知識分子團體的隱祕資助進行的種種反共文化項目；尼古拉斯・卡爾二〇〇八年的《冷戰與美國新聞署一九四九—一九四九》（Nicolas J. Cull, *The Cold War and the United States Information Agency 1945-1989*）一書，對美國新聞署在冷戰期間的公共外交方面的參與與介入進行了完整的描述；以及安德魯・魯賓二〇一二年的《權威的檔案：帝國，文化和冷戰》（Andrew N. Rubin, *Archives of Authority: Empire, Culture, and the Cold War*），作者探究了美國中情局的文化自由協會（The Congress for Cultural Freedom）如何以反共為名力推某些特定作家，以塑造跨國世界文學的新經典。對蘇聯陣營的文化考察，當推考特的《舞者叛逃》一書。這本巨著為蘇聯和冷戰西方國家之間的文化競爭提供了重要的歷史考察，包括戲劇、電影、音樂、芭蕾、繪畫以及展覽，包含了蘇聯冷戰期間的表演和文化活動的

年中就開始了。維斯塔德（Westad）的《冷戰與革命》（*Cold War and Revolution: Soviet-American Rivalry and the Origins of the Chinese Civil War, 1944-1946* [New York: Columbia University Press, 1992]）認為東亞的冷戰始於中國內戰的開始。與台灣相關的敘述，見George H. Kerr, *Formosa Betrayed* (Boston: Houghton Mifflin, 1965), pp. 396-397. 本書已由陳榮成譯為中文，見柯喬治，《被出賣的台灣》（台北：前衛出版社，一九九一）。

4 在美國介入台灣海峽之後，台灣的民國政府才開始受到大量的經濟與軍事援助，開啟了它在隨後的數十年內的經濟增長。關於一九五〇年代初東亞革命運動的興起及其對西方、尤其是對美國的挑戰，見Michael Hunt and Steven Levine, "The Revolutionary Challenge to Early U.S. Cold War Policy in Asia," in *The Great Powers in East Asia, 1953-1960*, eds. Warren I. Cohen and Akira Iriye (New York: Columbia University Press, 1990), pp. 13-14；另見Odd Arne Westad, "Rethinking Revolution: The Cold War in the Third World," *Journal of Peace Research* 29.4 (November 1992): 455-64, 和*Cold War and Revolution: Soviet-American Rivalry and the Origins of the Chinese Civil War, 1944-1946* (New York: Columbia University Press, 1992).

5 參見Frances Stonor Sauders, *Cultural Cold War: The CIA and the World of Arts and Letters* (New York: New Press, 1999); Nicolas J. Cull, *The Cold War and the United States Information Agency 1945-1989* (Cambridge: Cambridge University Press, 2008); Andrew N. Rubin, *Archives of Authority: Empire, Culture, and the Cold War* (Princeton, N.J.: Princeton University Press, 2012).

詳盡紀錄。[6]

美國以反共為名在東亞進行的冷戰操作遠超軍事部署的範圍。通過由中情局（CIA）與美國新聞署（USIA）資助的自由亞洲委員會（後來更名為亞洲基金會）等機關，美國致力於意識形態、文化與媒體的戰爭，以此進行文化宣傳與宰制。這些美國的冷戰組織不僅一起精心炮製出美好的美國故事，更在包括香港與台灣在內的冷戰的前沿陣地，資助了一系列文學與文化活動。而在冷戰疆界的另一邊，蘇聯的宣傳機器掀起了一場同樣激烈的藝術與文學戰爭。莫斯科的國際政治宣傳機構，包括戰後的共產黨和工人黨情報局（COMINFORM），致力於說服其冷戰對手以及其他社會主義國家，蘇聯是未來的潮流。在中蘇結盟期間，蘇式的社會主義現實主義遍及共和國社會的各個領域，從文學、音樂到舞臺，從設計、建築乃至日常文化生活。[7]

柯偉林（William C. Kirby）在其一九九八年四月提交給美國國會的報告中斷言，與其他任何歷史時段相比，冷戰高潮期間的中國以前所未有的程度深刻地捲入了國際體系。[8]在排外的意識形態陣營中的表面的孤立，悖論性地強化了國家對世界政治與文化格局的參與。准此，任何對一九四〇年代末以後的中國政治、文學與社會的批判性思考都必須考慮到扎根在中國語境中的冷戰話語框架。冷戰格局的特徵在於一種二元對立的思維邏輯，它的基本架構是善與惡、資本主義與共產主義、民主與極權之間的絕對的對立，如同摩尼教式（Manichaean）的非此即彼的對立話語。這種無盡的二元論在毛澤東那篇著名的新年獻詞的精神中昭然若揭。一九四八年十二月三十一日，正當共產黨即將在內戰中打敗國民黨之際，毛澤東在中共新華社廣播了一篇社論，號召中國人民將革命進行到底。他熟練地運用寓言式的修辭，引述「農夫與蛇」的故事，以勸勞動者警惕尚未死去的「蛇」：「況且盤踞在大部分中國土地上的大蛇和小蛇，黑蛇和白蛇，露出毒牙的蛇和化成美女的蛇，雖然它們已經感覺到冬天的威脅，但是還沒有凍僵

---

6 David Caute, *The Dancer Defects: The Struggle for Cultural Supremacy during the Cold War* (New York: Oxford University Press, 2003). 關於蘇聯的國際政治宣傳，見Frederick C. Barghoorn. *Soviet Foreign Propaganda* (Princeton, N.J.: Princeton University Press, 1964).

7 關於中蘇關係，見Odd Arne Westad ed., *Brothers in Arms: The Rise and Fall of the Sino-Soviet Alliance, 1945-1963* (Washington, DC: Woodrow Wilson Center Press, 1998). 關於一九五〇年代的中蘇文化交往和關係，見沈志華、李濱（Douglas A. Stiffler）編，《脆弱的聯盟：冷戰與中蘇關係》（*Fragile Alliance: The Cold War and Sino-Soviet relations*）（北京：社會科學文獻出版社，二〇一〇），尤其是傅朗（Nicolai Volland），〈政治認同：1950年代中國與蘇聯，東歐的文化交流〉，頁九三—一一三；何冬暉，〈鋼鐵是怎樣煉成的〉，頁一一四—一四一；陳庭梅，〈蘇聯電影的引進〉，頁一四二—一六七；關於蘇聯對共和國建築的影響，見K. Sizheng Fan, "A Classicist Architecture for Utopia: The Soviet Contacts," in *Chinese Architecture and the Beaux-Arts*, eds. Jeffrey W. Cody, Nancy S. Steinhardt and Tony Atkin (Honolulu: University of Hawai'i Press / Hong Kong: Hong Kong University Press, 2011), pp. 91-126.

8 William C. Kirby, "Lessons of Modern Chinese History, To the US Congress, April 1998," *Chinese Historical Review* (Spring 2004): 15-22.

呢！」最後，毛澤東要求「處在革命高潮中的中國人民除了記住自己的朋友以外，還應當牢牢地記住自己的敵人和敵人的朋友。」[9]他的講話設定了一種非此即彼的框架：要麼留在本方陣營，要麼到敵人那邊去。自此以降，正如錢理群所觀察的，「新中國」的孩子們都學會了將人分成兩個種類：「好人」與「壞人」。當遇到壞人時，他們將毫無顧惜。[10]世界自此以鮮明的二元話語被區分為兩個敵對的陣營。

在這種二元論修辭中，一九四九年被普遍地視為歷史時間中的一次激烈的斷裂，同時，它也影響、主導了冷戰中國的研究。一九八〇年代末，冷戰格局中的劇烈的地緣政治變動——包括台灣解除戒嚴與大陸的天安門事件——再次將關於一九四九年的分裂是否標誌著冷戰時代的開端這一爭議問題推向前臺。歷史學界與社會科學界已經開始質疑將一九四九年視為中國歷史發展中的一次根本斷裂這一傳統看法。許多歷史學家與社會科學學者嘗試以通觀整個世紀的方式，重新思考二十世紀中國的歷史與社會，以此聯結由一九四九所表徵的歷史斷裂。[11]

在中國文學研究領域中，現存的範式以一九四九年為分界線，輕便地將二十世紀中國文學分為一九四九年之前的現代文學與一九四九年之後的當代文學。這種範式認為，一九四九年的分裂為中國文學現代性的發展劃上了一個突兀的句號，並開啟了一段由台海兩邊的政治極權主義所導致的文學歧途時代。這樣一種理解方式不僅將這一轉型時段中的大陸與台灣作家視為純粹的受害者撇在一邊，更對香港和其他華語語系地區的作家視若無睹。近年來，學者們已經開

始重新審視一九四九變遷在中國文學發展中的意義。[12] 在中國大陸，錢理群與賀桂梅將廣受

9 毛澤東，〈將革命進行到底〉，收入中共中央毛澤東選集出版委員會編，《毛澤東選集》卷四（北京：人民出版社，一九九一），頁一三七七。

10 錢理群，《一九四八：天地玄黃》（濟南：山東教育出版社，一九九八），頁三〇五。

11 見 Paul A. Cohen, "Ambiguities of a Watershed Date: The 1949 Divide in Chinese History," in *China Unbound: Evolving Perspectives on the Chinese Past* (London and New York: Routledge, 2003), pp. 131-47. 他指出，在歷史上，中國歷史研究的代表性期刊《民國》（*Republican China*）在一九九四年改名為《二十世紀中國》（*Twentieth-Century China*）以反映對一九四九年分裂的這一新思考。其他的學術研究如William C. Kirby, "Continuity and Change in Modern China: Economic Planning on the Mainland and on Taiwan, 1943-1953," *Australian Journal of Chinese Affairs* 24 (July 1990): 121-41; Jeffrey N. Wasserstrom, *Student Protest in Twentieth-Century China: The View from Shanghai* (Stanford: Stanford University Press, 1991); Elizabeth J. Perry, *Shanghai on Strike: The Politics of Chinese Labor* (Stanford: Stanford University Press, 1993); Philip C. C. Huang, "Rethinking the Chinese Revolution: An Introduction," *Modern China* 21.1 (January 1995): 3-7; Gail Hershatter, *Dangerous Pleasures: Prostitution and Modernity in Twentieth-Century Shanghai* (Berkeley: University of California Press, 1997); Jeremy Brown and Paul G. Pickowicz ed., *Dilemmas of Victory: The Early Years of the People's Republic of China* (Cambridge, MA and London: Harvard University Press, 2007).

12 中國大陸學者的研究見錢理群，《一九四八：天地玄黃》；賀桂梅，《轉折的時代：四〇—五〇年代作家研究》（濟南：山東教育出版社，二〇〇三）。北美中國文學研究界的例子見Pang-yuan Chi and David Der-wei Wang, *Chinese Literature in the Second Half of a Modern Century: A Critical Survey* (Bloomington: Indiana University Press,

忽視的一九四〇年代文學推到前臺。在北美學界，王德威肇啟克服一九四九之界的嘗試。在重新考察一九五〇年代台海兩邊的共產小說與反共小說時，王德威論述了這對冷戰宿敵在極盡能事妖魔化對方時，是如何運用了相似的文化修辭。二〇一一年出版的文集《一九四九以後：當代文學六十年》收入了來自大陸、香港、台灣及海外的中國文學學者的文章，試圖重新思考一九四九之變對一九四九年以後的中國文學發展的影響。[13]然而，對於二十世紀中葉中國文學的一個通盤的考察依舊有待完成。

本書認為，在中國文學研究中重新審視一九四九年的斷裂具有至關重要的意義。如果我們把二十世紀中葉的中國文學不僅僅還原到一九四〇、五〇年代的地緣政治與時代氛圍當中，而更將其放置於世界範圍的冷戰文化這一更大的思想框架中來考察，那麼這種重新定位對原有的二十世紀中國文學的書寫，會帶來何種新的視角和新的問題呢？在此「全球冷戰文化」的框架中重新思考中國現代文學，是否能幫助我們走出一貫的內向審視的民族文學研究的拘囿，而且是否有助於我們打破以政治編年來思考文學演變這一主導方法呢？一九一九、一九三七、一九四五、一九四九，文學史上的「關鍵年代」總是由政治史來決定。如果打破文學的政治時空，更多地思考文學演變自身的軌道，使得每一個「關鍵時刻」同時也是「反關鍵時刻」，那麼這種新的時空定位，是否能為二十世紀中國現代文學的書寫，以及中國現代化進程的描述，開創新的批評空間呢？通過思考這些問題，本書希望引入新的研究平臺和解讀視角，重新測繪二十世紀中國現代文學的發展軌跡。

文化冷戰研究也促使我們重新思考國族與敘述的概念。從文學文化角度思考中國、朝鮮與德國的國家分裂，我們會意識到，國族和主權劃分這些概念的定義過程中，本身已經充滿了矛盾、劃界與分裂的綜合症狀。國共政權都以文學為武器，來再現他們各自所謂的中國認同，並指責對方為冷戰的敵對方，由此，兩者並未意識到，在互相摒棄中，他們已然互相定義了自身存在的意義。

一、超越冷戰的道德感傷主義

在這一部分，我將質疑後冷戰時期在學界與大眾觀點中的關於中國之分裂的敘述中所內涵的道德感傷主義。面對著或征服或抵抗、或背叛或忠誠這樣的話語框架，我們需要格外的謹慎。下面，我集中討論兩類方式的批判論述：在對冷戰時期中國智識心態的反思中，這兩種論述雖然試圖去克服冷戰式的二元對立話語，然而，卻以意想不到的方式，最終加強了這種話

2000).

13 王德威、陳思和、許子東主編，《一九四九以後》（香港：牛津大學出版社，二〇一〇）。

語。它們不自知地深陷於同樣的二元論修辭之中，認為冷戰分裂中的中國知識分子要麼成為英雄般的異議分子，要麼迫為悲劇式的受害者，再或者便淪為極權核心力量的可恥的同謀者。我把這兩種批評邏輯稱為冷戰感傷主義，冷戰式的「如果……會如何」的假設話語。

第一種「如果」式假說，在許多關於二十世紀中期中國知識分子的回憶寫作或學術研究中，不難見到。這些研究反省中國知識分子如何在精神與肉體上經歷毛時代愈演愈烈的政治災難——反右運動、大躍進運動、文革等等。其中，一種強烈的感傷情緒昭昭可見。知識分子成為不可把控的政治運動與歷史意外的可悲的受害者，這一看法成為共識。而壓在紙背的問題正是：「如果」這些知識分子事先能夠預見將會發生的一切，他們還會做出同樣的抉擇，留在社會主義中國嗎？這樣一種以過去完成式虛擬語氣提出的問題預設了現成的答案：如果他們能夠預料到他們在一九四九年後所要面對的一切，他們也許會做出不同的選擇；如果是這樣，那麼他們的知識生涯將不會過早地終結；如果是這樣，那麼現代中國文學與文化的整個版圖將被重繪；諸如此類。

在這些假定的「如果」問句之下，存在這樣一種假設：在當時的政治困境之外存在著另一種選擇的可能性，在共產主義極權主義的疆界之外存在著另一種空間。如果他們能在其他地方——或台灣、或香港、或海外——繼續自己的知識活動與貢獻，那麼中國現代性的軌跡將會截然不同。這樣一種冷戰假設雖然貌似指向了不可逆轉的業已逝去的時間結構，真正指向的，其實是空間維度：一個位於冷戰分隔另一邊的替代性的地緣政治實體。由此，以一種意想不到的方式，這種感傷主義思路固化了它所試圖批評的那種二元論框架。當代的這種驅邪儀式無非召喚出了冷戰迷思的亡靈，並使之永垂不朽。

查理斯・奧博（Charles J. Alber）的專著《擁抱謊言》（*Embracing the Lie*），是丁玲研究中舉足輕重的作品。[14] 這部研究著重討論了丁玲的共和國歲月。在轉向共產主義以前，丁玲是中國現代文學最先鋒和前衛的女性作家。丁玲曾經是對共產主義中國的研究中最受歡迎的「文學異見者」。[15]在經受了二十年的政治整肅之後，丁玲重現文壇，抱持極左的激進態度，許多研究者對此困惑不解。奧博寫道：「丁玲讓我徹底幻滅了，我甚至不再認為這位作家值得這麼多的關注。」[16]他的批判表達了一種深刻的困惑：像丁玲這樣一位飽受壓迫的文學異見者，怎

---

14 Charles J. Alber, *Embracing the Lie: Ding Ling and the Politics of Literature in the People's Republic of China* (Westport, CT and London: Praeger, 2004).

15 關於共產中國的左翼異議作家的最好的研究之一，見Merle Goldman, *Literary Dissent in Communist China* (Cambridge, MA: Harvard University Press, 1967)。關於一九五〇年代中期共和國的文學、文學政治和政治統治的研究，見Rudolf G. Wagner, *Inside a Service Trade: Studies in Contemporary Chinese Prose* (Cambridge, MA and London: Harvard University Asia Center, 1992).

16 Charles J. Alber, *Embracing the Lie*, p. 2.

能在歸來之後變得更為執著於毛主義的革命話語？更不用說，正是這種意識形態，曾終結了她的文學生涯，並招致了最為激烈的幻滅經驗：羈押、重體力勞動、公開虐待、羞辱。讓這位學者失望不解的是，在所有這些苦難結束之後，丁玲並沒有和她的許多同代人一樣變成極權主義的抗爭者，沒有為歷史的暴力提出證言，或至少寫下一些表達遺憾或懺悔的篇什。[17]與此相反，她比以往更為堅定地「捍衛自己的政治信用與可靠性，重新確認自己作為一名中國共產黨黨員的忠誠，並維繫自己作為一位老派的革命者的聲譽。」[18]

奧博總結道，「丁玲的悲劇在於，她出賣了自己的正直，換來了在黨內的合法地位……沒有什麼東西能補償一個人失去的正直；擁抱謊言沒有任何榮耀可言。」[19]從道德角度出發的批評話語，掩蓋了批評者自己的幻滅式假定之下一種更為根本的焦慮：如果丁玲預見到了她將面對的事件，她會做出不同的選擇。然而，丁玲的「左傾」作派擊碎了這種不證自明的假說。看起來，丁玲很有可能根本不會做出不同的選擇：在新的撥亂反正時期，當丁玲獲得了相對自由的選擇空間時，反倒變得愈發革命和激進。或許從來就沒有什麼所謂的另一種選擇——當時沒有，現在也沒有。對於壓迫式的政治環境的過於倉促的指責，不過是強化了冷戰的對立模式，其所確證的，只是批評者自身的道德正當性。它不可避免地將二十世紀中期中國文學的許多複雜面向，排除在了考察範圍之外。

如果說第一種處理二十世紀中期中國文學的方式將作家的失語歸罪於國家的政治壓迫——

不論是毛主義還是國民黨的政治高壓，並玄想出某種假定性的外在世界的存在，從而忽略了內在於文學本身的問題，那麼第二種批評方式則暴露了晚近的學術研究中另一種危險的傾向。

我們再來看一看第二種冷戰的「如果」式假說模式。葉兆言是一位崛起於後毛時代的重要作家。葉兆言的文章，〈圍城裡的笑聲〉，討論了錢鍾書的小說《圍城》（一九四八）在一九八〇年代晚期重新流行的文化現象。其中一段思考，格外發人深省：

> 如果說錢鍾書放棄小說創作，和一九四九年的變化有關，那麼沈從文早在此之前，差不多已經處於停頓狀態。好在這兩人後半生都在創作之外找到別的替代品。錢鍾書完成了學術巨著《管錐編》，沈從文成為考古學方面的第一流專家。巴金和師陀沒有放棄寫作，他們所做的努力，似乎更多的是和過去告別，想成為自己並不熟悉的新型作家。為什麼巴金不沿著《第四病室》和《寒夜》的路子繼續寫下去，為什麼師陀不

---

17 這方面最重要的作品有：巴金的《隨想錄》（北京：北京人民出版社，一九八〇）；周一良的《畢竟是書生》（北京：北京十月文藝出版社，一九九八）；季羡林的《牛棚雜憶》（北京：中共中央黨校出版社，一九九八）。

18 Charles J. Alber, *Embracing the Lie*, p. 285.

19 Ibid., p. 287.

再寫《果園城記》和《無望村館主》這類作品，簡單的解釋是環境不讓他們這麼寫，可是張愛玲跑出去了，有著太多可以自由寫作的時間，也仍然沒寫出什麼像樣的巨著。在漫長的時間裡，竟然沒有一位作家能仿效曹雪芹，含辛茹苦披閱十載，為一部傳世之作鞠躬盡瘁，死而後已。[20]

葉兆言的觀察為我們的討論提供了一個有效的起點。他認為，政治迫害並非這些作家在一九四九年後寫作停滯的首要原因，這些作家在一九四九年的轉折時期經歷了各種變故：有的作家終結了文學生涯，有的經歷了自我改造，有的轉向共產主義寫作，還有一些自願或不自願地進行流亡。葉兆言的論述明確地克服了上文所討論的第一種思想模式中所蘊藏的外在政治迫害的話語邏輯。但是，他的反思卻暴露出另一種冷戰思維的陷阱。在仔細分析了作家們在一九四九年以後所面臨的困境後，葉兆言斷言「根源於我們作家內心深處的創作欲望和動機，是不是出了什麼問題。」[21]他進一步推想：「如果寫作真成為中國作家生理上的一部分，不寫就手癢，就彷彿性的欲望，彷彿饑餓感，彷彿人的正常排泄，結局或許不會這樣。」[22]如果作家們擁有了這樣的寫作欲望，那麼他們或許會繼續為後世而寫作，即便是以一種祕密的方式，就如古代的曹雪芹那樣。

葉兆言由是總結到，是作家自己剝奪了自己的可能性。有意思的是，他將文學寫作的終結歸咎於中國作家缺乏一種特定的內在驅動力。如何解析這種神祕的、利比多般的寫作驅力中所具有的政治意涵？任何熟悉二十世紀最後十年間中國的文化思潮的人都會注意到，這種貌似內在的驅力所指向的，並非佛洛依德式的食色驅力。這裡，佛洛依德式的術語掩蓋了一種後毛時代中國知識分子揮之不去的深切的焦慮。這種焦慮體現在各種各樣對「文化英雄」的追尋中，譬如自一九九〇年代以來的對陳寅恪（一八九〇—一九六九）和顧准（一九一五—一九七四）的文化形象的重構。[23]他們所試圖建構的這種理想化的文人成為思想上的英雄或烈士，正如帕斯捷爾納克（一八九〇—一九六〇）和索爾仁尼琴（一九一八—二〇〇八）這樣的史達林極權主義下的蘇聯作家，而後者正是葉兆言這一代文人所深深追慕的。

20 葉兆言，〈圍城裡的笑聲〉，《收穫》四期（二〇〇〇），頁一四九。
21 同前注。
22 同前注。
23 在重構被歷史抹去的知識分子方面的最有影響力的著作包括陸鍵東，《陳寅恪的最後二十年》（北京：生活・讀書・新知三聯書店，一九九五）；張紫葛，《心香淚酒祭吳宓》（廣州：廣州出版社，一九九七）。關於陳寅恪、顧准、錢鍾書等消失於社會主義思想史中的知識分子的歸來的意義，見楊早，〈九十年代文化英雄的符號與象徵〉，收入戴錦華主編，《書寫文化英雄：世紀之交的文化研究》（南京：江蘇人民出版社，二〇〇〇），頁一八—四五。

因此，葉兆言所謂中國作家不具有寫作的內在驅力的說法，可以被更為準確地翻譯為這樣的判斷：中國作家沒有勇氣寫作。葉兆言的思路，或更準確地說，葉兆言的期待中所內含的是，寫作構成了一種抵抗社會主義話語霸權的方式。顯然，上述思路中所蘊藏的前提是，面對意識形態霸權，知識分子只有兩種選擇：投降或是抵抗。然而，這樣一種對立本身正是冷戰的摩尼教式修辭的產物。在他對冷戰文學的批評中，葉兆言反而強化了他所試圖消除的那種二元話語。正如本書各章試圖表明的，這些作家的經歷要比簡單的對抗或受難來的複雜得多。呼籲抵抗的策略與訴諸政治外援一樣具有破壞性：兩者都遮蔽乃至否認了真正的另類選擇，以及存在於總體性自身內部的解放潛動力。這兩種反思路徑都過分簡化了問題，它們將思想領域視為一條單行道，一切均自上而下從高高在上的霸權流向下方的知識分子，由此，它們固化成為一種單向度式的觀念。

在這兩種類型的道德感傷主義中，論者均訴諸一種簡化的二元對立法，一邊是個體的道德完整性，另一邊是一種邪惡的、失控的歷史進程。葉兆言的喟歎所呈現的，是一九八九後籠罩著後天安門時期中國大陸的思想幻滅感。此間，原本被中國知識分子認為是溫和的國家再一次鎮壓了試圖在後毛時代提倡第二輪啟蒙與現代化的民主實踐。在士氣消沉之中，大陸知識分子再次回顧一九四九年的分裂，回顧民國時代那些面對著中國現代化進程中的激烈轉型時刻的先驅者們。當他們致力於表彰這些悲劇英雄對文化的堅守，慨歎他們在共產黨或國民黨治下不可避免的犧牲時，或許並沒有意識到其自身的道德焦慮反映了一種自負的抵抗修辭。在討論現代時期的中國文學與政治的轉型時，這種簡化的二元論所揭示的與它所遮蔽的或許不相上下。冷戰批評的這種取消自身的批評能量的可能性，是冷戰研究學者必須時時警醒的首要危險。

第二次世界大戰以後，德國經歷了東西分裂，成為美蘇兩大陣營在歐洲冷戰對峙的前沿。聯邦德國的重要作家沃爾夫岡—科本（Wolfgang Koeppen）在其代表作《草叢裡的鴿子》中，敏銳地描繪和探討了冷戰時期東、西德分裂後慕尼克的日常生活政治。他寫道，「張力、衝突，你就生活在張力場之中，東方世界、西方世界，你就生活在裂縫之上，或許，就在隨時會裂開的裂縫介面之上。」[24]這的的確確道出了每個身逢冷戰的個人所無以規避的生存現實。如何面對發生在社會生活各個層面上的二元對立的分野，這也正是處於東亞冷戰格局中心的中國所必須直面的問題。冷戰僵硬的意識形態所標榜的黑白對立、社會主義與資本主義之爭，並不能涵蓋社會與文學的方方面面，更遑論以此分析深陷於冷戰之中的芸芸眾生的複雜心理了。如何打破這無遠弗屆的二元對立話語，探求歷史與政治大氣候中折射出來的紛繁的碎片與多元的裂解，方是本書試圖凸現和集中處理的對象。

24 Wolfgang Koeppen, *Tauben im Gras* (*Pigeons on the Grass*) (Stuttgart & Hamburg: Scherz & Goverts Verlag, 1951), p. 8.

二、現代性的魅惑與冷戰倫理學

為了超越善惡對立的冷戰倫理學的限制，就應當試圖去考察那些遊移的、充滿曖昧性的時刻，它們極易為冷戰的道德傷感主義所裹挾，從而遮蔽了關於現代國家的多元的文化想像模式所具有的更深刻的含義。當中國追尋現代性與現代化之路走到二十世紀中期，歷史的報復以最為激烈與暴力的形式出現，並導致了各種現代想像模式的競逐。

本章節解讀二十世紀中葉中國大分裂之際兩則「中國軍隊」的故事：一則是梁思成講述的「共產黨的軍隊」，另一則是吳濁流筆下的「國民黨的軍隊」的故事，藉此討論冷戰意識形態形成期間，文學文化領域各種話語的角鬥與相互滲透。這兩個故事分別發生在一九四〇年代後期的北京和台北，記錄了政治新格局誕生之前大陸和台灣政權更替轉變的兩個重要瞬間：當中國共產黨領導的人民解放軍進入北京城之際，以及，當國民黨軍隊於日本帝國投降後初抵台灣之時。[25]兩個故事的作者，一個身在北京，另一個位處台灣，卻不約而同地描寫了他們與新政權統領下的軍隊的各自遭遇，以此來透視自己與新政權最初接觸的情境與心態，並折射出大轉折時期的道德倫理與文化政治困境之間的相互錯置與挪用。而且，在之後海峽兩岸不同的歷史政治語境中，這兩個故事被不斷地講述、重複、改寫，在在見證了文學和政治之間剪不斷、理還亂的曖昧情結，以及個人與歷史之間反反覆覆愴然無奈的感受。通過考察這兩個故事的文本政治及其在後冷戰時期意猶未盡的流通過程，本文試圖討論冷戰意識形態二元對立邏輯的局限，通過剖析冷戰倫理學和現代性魅惑之間的重重糾葛，來揭示其間更深層的殖民現代性和中國現代化進程內涵的複雜之處。

第一則軼事可名之曰對中國共產黨「一見傾心」的故事。一九五七年七月十四日，在中共大陸反右運動的高潮時期，作為社會主義新政權喉舌的《人民日報》發表了建築學家梁思成（一九〇一—一九七二）的一篇文章，題為〈我為什麼這樣愛我們的黨？〉，旨在闡釋作者對中國共產黨的一片赤誠之心。[26]在此性情流露的文章中，梁思成講述了自己與中共人民解放軍的第一次接觸，來說明自己在大分裂時為何選擇留在了中國大陸：那是在大陸易幟前夕的一九四八年，在北京被中國共產黨軍隊圍城的最後日子裡，梁思成平生第一次遭遇了一名共產黨的士兵。這位衣著儉樸的士兵徒步走了三里路，就為了把借來的一個破籃子還給村民。

梁思成接著寫道，幾天之後發生的另一件事情徹底打動了他。這是在北京圍城後的第三

25 有關北京的稱謂問題，一九二八年，國民黨南京政府成立後，改明清五百年帝都「北京」為「北平」，一九三七至一九四五年日偽政府時期，改回為「北京」，一九四五至一九四九年期間，再次命名為「北平」。本文為名稱統一起見，均採用「北京」。

26 梁思成，〈我為什麼這樣愛我們的黨？〉，《人民日報》，一九五七年七月十四日。

日，兩名解放軍幹部在張奚若的陪同下，深夜來訪梁思成在清華園的家。他們說，人民解放軍正和傅作義將軍談判，萬一和談失敗，解放軍被迫攻打北京城時，要盡可能保護城裡的古建築。他們攤開手中的一幅北京的軍事地圖，請梁思成標出重要文物古蹟和古建築的位置，劃出禁止炮彈轟擊的地區。之前從未直接和中國共產黨人打過交道的梁思成深感震驚：共產黨居然也保護文物古蹟。而當他繼而聽來人說他們的上級表示，寧可付出流血犧牲代價，也要盡最大可能保全古建築的一磚一瓦時，他更被深深地感動。中國政治風雨飄搖、天地玄黃之際，何去何從是逼迫於每個中國人心頭的問題。梁思成漏夜圈點禁止炮轟圖，這一經歷使他毅然做出了留在清華大學等待解放軍到來的選擇，拒絕了國民黨派飛機接他到台灣的邀請。而在一九五七年反右鬥爭進行得如火如荼之時，梁思成回憶道：「童年讀孟子，『簞食壺漿，以迎王師』這兩句話，那天在我的腦子裡具體化了。過去，我對共產黨完全沒有認識。從那時候起，我就『一見傾心』了。」[27]

在梁思成的敘述中，我們很難忽視其中道德法則的運作。在梁思成對儒家中心概念「仁」的指涉中，這一點表現得十分清楚。梁思成回憶文字的基本立論在於，在國共內戰的關鍵時刻，他之所以會傾向中國共產黨一方，是因為中共表現出來的道德正義力量，這是一支「王師」。的確，在內戰期間，相對於腐敗的國民黨政府，中共所表現出的道德折服力，甚至比反帝政治宣傳還要來得有力和有效，也為中共贏得了大多數知識分子的支持。曾幾何時，去還是留？為什麼不去，為什麼留？一九四九年的大分裂充滿了個人抉擇的涕淚飄零的故事。在這些敘事中，善惡正邪的道德關懷常常處於中心位置。此類敘述不僅出現在一九五〇年代以來中共發起的諸多政治運動中知識分子反覆做出的自白和懺悔裡面，而且在之後知識分子的回憶錄或者傳記文字當中，也時常出現。從這個角度來看，梁思成的故事可謂一九四九年大分裂之際涕淚飄零、感之念之的道德感傷主義論述之一。[28]

---

27 同前注。

28 類似的故事不僅出現在遍及一九五〇年代中的中國大陸的各次政治清洗中知識分子的檢討裡，也出現在許多在一九四九年分裂之際面臨著是去是留這一同樣重大的抉擇的知識分子那裡。值得一提的是梁思成的同道陳占祥（即Charles Chen, 1916-2001）。陳是一位知名的建築學者和城市規畫師，畢業於利物浦大學和倫敦大學。在上海目睹了紀律嚴明的共產黨軍隊後，他在計畫離開的前夜撕掉了飛往台灣的機票，與全家一起留在了大陸。在一九五〇年代北京舊城改造規畫中，梁思成和陳占祥看法相近，共同合作，因「梁陳方案」而遭迫害。有意思的是，有關留英建築家陳占祥在一九五〇年代的一些言行，尤其是他為何放棄回英國的機會，留在中國大陸，被記錄在Ally Rickett and Adele Rickett合作書寫的《解放的囚徒》（*Prisoners of Liberation* [New York: Cameron Associates, 1957]）一書中。Rickett寫道一九五〇年代在英國大使館的聚會上與陳占祥的一次有趣的相遇，陳展現出了一種精神分裂的特質：一邊是他所受的西方教育的生活方式，一邊是他在新的社會主義意識形態下的調整。Allyn and Adele Rickett夫婦在中國大陸抗美援朝開始後，以間諜罪被捕並被判刑。釋放後回到美國，被西方媒體稱為遭共產主義「洗腦」之人。此書寫於二人回美之後，回憶在社會主義中國坐牢的日子。

以歷史的後見之明，我們不難看到其中透出的冷戰話語的正邪之辨，複雜的歷史事件因而簡化成為個人道德選擇以及善惡鬥爭的問題。在一九四九年江山易主前夕，中共宣傳機器在其長袖善舞的道德敷衍之中，嫻熟地運用了這一套非黑即白的邏輯。[29]然而，我想指出的是，梁思成的故事所隱含的意義，絕非僅僅此類通俗的冷戰道德說教劇的又一例證而已。這個一見傾心的故事，曾被梁思成在一九五〇年代中期以降的各種政治整肅時的無數懺悔中不斷重述。而且，在一九八九年冷戰後的中國，當梁思成這一名字再次出現於中國文化視野當中時，那一則寫於一九五〇年代的文字，依然時時被複述，出現在幾乎所有關於梁思成及其夫人，著名的詩人、小說家、建築師與建築史學者林徽因（一九〇四—一九五五）的回憶錄或者傳記文學之中。[30]

意味深長的是，不論冷戰和後冷戰時期推銷這則故事背後所懷的政治意旨有多少差異，它們卻同樣不遺餘力地強調附著在這個故事字裡行間的道德訊息。如果說，一九五七年發表在《人民日報》上的清華園夙夜標注古物地圖的故事見證了中國共產黨宣傳機器訴諸道德感化力，為其政權合法化搖旗吶喊的有效性，那麼，此故事在後冷戰時期的一九九〇年代以及二十一世紀最初幾年間一再得到複述和轉引，則見證了另一種揭示與壓抑雙重機制的運作。一方面，後冷戰時期對一九四九年大分裂的思考，通過重新凸顯梁思成故事中的道德命題，其意旨在於譴責冷戰意識形態甚囂塵上之時，梁文的道德修辭裡面所具有的遮蔽性：即，一九五〇年代中共宣傳機器借助梁思成故事中的道德涵義，掩蓋並壓抑了中國當代歷史的曲折動盪，以及殘酷政治鬥爭的真相；而後冷戰思考對於冷戰初期梁文「共產黨的軍隊」故事的再解讀，則試圖揭示並強調在毛主義時代多少知識分子落入彀中而不自知的悲哀。但另一方面，一九九〇年代後社會主義時期的主導論調在反覆經營和重演此道德情節劇的時候，在「招魂」般地不斷講述梁思成清華園「頓悟」的時候，卻不自覺地把冷戰初期中國知識分子的情感投入，「過度詮釋」並過分戲劇化了，這反倒重新借用了二元對立的修辭，再次喚醒了冷戰意識形態的幽靈。而吊詭的是，此類後社會主義時期論述的原本意圖恰恰在於驅逐這一縈繞不去、死而不僵的幽靈：驅魔不成，反倒又一次招魔附體。

再者，這種過度的道德感傷主義遮蔽了梁思成經歷中其他一些層面，從而妨礙了人們批判性地思考那些具有類似觀念的中國知識分子對一九四九分裂的文化與審美回應。不論在冷戰、還是後冷戰時期對這個故事的講述流通中，人們常常視而不見的是，梁思成對中共傾心同情的

29 有關近年來冷戰話語的研究，可參見，Virginia Carmichael, *Framing History: The Rosenberg Story and the Cold War* (Minneapolis: University of Minnesota Press, 1993).

30 見張清平，《林徽因》（天津：百花文藝出版社，二〇〇二）；林杉，《一代才女林徽因》（北京：作家出版社，二〇〇五）；Wilma Fairbank, *Liang and Lin: Partners in Exploring China's Architectural Past* (Philadelphia: University of Pennsylvania Press, 1994).

出發點不僅在於道德認同的魅惑。更重要的是，那一夜的經歷使他堅信，共產黨是矢志保護文化和藝術古蹟以及歷史古城的，這恰恰是國民黨治理時期所嚴重忽視的。[31]梁思成察覺到的是一種與新政府合作、共同保存和維護北京這樣的文化歷史古城的可能性，以使古都煥發歷史與現代的光彩。梁思成在一九四〇年代顛沛流離的歲月中，寫下了不少有關歷史古城改造的著述，思考和總結歐洲和蘇聯城市改造和發展規畫的經驗和教訓。其中一點重要的結論是，在城市改建和現代化發展的過程中，社會主義的集權制度有其無可否認的優勢，尤其因為這種國家管理制度有能力進行整體規畫和統一調動。[32]梁思成以為，就一九五〇年代的中國必須著手的城市改造和現代化前景來說，如果能夠有一個自上而下的國家整體規畫，將是大有裨益的。

因此，梁思成「共產黨的軍隊」的故事裡面上演的善惡二分法的道德悲喜劇，其表現的內容有大分裂之際何去何從的抒情觀感，有國、共兩黨孰是孰非的價值評判，有「著魔」與「解魅」的前期徵兆，而更重要的是，也有參與、介入並共用新政權現代化城市規畫的魅惑，即，在即將到來的社會主義國家領導下合理開展城市改造的現代化夢想。誠然，與同時代許多知識分子一樣，梁思成為中共的道德正氣所感召，最終做出了留在大陸的抉擇。但是，在此決斷的過程中，有關古城北京改建的現代想像與「以迎王師」的道德抉擇，起到了同樣重要的作用。我們絕不能把複雜的歷史事件、錯綜複雜的話語簡單化為個人圍繞善、惡進行的道德選擇。因而，梁思成這一則個人選擇的故事，看似充溢著道德感召力量，實則更凸顯了冷戰初期多重現代性話語發生衝撞之前的短暫蜜月。社會主義話語本身就是中國現代化探索過程的產物之一，其孕育的現代化圖景，即便對當年非左派的知識分子來說，也有著無可否認的吸引力。面對二十世紀中葉天玄地黃的大轉折，中國知識分子或去或留的痛苦的選擇經歷，絕非簡單化的善惡正邪、壓迫和臣服等二元對立的思維模式可以涵蓋的。誠然，大陸易色不久之後，梁思成保存古都、另辟新區開發北京的設想，和毛澤東式的滌蕩一切封建餘緒、興建處處煙囪林立的社會主義新首都的規畫，兩者對於現代城市的大相徑庭的想像，相去不可里計，其間的牴牾昭然若揭。梁思成對古建築保護和對北京舊城改造的觀點，曾幾度受到爭議和批判，成為其在五〇年代後數次政治運動中屢遭劫難的罪證。但是，在一九四九年大分裂的當口，共產主義政權和非左翼知識分子之間有關現代前景的想像和期待，何嘗沒有重合與共謀的地方呢？這類重合時刻也許短暫也許脆弱不持久，但如果不對其進行考察，對二十世紀中期中國文學與文化地形的勘探就將是不完整的。

由於梁思成的都市現代化方案所強調的，是保存古城與建設現代都市之間的和諧聯結，它

31 參見林洙，《困惑的大匠》（濟南：山東畫報出版社，二〇〇一）；王軍，《城記》（北京：生活・讀書・新知三聯書店，二〇〇三）。

32 王軍，〈梁陳方案〉，《城記》，頁四七—四八。

便注定無法見容於毛主義的工業城市化圖卷，後者以對傳統的全盤否棄為基礎。對毛主義視野中的現代北京而言，現代性被想像為一次激進的斷裂，一次推倒重來，因此，它更接近於喬治－歐仁・奧斯曼（Georges-Eugène Haussmann）一八四八年那個「把城市砸進現代性」[33]的巴黎改造計畫，或是莫斯科的將現代性軋進現有的城市傳統格局的方案。[34]因而，正是不同的現代想像之間的衝突，導致了一九四九年轉折以後，梁思成不可避免地背離了主流話語，以及接踵而至遭到的整肅。在古城牆與城樓拆毀之後，梁的現代北京之夢為毛主義的城市計畫所破壞。在後冷戰時期的北京現代化方案之中，梁氏遭以棄之的城市規畫遺產重現浮現。

梁思成「共產黨軍隊」的故事的出發點在於道德律令決定下的好壞之分、善惡選擇。然而，其敘述的更深層卻實在揭示了中國現代化求索走到二十世紀中葉時，共同的現代性關懷可能勾勒出不同的現代圖景，而這些不同的現代想像之間存在商榷和共謀的可能性。下面我將討論的吳濁流講述的發生在台灣的「國民黨軍隊」的故事，看似以現代性焦慮為出發點，實則別有懷抱，其內在旨歸反映了一種與梁思成的「共產黨軍隊」故事迥然不同的軌道。吳濁流屬於台灣光復後少數一批繼續筆耕不輟的作家，在國民黨政府推行國語化運動、去除日本奴化教育之遺毒的年月中，他仍舊堅持以日語寫作。小說《波茨坦科長》（一九四七）刻畫了台灣光復到國府遷台短短四年期間，台灣人憧憬、困惑、徬徨和沮喪的心路歷程。與梁思成一樣，吳濁流也講述了一個軍隊的故事，「國民黨軍隊」的故事，用以描寫台灣民眾首次接觸來自祖國大陸的同胞們的場景和體驗：「秋老虎特別炎熱，玉蘭站在長官公署門前看著排成一條長龍的遊行的隊伍，鑼鼓喧天，人聲鼎沸。學生團體、三民主義青年團、獅降等以慶祝光復的旗幟作前導，真是喜氣洋洋。……滿巷都是擁擠的男女老幼，真個是萬眾歡騰，熱鬧異常。」然而，當滿街歡迎企盼的人們終於看到「祖國的軍隊」時，作者筆鋒一轉，寫道，這是一支奇異的軍隊，「每一位士兵都背著一把傘」，「有的挑著鐵鍋、食器或鋪蓋」。[35]

面對著這支襤褸的軍隊，台灣民眾的一腔愛國熱情遮掩不住暗流洶湧的迷惑與失落。尤其隨著那些接收大員魚肉鄉民、行賄腐化、巧取豪奪，這種最初的失望很快激變為對跨海而來的同胞的嘲諷和不滿。這在吳濁流接著講述的自來水龍頭的故事中表現得淋漓盡致：「唐山」來的士兵看到牆壁上的水龍頭中居然能冒出水來，覺得極為神奇，可當他們也搞來一個水龍頭往牆上一插，卻奇怪道，為什麼沒有水從裡面流出來。

33 關於奧斯曼的巴黎城市現代化計畫如何呼應著十九世紀中期巴黎體現的獨特的現代性視野，見David Harvey, *Paris, Capital of Modernity* (New York and London: Routledge, 2003), pp. 93-116.

34 一九五〇年代，在共和國與它的社會主義同盟關係破裂以前，來自蘇聯的城市規畫專家在北京的現代化計畫中扮演著重要角色。關於蘇聯建築師與中國建築師，尤其是梁思成和陳占祥的衝突，見王軍，《城記》，頁七三—九六。

35 吳濁流著，張良澤編，《波茨坦科長》（台北：遠景出版公司，一九九三），頁六—七。

早有識者指出，這類「中國兵仔」的軼事並不稀奇，在各國現代化初期，都市人嘲笑鄉巴佬之定型化形象的笑話中，不難找到衍生版本的「自來水」的故事。自從甲午戰敗台灣割讓日本之後，中國大陸和台灣各自經歷了不同的經濟和政治發展軌道。到了二十世紀中葉，二者分別處在現代進程的不同階段。自來水的故事所揭示的正是光復時期台灣和大陸在現代基礎設施方面的差異。然而，考慮到當時繁複的政治因素，這裡所涉及的自然不僅僅是現代與落後的比較與對照。正如吳濁流的小說所暗示的，在衡量祖國的落後程度時，人們不得不參照的正是殖民宗主國日本所建立、所代表的現代文明的標準。自明鄭以來，即便在康熙年間被納入中華帝國版圖之後，台灣也一向被視為可棄可守的蠻荒無文之地。台灣真正步入現代化發展的軌道，肇始於日治時代的殖民規畫。因而，吳濁流筆下「國民黨的軍隊」的故事所透露的資訊，絕不僅僅是現代文明與落後愚昧的問題而已。在現代化、殖民主義、民族主義、台灣主體性等等情結的纏繞糾結之中，這位講故事的台灣人在嘲弄大陸同胞時，其本人的文化與政治的座標究竟定位何處呢？

「重建中國身分」自不是固守民族主義的立場所能一言蔽之的。一九四五至一九四九年間台灣的過渡與轉型，如何是「光復」二字所能說清道盡的？過渡與轉型的背後充滿了中國文化主義和日本殖民主義之間，以及殖民現代性和族群身分之間的種種尷尬和矛盾。在寫於日治時期最後數年間的日文長篇小說《亞細亞的孤兒》中，吳濁流已經預見了台灣人面臨的這種政治和文化的困境。儘管從文學角度來看，《亞細亞的孤兒》並非日治時期台灣文學的最高成就，但它向來被視為這一時期台灣文學的代表作品。這很大程度上自然是因為吳濁流的小說提出並發展了「孤兒」這一重要的概念，為描寫台灣政治、文化和社會狀況提供了辛酸卻貼切的寓言。「亞細亞的孤兒」徬徨奔走卻無處容身於祖先之地的中國大陸、殖民宗主國的日本，以及移（遺）民生長之地的台灣，於是在傳統與殖民現代性之間，吳濁流筆下的孤兒最終發了瘋，不得不以精神分裂收場。

從「亞細亞的孤兒」到「中國兵仔」，吳濁流所要描摹的是台灣半個世紀以來所經歷的特殊的殖民經驗。光復初年台灣民眾失落怨憤的情緒背後，隱含著更為嚴重的問題：通貨膨脹肆虐下經濟局勢的惡化；國府負責接收台灣的政治機構的腐敗專權；禁用日語、推行國語所造成的語言表達的危機（畢竟，在殖民時代接受日文教育長大的台灣作家們，用殖民者的語言來進行書寫更為得心應手）。諸如此類的矛盾與焦慮被錯置到地域族群之間的差異之上，最終以族群衝突的方式爆發出來。

然而，當一九四〇年代末大分裂之時，意識形態的對立被提升到前所未有的高度時，台灣海峽兩岸的政權均視政治分野為當務之急。在這種情境下，正深陷重重危機、自身難保的國府何嘗有暇顧及乙未割臺以來台灣經歷的特殊的殖民歷史和殘留的問題？隨著中國大陸的失守，國民政府倉皇遷台，視台灣為他日反攻大陸、收復失土的戰略基地，在這樣的政治策略之中，台灣自身的文化意識、特殊的主體性，豈是國民黨喧騰熾熱的反共話語所能容納的？再者，為八年抗戰拋灑的熱血尚未冷卻，對助日漢奸的清算猶在進行之中，當此時刻，吳濁流等人對台灣特殊意識的強調和堅持，又如何能夠逃脫政治立場曖昧、忠奸不明的責難呢？畢竟，這類故事太過容易遭人詬病，也太過容易被注入各種政治隱喻，從而被詮釋或曲解為眷戀日治時期的殖民現代性，或更有甚者，視此類作者為漢奸或台奸，因為小說的作者竟然自恃日本文明的高度現代性，蔑視祖國同胞的愚昧落後。[36]在一九八七年台灣解嚴後的民主化和本土化進程中，這個光復初年「中國兵仔」和「神奇自來水」的故事被屢屢複述。吳濁流當年筆下所經營的台灣意識深深地植根於台灣歷史和文化的特殊性當中。時至二十世紀末年，台灣島上的政治和文化國族論述應時而生，這種剝離了具體歷史語境的台灣國族觀大有壓倒一切之勢。反諷的是，在二十世紀末期的建國論中，吳濁流這位當年鬱鬱不得志的鐵血詩人卻又被頻頻招引還魂，一夜間被樹立為宣導台獨意識的先驅人士。

梁思成「共產黨的軍隊」的故事固然包含了「一見傾心」、喜「迎王師」的道德／政治修辭與魅惑力；但梁思成字裡行間所隱含的圍繞歷史文物的保護和古城改建的規畫所展開的傳統與現代的思辨，恰恰也見證了二十世紀中葉中國現代化話語的多重性與複雜性，若干年後北京「城」與「人」的命運遭際，恰可與梁思成一九五七年不無道德「欣快症」色彩的短文〈我為什麼這樣愛我們的黨？〉，構成意味深長、也令人扼腕歎息的互文關係。對吳濁流敘事作品的解讀也必須抽絲剝繭，細緻考察小說背後的多種動因。如果要對二十世紀台灣文學進行有效的觀照，就不能僅僅圍繞國族族裔、殖民統獨的話語糾纏不休，作繭自縛。誠然，這些話語範疇本身絕非無足輕重，但如果能夠拓展這些既定的話語範疇，關注語言政治、文化翻譯等其他一些同樣關鍵的問題，方能考掘台灣文學對發展和拓寬中國文學現代性的獨特貢獻。

譬如吳濁流的文學作品，包括曾經創造出廣受各派政治、文學人士徵引挪用之「孤兒」概念的《亞細亞的孤兒》，無不用日文寫作，卻以中文譯本傳世。結構主義和後結構主義的理論家多有論證，「語言」同「文本再現」一樣，絕非透明、先驗之物。語言政治、語言與政治之間的複雜與吊詭的關係，足可發人深思。近年來，北美東亞學界致力經營「華文文學」場域，探索那些穿越不同歷史時段和地緣政治疆界的漢語書寫和漢語作家，重新測繪全球範圍內「華文文學」現代性的蹤跡與版圖。那麼，在此話語框架中，如何處理諸如吳濁流這些成長於台灣日治時期、使用殖民者語言進行書寫的作家呢？我們無需套用美國學院後殖民理論家流行的路數，硬要尋找這些台灣作家的文本中潛藏的「扭曲」的、「故意誤用的」殖民者的語言，試圖在有意為之的語言實踐中辨識文化反抗的蹤跡。這一代以閩南語或客家話言其心聲、以日語書寫其所思所想的作者，其語言的政治表現出錯綜複雜的形態，為華語語系文學的版圖增添了新

36 鄭鴻生在文章〈臺灣的大陸想像〉（《讀書》一期（二〇〇五））中對此有精采論述。

的維度。

有關語言和政治、民族和文化主體性之間的錯綜關係，錢鍾書當年曾在抗日戰爭最艱難的歲月中做過妙趣橫生的思考。一九四〇年代初，當中國國土在日本入侵之下四分五裂，國人顛沛流離之時，錢鍾書曾寫過一篇看似與時政無關的小說〈靈感〉，以他特有的百科全書似的博學與無所不包，揶揄中國現代文壇的一些作家和現象。在述及中國現代文學的諾貝爾文學獎情結時，錢氏提議不妨設立中國自己的文學獎金來抵制諾貝爾獎，如此，既維護了國家的體面，又可避免喪失文藝批評的自主權。接著，錢氏建議以書寫語言為甄別作品入選的唯一條件：「惟有用中國各種方言之一寫作者，才得入選。」他進而界定，所謂中國方言，包括上海和香港人講的英文，青島人講的日文，哈爾濱人講的俄文。[37]從英屬殖民地香港到租界遍布的半殖民地上海，從日本租借地青島到為俄羅斯所虎視眈眈的東北，自南而北，錢鍾書描畫了一幅二十世紀中葉中國語言／方言的新地圖。然而，身處日治時期之上海的錢鍾書，卻獨獨遺漏了同屬日本掌控之下的孤懸海外的台灣。倘若遵循錢鍾書的思路，我們不妨發問：乙未割臺以來台灣的殖民歷史可謂中國現代史的關鍵事件之一，那麼台灣人的日語，是否也應該像上海香港人的英文、青島人的日文、哈爾濱人的俄文一樣，納入中國語言的版圖呢？

台灣日治時期文學中所呈現出來的語言政治，其複雜性實際上遠不止於此。日語成為殖民地的官方語言，並不意味著漢語和漢語文學的消失。黃美娥的力著《重層現代性鏡像：日治時代台灣傳統文人的文化視域與文學想像》（二〇〇四）討論了台灣日治時期中國傳統文學的變遷。她指出，二十世紀初期的日治時代，當台灣漢語白話文學運動展開之時，台灣傳統文人並非一味固守中國古典文化本位，以文化遺民的身分和心態「抱殘守缺」，而是在中國文學傳統的內部進行修正和發展，同時抗衡著日文的入侵，以及新興的漢語白話文運動。即便在皇民化運動的盛期，中國傳統文學也沒有消失，其中舊體詩傳統尤其如此。[38]台灣新文學運動的健將如賴和與楊守愚，在皇民化運動氣焰極熾之時，仍組織文言詩社，以古詩唱和來抒發胸臆。當然，日本曖昧的殖民政策對台灣的漢語書寫所具有的干預作用不可小覷，日本殖民政府出於強調中、日同文同種的原因，有意包容甚至推廣古文活動。然而，建立漢語詩社，在台灣近現代史上卻是由來有自，大可遠溯到日治時代之前漫長的歲月。近些年來不乏有關台灣詩社傳統的研究，自明鄭以來，漢詩詩社在台灣歷史上一直有著深厚的歷史淵源，上可溯至鄭克塽降清後沈光文發起的「東吟詩社」。在歷史裂變、朝代變遷之際，詩社往往成為文人精神寄寓之所。

尤其是漢詩傳統在以日文從事寫作的這些台灣作家身上的延續，更是凸顯了語言和政治之

37 錢鍾書，〈靈感〉，《人・獸・鬼》（上海：開明書店，一九四六），頁八九—一一九。

38 黃美娥，〈鐵血與鐵血之外：閱讀「詩人吳濁流」〉，收入林柏燕主編，《吳濁流百年誕辰紀念專刊》（新竹：新竹縣文化局，二〇〇〇），頁二六—四三。

間意味深長的關聯。再以吳濁流為例。儘管他一直運用日語進行小說創作，但中文舊體詩寫作卻終生未輟。吳濁流後來以他在日治時期祕密寫作的日文長篇小說《亞細亞的孤兒》名留文學史，但事實上，他在日治時期創作最多的反倒是文言舊體詩歌。吳濁流始終認為自己是一個詩人，一生寫作舊詩上千首，甚至囑咐家人在他的墓碑上刻上「詩人吳濁流先生葬此佳城」的銘文。而且，《亞細亞的孤兒》的文字當中也穿插了不少的中文舊體詩。如何理解吳濁流作品中漢詩在日文書寫的小說行文當中時隱時現、穿插遊走的現象呢？這僅僅是因為台灣方言近於文言文，因而作家便宜行事嗎？[39]或者，這些精心鑲嵌的文言詩句標示了一種殖民文學中獨特的文字返祖現象？再或者，這是一種通過語言和文學文體所進行的歷史淵源的緬懷和文化身分的確認？這種獨特的語言文字實踐在在提醒我們，考察具體文學作品之時，必須化簡為繁，絕不能簡單地把文學與地域、文字與國族捆綁在一起。在處理二十世紀台灣文學的時候，尤其如此。已有不少論者指出，如果要建構台灣文學的主體性，解構「中國文學」這一概念固然是必要的，而解構「台灣」這個「絕對能指」也同樣是必不可少的。[40]

通過對海峽兩岸一南一北兩則「中國兵」的故事及其涉及的文學政治的分析，我們可以看到，有關一九四九年中國大分裂的敘述，無論是道德魅惑，還是殖民疑慮，其中隱含的是無以消抹的多元的現代性焦慮與想像。重新整理二十世紀中葉冷戰形成初期中國文學的圖景，打破黑白對立、非此即彼的簡單化的倫理學框架，強調多重的碎片，將歷史加以複雜化，方能有助於我們思考冷戰時期海峽兩岸現代化與現代性的問題。

三、各章概述

一九四九年中國分裂之後，不同的現代想像方式彼此競爭或互相補充，而這種曖昧的時刻正是本書所試圖探索的對象。這些關於偏離與融合的事例，無法被納入清晰明確的政治對抗圖式，因而在很大程度上被人們所忽視。即便在所謂後冷戰時代，它們也依舊沒有得到妥善解決。即便到了今天，主導性的思路依舊認為，對壓迫性集體或霸權的克服，就意味著逃往對立一方，逃往彼岸。如前所述，這類批評依舊滯留在冷戰修辭的框架之中，這種修辭喜歡以二元對立的方式理解事物，並且常常揚此抑彼。正如本書所揭示的，通往更好的世界的捷徑並不存在。或者說，原本就沒有一個更好的、超越的世界，彼岸沒有救贖。相反，一切努力都只能始

39 閩南方言素以古漢語活化石著稱，從語言上見證了古漢人從中原移民到福建、台灣等地的遷徙過程。吳濁流是客家人，客家話中也保留了大量古漢語的發音與語法特徵。

40 例如，廖咸浩，〈在解構與解體之間徘徊：臺灣現代小說中「中國身分」的轉變〉，《中外文學》二一卷七期（一九九二年十二月），頁一九三—二〇六；Xiaobing Tang, "On the Concept of Taiwan Literature," in *Writing Taiwan: A New Literary History*, eds. David Der-wei Wang and Carlos Rojas (Durham: Duke University Press, 2007), pp. 51-92.

於此處。正如班雅明在考察波特萊爾在晚期資本主義時代的抒情主義時所指出的，對於知識分子而言，最好的反抗方式便是他們在現存體系中所具有的「祕密特工」的功能：「試圖把波特萊爾這樣的人放在人類解放鬥爭圖景中的最高位上毫無意義。更好的做法是，從一開始就把他們放在他們原本所是的地方來考察——敵人的陣營中。而他們幾乎從不是對方的福祉。波特萊爾是一位祕密特工——一位祕密懷有著對他的本階級及其統治的不滿的特工。」[41]確實，這些內部的碎散的活動並不指向一個超越的世界，也不企圖掀起另一場天啟式的革命顛覆。相反，這些知識特工們滲入了集權控制的政治之中，並在這個所謂嚴絲合縫的鐵籠上打開了孔洞。

一九八九年東歐共產主義政權的倒臺被普遍視為冷戰終結的標誌。法蘭西斯・福山（Francis Fukuyama）提出「歷史的終結」這一觀念，他認為，某種普世的自由民主體制樹立了人類社會的最終形式。但是，作為一種政府形式的社會主義依舊在中華人民共和國持存。在台海的竹幕兩邊，冷戰的意識形態對抗依然存在。中國大陸晚近的經濟增長似乎強化了中國崛起之迷，並引發了關於「中國模式」的論辯。從政府的官方話語——具有中國特色的社會主義及其所支撐的「和諧社會」——到大眾文化——譬如史詩大片《建國大業》（二〇〇九），中國大陸社會似乎沉浸在中國社會主義的輝煌勝利中，這也讓至少一部分批評家歡欣鼓舞。新的關於超越民主的「社會主義仁政」的理論開始出現，成為「北京共識」的最佳體現。後者召喚出了以儒家倫理面目出現的民族主義文化復興——冷戰台灣的國民黨政權恰曾以此來宣稱自身的合法性——或是一九八〇年代盛行於「大中華」周邊的尚未遠去的「儒家資本主義」的幽靈。[42]對社會主義的這種稱頌，似乎與一九八〇年代大陸「第二次啟蒙運動」中的知識分子們對毛主義的社會主義實踐（一九四九—一九七九）的控訴大相徑庭。後者批判社會主義中國前三十年的經驗，視之為惡魔般的歷史歧途，中國封建主義最糟糕的噩夢的實現。儘管這兩種話語的政治與文化立場不同，但都缺乏對中國社會主義遺產在政治、文化或經濟層面的嚴肅思考。

今天，當台獨運動的從眾執迷於去中國化的民族建設使命時，大陸的社會主義工業化荒漠正遭受著全球化力量無情的滌蕩。先前你死我活的兩個政權正忙著跨過台海，你來我往，建立時密時疏的友誼。如何理解社會主義在後冷戰中國的頑強存在？如何理解那些源於冷戰分裂、並在後冷戰的「無邊界世界」中依舊斷裂著的那些破碎的中國政治、文化與現代想像？如今正是恰當的時機，來回顧尚未成為歷史一九四九年的中國冷戰分裂，並以此探究，處在不同地緣意識形態分野的政治實體，是如何想像現代國家，並付諸實踐。

---

41 Walter Benjamin. *Charles Baudelaire: A Lyric Poet in the Era of High Capitalism*, trans. Harry Zohn (London: Verso, 1983), p. 104n1.

42 「文化中國」的概念與新加坡這樣的邊緣國家的新型資本主義有關，見Wei-ming Tu, “Cultural China: The Periphery as the Center,” *Daedalus* 120.2 (spring 1991): 1-32.

一九四〇年代與一九五〇年代的文學敘述如何確認或是質疑這一分裂？在意識形態宰制的時代中，人們是如何處理多元的思想活動以及互相競逐的關於現代國家的想像的？那些關於中國現代性的未完成的或是被壓抑的理念與理想，是如何在後冷戰時代的政治、文學與文化中重現浮現的？為了回應這些問題，我將跨越冷戰中國的文類、性別、學科、語言以及意識形態的邊界，考察多重現代性的互相交織和碰撞。我將研究那些身處不同的中文世界，在一九四九年以前就已經蜚聲文壇，並在冷戰時期經歷了重大的生涯轉折的作家：沈從文（一九〇二—一九八八）、丁玲（一九〇四—一九八六）、吳濁流（一九〇〇—一九七六）、馮至（一九〇五—一九九三）、張愛玲（一九二〇—一九九五）。我將考察他們在一九四〇年代與一九五〇年代的主要作品，以及他們在中國分裂之際所做的思想、藝術與倫理抉擇。通過對他們的文化實踐的探索，我們可以發現中國現代性的多重視野，這些視野與主導性的政治話語相互衝突或者融合，指證著我們稱為之冷戰的那些艱辛而詭譎的經驗。

因此，在本書看來，中國的冷戰分裂不僅源自於國內或國際的意識形態對抗，更是未完成的、彼此競爭的不同的想像現代中國的模式的產物。這一看法使我們得以將中國現代性視為一項未竟的事業，它在大中華地區後冷戰的政治、文學與文化中捲土重來，既體現在中華人民共和國那預示著「儒家社會主義」模式的社會主義凱歌中，亦體現在台灣紛繁複雜的獨統之爭中。

本書第一章考察中國現代文學學科是如何在冷戰初期的大陸、香港與台灣被發明出來的，並對支撐著這些分裂的政體的政治與文化政策的三部奠基性論著進行批判閱讀：毛澤東一九四〇年的〈新民主主義論〉、新儒家一九五八年的《為中國文化敬告世界人士宣言》，以及蔣介石一九五三年的〈民生主義育樂兩篇補述〉。我思考政治分裂之初，作為學科的中國現代文學的興起如何承載著不同的關於現代文學、文化與國家的想像，並指出，冷戰中國現代性的概念產生於這些多元的現代想像軌跡之間紛繁而活躍的關係之中。

第二章到第六章代表了探索中國分裂之際的想像現代國家的模式的五個入口。第二章考察沈從文對文學、藝術、文物、博物館工作和瘋狂話語的反思，來處理一種碎片化與破碎的美學。我試圖解釋沈從文一九四九年前後的精神分裂與崩潰，以及他之後的轉向，即，從小說寫作轉向文物與藝術研究。我認為，通過構思一種以藝術碎片、以物質史細節為形式書寫的歷史，沈從文展現了一種不同於紀念碑式的社會主義革命歷史的現代性視野。在他一九四九年之後的作品，包括《中國古代服飾研究》中，沈從文轉向了大量的碎片化的歷史工藝品以及片段化的藝術史筆記，並以此回應和思考單一的社會主義美學意識形態。

第三章探究丁玲一九四〇年代末之後的作品中包含的女性主義意識與社會主義革命話語之間的衝突。本章主要分析丁玲的兩部社會主義現實主義作品，獲得史達林文學獎的《太陽照在桑乾河上》（一九四八）和〈杜晚香〉（一九七九），後者發表於丁玲恢復政治名譽之後，是丁玲重返文壇之作，一部遲到的、去性別化的社會主義現實主義模範作品。本章考察一位掙扎在共產主義職責與女性主義意識之間的女性作家：丁玲無法在社會主義關於性與性別的話語中維繫女性主義的空間，只能無望地抵抗著女性主義這個死而不亡的他者，以證明她對左翼革命的忠誠。

第四章探究二十世紀中期台灣文學中的殖民現代性、民族主義、文化認同等互相糾葛的問題。在台灣國民黨政權反攻大陸的意識形態主導下，這些糾葛遭到壓制和忽視。以吳濁流的戰後台灣敘述為起點，本章首先討論台灣光復時期的族群衝突，它遮蔽了民族主義情感與日本殖民主義之間、現代化的發展期許與破壞潛力之間更為盤根錯節的矛盾。隨後，本章將分析關於一八九五年台灣民主國的歷史與理論敘述，以此探查盛行於冷戰美國的現代化理論的界限，並指出現代性從來不是單一的。本章最後分析吳濁流小說《亞細亞的孤兒》以及小說的批評文字中呈現的「孤兒」這一觀念的政治、文化與語言內涵，並指出，這一概念充分表達出了一種分裂的現代台灣主體，它處於文化中國與日本殖民主義、處於傳統與現代的力量之間。這些尚未解決的問題也導致了後來獨統陣營之間的對立。

第五章聚焦中國知識分子在二十世紀中期的分裂前後，在協調美學與政治、現代主義詩歌與社會主義意識形態、歐洲人文主義與毛主義的階級話語時所做的努力。對於那些尋求在審美自主與社會承諾之間建立積極關係的作家而言，社會主義的國家集體觀念具有強大的吸引力。

為了思考這一艱辛的協調過程，我將討論傑出的現代主義詩人以及重要的德語文學學者馮至，及其在社會主義中國從詩歌走向政治的轉型。人們通常將馮至背棄自己一九四九年以前的現代主義美學視為一種文化與道德上的背叛。然而，本章分析他在對里爾克、歌德和其他歐洲人文主義者的研究中所形成的關於詩之孤獨、類比、蛻變、社會參與的觀念，並由此揭示，馮至建立的關係性概念是與社會主義的集體性理念相吻合的。在他連接藝術與政治的嘗試中，馮至構造了一種肯定性的社會主義親和力觀念，這使得資產階級審美自我能夠通過將自己定位於一個更大的社會主義親和整體中，最終克服自身的有限性。

第六章關注文化與政體、左與右、啟蒙與娛樂間的複雜關係。在冷戰香港這一英國殖民地的縫隙中，亦在台海兩岸互相競爭的兩個政權間，這些關係鮮明地呈現出來。當反共小說與新派武俠傳奇在報紙上相遇，不論是政治之隨意性，還是意識形態對手間邊界的孔洞，便都找到了它們最為有趣的表現。為了思考這些議題，我將考察張愛玲一九四九年以後的離散的、跨語際的、跨媒體的文學與文化實踐，它們深刻地內嵌於東亞前線——包括香港、台灣與美國——的冷戰歷史中。我認為，在她一九五〇年代的政治小說，以及生涯晚期兩次重寫清代古典小說《紅樓夢》的嘗試中，張愛玲的政治與藝術歧義性，和她跨越不同語言、文類和媒介的不斷裂變的重寫改寫的強迫症症候，均質疑了二元性的意識形態對立，並在冷戰時期的敵對中提供了一條偏離政治宰制的道路。本書的結論部分將思考建構一種去冷戰的批判意識的可能性。

這六個章節涉及了一九四九年分裂的前後中國現代想像中諸多融合與分歧的時刻。綜合起來，它們證明了冷戰時期的文學與文化生產中中國現代性的動態的構造，由此，它們構成了一種以冷戰為面孔的獨特的中國文學現代性。現代性話語與冷戰話語互相交疊。正如現代性計畫一樣，冷戰同樣具有兩面性，展演並體現著現代性的解放與毀滅潛能。冷戰排斥敵人、劃分世界，由此也重新劃定邊界、構造同盟、打開新的跨國流動的路徑。冷戰的面孔為現代性的新階段飾以摩尼教式的對立，由此也遮蔽了隱匿在共產主義與反共主義之下的性別、人種、族群、殖民主義、離散，以及各種多元的文化實踐。在這張石化凝滯的現代性面孔上，一切分離、喪失、同化、康復都既得到表達，又同時被隱去。正如本書所論，即便在最為嚴苛的意識形態專制時期，這些彰顯在中國文學與文化中的現代視野也從未停止其競爭與協商的努力。這種抗辯與競爭滲透著冷戰的二元話語，但同時也削弱著它，並預示著它的最終崩解。

第一章　文學、民族與冷戰

——中國現代文學是如何被發明的？

一九四九年的中國分裂既是一次民族重建也是分裂重組：在地理層面上，它再一次將中國大陸置於統一政府的領導下，但同時也帶來了冷戰式的分裂，中國被分隔為多個政體以及更多其他國家中的離散華人社群。在文化層面上，它引發了更為歧義紛呈的對中國的民族與文化的想像方式。儘管離散與流亡的遷徙催生了對失去的家園的辛酸鄉愁，以及疏異、失落與邊緣化的情感，但它同時也促發了解域化（deterritorialized）的自我反思，以及理解民族與民族文化的新方式。

在冷戰時期典型的敵對狀態下，社會主義中國和台灣的國民黨政權都付出了極大的努力，來再現他們自身對中國認同的看法，以與對方相抗。兩方政府均以文化建構來試圖闡述中國的民族認同與民族意識。本章考察作為一門學科的中國現代文學的興起，藉此探討一九四九年之後分裂的兩個政體如何通過建構文化霸權的方式來實現政治宰制。我將細讀一九四九年之後的中國大陸、香港與台灣的若干話語，討論這些話語如何把中國現代文學體制化為一個概念和學科，以及其中承載的在中國分裂之際對現代文學、文化與民族的不同的想像。冷戰中國現代性的概念正產生於這些多元的現代想像軌跡之間紛繁而活躍的關係。

作為學科的中國現代文學出現於冷戰期間。中國現代文學誕生於一九一〇年代的五四新文化運動中，但對它的研究要一直到中國一九四九分裂之初才真正成為學科建制。我將考察中國現代文學研究是如何在冷戰中的中國大陸、香港和台灣被發明出來的，並對三部奠基性論著進行批判閱讀：毛澤東一九四〇年的〈新民主主義論〉、新儒家一九五八年的〈為中國文化敬告世界人士宣言〉，以及蔣介石一九五三年的〈民生主義育樂兩篇補述〉。在冷戰期間，這些論述不僅支撐著上述區域的政治與文化政策，同時也塑造著它們不同的文化思維方式。本章考察旨在揭示中國現代文學研究的體制化，實始自於冷戰中不同的中國政治實體之間的對抗。正如現代化過程本身一樣，中國現代文學也是一個不斷爭議的對象，它處於持續的未完成狀態，並不斷被詮釋與再發明。

一、中國現代文學研究在中華人民共和國的體制化過程

在中華人民共和國於一九四九年成立之初的幾年中，作為新的研究主題的中國現代文學首次出現了。儘管在民國時期就有一些教授中國現代文學的課程，但它從未被體制化而進入大學課程體系。[1]一九五〇年，新生的社會主義國家的教育部為高等教育機關頒布了國家課程方

1 朱自清（一八九八—一九四八）於一九二九年的清華大學第一次教授中國現代文學課程。這課只開了一次就被從課表上強行撤走了。一九三〇—一九三一年，沈從文在武漢大學教授中國現代文學課程。見陳平原，《作為學科的文學史》（北京：北京大學出版社，二〇一一），頁三九二—四〇九。

案，並將中國現代文學史設立為中文專業的必修課程。次年，在國家的督導下，〈中國新文學史教學大綱〉（初稿）由老舍、蔡儀、王瑤、李何林共同撰述完成：它規定了中國現代文學的性質、方法論以及教學方式。[2]為了滿足這個新生學科對教材的需求，王瑤匆匆完成了一部文學史，並以《中國新文學史稿》為名出版。更多的文學史相繼出現。到文革開始前，一共出版了三十部文學史，全都被作為大學教材使用。在一九五三至一九五七年的院系調整期間，[3]根據國家教育部高等學校課程草案，在中國語言文學系創設了中國現代文學專業，總學分要求為三十五分，由此完成了現代文學研究在高等教育的體制化。中國現代文學因此在中國大陸的課程體系中成為基礎的知識門類之一。

我們或許會問，為什麼這個年輕的社會主義國家會將建設中國現代文學研究作為如此急迫而優先的任務？為什麼是文學？正如許多民族主義理論家所指出的，在民族國家的建設中，文化的力量扮演著核心的角色，它有助於生成一種民族意識與民族認同。[4]在建國之初，由國家主導的民族文學建構無疑是民族建設以及確立共產黨的文化與政治合法性的重要組成部分。近二十多年來，中國文學學者開始關注共和國早年中國現代文學作為一個學科誕生之時所處的社會政治環境。在他的重要論文〈「當代文學」的概念〉中，洪子誠討論了「現代文學」和「當代文學」這些看似簡單明晰的學科概念所內涵的意識形態意蘊。賀桂梅以一系列文章考察了一九五〇年代與一九六〇年代間，中國現代文學作為一門新興學科的誕生及其在共和國的高等教育體系中的文化意義。[5]

然而，中國現代文學的興起似乎很少被放在全球冷戰的地緣政治格局中來探討。而在我看來，一九四九年分裂之際民族文化的建立必須被視為冷戰文化政治影響下的產物。面對兩極分

---

2 大綱首先發表在北京《新建設》雜誌四卷四期（一九五一年七月），後來收入李何林等編，《中國新文學史研究》（北京：新建設雜誌社，一九五一），頁一—一八。寫作組成員的選擇值得注意。其中包括了老作家老舍，當時他被認為是進步愛國作家；李何林，他在一九四〇年代完成了一部反映毛澤東革命觀點的左翼文學史；王瑤，清華大學中國文學教授，當時正在寫作一部文學史；蔡儀，黨的文學理論家。見黃修己，《中國新文學史編纂史》（北京：北京大學出版社，一九九五）。

3 關於共和國高等教育系統的形成與轉變，見Ruth Hayhoe and Ningsha Zhong, "University Autonomy and Civil Society," in *Civil Society in China*, eds. Timothy Brook and B. Michael Frolic (Armonk, N.Y.: M.E. Sharpe, 1997), pp. 99-123; Ruth Hayhoe, *China's Universities, 1895-1995: A Century of Cultural Conflict* (London: Taylor & Francis, 1996), pp. 71-110.

4 最重要的論題可見Benedict Anderson, *Imagined Communities: Reflections on the Origin and Spread of Nationalism* (London: Verso, 1991).

5 洪子誠，〈「當代文學」的概念〉，《文學評論》一期（一九九八），頁三八—四八；賀桂梅，〈「現代」‧「當代」與「五四」——新文學史寫作範式的變遷〉，收入陳平原主編，《現代中國》（集刊）第一輯（武漢：湖北教育出版社，二〇〇一），頁五七—七一；〈「現代文學」的確立與五〇—六〇年代大學體制〉，《教育學報》三期（二〇〇五），頁八三—九一。

化的世界秩序的形成，中國共產黨於政權在握之前，就已經決定加入由蘇聯領導的社會主義陣營。共和國扎根在東方陣營，這就導致了其文學的雙重面向：既是社會主義的又是民族主義的。共和國文學被塑造為既代表了獨特的民族特質，又代表了這個新生國家的國際位置。面對對岸國民黨政權的「自由中國」，社會主義中國必須從根源於中華民國資產階級啟蒙運動的文學基礎之上，來建構一種民族文學。如何將民國文學（新文學）轉化為共產主義文學（現代文學，或新民主主義文學），成為迫在眉睫的任務。把中國現代文學塑造為共產黨領導下的「新民主主義」文學，這個發明奠定一個基礎，使得共和國能夠將自身視為「新中國」，以對立於其冷戰他者——退據台灣的國民黨。

在思考中國現代文學在共和國的興起時，必須考察國家權力在建構人文項目、尤其是文學課程設置中的作用。自一九七〇年代以來，教育與知識社會學領域的學者，如麥克・楊（Michael F. D. Young）、巴茲爾・伯恩斯坦（Basil Bernstein）、布赫迪厄（Pierre Bourdieu）已經開始嘗試批判性地處理課程設置，不將其視為絕對的或是價值中立的，而是作為「社會和意識形態利益的組織化與編碼化的反映。」[6]在教育社會學研究的基礎上，高里・薇思瓦納珊（Gauri Viswanathan）在其影響巨大的著作《征服的面具》（*Masks of Conquest*）中考察了十九世紀英語文學在殖民地印度的體制化過程，以此闡明了課程選擇與殖民權力的運作之間的關係。在探究中國現代文學的體制化過程中課程設置的遮蔽效應時，我們有必要記住薇思瓦納珊的如下論斷：「在這裡，課程設置並非理解為某種客觀存在、本質主義的實體，而是一種話語、行動、過程——它是知識得以社會地傳播、得以獲得文化合法性的一種機制。」[7]

在建立中國現代文學課程大綱的過程中，對對象的重新命名是關鍵的一步：以「現代文學」取代原有的術語「新文學」。在一九四九年以前民國時期的文學批評和文學理論中，「新文學」一詞用來指代誕生於五四運動的那種新形式的文學，它與「舊文學」相對立，後者被認為是一種古舊腐朽的文學，阻礙著中國的現代化進程。[8]由趙家璧主編的十卷本的《中國新文學大系》（一九三五—一九三六）的編纂，標誌了中國新文學早期的一次經典化嘗試，並為中

6 Alan R. Sadovni, *Knowledge and Pedagogy: The Sociology of Basil Bernstein* (Norwood, N.J.: Ablex Publishing, 1995).

7 Gauri Viswanathan, *Masks of Conquest: Literary Study and British Rule in India* (New York: Columbia University Press, 1989), p. 3.

8 「新文學」出現在下列書名中：周作人，《中國新文學的源流》（北平：人文書店，一九三二）；陸永恆編，《中國新文學概論》（廣州：克文印務局，一九三二）；王哲甫，《中國新文學運動史》（北平：傑成印書局，一九三三）；王豐園，《中國新文學運動述評》（北平：新新學社，一九三五）等。關於這些早期的中國現代文學研究，見黃修己，《中國新文學史編纂史》；另見Yingjin Zhang, "Institutionalization of Modern Literary History in China," *Modern China* 20.3 (July 1994): 347-77.

國現代文學史的編纂學奠定了基礎。[9]對「現代文學」這一術語的確立發生在一九五六年前後，當時，中共宣布國家完成了社會主義改造，並將正式進入社會主義階段。因此，正如當代中國文學史家洪子誠所指出的，這一重新命名的意義在於，這一新創造的中國現代文學必須放在新民主主義的時間框架裡，以求為一種更高級的新文學的創造留下空間，即，以「當代文學」為名的社會主義文學。[10]

從「新文學」向「現代文學」的轉型不僅是一個名稱的變動。相反，這些標籤更關乎著理解一九一九至一九四九年間中國文學的文學現代性的不同方式。在〈中國新文學史教學大綱〉（初稿）中，這一區別清楚地表現出來，其中寫道，新文學是「新民主主義文學」，不是「白話文學」，不是「國語文學」，不是「人的文學」，也不是「平民的文學」。[11]個人主義、白話文、平等主義這些民國時期新文學敘事所強調的理念，如今被斥為是資產階級的、反動的。對於年輕的社會主義國家而言，使中國文學變得嶄新與現代的推動力，不是啟蒙的人文主義價值觀，而是革命的馬克思主義觀點與「中國特色的結合」。[12]

這部中國現代文學教學大綱的奠基性文本的主要歷史與文化論點，均依據毛澤東一九四〇年一月的文章〈新民主主義論〉而構思完成。毛這篇影響深遠的文章寫於抗日戰爭（一九三七—一九四五）期間的國共合作之際，其中，毛澤東將中國革命、社會與文化發展的基本過程劃分為三個不同階段：舊民主主義時期、新民主主義時期，以及最終的社會主義時期。以此，他規定了三種不同的文化：半封建半殖民的國民黨統治下的舊民主主義文學、在共產黨的領導下興起於五四運動中的新民主主義文學，以及中國革命勝利之後將要到來的中國社會主義文學。在共和國肇造之後，毛澤東的文化藍圖終於在國家機器的干預下得以實現和制度化。年輕的社會主義國家中的黨的理論家與文學研究者們竭盡全力創造出了一部中國現代文學史，使之符合於毛澤東在〈新民主主義論〉和〈在延安文藝座談會上的講話〉等論述中設定的理論框架。[13]

---

9 趙家璧編，《中國新文學大系》十卷（上海：良友圖書公司，一九三五—三六）。關於《中國新文學大系》的編選及其在中國現代文學的經典化中的作用，見Lydia H. Liu, *Translingual Practice: Literature, National Culture, and Translated Modernity-China, 1900-1937* (Stanford, CA: Stanford University Press, 1995), pp. 214-38.

10 如洪子誠所論，是當代文學的創造賦予了現代文學以生命。見洪子誠，〈「當代文學」的概念〉，頁三八—四八。

11 李何林等編，《中國新文學史研究》，頁三—四。

12 毛澤東，〈新民主主義論〉，收入中共中央毛澤東選集出版委員會編，《毛澤東選集》卷二（北京：人民出版社，一九九一），頁七〇七。

13 毛的革命史編纂學為左翼陣營的史觀奠定了基礎。經過左翼理論家以及黨的理論家如周揚（一九〇八—一九八九）、茅盾（一八九六—一九八一）和郭沫若（一八九二—一九七八）——他們都在第一次文代會上發言了——的多次闡釋，理解中國現代文學的新框架已經確立。

譬如，王瑤的《中國新文學史稿》[14]被普遍認為是第一次將毛主義史觀與方法論應用在建構中國現代文學史的學術嘗試。它將中國現代文學闡述為「中國新民主主義革命三十年來在文學領域上的鬥爭和表現，用藝術的武器來展開了反帝反封建的鬥爭，教育了廣大的人民，因此它必然是中國新民主主義革命史的一部分，是和政治鬥爭密切結合著的」。[15]中國現代文學史嚴格地依照毛澤東〈新民主主義論〉所勾勒的現代中國革命史分期進行寫作，由此，現代文學史被勾勒為一個共產主義革命意識形態領導的，向著社會主義現實主義的終點前進的線性過程。

〈新民主主義論〉為中共的建國理論提供了基礎，正如關於毛澤東革命理論的大量學術研究所指出的，毛在其中花了極大的篇幅來想像新的國家的民族文學，並賦予文化建構以獨特的意義。這裡需要強調毛澤東的文化理論構造中內在的一處爭議。在馬克思（一八一八—一八八三）看來，文化是由政治與經濟所決定的。以這一看法為基礎，毛澤東引申道：「一定的文化（當作觀念形態的文化）是一定社會的政治和經濟的反映，又給予偉大影響和作用於一定社會的政治和經濟。」[16]然而，毛澤東同時又認為，文化在建立政治統治的過程中扮演了一個極具分量的角色。這一看法與葛蘭西的霸權理論相似，後者認為政治統治與思想統治間具有緊密的聯繫。這兩位思想家都將文化作為社會生活的建構性因素，從而偏離了傳統的馬克思主義的歷史唯物主義所謂「不是人的社會意識決定社會存在，而是社會存在決定人們的意識」這一看法。[17]約翰・加麥特（John Cammett）、奈格爾・陶德（Nigel Todd）、傑羅姆・卡拉貝爾（Jerome Karabel）等學者已經提請人們注意毛澤東和葛蘭西有關馬克思主義的高度相似性。[18]而對我們而言，更應記得阿里夫・德里克（Arif Dirlik）的觀察，即對毛澤東和葛蘭西來說，「文化與教育的使命更像是一個革命之前，而非革命之後的任務。」[19]在其一九三〇年代所寫

---

14 儘管「中國現代文學」這一術語於一九五六年才被納入文學史，但這一新的知識體系的基本原理在共和國初年的文學批評和文學史中被確立了。一九五六年，中共宣布社會主義改造完成，結束了新民主主義階段。因此，為一種新的社會主義的文學，「當代文學」，創造空間就變得十分要緊。這是「現代文學」一詞為何在此後的文學史中被採用的原因之一。

15 王瑤，《中國新文學史稿》卷一（北京：開明書局，一九五一）。

16 毛澤東，〈新民主主義論〉，頁六六三—六六四。

17 Karl Marx, "Preface to 'A Contribution to the Critique of Political Economy,'" in *Karl Marx: Selected Writings*, ed. David McLellan (Oxford: Oxford University Press, 1977), p. 181.

18 John Cammett, *Antonio Gramsci and the Origins of Italian Communism* (Stanford, CA: Stanford University Press, 1967); Nigel Todd, "Ideological Superstructure in Gramsci and Mao Tse-tung," *Journal of the History of Ideas* 35 (Jan./ Mar. 1974): 148-56; Jerome Karabel, "Revolutionary Contradictions: Antonio Gramsci and the Problem of Intellectuals," *Politics and Society* 6. 2 (1976): 123-72.

19 Arif Dirlik, "The Predicament of Marxist Revolutionary Consciousness: Mao Zedong, Antonio Gramsci, and the Reformulation of Marxist Revolutionary Theory," *Modern China* 9.2 (April 1983): 185.

的《獄中筆記選》（*Selections from the Prison Notebooks*）中，葛蘭西指出，文化統治以共識的方式運作，並且能夠發生在以軍事力量奪取統治權力之前：「一個社會集團的霸權地位以兩種方式體現出來，一是『統治』，二是『思想與道德的領導地位』。」[20]所有政治上的統治階級同時也是意識形態上的統治者。在其控制文學藝術領域以奪取國家建設的敘事力量的努力中，毛澤東非常清楚道德與思想的感召力在統治中的重要性。因此，〈新民主主義論〉既是一篇政治文章，又是一篇文化宣言，確立了共產黨的政治統治與思想優越性。在這個層面上，正如雷蒙德・威廉斯（Raymond Williams）在他對葛蘭西的解讀中所觀察的，霸權「在最強勁的意義上是一種『文化』。」[21]

中國現代文學研究在共和國的體制化過程，是奠立共產黨的文化與政治合法性的關鍵一步。這揭示了文化霸權與政治宰制之間的重要關係。在社會主義中國，中國現代文學作為新的知識學科的建立，是建設中國民族文學的一個部分。而在香港，它則指向了文化民族主義與文化的解域化過程，我將在下一部分進行討論。

二、文化本真性的香港製造

在大陸變色，國民黨退據台灣後，大量中國知識分子與作家流亡到英國殖民地香港，其中大部分人最終定居於此。本節將以三個案例，討論一九四九以後對現代中國的一種解域化的文化想像。首先，殖民政府對中國傳統文化的體制化使得現代中國認同淪為抽象。其次，所謂的「南來作家」構成了一種獨特的中國現代文學的觀念，它指向了一種以純粹的民族語言與抒情本真性構成的中國民族認同。第三，流亡中的新儒家以民族主義文化主義的方式，形塑了一種以儒家民主制為特點的現代中國民族。

在香港，直至一九六〇年代，中國現代文學才以課程主題而出現。一九六七年，李輝英（一九一一—一九九一）在香港中文大學聯合書院開出了第一門大學中國現代文學課程。一九六〇年代末，徐訏（一九〇八—一九八〇）和司馬長風（一九二〇—一九八〇）開始在香港浸會大學教授中國現代文學。一直到一九七〇年代中期，香港大學這所殖民政府的官方大學才開始開設關於中國現代文學的課程。而即便在那時，它在殖民課綱中也不是什麼受青睞的科目。而面對中國現代文學的幾近缺席，則是殖民政府自一九二〇年代起對中國傳統文化的大張旗鼓的推廣，以抗衡同時段如火如荼的中國民族主義的興起。

自冷戰竹幕在台海降下之後，上述教育意識形態又出現了另一個維度，它集中體現在中學

20 Antonio Gramsci, *Selections from the Prison Notebooks* (New York: International Publishers, 1971), p. 57.

21 Raymond Williams, *Marxism and Literature* (Oxford: Oxford University Press, 1977), p. 110.

的中文課程體系裡。在一九四九年以前的中國文化課程中，香港的學校所使用的教材和課程大綱和內地的學校一樣，都是由南京政府頒行的。香港與中國在教育方面的這種延續性隨著一九四九之變宣告終結。儘管一九四九之後，香港在冷戰東亞的共產主義封鎖前線扮演著關鍵一環，但它的殖民統治者卻認為共產黨的宣傳和國民黨的極端民族主義反共信念一樣，都有害於殖民統治。於是，香港的學校認為台海兩邊新出的語文課本都不再適用於香港。面對重建課綱、編寫自己的中國文化課教材的緊迫需求，香港政府教育部於一九五二年委任了一個中文教育委員會，來審核小學與初中課程及課本中關於中國語言、文學與歷史的問題。委員會斥責先前的中文學習材料「造就了無知而狹隘的中國民族主義者」，並且為香港的中文科的教學制定了新目標：藉由熟練掌握中國的語言、文學與歷史，香港的孩子應當有能力溝通中國與西方。只有這樣，他們才算「成為了現代中國人，了解自己的文化，與此同時，也具有自由主義、平衡、國際化的視野。」[22]

在對這一目標的陳述中，中文科的學習被視為一處堡壘，用以將香港從國共雙方的意識形態中脫離出來，並培養具有世界主義視野的「現代中國人」。諷刺的是，英國殖民勢力在冷戰中費盡心力支持提倡的這種文化傳統之所以凋亡，恰恰是由於一個世紀以前英國霸權所致，也正是那個原初時刻，開啟了中國現代化的艱辛歷程。悖論在於，衡量「現代」與「中國」的尺規，有兩個：一是業已封存在過去的時間膠囊中的中國文化傳統，二是朝向現代、全球和當下的自由主義的、國際的視野。殖民教育話語所暗示的是，教授中國文化傳統能夠幫助現代中國人擁有世界主義的眼光，而源出於同樣的文化資源的現代中國語言、文學與歷史則應被摒棄，因為它們導致了排外的、狹隘的民族主義。這一邏輯推衍出一個自相矛盾的結論，通過向中國人教授他們自己的文化傳統，以促進他們的文化自信與民族自豪，可以達到遏制中國民族主義的目的。我們很難不為它的內在矛盾所驚訝：一種缺乏民族實質的民族認同如何可能？皇帝的「新衣」到底是什麼？諷刺的是，面對冷戰期間去殖民化與民族主義的興起，殖民教育機關竟然以制度化中國文化作為回應，正如陸鴻基（Bernard Luk）所觀察的，這一策略意在「使得中國文化與英國殖民主義能夠同時在共產主義的陰影下生存。」[23]香港的這一奇特同盟造就了一種獨特的中國性，一種切斷了任何有形的政治現實的理想化的民族文化，「一種抽象的中國認同」。[24]

在與官方殖民教育意識形態具有複雜關係的兩個領域中，文化主義與民族主義、文化與政體之間的關係表現出不同的形式：第一個領域是中國現代文學，第二是香港新儒家。在香港寫

22 Bernard Hung-kay Luk, "Chinese Culture in the Hong Kong Curriculum: Heritage and Colonialism," *Comparative Education Review* 35.4 (November 1991): 659-60.

23 Ibid., p. 667.

24 Ibid., p. 668.

作、出版的不多的中國現代文學史（它們都是由「南來作家」完成的）中，司馬長風的三卷本《中國新文學史》（一九七五、一九七六、一九七八）最具影響力，也最具爭議。[25]在香港低靡的中國現代文學史市場裡，這本書獲得了意外的銷量，重印了三次。[26]它對文革後的中國大陸也產生了巨大影響，並促使大陸學者超越社會主義現實主義的緊箍來理解中國現代文學。不過，它也招致了一些學者的嚴厲批評，他們認為此著缺乏學術的嚴謹與審慎。[27]司馬長風的《中國新文學史》最為突出的是它的兩個核心命題：文學性與中國性，以及對這兩者的理解，如何在香港的獨特社會政治語境中促發了關於民族主義、審美自主性與本真性、冷戰文化政治等發人深省的問題。在它關於文學與民族純潔性的富有爭議的理解中，司馬長風的著作在英國殖民地以及台海兩岸互相競爭的政權的縫隙之間，呈現出一種頗具意涵的文學現代性的觀念。

司馬長風如此描述他寫作文學史的理由：「第一、這是打碎一切政治枷鎖，乾乾淨淨以文學為基點寫的新文學史；第二、這是以純中國人的心靈所寫的新文學史。」[28]他對中國現代文學的理解，其特點在於純粹的文學性和中國性。他強烈反對共產主義政治對文學的控制，因而他把文學自主性視作一個對抗性的空間。任何政治汙染過的東西都是有問題的。照此標準，魯迅的〈故鄉〉和〈在酒樓上〉比他廣受歡迎的〈狂人日記〉和〈阿Q正傳〉更值得稱頌。後者承載著強烈的政治訊息，而前者則流露著「真摯的深情和幽幽的詩意。」[29]巴金的《寒夜》（一九四七）比他早期的《家》（一九三三）要好得多，因為到了一九四〇年代末，「他的小說技巧，已臻爐火純青，對文藝有了莊嚴和虔誠，同時政治尾巴也切得乾乾淨淨，成為一點不含糊的獨立作家了。」[30]

司馬長風對政治干預文學的警惕似乎與冷戰西方陣營所提倡的去政治化的藝術觀念，如「盛期現代主義」，相去不遠。後者在一九五〇年代被經典化為美國的官方文化，以表現「在

25 在香港，有關於中國現代文學的研究和出版很少。在對一九四九年後香港的現代文學歷史編纂學研究中，王宏志列出了曹聚仁的《文壇五十年》、李輝英的《中國現代文學史》、司馬長風的三卷本《中國新文學史》、徐訏的《現代中國文學過眼錄》。見王宏志，《歷史的偶然：從香港看中國現代文學史》（香港：牛津大學出版社，一九九七）。這四位作家都是一九四九年分裂之後流亡香港的作家。一開始，大陸出版的文學史依舊可以在香港看到，但在一九五一年邊界關閉後就不再如此了。

26 司馬長風的《中國新文學史》寫於一九七〇年代初他在香港浸會大學教授中國現代文學期間。在某種意義上，它可以被理解成他的課程的教材。由昭明出版社出版，這是一家以出版教科書和大學入學考試教輔材料聞名的香港出版社。

27 C. T. Hsia, *A History of Modern Chinese Fiction* (Bloomington: Indiana University Press, 1999). 王宏志也有類似的批評。而相反的意見則來自於陳國球，他認為司馬長風的作品提供了一種另類的文學史書寫。夏志清一九六一年出版的 *A History of Modern Chinese Fiction, 1917-1957* 在美國奠定了中國現代文學作為一門學科的基礎。

28 司馬長風，《中國新文學史》上冊（台北：傳記文學出版社，一九九一），頁三二四。

29 同前注，頁一〇七—一〇八。

30 同前注，頁七二。

一個被共產主義極權主義所威脅的世界裡，美國是自由理念的庇護所。」[31]在這個意義上，儘管中國現代文學並非廣受歡迎的科目，司馬長風關於文學自主性的觀念其實非常適合冷戰初期的香港，那時的香港是民主的戰略前哨，用於遏制共產主義。自打現代主義誕生之日起，審美自主性早已不是什麼新的概念了。然而，司馬長風的本真自主性概念的獨特之處在於他對情感真摯性的強調。在司馬長風對中國現代作家作品的評論中，我們很難忽略頻繁出現的類似於「真摯的深情」、「抒情本質」、「真實的情感」之類的觀點。對他而言，一部作品的文學性在於它能夠以深切的抒情性對時代做出反映。他將這種能力稱為「即興的言志」，並將其描述為「圓滿的創作心靈」，它「既不載道，思感也沒有『框框』」。[32]司馬長風的這一概念來自於周作人，後者將文學分為言志的文學與載道的文學。[33]受到晚明文學的啟發，周作人認為「文學只有感情沒有目的」，因而更近於歐洲文學傳統中「抒情性」這一觀念。[34]而抒情正是司馬長風在他的中國現代文學史敘述中著墨甚多的美學特質。此種傾向不應被簡單地打發為流亡者的過度的「感傷主義」。正如陳國球提醒我們的，司馬長風的抒情主義旨在「創造與真實世界的關聯，並反抗支配著中國現代文學史話語的政治觀點。」[35]

抒情的本真性成為司馬長風建構中國現代文學的中國性概念的核心要素。此外，他堅持認為純粹的民族認同體現在純粹的民族語言中。白話文的建立曾是五四新文化運動的首要任務，而司馬長風更進一步，尋求一種未被歐洲語言和地區方言所影響的純粹的現代民族語言。在他對現代文學發展的看法中，這種不帶有佶屈聱牙的歐化表述或方言表述的純粹的中文終於在抗日戰爭中出現了：全國範圍的遷徙使得方言口語互相融合，催生了一種「新的豐富的國語」。[36]批評家們對他這種語言上的執念不滿，並斥之為「形式主義觀點」。[37]然而，陳國球則指出，這一看法必須放在香港的語言與文化語境中來考量——司馬長風在一九四九年分裂之後以移民身分遷居香港。考慮到英語和廣東話的統治地位，要在這個英屬殖民地提倡一種獨特的文學或語言的中國性必然充滿困難與爭議。司馬長風本人清楚地意識到了自身尷尬的文化立

---

31 David Harvey, *The Condition of Postmodernity: An Enquiry into the Origins of Cultural Change* (Oxford [England]; Cambridge, Mass., USA: Blackwell, 1989), p. 37.

32 司馬長風，《中國新文學史》上冊，頁一一〇。

33 周作人，《中國新文學的源流》，頁三三—五二。

34 同前注，頁一四。關於周作人作品中的抒情態度，見David Pollard, *A Chinese Look at Literature: The Literary Values of Zhou Zuoren in Relation to the Tradition* (London: Hurst, 1973).

35 陳國球，《文學史書寫形態與文化政治》（北京：北京大學出版社，二〇〇四），頁二二七。

36 司馬長風，《中國新文學史》上冊，頁一五六。這一看法為最近的大陸中國現代文學史家所共用，如錢理群的《對話與漫遊：四十年代小說研讀》（上海：上海文藝出版社，一九九九）強調了一九四〇年代的孫犁、蕭紅、沈從文等人的純語言價值。

37 王劍叢，〈評司馬長風的《中國新文學史》〉，《香港文學》二二期（一九八六），頁四〇。

場。在反思前現代中國的文言與白話之爭時，他將其類比於中文和英文在香港的競爭：儘管中文是香港的官方語言之一，但它無法與作為英國殖民地的支配性語言的英語相比。[38]然而，正是因此，這樣一種語言與文化上的堅定立場就顯得更為絕對、更有意義。司馬長風對一種純粹的白話文的堅持揭示了他在中國大陸之外堅守民族意識的決心。

司馬長風對語言和抒情真誠性的捍衛建構了一種中國現代文學史的敘述，它既區別於大陸新生的主流敘述——這在當時的香港也可以買到，又區別於冷戰期間其他政治區域所書寫的文學史。在一篇回憶一九四九年後來港的新儒家學者唐君毅（一九〇九—一九七八）的文章中，司馬長風提到，唐君毅一九四九年以後的寫作具有一種深切的抒情特質，而這源自於他的故國愁思。司馬長風自己在港期間的寫作，包括他的中國現代文學史，同樣充斥著鄉愁情愫。在他對中國現代文學的重繪中，抒情的真誠性成為本真的中國性的基礎。由此，在這部流亡者創造的中國現代文學中，本真性在鄉愁與抒情的雙重層面發揮著作用。司馬長風的文學史因而可以被視為在冷戰香港建構了一種另類的抒情現代性，這一創造在殖民課程設置中，為不受歡迎的中國現代文學開闢出了一個意義非凡的空間。

這種打造文化盔甲的良苦用心在唐君毅、張君勱（一八八六—一九六九）、牟宗三（一九〇九—一九九五）和徐復觀（一九〇二／〇三—一九八二）共同發表的文化聲明中也可見到。這份聲明日後被視為海外新儒家的奠基性宣言。[39]和前文所述的中國現代文學學者一樣，香港的新儒家們也致力於在中國大陸以外構造民族文化。一九五八年一月一日，這些新儒家大師發布了〈為中國文化敬告世界人士宣言〉，並同步發表在香港的《民主評論》（由徐復觀創辦）和台灣的《再生》雜誌上。[40]當年正是英帝國主義的侵略，部分地導致了儒學被逐出大陸，而今，在冷戰香港，在英帝國主義治下，儒家卻找到了新生的空間，這一事實不僅諷刺，而且令人唏噓。

這份宣言提供了另一種關於具有獨特民族文化的現代中國的意味深長的想像。它召喚出儒學價值體系，作為建設文化主義的現代中國的方法。不過，與關於中國現代文學的種種文化主張相比，新儒家對儒學的倚重並沒有減弱它的現代與進步性。事實上，在冷戰分裂之際關於中國文化想像的討論中，保守與進步、現代與反現代的概念區分是多餘的。在對二十世紀初的國

38 司馬長風，《中國新文學史》上冊，頁二五。

39 唐君毅等，〈為中國文化敬告世界人士宣言〉。這份〈宣言〉的四位連署人的流亡路徑對思考其文化與政治意義非常重要。在一九四九年分裂之後，唐君毅從中國大陸飛往香港，在那裡與錢穆和張丕介一起創辦了新亞書院，成為研究、提倡中國文化的文化堡壘。新亞書院後來成為建立於一九六三年的香港中文大學的學院之一。唐君毅成為哲學系主任。牟宗三首先去了台灣，在簽署〈宣言〉兩年後赴港。張君勱在短暫居留香港和印度後生活在美國。徐復觀去往台灣，並在政治上始終批評國民黨。

40 同前注。張君勱對宣言的英譯（Manifesto for a Re-appraisal）勾勒了原文的主要觀點。

粹運動的研究中，劉禾指出，那些為舊學復興搖旗吶喊的學者不應被簡單地歸為反現代的保守主義者。[41]他們堅守儒學的普遍人文主義價值，在儒學價值中定位中國的國粹。由此，他們和他們的對手，即五四新文化主義者，分享著相同的話語基礎。他們也是同一個民族建設與文化現代化規畫的積極參與者，儘管五四新文化主義者宣稱自己才是唯一合法的宣導人。對於一九四九年以後的新儒家而言，上述論斷同樣成立。在宣言中，四位連署人展望了一個建立在民主政體和儒家哲學基礎上的現代中國。

不過，新儒家對中國舊學的強調使它在英國殖民以及東亞冷戰的二元意識形態對抗之間獲得了一個相對安全的空間。提倡儒學價值的方案，諷刺地成為了殖民政府的文化歸化政策的補充，後者正試圖將中國打造成一個古舊的、免於任何現實政治的文物。根據一八四一年的義律公告，香港的居民將「在女王降旨之前，依中國的法律、習俗與禮儀來管理。」殖民政府在香港的積極的不干預主義為流亡知識分子保存、提倡民族文化打開了空間。只要不直接威脅到英國殖民當局，他們就可以享有一定程度上的言論與出版自由。這裡有必要指出的是，在美國圍剿共產中國的聯合陣線中，香港作為一個冷戰自由港具有關鍵的地緣政治位置。[42]正如香港的中國現代文學學者所強調的文學自主性的概念一樣，儒學的文化本真性亦將文化中國的建構變成了一件貌似非政治的事業，因而得到殖民政府的容許。審美自主性和文化傳統主義被視為政治中立的概念，而得到冷戰文化政策的推廣以及自由世界的其他地區的學界的認可。冷戰期間，盛期現代主義在美國的經典化是一個典型的例子。[43]

〈宣言〉試圖著手一種文化反思，旨在實現中國的民族建設。四位連署人慨歎，在清朝覆亡、共和革命近半個世紀之後，中國的民族建設尚未完成。[44]他們認定國共政權均未成功實現現代中國的建設。他們指出，現代中國的國民在成為政治的、認識論的主體之前，應首先是一個道德的、文化的主體。只有擁有了上述四種特質的國民所組成的主權國家，才可以被視為真正的現代、民主的國家。在他們看來，儒學本身具有民主與科學的原初形式。儒家的道德修養不僅促進了現代政治與技術的發展，更重要的是，它能夠克服後者在晚近現代西方國家的歷史中所暴露出來的缺陷。因此，宣言作者認為，個體國民的道德操守和民族精神的培養，構成了現代國家建設的前提條件。

41 Lydia H. Liu, *Translingual Practice*, pp. 239-64.

42 關於冷戰期間香港在國民黨政府和大英帝國之關係中的政治地理位置，見Steve Tsang. *Cold War's Odd Couple: The Unintended Partnership between the Republic of China and the UK, 1950-1958* (London and New York: I. B. Tauris & Company, 2006), pp. 165-84.

43 關於冷戰期間盛期現代主義在美國的興起，見Andreas Huyssen, *After the Great Divide: Modernism, Mass Culture, Postmodernism* (Bloomington: Indiana University Press, 1986).

44 唐君毅等，〈為中國文化敬告世界人士宣言〉。

〈宣言〉將中國民族文化等同於儒家傳統，尤其是等同於儒家的心性之學，已經有許多學者對此提出了質疑。[45]儘管它對中國文化或儒學的定義或有可議之處，但它在中國大陸之外保存中國文化遺產的決心是無可置疑的。新儒家將建設民主政體與科學哲學的基點定位在儒學傳統之上，由此建構一種中國的民族意識，作為民族建設的核心力量。他們把民主的儒學社會政治圖景投射在中華母國之上，這不僅揭示了德里克在〈邊緣地區的儒學〉（*Confucius in the Borderlands*）一文中提到的「情感的鄉愁」[46]，更反映了文化民族主義。

在〈宣言〉中例如「民族文化是其精神生命之表現」[47]這樣的陳述中，我們可以聽到赫爾德（Johann Gottfried Herder, 1744-1803）的「民族精神」（volksgeist）概念的清晰迴響。這位德國哲學家奠定了後來所謂的文化民族主義的基礎。赫爾德認為世界是由彼此相聯的有機體組成，他將「文化」定義為獨特的實體，並堅稱任何合法的政治或社會組織，都必須是從具有特定的語言和文學傳統的共同文化中自然生長出來的產物。[48]赫爾德的文化與民族精神理論發展於十八世紀晚期的處於分崩離析中的德國，當時，正如費希特（Johann Gottlieb Fichte, 1762-1814）所描述的，德意志民族的維繫，幾乎「僅僅靠著文人的演說與寫作的手段。」[49]二十世紀早期，從赫爾德和早期浪漫派那裡得到重要啟發的德國史學家邁內克（Friedrich Meinecke, 1862-1954），發明了「文化民族」這一術語以區別於「政治民族」。[50]訴諸於文化民族的概念，邁內克區分了兩種民族主義範疇：政治的與文化的。文化民族主義謀求一種基於其獨特的文化、語言和傳統的民族意識。十九世紀末，當俾斯麥（Otto von Bismarck, 1815-1898）治下的普魯士為一個統一的德意志國而奮戰時，一個統一的德意志文化體早已形成，並預示著政治的統一。正如彼得・霍恩達爾（Peter Uwe Hohendahl）指出的，「新的德意志帝國的合法性原則更多地存在於文學史，而非政治史中。在政治史上，普魯士、撒克遜、荷爾斯泰因和符騰堡人

---

45 見Hao Chang, "New Confucianism and the Intellectual Crisis of Modern China," in *The Limits of Change: Essays on Conservative Alternatives in Republican China*, ed. Charlotte Furth (Cambridge, MA: Harvard University Press, 1976), pp. 276-302.

46 Arif Dirlik, "Confucius in the Borderlands: Global Capitalism and the Reinvention of Confucianism," *boundary 2* 22 (Fall 1995): 234.

47 Carsun Chang, "A Manifesto for a Re-appraisal of Sinology and Reconstruction of Chinese Culture," *The Development of Neo-Confucian Thought* (New York: Bookman Associates, 1962), vol. 2, p. 465.

48 Johann Gottfried Herder, *Outlines of a Philosophy of the History of Man*, trans. T. Churchill (New York: Bergman Publishers, 1966).

49 Johann Gottlieb Fichte, *Addresses to the German Nation*, trans. R. F. Jones and G. H. Turnbull (Westport, CT: Greenwood Press, 1979), p. 217.

50 Friedrich Meinecke, *Cosmopolitanism and the National State*, trans. Robert B. Kimber (Princeton, N.J.: Princeton University Press, 1970).

幾乎沒有什麼共同的經歷。」[51]

有意思的是，這樣一種文化民族的觀念在冷戰德國分裂的思想討論中明顯缺席了。正如批評家所指出的，由於納粹對德國民族主義的濫用，民族與民族主義成了在政治上非常可疑的理念。在冷戰高峰中，像君特・格拉斯（Günter Grass）這樣的聯邦德國的作家甚至為兩國分離論（Zweistaatlichkeit）辯護，而後者的基礎正是以政治民族取代文化民族。當兩德的重新統一標誌著冷戰的終結時，文化民族與政治民族之間的矛盾在哈貝馬斯（Jürgen Habermas）的「憲法愛國主義」（Verfassungspatriotismus）中找到了它的後民族主義變體。這一概念認為，公民身分應當擺脫它與某個特定民族之間的傳統聯結：「公民的民族身分並不來自於種族或文化特質，而是來自於公民們積極運用自身的公民權的實踐。」[52]

但是，在一九四九年中國國家分裂之際，文化民族主義起到了重要的作用，以求超越國共意識形態限制來想像現代民族。正如何漪漣從離散與民族的話語空間角度出發對〈宣言〉所做的解讀中所說，如新儒家這樣的流亡學者，他們在民族文化中發現了一個替代性的空間，以「超越中國兩個競爭性政權的分裂。」[53]查特吉（Partha Chatterjee）在對後殖民印度的討論中指出，包含著文化獨特性的精神空間被確立為主權空間，因而超越了殖民權力的控制。[54]在這個意義上，民族文化的建構提供了反抗外國統治的平臺。格里高利・尤斯達尼斯（Gregory Jusdanis）在為民族和文化民族主義辯護的著作《必要的民族》（*The Necessary Nation*）中，將查特吉的論點擴展到了包括希臘在內的「後發社會」，並指出，文化民族主義在民族主義和現代化進程中具有極端的重要性，因為它既推進了現代化，又保留了民族認同和文化獨特性。[55] 對於寓居香港的新儒家們而言，文化民族主義被認為是一種抵抗的手段，其對象或許不僅僅是香港的殖民統治，更是晚近的中國歷史中的那些外來意識形態的統治，包括馬克思主義和法西斯主義。文化民族的建構旨在同時推進國家主權和現代化。

在遠離母土之後，新儒家成為在中國之外重新確認中國文化身分的方式。新儒家們以文化來想像民族認同，由此建構出一種「流亡中的文化民族主義」。然而，地理上的分裂激發了關

51 Peter Uwe Hohendahl, *Building a National Literature: The Case of Germany, 1830-1870* (Ithaca: Cornell University Press, 1989), p. 196.

52 Jürgen Habermas, "Citizenship and National Identity," *Praxis International* 12.1 (April 1992): 3. 關於兩德統一後的民族、後民族主義和常態化問題的論辯，見Andreas Huyssen, *Twilight Memories: Marking Time in a Culture of Amnesia* (New York and London: Routledge, 1995), pp. 67-84.

53 Elaine Yee Lin Ho, "China Abroad: Nation and Diaspora in a Chinese Frame," in *China Abroad: Travels, Subjects, Spaces*, eds. Elaine Yee Lin Ho and Julia Kuehn (Hong Kong: Hong Kong University Press, 2009), p. 17.

54 Partha Chatterjee, *The Nation and Its Fragments: Colonial and Postcolonial Histories* (Princeton, N.J.: Princeton University Press, 1993), p. 6.

55 Gregory Jusdanis, *The Necessary Nation* (Princeton, N.J.: Princeton University Press, 2001).

於文化與政體、族群與疆土的問題。新儒家們在香港這一英屬殖民地召喚本真的文化主義中國，這本身就導致了對他們自身的文化立場的質疑：一個沒有政治疆界的文化民族真的可能存在嗎？[56]在缺乏民族政體的情況下，文化傳承如何可能，意義何在呢？拋開其關於「天下一家」的儒家烏托邦式的世界主義理想，它的核心關注無疑是一個現代的中國。在這裡，我們不妨討論一下中國歷史朝代更迭之際的「遺民」這一概念，它同樣指向了文化和政治認同之間的曖昧關係。遺民宣稱忠於逝去的王朝，拒絕承認新的征服者的合法性。在堅持前朝的合法的正統文化時，他們同時也保存與傳承了文化遺產。然而，由於執守著逝去的歷史，他們剝奪了自身以及他們所守衛的文化的可能有的現存疆土與傳承譜系。新儒家們並非對遺民主義的誘惑與陷阱茫然無知。牟宗三晚年警告他同時代的學者們不要變成另一個朱舜水（一六〇〇—一六八二），這位具有爭議性的明代遺民流亡日本，再也沒有踏足故土。

三、中國現代文學：台灣的負空間

在冷戰中國，中國現代文學及其歷史編纂被作為生產民族歷史和民族想像的重要組成部分。在大陸，中國現代文學的體制化成為一種教育機制，以傳授一種民族敘事：現代中國沿社會主義革命的道路崛起。而在一九四九年的台灣，民族歷史敘事的進行是以消抹中國現代文學為前提，並提倡一種解釋國土之淪亡、展望其光復的反共小說。國民黨政權指責中國現代文學在意識形態上哺育了共產主義的興起，因而查禁了幾乎所有一九一九至一九四九年間出版的中國文學作品。幾乎所有作家都因涉嫌助推或順從於共產主義而被封禁。只有兩位作家倖免於國民黨的新文學恐懼症：徐志摩（一八九七—一九三一）和朱自清（一八九八—一九四八）。他們被視為在政治上是中立的，並且「幸運地」在共產黨奪權之前逝世。[57]然而，即使在事實上幾乎不存在，中國現代文學依舊具有存在感，占據了戰後台灣官方文化邊界所定義的負空間。

國民黨政權意識到，他們的失敗不僅是軍事上的，也是文化上的，因而在抵台之後不久便嚴密地收緊了其文化政策。一九五〇年，中華文藝獎金委員會在立法院長張道藩（一八九七—

56 在思考跨國主義時代在本質化的公民身分與流動的公民身分之間的遊走的困境時，王愛華（Aihwa Ong）質疑了「文化中國」這個新儒家概念與亞洲的民族主義和資本主義的內在的糾纏。她認為，一九八〇年代以來儒學在「大中華地區」的邊緣國家的復興，重新將儒學與國家權力聯繫了起來，見Aihwa Ong, "Chinese Modernities: Narratives of Nation and of Capitalism," in *Ungrounded Empires: The Cultural Politics of Modern Chinese Transnationalism*, eds. Aihwa Ong and Donald M. Nonini (New York: Routledge, 1997), pp. 171-202; 另見Aihwa Ong, *Flexible Citizenship Flexible Citizenship: The Cultural Logics of Transnationality* (Durham, N.C.: Duke University Press, 1999). 關於「文化中國」的概念，見Wei-ming Tu, "Cultural China."

57 呂政惠，《戰後台灣文學經驗》（台北：新地文學出版社，一九九二），頁一八五—九六。

一九六八）的領導下成立，隨後又設立了中國文藝協會以落實官方的「反共抗俄」的文學政策。同年，為了回應「文藝到軍中去」的口號，國防部又設立了一項文學獎以及一系列文學刊物，以扶植軍隊作家。藉由文學刊物和文學獎，這兩個中樞機構管理和資助反共文學的生產。[58]在反思國民黨敗於中共之手的原因時，剛剛就任總統的蔣介石認為，「匪共乘了這一空隙，對文藝運動下了很大的工夫，把階級的鬥爭的思想和感情，藉文學戲劇，灌輸到國民的心裡。於是一般國民不是受黃色的害，便是中赤色的毒。」[59]遵循蔣介石的告誡，一九五四年發起了文化清潔運動，以保證思想與道德上健康的民族體魄。[60]

顯然，反共主義是國民黨在台文化政策的首要任務。十年之內，有超過一千五百位作家參與了反對共產主義惡魔的戰役。陳紀瀅的《荻村傳》和《赤地》、王藍的《藍與黑》、潘人木的《蓮漪表妹》和姜貴的《旋風》是其中成就最高的作品。儘管反共小說在日後的文學批評中被斥為「八股文」，並且造就了台灣文學的「白色荒漠」，但這一一九五〇年代台灣的主導文類不應被簡單地忽略。[61]通過敘述大陸的共產主義崛起、國民黨政權的敗退，這一反共的介入式文學實際做了為剛剛流亡的中華民國建構民族歷史的嚴肅工作。反共作家致力於解釋共產主義意識形態在中國社會的傳播如何加速了民國在道德、經濟和文化上的崩潰，並最終導致了國民黨的潰敗。然而，這類政治小說的存在理由，不僅是要解釋國民黨的失敗，更要以文學書寫收復失去的大陸，完成國民黨政權的復興，而後者才是正統中國歷史與文化的合法繼承人。換言之，對民族失敗的解釋將為民族復興提供精神上的準備與武器。

反共文學通常由於其宣傳教條和藝術上的拙劣而被抨擊。不過，最近的學術研究已經開始重新思考這一重要的文類。[62]鄉愁與離散為這一誕生於分裂時代的重要文類提供了兩個密切關聯的考察視角。國民黨政權在內戰敗給中共後退據台灣，同時將成千上萬的人帶到了島上。這一前所未有的人口遷徙導致了家庭、政治與文化上的創傷性的分離。在處理時間與空間上的錯

---

58 對一九五〇年代台灣文學體制更詳細的描述，見應鳳凰，〈反共＋現代：右翼自由主義思潮文學版〉，收入陳建忠、應鳳凰、邱貴芬、張誦聖、劉亮雅，《臺灣小說史論》（台北：麥田出版，二〇〇七），頁一一一—一九六。

59 蔣介石，〈民生主義育樂兩篇補述〉，收入中國國民黨中央委員會黨史委員會，《三民主義：增錄民生主義育樂兩篇補述》（台北：中央文物供應社，一九八五），頁六七。

60 關於一九五〇年代的台灣文學政策，見鄭明娳，〈當代台灣文藝政策的發展、影響與檢討〉，收入氏主編，《當代台灣政治文學論》（台北：時報文化，一九九四），頁一三—六八。

61 葉石濤，《台灣文學史綱》（高雄：文學界，一九八七），頁八八—八九。近年來，一批台灣與美國的學者，如江寶釵、范銘如、應鳳凰、張誦聖、梅家玲等，已經開始重新思考一九五〇年代的台灣文學，以對另類的文學書寫的探索，質疑反共文學的一元統治。

62 梅家玲，《性別，還是家國？：五〇與八、九〇年代台灣小說論》（台北：麥田出版，二〇〇四）；David Der-wei Wang, *The Monster That Is History: History, Violence, and Fictional Writing in Twentieth-Century China* (Berkeley: University of California Press, 2004), pp. 148-82.

位時，反共的介入式文學飽蘸著鄉愁離緒，由此滿足了大陸移民們對個人和國家正義的巨大渴望。這種過度的感傷主義同時也是一九五〇年代其他主要文類的特徵。奚密觀察到，一九五〇年代的新格律詩的特點是「感傷主義和空洞的抒情。」[63]散文寫作在一九五〇年代的台灣大量湧現，充滿文人的敏感和懷舊的傷情，這遭到了崛起於一九六〇年代的現代主義者的嚴厲批評。張誦聖將風格化的、舊式的散文的興起部分地歸咎於「統治文化對前一九四九時期的新文學的抒情一脈的選擇性強調。」[64]中學課本對徐志摩和朱自清作品的不成比例的收入使得前者炫麗的詩歌和後者文人化的散文盛行一時。

學界一般將反共文學的失敗歸咎於它在藝術上的粗糙、誇張的情節設計、和不加節制的情感氾濫。王德威指出，這些特徵或許可以適用於所有政治小說。在他看來，這種不可能的文類的困境在於其「自殺」式傾向。由於反共小說的目的在於對抗共產主義，它便與共產主義力量的成功或失敗綁定在了一起，這成了它的存在理由。因此，王德威指出，「在兩極之間擺蕩的反共文學被困在了存在的不確定性中；不論是它的成功還是失敗，都將消滅它自身。」[65]應該看到的是，這種「存在的不確定性」同樣指向了一種時間上的困境，其中，它被困在了一個殘暴的過去，沒有現在，卻有一個只能通過加倍的暴力而達到的未來。更重要的是，這一文類的困境同時也源於它無法建構一個替代性的道德與文化秩序。在它憤而揭露那個被邪惡的共產主義侵蝕的病態社會時，它沒有意識到，這同時也摧毀了國民黨政權宣示自身合法性的道德和文化基礎。更危險的是，當像姜貴的《旋風》這樣的小說宣稱要「紀惡以為誡」[66]的時候，歷史便已然被置入週期循環之中，成了一齣「徹頭徹尾的滑稽戲」[67]。對邪異的無盡沉溺沒有為規範與正統留下任何空間。如果國民黨政權從一開始就生存在同樣的一片腐朽的歷史暴力的河床上，那麼，在同樣的基礎上復興又如何可能，亦有何可欲？在反共小說的獵巫之旅中，它過於急切地要去指認、怪罪他者，而無暇事先為國民黨政權的復興建立起恰當的道德與文化基礎。因此，儘管他們懷有著堅定的反共意願，這些政治作家卻無法建構出民族的復興。

在這個意義上，蔣介石一九五三年的〈民生主義育樂兩篇補述〉可以被視為反共文學的典範，既對抗共產主義，同時也想像了一個光復後的民族。這篇文章闡明了國民黨在台文化政策的理論基礎，其中，蔣介石不僅強調了國民黨政權作為孫中山「三民主義」的真正繼承者所具

---

63 Michelle Yeh, "'On Our Destitute Dinner Table': Modern Poetry Quarterly in the 1950s," in *Writing Taiwan: A New Literary History*, eds. David Der-wei Wang and Carlos Rojas (Durham: Duke University Press, 2007), p. 122.

64 Sung-sheng Yvonne Chang, *Modernism and the Nativist Resistance: Contemporary Chinese Fiction from Taiwan* (Durham, N.C.: Duke University Press, 1993), p. 25.

65 David Der-wei Wang, *Monster That Is History*, p. 159.

66 姜貴，《旋風》（台北：明華書局，一九五九）。

67 C. T. Hsia, *The Monster That Is History*, p. 631.

有的政治合法性，更展望了一個道德與文化復興後的現代中國。蔣介石提出，民生水準的提高必須基於民族的文化與道德建設。由此，他以一種一絲不苟的方式，進一步為光復大陸之後的現代中國國民規畫了「正確」的文化、文學、藝術、音樂、電影、戲劇的種類。蔣介石不遺餘力地證明，文化與道德的修養是實現現代民族的基礎。為了成為合格的現代中國公民，「一個人一定要完全受到四育：智育、德育、體育和群育」，其中德育和群育最為要緊。[68]為此，蔣介石主張復興以儒學倫理為基礎的傳統道德與文化價值，以此強化國民黨的政治與文化合法性。他隨後闡述了分三步通往現代中國的藍圖：反共革命、民生的建構，以及最終實現「自由安全社會即大同世界」[69]。由此，現代民族的設想建立在傳統道德的基礎之上，並與儒學的大同世界融為一體。蔣介石延續了他在一九三四年的新生活運動中的論述，再度以傳統儒學價值來反抗共產主義理念。在他的演講〈新生活運動要義〉中，蔣介石將四種德行，即禮、義、廉、恥，規定為「道德準則」，其關鍵作用在於把國家從非理性的懸崖邊救回。[70]一九六六年，作為對毛澤東的無產階級文化大革命的回應，蔣介石發起了中華文化復興運動，再度強調了建設傳統文化堡壘的觀念，這一運動旨在恢復國民黨政權作為中國文化的合法承擔者的身分。

上述文化與道德保守主義構成了國民黨的反共政策的基礎。的確，在抗衡共產中國的冷戰對峙中，國民黨掀起了一場文化與道德優越性之戰。諷刺的是，國民黨所竭力捍衛的文化遺產，正被它竹幕對面的對手斥為阻礙社會主義現代化發展的封建殘留。「反共復國」的官方意識形態事實上包含了兩種類型的衝突：與共產主義的戰爭和統一分裂民族的戰爭。在政治策略的層面，反共與民族內戰是捆綁在一起的。然而，在文化層面，兩者並非毫無矛盾。反共的戰爭把東方與西方、極權與民主對立起來，而統一民族的戰爭則是反殖民的民族主義使命的繼續，旨在建立一個現代中國。「反共抗俄」是為了發動文藝戰把民族從共產主義的奴役中拯救出來，而「革命建國」的民族主義使命則誓要實現民族復興，以拯救自五四新文化運動以來飽受外國勢力侵害的文化遺產。國民政府立志完成的這兩項使命——在冷戰美國的支持下的反共，以及帶著反殖民主旨的民族主義道德主義復興——之間並不總是完美匹配。兩者之間的矛盾導致了反共文學的內在困境。不久之後，這一衝突就在對兩份雜誌的取締——一九六〇年的《自由中國》和一九六五年的《文星》——中以更激烈的方式爆發出來，自由知識分子的聲音

68 蔣介石，〈民生主義育樂兩篇補述〉，頁三九—四〇。

69 同前注，頁八六。

70 蔣介石，〈新生活運動之要義〉，收入秦孝儀主編，《總統蔣公思想言論總集》卷一二（台北：中國國民黨中央執行委員會訓練委員會，一九八四），頁七〇—八〇。英譯見*Sources of Chinese Tradition: From 1600 Through the Twentieth Century*, compiled by Wm. Theodore de Bary and Richard Lufrano (New York: Columbia University Press, 2000, 2ND ed.), vol. 2, p. 342.

被壓抑，以維繫國民黨的民族主義規畫。

儘管如民主和個人主義這樣的歐洲啟蒙主義理念在冷戰的反共思想戰中占據著重要位置，但對國民黨政府而言，它們並不總是那麼值得提倡。這一矛盾在國民黨對待五四新文化運動時的曖昧態度中可見一斑。在反省自身於大陸的失敗時，國民黨的官方話語譴責五四運動對西方的民主與科學理念的過度提倡，其代價是對中國文化傳統的全盤捨棄。在首次出版於一九四三年，並在台灣數次再版的《中國之命運》中，蔣介石指責五四運動引入了兩種危險的西方思想：「個人本位的自由主義和階級鬥爭的共產主義」。[71]傳統文化與道德的破壞造成了一個缺口，使得外國思想趁虛而入，並最終導致了國民黨的失敗。一九三四年的新生活運動代表了挑戰五四話語的文化霸權的一次早期的嘗試。如劉禾所言，集合了大多數五四先鋒之力的《中國新文學大系》的產生，則是對由新生活運動所制定的壓抑的文化政策的回應。[72]在國民黨退據台灣並修訂其文化政策時，國民政府再度聲稱，只有在恢復了民族文化傳統與道德之後，重新統一分裂國家的民族主義鬥爭才有可能成功。在一篇一九五二年的演講中，蔣介石提到：

我曾經說過五四運動雖曾提出科學與民主兩個口號，卻沒有提到救國的基本的問題，所以發生了很大的流弊。民主與科學的口號，已經喊了三十餘年，而這兩個口號，是否能夠挽救了我們國家的危機呢？這兩個口號，是否對我們民族發生幾多功效呢？我以為這民主與科學，自然是我們建國所必需的口號，更是我們革命所必需的口號，但是沒有我們民族的文化來做民主與科學的基礎，那末這兩個口號，不僅不能救國，而且徒增國家的危機，這是我們當前革命失敗的一個事實的教訓。[73]

在回應蔣介石的論述時，國民黨的鐵杆黨員高旭輝寫道，「很多人認為反共抗俄事業是一場民主與極權之間的戰鬥。他們沒有認識到民族主義對反共而言的重要性和關鍵性。」[74]他由是總結道，民主與自由並不是反共鬥爭的萬靈藥。相反，民族主義才能保證勝利。蔣介石占據中國文化傳統高地的需求是如此強烈，他甚至提議在民主和科學之外再加上倫理的概念，以此糾正五四運動所提倡的錯誤的文化道路。禁掉中國現代文學著作是很容易預見的一步。

被禁的現代中國作家和日本殖民時期寫作的台灣作家一起佔據台灣文化的負空間。前者由於其可疑的意識形態傾向而被查禁，後者則在戰後立刻被噤聲。後者的情形揭示了一個更為複

71 蔣中正，《中國之命運》（台北：正中書局，一九五三），頁七一。
72 Lydia H. Liu, *Translingual Practice*, p. 217.
73 蔣中正，〈當前幾個重要問題〉，收入國立北京大學台灣同學會編，《五四愛國運動四十周年紀念特刊》（台北：國立北京大學台灣同學會，一九五九），頁四九。
74 高旭輝，〈發揚「五四」的民族思想與愛國精神〉，《國魂》一九二期（一九六一年五月），頁五。

雜的困境，其中，現代化、殖民主義和民族主義的話語彼此角逐抗爭。在光復之後，在日治時代成長起來的台灣作家不得不面對重重交疊的諸多問題。書寫語言從日語向漢語的轉變對這些作家當然是一個嚴峻的挑戰，而複雜的歷史與政治形勢則更進一步將他們推入窘境。張文環（一九〇九－一九七八）由於無法掌握新的語言，不得不徹底放棄寫作生涯。[75]語言不僅是文學寫作的媒介，同時也是確認文化身分的方式。楊千鶴（一九二一－二〇一一），日本殖民時期第一位職業女性作家與記者，在國民黨的白色恐怖期間中止了她活躍的寫作生涯。決絕而痛苦的沉默不僅強調了語言的障礙，更成為一個顛覆性的姿態，反抗著新近施加的文化與政治壓迫。發人深省的是，四十年以後，當遷居美國多年的楊千鶴恢復寫作時，她選擇以日語來書寫自傳《人生的三稜鏡》（*jinsei no purizumu*），以表達「她對中國政權的不滿。」[76]像呂赫若（一九一四－一九五一）和朱點人（一九〇三－一九五一）這樣的作家決定停止寫作，是出於對台灣光復後的中國政治和文化現實的極度失望。二人都在一九四七年的二二八屠殺之後成為了共產黨員。呂赫若在一九四五至一九四九年間以中文寫下了四個短篇小說。一九四九年，他由於參與了左翼的《光明報》而被強迫流亡，據傳聞一九五一年身中蛇毒，死在了鹿港。一九四五年以前就能以流暢的漢語寫作的朱點人，因其才華橫溢，被稱為「麒麟兒」。白色恐怖期間，他被當作危險的共產主義分子，在台北馬場町被處決。王詩琅（一九〇八－一九八四）和楊雲萍（一九〇六－二〇〇〇）在光復後從文學寫作轉行投入學術研究，以尋找一個遠離政治的相對安全的角落。[77]的確，正如這些作家的選擇所表明的，語言和文學不啻一種政治方式，以塑造和表達獨特的文化和政治意識，即便他們選擇了停筆沉默時也是如此。

75 陳建忠，〈被詛咒的文學？戰後初期（一九四五—一九四九）臺灣小說的歷史考察〉，收入陳義芝編，《台灣現代小說史綜論》（台北：行政院文化建設委員會，一九九八），頁四九—五二。

76 楊千鶴著，張良澤、林智美譯，《人生的三稜鏡》（台北：南天書局，一九九九）。

77 關於日本殖民統治時期的台灣文學以及光復後幾年中的台灣文學的討論，見彭瑞金，《台灣新文學運動四十年》（台北：自立晚報社文化出版部，一九九一）；許俊雅，《日據時期臺灣小說研究》（台北：文史哲出版社，一九九五）；呂政惠，《戰後台灣文學經驗》。

第二章　現代性的碎片

——從精神病院走向博物館的沈從文

一九四九年七月，第一次中華全國文學藝術工作者代表大會在新成立的社會主義國家首都北京召開。作為現代中國最著名的作家之一，沈從文（一九〇二－一九八八）的缺席令人矚目。在這次標誌著「當代文學」之開端的大會上，左翼領袖郭沫若（一八九二－一九七八）與中共首席作家周揚（一九〇八－一九八九）做了大會報告，分別題為〈為建設新中國的人民文藝而奮鬥〉和〈新的人民的文藝〉。[1]這次大會不僅確立了新中國文藝的作用、內容、主題與形式，同時也為作家與藝術家劃定了社會與行政網路。隨後，全國文聯和全國作協相繼成立。每位知識分子都被分配了相應的社會主義「單位」與戶籍，[2]新生社會主義政權下的這一全新的管理與監控體系被證明極其有效，在日後的政治運動中，它將很快席捲整個國家。沈從文沒有被分配到任何與文學有關的單位，在社會主義政權中，他已經不再被視為是一名作家了。

一九五三年，已經轉入中國歷史博物館工作的沈從文接到上海開明書店的消息，告知所有著作的現存書稿及紙型已全部銷毀。與此同時，在台灣海峽另一邊，沈從文的作品也予以封禁，因為他留在大陸的決定，而被視為具有「共產主義傾向」。隨著作品在台海兩邊的禁毀，沈從文在中國文學世界及其經典序列中有效地消失了。

在沈從文拒絕赴台邀請，決定留在中國大陸時，他不會沒有料想到會有這個局面的發生。在一封寫於一九四八年的信中，他已經預想到了一九四九年以後中國必將出現的政治變動：「用筆方式，二十年三十年統統由一個『思』字出發，此時卻必需用『信』字起步，或不容易扭轉，過不多久，即未被迫擱筆，亦終得把筆擱下。這是我們一代若干人必然結果。」[3]由「思」到「信」的轉變，作為一次重大社會變革的產物，標誌著由個體能動性向單一集體主義的切換。這個轉換給這一轉折年代所有知識分子帶來了迫切的挑戰。此外，知識生活的不可避免的中斷也預示著沈從文在一九四九轉折之後的個人命運。和許多同代的中國知識分子一樣，沈從文在職業與生活兩方面都經歷著艱難的改變。

自一九四八年末中共大軍包圍北京後，沈從文面臨著日益激烈的來自左翼的攻擊。在一篇題為〈斥反動文藝〉的文章中，時為香港左翼陣營領袖的郭沫若將沈從文斥為色情的、「桃紅色的」作家，且「一直有意識地作為反動派而活著。」[4]最具毀滅性的打擊來自於數月後沈從

1 洪子誠，《中國當代文學史》（北京：北京大學出版社，一九九九），頁一四；郭沫若，〈為建設新中國的人民文藝而奮鬥〉、周揚，〈新的人民的文藝〉，這兩篇文章均收入洪子誠編，《中國當代文學史・史料選（一九四五—一九九九）》（武漢：長江文藝出版社，二〇〇二），頁一七二—一七八，一五〇—一六一。

2 關於中國的單位體系的發展與作用，見周翼虎、楊曉民，《中國單位制度》（北京：中國經濟出版社，一九九九）。

3 沈從文，〈致吉六——給一個寫文章的青年〉，收入張兆和主編，《沈從文全集》卷一八（太原：北岳文藝出版社，二〇〇二），頁五一九。此信從未發表。沈從文的作品均引自《沈從文全集》，引文格式為「《沈從文全集》卷號：頁碼」。

4 郭沫若的文章發表在一九四八年三月香港《大眾文藝叢刊 文藝的新方向》卷一。沈從文一開始並未認真對待

文在北大任教時所帶的學生。[5]左翼學生要求學校解僱沈從文，他們將郭沫若的文章抄寫在大字報上，並痛斥「新月派、現代評論派、第三條路線的沈從文」。[6]

一九四九年三月，北平戰事和平解決後不久，沈從文不堪精神重負，在位於沙灘附近中老胡同三十二號的北大宿舍中選擇自殺。數日後，妻子張兆和在給家人的信中寫道，「不想他竟在五天以前，三月二十八的上午，忽然用剃刀把自己頸子劃破，兩腕脈管也割傷，又喝了一些煤油，幸好在白天，傷勢也不太嚴重，即刻送到醫院急救，現在住在一個精神病院療養」。[7]在身體恢復之後，沈從文徹底結束了他的文學寫作生涯，成為中國歷史博物館一名默默無聞的館員，為博物館的收藏編抄目錄。[8]沈從文自此在歷史博物館工作了三十年。入館之前早已是藝術收藏家與鑑賞家的沈從文，在博物館全身心投入中國藝術與藝術史研究之中，並貢獻了《中國古代服飾研究》這一巨著。此著手稿歷經文革而倖存，最後在一九八一年的香港得以出版。[9]

對於他的同代人以及海內外的沈從文研究者而言，沈從文的自殺，及其之後從小說寫作向文物藝術品研究的轉業至今是一個謎。[10]它要麼被視為共產主義政治迫害的結果，要麼被視為一次悲劇性的自我放棄。對沈從文一九四九年前後所經歷的精神危機的考察，不僅可以幫助我們思考中國現代文學史的一九四九分裂，而且為更好地理解沈從文的文學和物質文化史的創作提供了重要線索，同時也有助於揭示他在社會政治轉折時期表現出來的獨特的現代性觀念與歷

郭的文章，直至一九四八年末來自左翼陣營的政治壓力開始激化為止。《叢刊》此期還有兩篇批評沈從文及其作品的文章：此刊同仁邵荃麟的〈對當前文藝運動的意見〉和馮乃超的〈略評沈從文的〈熊公館〉〉。關於這個刊物的形成及其文化與政治意義，見錢理群，《一九四八：天地玄黃》（濟南：山東教育出版社，一九九八），頁一三九—一四二。

5 見張兆和回憶。陳徒手，〈午門城下的沈從文〉，《人有病天知否：一九四九年後的中國文壇紀實》（北京：人民文學出版社，二〇〇〇），頁一三。另見汪曾祺，〈沈從文轉業之謎〉，收入巴金、黃永玉等著，《長河不盡流：懷念沈從文先生》（長沙：湖南文藝出版社，一九八九），頁一三九—一四二。

6 見凌宇，《沈從文傳》（北京：北京十月文藝出版社，一九八八），頁四二一。

7 〈一九四九年四月二日 張兆和致田真逸、沈岳焜等〉，收入張兆和主編，《沈從文全集》卷一九（太原：北岳文藝出版社，二〇〇二），頁二二。

8 當毛澤東一九五六年發動雙百運動時，沈從文也受到了知識界的自由氛圍的吸引，他試圖重新開始寫小說。不過他很快意識到自己無法進入社會主義話語的框架，因此放棄了。不過，他在一九四九年後寫的舊體詩和給張兆和的信應當被視為當代中國文學的一種獨特的文類。

9 沈從文，《中國古代服飾研究》，收入張兆和主編，《沈從文全集》卷三二（太原：北岳文藝出版社，二〇〇二）。

10 金介甫（Jeffrey C. Kinkley）指出了來自兩方面的壓力，一是一九四八年前後來自左翼知識分子的壓力，二是沈從文的妻子張兆和在一九四九年後對社會主義意識形態的熱忱產生的壓力。然而，他並未完整地研究沈從文自殺失敗後轉向藝術史的審美與政治意義。見Jeffrey C. Kinkley, *The Odyssey of Shen Congwen* (Stanford, CA: Stanford University Press, 1987).

史意識。

幾十年以後，沈從文的學生汪曾祺慨歎道：「就國家來說，失去一個作家，得到一個傑出的文物研究專家，也許是划得來的。但是從一個長遠的文化史角度來看，這算不算損失？如果是損失，那麼，是誰的損失？」[11]而與此同時，沈從文在一九四九年之後的寫作始終沒有得到應有的關注。他在藝術研究中建構的美學與歷史視野承襲並發展了他先前的藝術想像與主張，但卻長期被人忽視。對藝術史家沈從文的這種遺忘，難道不是中國知識界的另一個重大損失嗎？沈從文的一九四九之變由是變得愈發苦澀，因為他為新的志業所付出的艱辛勞作並未得到嚴肅的討論。他在一九四九之後對藝術史的貢獻被拋開了，並依舊被視為一個已經犧牲了的、因此也就不再存在了的作家。在對作家沈從文的集體哀悼中，藝術史家沈從文不可思議地消失了。

通過檢視一九四九年沈從文從文學走向藝術史、從精神病院走向博物館之路，本章考察他獨特的碎片與碎片化美學，以及通過蒐集和重組藝術碎片與文化細節來重新思考歷史的理念。我認為，沈從文以藝術創作之碎片來理解現代性的方式，提供了一種不同的文化與歷史道路，它迥異於一九四九之變後主宰中國大陸的社會主義革命紀念碑式的意識形態。

本章第一部分重訪沈從文對文物、文化遺產、現代化博物館與城市規畫的思考，並結合內戰期間關於保留圍城北京的論爭，以此探索沈從文在藝術與文化方面融匯傳統與現代的努力。

本章第二部分藉由考察沈從文美學反思中的一些核心概念——藝術、美、生命、神性、歷史——來處理沈從文的文化與歷史想像和支配性的毛主義意識形態之間的分歧。我將沈從文視為「藏家與史家」，他致力於藝術史研究，並重整被社會主義的風暴斥為封建殘餘的那些古董和文物。在第三部分中，通過對沈從文一九四九年的精神危機的考察，本章在中國的冷戰分裂的語境下探索瘋狂與精神分裂所具有的政治與文化意涵，並思考碎片化主體性的話語如何提供一種破壞壓倒性意識形態權威的方法。最後，本章第四部分聚焦沈從文一九四九年後的藝術史研究，尤其是《中國古代服飾研究》中所體現的獨特的碎片與碎片化美學。隱於天安門廣場之後，沈從文這位歷史的倖存者，抑或歷史的幽靈，正徘徊在中國歷史博物館的午門城頭，在這方容留著帝國往昔的空間裡，為一九四九年之後的中國社會主義大戲悄然奏出一曲不和諧的音符。

一、北京何往？〈蘇格拉底談北平所需〉

他問耶穌，「主啊，此去何往？」耶穌答道：「去羅馬，再釘十字。」

11 汪曾祺，〈沈從文轉業之謎〉，收入巴金、黃永玉等著，《長河不盡流：懷念沈從文先生》，頁一四四。

兩百萬人都不聲不響的等待要來的事件。真是歷史最離奇而深刻的一章。

——沈從文，〈一九四八年十一月二十八日 致沈雲麓〉

——M. R. 詹姆斯，《新約次經》（*The Apocryphal New Testament*）

這是沈從文對一九四八年十一月圍城北京的描述。這座古都正大難臨頭，勢將成為國共兩軍內戰的下一處戰場。一九四八年十二月，北京為中共軍隊包圍。出於各自利益，對立的國共雙方均致力搶救城中的文化財產、藝術作品與知識分子。不論在地理與政治意義上，還是作為文化首都，北京都將成為最大的戰利品。在大戰開啟以前，一場圍繞文化資源的激烈鬥爭就已然打響了。值此生死存亡之際，在現代史上歷經無數戰役的古都北京，正面臨著又一場災難。

這顯然不是沈從文在抗戰之後結束流亡回到北京時所期望的。他原本計畫完成延宕已久的文學寫作，包括另外七篇關於湘西的故事。加上《邊城》（一九三四）、〈小砦〉（一九三七）和〈芸廬紀事〉（一九四七），便可構成《十城記》。即便到了一九四八年七月，日趨嚴重的內戰使得安心寫作的希望愈發渺茫時，沈從文依舊向他的兒子保證自己要「寫個一二十本」書。[12]沈從文再也沒有實現這些寫作計畫的機會了。他的文學生涯即將劃上一個意想不到的句號。

在一九四六至一九四八年之間，除了在北大教文學寫作外，沈從文還為四家主要報紙編輯副刊：《大公報》、《平明日報》、《經世報》和《益世報》。在編輯工作中，他用心幫助並發掘了「一群膽大、心細、熱忱、勇敢的少壯」[13]，以推動美學的探索與實驗。這一代青年作家、詩人、文學翻譯與批評家中包括了汪曾祺、袁可嘉、穆旦和鄭敏等，他們以「活潑青春的心和手，寫出老腔老氣的文章」，[14]由此在一九四〇年代末的北方文壇形成了一個令人期待的小圈子，而沈從文是其中的導師與核心。與此同時，沈從文寫下了大量文章，其中的一大關注重點便是如何處理文物與文化遺產，以及如何重建古城北京。此一時期文學創作的缺乏當然可以被歸諸於他在寫作〈看虹錄〉這一實驗性作品時所遭遇的美學困境。[15]但是，他從文學轉向藝術同樣也是內戰的峻急政局所導致的直接後果。隨著京城上空的戰雲密布，如何保護文化遺

12 見沈從文在給他的妻子的信中記錄自己與兒子的對話，〈一九四八年七月三十日 致張兆和 頤和園〉，收入張兆和主編，《沈從文全集》卷一八，頁五〇四。

13 沈從文，〈談現代詩〉，《新廢郵存底續編》，收入張兆和主編，《沈從文全集》卷一七（太原：北岳文藝出版社，二〇〇二），頁四七八。

14 沈從文，〈致柯原先生〉，《新廢郵存底續編》，收入張兆和主編，《沈從文全集》卷一七，頁四七五。

15 沈從文，〈看虹錄〉，收入張兆和主編，《沈從文全集》卷一〇（太原：北岳文藝出版社，二〇〇二），頁三二七—三四二。

產、歷史建築與遺跡，以及古都北京本身的歷史結構，都不可避免地成為了知識分子的思考焦點。

由於沈從文研究者們傾向於將關注點集中於文學領域，他們便未能涉及沈從文關於藝術、建築和藝術保存的文章，這些文章寫於沈從文心理崩潰前的數年之間。在這一部分，我將從沈從文的美學觀念，以及北京的歷史獨特構造出發，來閱讀他寫於一九四六年與一九四八年之間的關於文物與藝術的文章。我將指出，這些文章不僅呈現了他先前在流徙昆明時期所發展出的美學思想，更在北京圍城期間關於文化古蹟的保存所展開的辯論中，具有獨特的重要性。而且，沈從文此時的藝術思考也預示著他在一九四九年之後通往藝術與藝術史的途徑。在考察沈從文此一關鍵時期的寫作時，我們不應忽視：它們構成了他的審美視野的重要組成部分，但同時，也參與了同時代關於文物之意義、關於作為歷史藝術品的北京之意義的論爭之中。由此，我們必須考慮到，沈從文關於藝術、城市規畫與重建的想法所受到的特定歷史影響：它們均成形於內戰最黑暗時期的北京。

如何從戰爭的暴力中營救文物與文化遺跡？在整個國家正忍耐著貧困、饑荒與通脹時，這些古物還值得保留嗎？圍城內外的知識分子均面臨著這一嚴峻的議題。文化遺跡是應當作為國粹的一部分而加以保存與修復，還是應當作為通往現代化道路上侵蝕人們改革之志的擋路屍骸而棄若敝屣？自中國現代化進程於晚清肇啟之時，關於文物和國粹的棄留之辯一直是中國知識分子討論的重大問題。儘管歷史境遇不斷遷轉，人們對國族認同的立場分化始終念茲在茲。更重要的是，國粹之辯正如那歷久彌新的傳統與現代之爭，一如人們所料，每每在現代中國歷史的政治危機關頭浮現出來。在淮海戰役失敗後，國民黨政府的最終落敗已昭然可見。由此，激起在一九四九年以前的知識分子們關於文物、歷史遺跡與都市重建的思考的，便不僅是內戰對北京所可能造成的破壞，更是其後的政治文化轉型，以及這將為中國帶來怎樣不可確知的未來。對筆者而言，一九四八年前後的這場論爭最深刻之處，便是面對裹挾著社會主義意識形態而來的政權時，人們關於知識分子與菁英文化的命運所懷有的深切焦慮，這也使它構成了這一世紀之辯的令人辛酸的全新篇章。

傳統與現代性之關係向來是現代化運動所需處理的核心問題。在新舊之戰中，文物被視為阻礙了現代化的進程，因而一直是文化遺產與歷史的最切近與持久的象徵。文物體現著一種被稱為「傳統」的知識體系。魯迅（一八八一—一九三六）曾諷刺那些拒絕現代事物與現代思想的人是「帶上了國粹眼鏡」。[16]這些人更喜歡中國的銅鏡，而非西洋的玻璃鏡，他們認為後者在映照相貌時不如前者準確。現代性斥歷史為僵化陳腐，並似乎以與歷史的絕對的斷裂為標誌。然而，這一斷裂卻從來都是藕斷絲連的。正如一九四八年圍繞保存北京及其文化財富所展

16 魯迅，《魯迅全集》卷一（北京：人民文學出版社，一九八一），頁二〇〇。

開的爭論所示，對於文物與古蹟的這種態度極富爭議。儘管文物體現著恆久而令人窒息的傳統，但是提倡文物保護者也未必將現代拒之門外。

一大批知識分子支持北京向中共軍隊和平投降，以避免這一古城被夷為平地。[17] 歷史學家向達（一九〇〇—一九六六）籲求立刻保存文物，他的下述發言代表了他們的關切：

內戰是一種民族大悲劇，雖一時不能結束，歷史文物實無罪。且就現在戰事情況說，文物所在地方並不足成為任何一方面的勝利障礙物。但它確實全民族公共遺產，是人類心智、感情與勞動結合向上的文化指標。已毀的無可補救，殘餘的再毀不得！[18]

然而，這一保護主義態度並非毫無異議。朱自清的〈文物、舊書、毛筆〉發表於三月三十一日的《大公報》，此文發出了堅定的反對之聲。同年二月份，北平文物整理委員會請求政府核發經費以監管保護文物建築與古蹟。有關於此，五四一代的關鍵人物、時任清華大學中國文學教授的朱自清指出，在這個飢餓與戰亂正在毀滅國家的時刻，撥發這樣一筆財政鉅款不僅不必要，而且不合時宜。在他看來：「文物、舊書、毛筆，正是一套，都是些遺產、歷史、舊文化。」[19] 他認為，這些東西已成「化石」，「應該過去的總是要過去的。」[20] 因此也沒有搶救的必要：「筆者雖然也贊成保存古物，卻並無搶救的意思。照道理衣食足再來保存古物不算晚；萬一晚了也只好遺憾，衣食總是根本。」[21]

讀過朱自清文章後，梁思成和他的妻子林徽因深為不滿。作為反駁，梁思成寫了〈北平的文物必須整理與保存〉一文，從建築的角度闡明這一問題的緊迫性。他指出，朱自清將古蹟視為「化石」來保存的看法顯然是出於非專業人士的偏見，這表明了朱氏缺乏關於建築工程與建築科學的知識。不論在歷史與藝術重要性上，還是在城市結構與規畫上，北京都是獨一無二的。然而，如果它的古蹟與古建築無法及時得到維護，它們就將遭到永久性的破壞，僅僅幾十年後就再也無法修復了。那樣，古城才會成為城市居民的真正的負擔。最後，梁思成斷言，「無論如何，我們除非否認藝術，否認歷史，或否認北平文物在藝術上歷史上的價值，則它們

17 見王軍，《城記》（北京：生活・讀書・新知三聯書店，二〇〇三），頁五八——六一。
18 向達語，引自沈從文，〈收拾殘破：文物保衛的一種看法〉，收入張兆和主編，《沈從文全集》卷三一（太原：北岳文藝出版社，二〇〇二），頁二九三。
19 收入朱喬森編，《朱自清散文全集》卷三（南京：江蘇教育出版社，一九九六），頁五一七。
20 同前注，頁五一八。
21 同前注。

必須得到我們的愛護與保存是無可疑問的。」[22]

梁思成在保存文化與歷史遺跡上自然不乏洞見，但他卻忽視了朱自清文章的一個隱含的要點。儘管朱自清似乎反對在這個特定的歷史關頭修復文化遺跡，但他並不主張否棄傳統文化。事實上，朱自清是琉璃廠這個北京古董交易中心的常客，他本人是熱忱的舊書收藏者。他身後留下的最後的書面文字，正是一封寫給一家琉璃廠的書店，訂購一部善本書籍的信。[23]對朱自清而言，問題的癥結在於知識分子應當如何應對國民黨政權垮臺帶來的巨大的社會與政治轉型。因而，朱自清筆下的文物從來就不僅是文化物品本身。他真正關心的其實是「文物、舊書、毛筆」所象徵的那一代知識分子和他們所建構的文化。他敏感地意識到了舊政權終結後，那一代知識分子或許會面臨和文物一樣的苦澀命運，以及他們在即將到來的政治權威下所不得不做出的抉擇。他因此主張，在此現狀下的唯一出路，便是拋棄他們的菁英身分與菁英文化。這一看法在他發表於一年之前的〈論不滿現狀〉一文中尤其明顯。其中，他洞隱燭微地反省了知識分子們所面臨的狀況：「到了現在這年頭，象牙塔下已經變成了十字街，而且這塔已經開始在拆卸了。於是乎他們恐怕只有走出來，走到人群裡。」[24]懷著這一態度的朱自清似乎完全可以加入波特萊爾的現代群眾的隊伍，踏過泥濘道路上從詩人們頭頂掉落的光環。

因此，在朱自清拋棄「文物、舊書、毛筆」的宣言背後，是他破除舊故堡壘的決心。在他的論述中，我們很容易聽出二十多年以前魯迅歡呼杭州雷峰塔之倒掉的回音。在發表於一九二四年的雜文〈論雷峰塔的倒掉〉中，魯迅熱切地擁抱雷峰古塔的轟毀：「現在，他居然倒掉了，則普天之下的人民，其欣喜為何如？」[25]同樣地，魯迅也用雷峰塔的倒塌來隱喻廢除那個歧視女性的傳統社會體系的訴求。[26]

不過，魯迅在這篇文章中的反對保存文物的強硬姿態或許會使人們忽略他關於雷峰塔的另一篇文章，其中，他對同樣的問題給出了一個不同的看法。此文題為〈再論雷峰塔的倒掉〉（一九二五），它比第一篇文章要遠為複雜。在他歡慶雷峰塔之倒掉的名文一年之後，魯迅開始對雷峰塔表示惋惜。不過，使他沮喪的並非是一棟建築的破毀本身，而是它所承載的更深的訊

22 梁思成，〈北平的文物必須整理與保存〉，《梁思成文集》卷二（北京：中國建築出版社，一九八二），頁三六五—三七一。
23 雷夢水，〈朱自清先生買書記〉，《讀書》二十五卷四期（一九八一），頁一二八—一二九。
24 朱自清，〈論不滿現狀〉，原載《觀察》三卷十八期（一九四七）；後收入朱喬森編，《朱自清散文全集》卷三，頁五〇九。
25 魯迅，《魯迅全集》卷一，頁一七二。
26 雷峰塔建於西元九七五年，為杭州十景之一，又因其在民間傳奇《白蛇傳》中的地位而知名。在這個故事中，白蛇女嫁給了一位書生。他們生活幸福，直到一位僧人的出現。他堅定地認為人與妖之間不得通婚。這位僧人用雷峰塔囚禁了白蛇並最終破壞了這樁婚事。當魯迅寫道，「莫非他造塔的時候，竟沒有想到塔是終究要倒的麼？活該。」時，他或許不會想到有一天這座塔會被重建。諷刺的是，二〇〇二年，雷峰塔重建。

息。令人哭笑不得的是，這一歷史建築的毀壞直接源自於本地民眾的封建迷信。他們一代一代地從塔身偷取磚塊，堅信在家裡保留一塊塔磚能夠為家庭帶來好運。魯迅悲哀地觀察到，「但其毀壞的原因，則非如革除者的志在掃除，也非如寇盜的志在掠奪或單是破壞，僅因目前極小的自利，也肯對於完整的大物暗暗的加一個創傷。」[27]確實，是無知與迷信，而非啟蒙，導致了古物的破毀。

由此，正如魯迅令人信服地證明的，破壞並不必然地導向啟蒙和一個更好的未來。於是人們或許會想：朱自清在舊政權垮臺前夜寫道，「他們不知道怎樣改變現狀，可是一股子勁先打破了它再說，想著打破了總有希望些。」[28]但在雷峰塔倒掉之後，真的會有希望嗎？朱自清擔心內戰之後的社會民生，而沈從文則思索精神啟蒙與歷史意識的匱乏，因此進一步深化了魯迅的反省。

「北平也許會毀到近一二年內戰炮火中，即不毀，地方文物也一天一天散失，什麼都留不住。」[29]沈從文在一封寫給友人凌叔華（一九〇〇—一九九〇）的信中如此擔憂道。女作家凌叔華是故宮博物院審查書畫專門委員，當時正與她的丈夫陳源（一八九六—一九七〇）生活在巴黎。陳源是國民黨駐聯合國教科文組織（UNESCO）常任代表。顯然，沈從文憂慮的不僅是戰時文化所遭受的傷害，更是知識分子與大眾的歷史意識的缺乏。一九四八年前後，沈從文寫下了一系列文章，討論三十年來中國的文物研究與博物館建設的狀況。面對內戰對文物的毀壞，沈從文的思考遠遠超出了保存與整理的範圍，並由此在一九四八年的文化遺產之爭中發出了自己獨特的聲音。在寫於一九四八年十月的〈收拾殘破：文物保衛的一種看法〉一文中，沈從文提到，「目下談文物保衛，不僅是偉人的『尊重』，國人的『愛護』，重要的恐怕還是社會多數學人對於歷史文化廣泛深刻的『認識』。」[30]這裡，更重要的不是對具體文物的保存，而是通過建構強烈的歷史與文化意識來啟蒙人們的思想。

在根本上，博物館是實現這一目標的重要組織機構。不過，正如沈從文所批評的，自其一九二四年成立之後，故宮博物院便僅僅專注於「點驗」、「保管」、「陳列」，而無從實行其啟蒙的功能。現代博物館的興起是現代化進程的直接後果。如安德列斯・胡伊森（Andreas Huyssen）所言，「傳統社會中並沒有世俗化的、目的論的歷史概念，也無需博物館。但我們無法想像一個沒有博物館的現代性。」[31]和巴黎的羅浮宮一樣，作為清代的皇宮，故宮也是在經

27 魯迅，《魯迅全集》卷一，頁一九四。
28 朱自清，〈論不滿現狀〉，收入朱喬森編，《朱自清散文全集》卷三，頁五〇九。
29 沈從文，〈一九四八年十月十六日 致凌叔華 北平〉，收入張兆和主編，《沈從文全集》卷一八，頁五一二。
30 沈從文，〈收拾殘破：文物保衛的一種看法〉，收入張兆和主編，《沈從文全集》卷三一，頁二九四。
31 Andreas Huyssen, *Twilight Memories: Marking Time in a Culture of Amnesia* (New York and London: Routledge, 1995), p. 15. 此書對當代西方社會中的記憶熱潮和作為大眾媒介的博物館進行了精深的分析。

歷了現代革命之後才向公眾開放，成為博物館。故宮所藏的數千年的歷史文物與文化珍品無可匹敵，然而，由於缺乏藝術史研究整理，當時的故宮也無非是一個倉庫而已。因而，看管陳列室的「不是可供參觀者講解說明具專門知識的管理員，還依然是專為監視遊人盜竊的巡警。」[32]歷史的反諷在於，幾年之後，在一九四九的分裂以後，沈從文就將自願成為他所訴求的這種具備專門知識的講解員。

有鑑於此，沈從文總結道，故宮博物院顯然無法起到現代博物館的作用。他提議北京的博物館、大學的文學、歷史、人類學、社會學、建築學、考古學各系，以及藝術院校互相合作，以推進學術研究以及新的點驗、陳列的思路，並最終「在廢墟上重造個嶄新國家！」[33]在文末解釋文章標題所含意義時，沈從文重述了他的這一計畫，「題目是『收拾殘破』，私意從此作起會為國家帶來一回真正的『文藝復興』！這個文藝復興不是為裝點任何強權政治而有，卻是人民有用心智，高尚情操，和辛苦勤勞三者結合為富饒人類生命得到合式發展時一點保證，一種象徵！」[34]

沈從文關於現代博物館的論述的另一個發人深省之處，在於他對傳統與現代之關係的重新定位。正如學者們所曾指出的，博物館儘管起源於現代化運動，但它「已成為綿延三個世紀之久的『古今之爭』的最佳體制性空間。」[35]而對身處二十世紀中葉的沈從文而言，他所擔心的不僅是這場古老的爭論，更重要的，是古與今這兩個貌似互斥的成分，如何能被有效地結合起來，以推動一種新的生產力。只有到了那時，才有可能同時實現文物的保存和博物館的現代化。在沈從文看來，最好的辦法是促進博物館與現代手工業生產的合作。在參觀了一九四八年歷史博物館舉辦的北平特種手工藝展覽會後，沈從文感慨景泰藍、象牙、刻玉、剔紅堆朱漆器等北平傳統手工藝品生產與製作水準的低落。在寫於展會歸來不久的〈關於北平特種手工藝展覽會一點意見〉（一九四八）一文中，沈從文指出，改進發展手工業生產不僅是一個經濟與技術問題。更重要的是，「還有個深一些的新舊接觸與重造問題。」[36]具有極高藝術水準的文物不應被埋沒在僵死的博物館收藏室裡，這樣，博物館只能淪落為一座華麗的停屍房。藝術史研究不僅將擴展現代藝術的視野，為之提供新的視角，更將為當代手工業生產的復興提供關鍵助力。以這樣的方式，「『現代文化』與『古典文明』重新熔接。」[37]它對藝術的影響將與文學

---

32 沈從文，〈收拾殘破：文物保衛的一種看法〉，收入張兆和主編，《沈從文全集》卷三一，頁二九五。
33 同前注，頁二九四。
34 同前注，頁二九八。
35 Andreas Huyssen, *Twilight Memories: Marking Time in a Culture of Amnesia*, p. 13.
36 沈從文，〈關於北平特種手工業展覽會一點意見〉，收入張兆和主編，《沈從文全集》卷三一，頁三〇一。
37 同前注，頁三〇三—三〇四。

革命對現代中國文學的影響一樣。沈從文相信，這將是「北平毀不得」的前提條件。[38]

確實，北京毀不得；不僅如此，北京將重建、將復興。對沈從文而言，這座古城本身就代表了一件歷史藝術品。一九四七與一九四八年，他以「巴魯爵士」為筆名寫下了自己的「北平通信」，其中他描繪了重建這座他最愛的城市的想法。在〈蘇格拉底談北平所需〉這一北平通信系列中最重要的篇什裡，他以先賢蘇格拉底的名義來建造他自己的「藝術理想國」。他的這座烏托邦將以藝術、文學與音樂為原則來設計與管理。在市政管理方面，警察局長將由戲劇導演、音樂指揮或園藝專家擔任；教育局長則應為工藝美術家；最後，副市長將請參與設計聯合國大廈的建築師梁思成擔任。藝術與科學的結合將為新的信仰提供基礎，而它的市民將接受美育的陶冶。[39]在這裡，蔡元培（一八六八－一九四〇）的美育理念清晰可見。此外，由於博物館（museum）一詞的希臘語起源所指的是與繆斯（Muses）相關的空間，與各種藝術品一道，沈從文的「藝術理想國」將北京塑造成了一座理想中的藝術博物館。不過，在當時的政治環境下，內戰中的任何一方都不會有時間去聆聽這樣的烏托邦玄思：它描繪了沈從文在大分裂以前最後的理想主義願景。

在現實中，梁思成確實被邀請參與了共和國成立後的北京城市規畫與重建工作。然而，新政權無情地拒絕了梁思成的計畫：在北京西郊建造新的政治中心以容納所有政府部門，同時恢復古城及其歷史建築的原貌。歷史從來不乏反諷。北京終究並未毀於內戰。然而，為了配合毛主義的現代願景，北京逐漸被剝除了它的歷史特徵，並很轉變為社會主義的恢弘景觀。歷史的反諷不只於此。以其文學想像憧憬著其理想的藝術之城、理想的博物館、乃至作為博物館的城市的沈從文，最終在一九四九年之後成為紫禁城午門城頭的一位博物館工作者。此地曾見證了營造學社的建立，這一社團意在研究、保存傳統中國建築，沈從文的好友梁思成正是其中一員。而現在，這裡成了新社會主義政權下的中國歷史博物館，波瀾壯闊的革命歷史即將在此上演。

二、藏家與史家

革命次日清早晨曦中的拾荒者

——班雅明，〈知識分子的政治化〉（Politisierung der Intelligenz）

38 同前注。

39 沈從文，〈蘇格拉底談北平所需〉，收入張兆和主編，《沈從文全集》卷一四（太原：北岳文藝出版社，二〇〇二），頁三七〇—三八一。

藝術鑑賞與收藏是沈從文的審美世界中不可或缺的組成部分。他在一九四九年之後選擇藝術與藝術史絕非偶然。在一篇題為〈我為什麼始終不離開歷史博物館〉的文章中（這是沈從文在文革期間提交的多篇檢討之一），他冷靜地回憶起在一九四九年後經歷的改變：

從生活表面看來，我可以說「完全完了，垮了」。什麼都說不上了。因為如和一般舊日同行比較，不僅過去老友如丁玲，簡直如天上人，即茅盾、鄭振鐸、巴金、老舍，都正是赫赫煊煊，十分活躍，出國飛來飛去，當成大賓。當時的我呢，天不亮即出門，在北新橋買個烤白薯暖手，坐電車到天安門時，門還不開，即坐下來看天空星月，開了門再進去。晚上回家，有時大雨，即披個破麻袋。[40]

在閱讀這樣的回憶時，我們不得不好奇是什麼樣的激情使他接受了自己文學生涯的強制中斷，並支撐著他扛過所有政治的壓力。僅僅是身為收藏家的痴迷，對藝術與文物的熱情獻身？我們如何理解這個徘徊在社會主義革命中心天安門的孤獨身影？他是否只不過是另一個邦斯舅舅式的人物？在巴爾扎克筆下的十九世紀巴黎，邦斯舅舅忍受著刻薄與輕蔑，為了對美食的難以饜足的欲望，更是為了追求他作為收藏家的另一個無法熄滅的渴求，保存他那間破落公寓中的藝術藏品。又或者，他是那個「革命**次日**清早晨曦中的**拾荒者**」？[41]沈從文從一開始就不可能成為歐洲文藝復興和巴羅克時期的珍奇屋（Wunderkammer）的主人。在後一九四九時期，他甚至都難以稱得上嚴格意義上的收藏家，因為在共產主義理念支配的社會中，私人擁有藏品變得不再可能。然而，正是在這一歷史轉折關頭，作為藏家的沈從文獲得了真正的重要性。在一個集體主義社會中，作為藏家的沈從文具有哪些特質？在本章這一部分，通過批判性地閱讀沈從文在一九四九年前後的散文作品（它們中的大部分都未在他生前發表），我將考察沈從文作為一位現代收藏先鋒的獨特美學與歷史視野。

在東西文化中，收藏家都是一個有趣的形象。中國的文人多少都會有些藝術藏品。辨識、鑑賞出色的書法、繪畫和其他文化藝術品的能力對傳統中國文人而言至關重要。[42]同樣，現代

40 沈從文，〈我為什麼始終不離開歷史博物館〉，收入張兆和主編，《沈從文全集》卷二七（太原：北岳文藝出版社，二〇〇二），頁二四七。

41 Walter Benjamin, “Politisierung der Intelligenz: Zu S. Kracauer ‘Die Angestellten’,” (The Politicization of the Intellectuals: On S. Kracauer’s “The employees”), in *Angelus Novus, Ausgewählte Schriften* (Frankfurt am Main: Suhrkamp Verlag, 1966), vol. 2, p. 428（引者加粗）。

42 趙明誠（一〇八一—一一二九）是最知名的文人收藏家之一，他不僅收藏了大量的拓片，更以《金石錄》為名製作了目錄。此書因其妻子李清照（一〇八四—一一五五）的序文而出名。關於李清照的序以及收藏與記憶之間的關係的闡釋，見Stephen Owen, *Remembrances: The Experience of the Past in Classical Chinese Literature* (Cambridge, MA: Harvard University Press, 1986), pp. 80-98.

中國知識分子中也有許多收藏家，如魯迅、朱光潛、鄭振鐸、林徽因等。

沒有人會懷疑沈從文作為中國現代文學史上最重要的作家之一的地位。不過，很少有人意識到他同時也是一位重要的藝術收藏者與鑑賞家。他的收藏與鑑賞實踐甚至早於他的文學生涯，並最終成為了他真正的志業。早在一九三〇年代，沈從文就是不多的幾個注意到青花瓷的價值的藝術收藏家，而當時青花瓷尚未在藝術品市場上得到認可。他的藏品還包括絲綢與刺繡、古代紙張、漆器等。在這個意義上，沈從文確立了自己在中國文人收藏與鑑賞傳統中的位置。而在另一方面，他又徹底地拒絕傳統意義上的鑑賞行為，後者將文化視為某種玩物，某種用來消磨時間的娛樂。在沈從文看來，藝術體現著美、生命與神性。藝術及其創造性的靈感構成了歷史的主要內容。有情的歷史貫穿著沈從文對藝術的理解。由這一方面出發，沈從文斷言「我對於美術的理解和興趣，很明顯即比普通美術理論大不相同，也容易和一般鑑賞家興趣異趣。」[43]沈從文收藏家的一面不僅體現在他的文物研究者身分上，更體現在他的作家身分上。班雅明曾說，收藏家是那種遊蕩在歷史的斷壁殘垣之間的人，在那裡，過去的美好形象於當下顯現出來。[44]在沈從文的文學世界裡，屈原以及古代楚文化的美好形象不斷在當下出現，混合入他對湘西這個既現代又永恆的烏托邦世界的建構。在這個意義上，他對湘西的文學描繪的內容與形式中都滲透著收藏家的精神，遊蕩在歷史碎片之間。

沈從文主要的美學思考表現在他戰時流亡昆明期間的散文寫作之中。他把抗戰八年（一九三七—一九四五）形容為他的人生的第四個階段，「相當長，相當寂寞。」[45]沈從文的美學體系包括了對儒釋道三家的藝術觀與人生觀的闡釋，也包括了他對康德（一七二四—一八〇四）的唯心主義和尼采（一八四四—一九〇〇）的酒神式生命意志的獨特理解。對沈從文來說，物是非常要緊的，因為美正存在於物之中。在美麗的事物裡，存在著生命。最終，在稍縱即逝的生命與美中，可以捕捉到神的蹤跡。美的事物包括自然現象，如星、雲、植物，也包括人造物品，如瓷器、織錦、音樂、文學等等。在〈燭虛〉這篇沈從文最為重要的哲學寫作中，他觀察到：

> 這種美或由上帝造物之手所產生，一片銅，一塊石頭，一把線，一組聲音，其物雖小，可以見世界之大，並見世界之全。或即「造物」，最直接最簡單那個「人」。流

43 沈從文，〈關於西南漆器及其他〉，收入張兆和主編，《沈從文全集》卷二七，頁二三。

44 Walter Benjamin, "Eduard Fuchs: Collector and Historian," in *The Essential Frankfurt School Reader*, eds. Andrew Arato and Eike Gebhardt (New York: Continuum, 1998), p. 227.

45 沈從文，〈從現實學習〉，收入張兆和主編，《沈從文全集》卷一三（太原：北岳文藝出版社，二〇〇二），頁三八九。他於一九四九年後發表的第一篇文章〈我的學習〉中重複了這一看法。此文最初是他在革命大學的政治學習中所做的一次報告，他在精神病院出院後被送去了革命大學。

> 星閃電剎那即逝，即從此顯示一種美麗的聖境，人亦相同。一微笑，一皺眉，無不同樣可以顯出那種聖境。[46]

美既是具體的也是抽象的。它可觸可感，因為它化身為鮮明的顏色、形狀與事物的組合中。沈從文寫道，「在有生之中我發現了『美』，那本身形與線即代表一種最高的德性，使人樂於受它的統制，受它的處治。人的智慧無不由此影響而來。」[47]另一方面，美也是抽象的，因為它接近於神，是超越具體時空的無形的原理。在〈潛淵〉中，他將其視為「由無數造物空間時間綜合而成」。[48]美既永恆，又顯現於轉瞬中。這一境況讓人既想起康德的「崇高」，又想起佛家的「頓悟」。此外，在〈燭虛〉中，沈從文將其描述為這樣一種狀態：「如中毒，如受電，當之者必喑啞萎悴，動彈不得，失其所守信。」[49]

唯有美的事物才有生命。生命與美須與不可分離。沈從文將生命定義為生活的反面。生活指向人們的物質生活，是基於「動物原則」、「滿足於『食』與『性』」的生活形式。[50]與此相反，生命是一種崇高的生活形式，與神接近，是「輕翥高飛，翱翔天外。」[51]隨著現代城市化與商品化進程的日益加劇，人們不斷墮入動物式的生存中。儘管生命不可能拋開基本的生物存在，這種沒有生命的「生活」不過是一種生物的退化。因此，人們必須超越物質生活而去接近美，接近抽象。[52]唯有超越具體「食，性」之「動物原則」之上的「生命」才能感受和捕捉到這種美和神性。[53]所以，只有克服「貼近泥土」的遵循「動物原則」的「人」，才能靠近和得到真正的「我」，從而認識真正的「人」。這也正是他在一九六〇年代寫的〈抽象的抒情〉的題詞「照我思索，能理解『我』，照我思索，可認識『人』」的深刻意義所在。

沈從文相信，在所有接近神的方式中，藝術，不論是應用藝術、繪畫、音樂、還是文學，是最為重要的捕捉、再現這些轉瞬時刻的方式。因此，創造性是對美與生命的神性表達。「凡知道用各種感覺捕捉住這種美麗神奇光影的，此光影在生命中即終生不滅。但丁、歌德、曹植、李煜便是將這種光影用文字組成形式。」[54]於是，藝術便不僅是維持美麗與神性的方式，

46 沈從文，〈燭虛〉，收入張兆和主編，《沈從文全集》卷一二（太原：北岳文藝出版社，二〇〇二），頁二三—二四。
47 同前注，頁二四。
48 沈從文，〈潛淵〉，收入張兆和主編，《沈從文全集》卷一二，頁三四。
49 沈從文，〈燭虛〉，收入張兆和主編，《沈從文全集》卷一二，頁二四。
50 沈從文，〈小說的作者與讀者〉，收入張兆和主編，《沈從文全集》卷一二，頁七〇—七二。
51 沈從文，〈潛淵〉，收入張兆和主編，《沈從文全集》卷一二，頁三四。
52 沈從文，〈生命〉，收入張兆和主編，《沈從文全集》卷一二，頁四二—四五。
53 沈從文，〈燭虛〉，收入張兆和主編，《沈從文全集》卷一二，頁十八—二十。
54 同前注，頁二四。

也是超越物質層面的生活，通達生命的崇高形式的道路。文學自然是再現美、由此實現不朽的重要方式；不過，因為美是抽象的，是不斷變化的，所以沈從文給出了一個近似康德的結論：「表現一抽象美麗印象，文字不如繪畫，繪畫不如數學，數學似乎又不如音樂。」[55]

在沈從文的美學思索中，藝術表現美、生命與神性，由此構成了抽象——即沈從文試圖以文學與藝術實驗來傳達的本質。這一概念在〈關於西南漆器及其他〉一文中再次得到強調。此文是沈從文未完成的自傳中的一部分，寫作於一九四九年極度的政治壓力之下。文章聚焦於他在戰時雲南蒐集的漆器，以及這種蒐集何以有助於建構中國文化史。沈從文回顧了自童年以至其文學實驗的每個階段中，音樂和美術對他產生的影響。他宣稱，包括音樂、美術、文學在內的所有藝術的最本質的東西無非是「人的本性」，它內在於藝術作品之中。[56]由此他寫道，「有一點還想特別提出，即愛好的不僅僅是美術，還更愛那個產生動人作品的性格的心，一種『人』的素樸的心。」[57]對他而言，收藏成了一種探知生命，感知藝術品中所蘊藏的主體性的方式。

如果藝術是真正的生命之所在，那麼，正是藝術品和凝結其中的生命構築了人性的歷史。在沈從文看來，歷史從來不是由戰爭或政治陰謀組成的宏大歷史。相反，歷史以藝術和文化的形式顯現，其本質——美與生命——歷千年而未變，並體現在藝術作品之中。這些擁有永恆之美的事物承載著歷史點滴，而終成真正的歷史。它們聯結不同時代，讓過去進入當下，並延展至未來。這種歷史觀滲透在沈從文與中國藝術的初次接觸中——那還是他早年在湘西從軍的時代。當時，他是湘西的改良主義軍閥陳渠珍（一八八二—一九五二）的祕書，為後者整理古籍、舊畫、陶瓷、文物並編目。那段經歷後來被沈從文稱為「學歷史的地方」。這些藝術品是記憶的來源，也就是說，是對歷史的文化記憶的來源。「這份生活實在是我一個轉機，使我對於全個歷史各方面的光輝，得了一個從容機會去認識，去接近。」[58]在這些藝術品中，他見到了逝去的年代的殘磚碎瓦，看到了人類歷史的真正精華。在目睹了數千無辜百姓被砍頭後，沈從文開始相信歷史並非由戰爭與政治構成，而是由「一片顏色，一把線，一塊青銅或一堆泥土，加上自己生命做成的種種藝術」而建構起來。[59]這一看法，在他十年後在戰時昆明的美學沉思期間寫下的〈燭虛〉中得到了進一步的闡釋。

在隨後的內戰期間的寫作中，沈從文強調了這一歷史觀念。面對與日軍的八年戰爭以及國

55 同前注，頁二五。

56 沈從文，〈關於西南漆器及其他〉，收入張兆和主編，《沈從文全集》卷二七，頁二一一。此文在沈從文生前從未發表。

57 同前注，頁二三。

58 沈從文，《從文自傳》，收入張兆和主編，《沈從文全集》卷一三，頁三五五。

59 同前注，頁三五六。

共之間持續的內戰，沈從文決心以藝術與創造來抵抗政治暴力。他認為藝術與創作能夠啟迪國家，防止進一步的破壞。毫不意外地，他對藝術和文學的強調受到了批評與責難，論敵們認為這根本上是一種「為藝術而藝術」的唯美主義姿態。[60]沈從文被指責對現實無動於衷。作為回應，他寫下了〈從現實學習〉一文，其中他強調，他經年累月所面對的「現實」事實上「和從溫室中培養長大的知識分子所明白的全不一樣，和另一種出身小城市自以為是屬於工農分子明白的也不一樣。」[61]他所親歷的現實是軍隊，是暴力，是政治陰謀，他認為這些東西最終毀掉了國家。他甚至作了一句佛偈來描寫這種感受：「一切如戲，點綴政治。一切如夢，認真無從。一切現實，背後空虛。仔細分析，轉增悲憫。」[62]為了將整個國家從悲劇般的自毀中拯救出來，人們必須拒絕這種對現實的看法，並以藝術與美的概念為基礎，重建一種新的、合理的現實。

這種和平主義的歷史與政治觀點，相比左翼陣營所持有的目的論的革命史觀，自然是不同的。隨著國民黨政府的嚴重腐敗和共產黨的近在眼前的勝利，左翼史觀逐步成為支配性的政治力量。當大部分知識分子和學生正日益傾向於共產黨時，沈從文是少有的幾個保持謹慎並毫無保留地表達他的擔憂的人之一。毫不意外地，他成了左翼陣營批判的主要目標，他當時的〈從現實學習〉等文章也成了猛烈攻擊的對象。郭沫若在沈從文獨特的文學與歷史觀中感受到了危險的訊息，因而，當郭沫若斥責沈從文的作品時，激怒他的不僅是〈看虹錄〉中那些貌似「桃紅色的」色情描寫，[63]更重要的，是當「人民的革命勢力與反人民的反革命勢力作短兵相接的時候」，沈從文那不合作的態度和反政治、反內戰作品。[64]

一九四九年秋，沈從文開始在中國歷史博物館工作。儘管他的正職是為博物館藏品寫標籤，但年逾五十的沈從文卻決心在藝術史方面開啟另一段自我教育之旅。他自己的大部分收藏已經捐給了北京大學，一九四八年他在那裡幫助設立了博物館學系。[65]在一九五〇年代和六〇年代間，他把自己剩下的那些藏品陸續送給了他的工作單位，中國歷史博物館。於是，他成了一位沒有收藏的收藏家，或者更確切地說，他成了中國歷史博物館的藏家與史家。他遍訪各省博物館和考古遺跡，以自己的文物與歷史知識來為歷博鑑別、購買藏品。在接下來的時日裡，

60 在〈一九四八年小說創作鳥瞰〉（《小說月刊》二卷二期〔一九四九年二月〕）中，適夷批評沈從文是一位審美主義者，引自錢理群，《一九四八：天地玄黃》，頁二五五。
61 沈從文，〈從現實學習〉，收入張兆和主編，《沈從文全集》卷一三，頁三七三。
62 同前注，頁三八八。
63 郭沫若將〈看虹錄〉誤寫成了〈看雲錄〉。
64 郭沫若，〈斥反動文藝〉，收入荃麟、乃超等著，《大眾文藝叢刊 文藝的新方向》（香港：生活書店，一九四八），頁一九—二二。
65 沈從文，〈我為什麼始終不離開歷史博物館〉，收入張兆和主編，《沈從文全集》卷二七，頁二四二。

他結合文學與考古證據，完成了大量關於織物設計、唐宋古鏡、明代織錦及其他藝術品的文章。當第二次文代會於一九五三年在北京召開時，未被邀請作為作家參與第一次文代會的沈從文以美術界代表的身分出席了會議。[66]

可以肯定的是，沈從文從未刻意在共和國扮演異議分子的角色。皇甫崢崢（Jenny Huangfu Day）在二〇一〇年的一篇文章中以沈從文在批判蕭乾（一九一〇—一九九九）時的表現討論了他在新政權下的自我調整。儘管沈從文曾試圖融入新的政治與社會環境，但他卻並未因此改變自己在文學與藝術方面的看法。[67]在沈從文與新政權之間互相適應的嘗試之下，潛藏著沈從文的歷史觀與政府支配性的歷史觀之間的最大的衝突。當時，毛主義的歷史編纂學被樹立為唯一合法的歷史觀。帶著他對自身藝術與歷史觀念的堅定信念，沈從文投身於對中國藝術與藝術史的研究，並努力書寫關於絲綢、漆器、瓷器等等的藝術史著。即便是在最為苦悶的文革歲月中，沈從文依舊堅信歷史前進「應反映在具體事件上，因之繼之而來，必配合生產發展史的種種，科技發明史的種種，以及物質文化史的種種。」[68]沈從文相信，歷史博物館當成為人們通過文物與藝術品來了解中國歷史的地方。但毛主義觀念則認為，中國歷史博物館應該是一個記錄、展示歷朝歷代的農民起義與階級鬥爭的地方，這些展示建構出一種革命歷史的連續性，並發展成為社會主義革命的最終勝利。[69]

在現代知識分子中，班雅明給出了關於收藏家與收藏的最具啟發性的思考。當他在一九三〇年代的一系列文章中以懷舊的口吻讚頌現代社會中的收藏家時，[70]班雅明所回應的歷史情境具有三個層面：資本主義社會的持續商品化與物化、愈演愈烈的納粹壓迫及其對人類文明的野

66 凌宇，《沈從文傳》，頁四四一。

67 Jenny Huangfu, "Roads to Salvation: Shen Congwen, Xiao Qian, and the Problem of Non-Communist Celebrity Writers, 1948-1957," *Modern Chinese Literature and Culture* 22.2 (Fall 2010): 39-87. 一九五〇年代，沈從文多次被邀請重新開始寫作。但這位一九四九年分裂前的高產作家未能完成任何小說。

68 沈從文，〈回答〉，收入張兆和主編，《沈從文全集》卷二七，頁一七七。

69 根據中國歷史博物館前館長陳喬的說法，博物館的指導原則是以階級鬥爭為先，並嚴格地考察歷史人物。引自陳徒手，〈午門城下的沈從文〉，頁二四。在中國人民共和國成立後不久，中國革命博物館在天安門建立。它的全部使命便是依照毛的歷史編纂學與分期法，為中國革命提供官方的視覺歷史。關於革命博物館的研究，見Kirk A. Denton, "Visual Memory and the Construction of a Revolutionary Past: Paintings from the Museum of the Chinese Revolution," *Modern Chinese Literature and Culture* 12.2 (Fall 2000): 203-35.

70 這些文章包括Walter Benjamin, "Unpacking My Library: A Talk about Book Collecting," in *Illuminations: Essays and Reflections,* ed. Hannah Arendt, trans. Harry Zohn (New York: Schocken Books, 1969), pp. 59-68; "Eduard Fuchs: Collector and Historian"; "Surrealism: The Last Snapshot of the European Intelligentsia," in *Reflections: Essays, Aphorisms, Autobiographical Writings*, trans. Peter Demetz (New York: Schocken Books, 1986), pp. 177-92; "Paris, Capital of the Nineteenth Century," in *Reflections: Essays, Aphorisms, Autobiographical Writings*, pp. 146-62.

蠻威脅、和將知識轉變成「堆積在人類背後的」重負的文化史研究。[71]在收藏家與收藏的正面形象中，班雅明發見了突破僵滯的商品世界、突破寄生蟲般因循守舊的傳統的可能性，由此也發見了救贖的希望。當班雅明在資本主義革命前夜發展出關於收藏家的思考時，沈從文這位收藏家則在社會主義革命消滅了短命的中國資本主義後的黎明中誕生。沈從文所面臨的歷史情境是另一種野蠻的威脅，是日漸擴張的社會主義歷史主義，這種歷史觀的中心是以階級鬥爭為根本內容的毛主義觀念。因此，作為收藏家的沈從文的意義，在於他提供了一種不同的文化與歷史觀的可能性。周蕾指出，班雅明的著作之所以有力，原因之一是「他成功地翻轉了這種關於作為自私的物欲的根深蒂固的話語陳規，他指出，不論收藏看上去是多麼私人、多麼自私，它同時也可以被理解為一種歷史唯物主義的實踐。」[72]重要的是，沈從文的藝術史實踐為毛主義的歷史唯物主義提供了一個反諷性的翻轉，而後者無非是一種強調革命與階級鬥爭的元敘事，它將物質文化與歷史視為頹廢與反動。因此，當班雅明試圖從商品拜物教和傳統的因循守舊中將僵死的歷史的殘片碎屑拯救出來進行重組之時，已經被經典文學史打入冷宮的沈從文卻變身為一位真正的拾荒者，一位垃圾收藏家，蒐集著那些在名為社會主義的進步的風暴中被無情破壞、碾壓的中國傳統的殘片與遺跡。

三、冷戰的楚狂：精神分裂話語

記起《你往何處去》一書中待殉難於鬥獸場的一些人在地下室等待情形，我心中很柔和。

——沈從文，日記，一九四九年四月六日

在為《沈從文全集》寫的一個簡短的說明中，沈從文的妻子張兆和說道，一九四九年一月，沈從文「終致精神失常。三月，曾於病中自殺。獲救後被送入精神病院。……至秋冬，病情漸趨平穩」。[73]張兆和所說的「精神失常」後來被醫學記錄稱作「精神分裂」。[74]儘管「精

71 Walter Benjamin, "Eduard Fuchs: Collector and Historian," p. 234.

72 Rey Chow, "Fateful Attachments: On Collecting, Fidelity, and Lao She," *Critical Inquiry* 28.1 (Autumn 2001): 290.

73 收入張兆和主編，《沈從文全集》卷二七，頁二。

74 據沈從文的長子沈龍珠所說，沈從文在自殺獲救後被他的妻弟張中和送到了第一家國立精神衛生機構北京安定醫院。醫學診斷無法獲得。在沈的家人的回憶，以及他在精神危機期間寫給親友的信中，「精神分裂症」和「人格分裂」的概念常常被用於描述他的精神疾病。見黃永玉，〈這些憂鬱的瑣屑〉，收入巴金、黃永玉等著，《長河不盡流：懷念沈從文先生》，頁四八〇；另見一九四九年九月八日沈從文致丁玲信，收入張兆和主編，

神分裂」一語是否準確地描述了沈從文的精神失常依舊留有疑問，但精神分裂的話語——既作為病理學術語，又作為一個文化與政治隱喻——可以幫助我們思考沈從文在一個懸而未決的政治時刻中的心理與文化危機。

精神分裂的特質是個體心理的崩潰，表現為自我與外界間邊界的模糊、情緒失控、譫妄、幻覺等。它被現代精神病學認為是最為嚴重也最難索解的疾病之一。直至今日，這一疾病也尚未被完全理解。鑑於它的難以捉摸，精神分裂有時被認為是「精神病學的神聖象徵」[75]或是「最典型的瘋狂」。[76]法國精神病學家本尼迪克特・奧古斯丁・莫雷爾（Bénédict Augustin Morel, 1809-1873）在一八五六年發明了「早發性痴呆」（démence precoce）這個術語來描述一種精神失常的症狀。一八九六年，埃米爾・克雷佩林（Emil Kraepelin, 1855-1926）復活了「早發性痴呆」一詞，以描述表現在這一精神疾病中的一系列精神病學失序。之後，尤金・布魯勒（Eugen Bleuler, 1857-1939）在他的重要著作《早發性痴呆或精神分裂諸症狀》（*Dementia Praecox or the Group of Schizophrenias*, 1911）中完善了這一診斷性範疇，在書中，他發明了「精神分裂症」一詞，並將它重新定義為一種動態的精神病理。在對精神分裂症的理解和治療中有兩種主要的理論：克雷佩林於一九一九年提出，精神分裂症源於大腦中的病理的、解剖學的、化學的失調或是智力退化；[77]佛洛依德（一八五六—一九三九）則從精神分析的角度出發，認為它是一種向「嬰兒期的自體性欲」的原始階段的退化，這一階段被一種遠古的經驗模式所支配。由此，他主張，精神分裂症源於心理缺陷。[78]於是，早期理論家之間的辯論便圍繞著精神分裂症是一種大腦疾病還是一種情緒疾病而展開。

在現代主義與先鋒派的文學、藝術與知識想像和話語中，精神分裂者常常作為一個核心象徵人物而出現。在文學藝術作品中，精神分裂者的重要性在於其無以限制的激情、欲望與活力，足以對抗萊寧（R. D. Laing）所謂的「以常態為名的駭人的異化狀態」[79]的能力。萊寧強調，「我們所說的『精神分裂症』正是這樣一種形式：其中，對普通人來說，有光亮從我們過

《沈從文全集》卷一九，頁四八。學者們注意到，精神疾病或許是沈從文家族的疾病。沈從文的妹妹沈岳萌也在中年之後身患精神分裂。見Jeffrey C. Kinkley, *Odyssey of Shen Congwen*, p. 292; 黃永玉，〈這些憂鬱的瑣屑〉，收入巴金、黃永玉等著，《長河不盡流：懷念沈從文先生》，頁四四二—四四七。

75 Thomas Szasz. *Schizophrenia: The Sacred Symbol of Psychiatry* (New York: Basic Books, 1976), p. 18.

76 Michel Foucault, *The Order of Things: An Archaeology of the Human Sciences* (New York: Vintage Books, 1973), p. 375.

77 Emil Kraepelin, *Dementia praecox and Paraphrenia*, trans. R. M. Barclay (Huntington, N.Y.: Robert E. Krieger, 1971 [1919]).

78 Sigmund Freud, "Psychoanalytic Notes upon an Autobiographical Account of a Case of Paranoia (Dementia Paranoides)," in *Three Case Histories* (New York: Simon & Schuster, 1996), p. 153.

79 R. D. Laing, *The Politics of Experience* (New York: Pantheon Books, 1967), p. 167.

於封閉的思維中破殼而出。」[80]作為二十世紀最具顛覆性的反精神病學主義者，萊寧是將精神分裂症理解成一種「分裂的自我」狀態的最重要的宣導者。

受到尼采的酒神式典型，及其對過度的激情、想像與生命活力的強調的影響，德勒茲（Gilles Deleuze）和瓜塔里（Félix Guattari）將這一關於精神分裂症的正面觀念發展成了一種強大的理論話語。在他們合著的《資本主義與精神分裂》（*Capitalism and Schizophrenia*）第一卷《反俄狄浦斯》（*Anti-Oedipus*）中，他們開啟了一種他們稱為「精神分裂分析」的有力的思想實驗，它試圖結合歷史唯物主義與精神分析的動力學，用來分析社會歷史與文化變化。和萊寧一樣，德勒茲和瓜塔里對精神分裂症的理解也超越了它慣常的臨床意義。他們的工作被稱為「革命的唯物主義精神病學」[81]，藉由精神分裂症一詞，他們不僅對體現在佛洛依德式的俄狄浦斯情結中的建制化了的精神分析體系大加撻伐，更以精神分裂症為強大的批判方法，來分析所有壓迫性的社會心理機制下的文化與社會政治文本。

討論精神分裂症時，佛洛依德指出，利比多重新指向自我，導致了退行性的自戀。因而，這一疾病無法以精神分析的方式來闡釋，並導致了一種無法解決的精神病學情狀。然而，恰恰是在精神分裂症這種對闡釋的抵抗中——或者用精神分裂分析的術語說，「對俄狄浦斯化的抵抗」[82]，德勒茲與瓜塔里發現了它的革命潛能本質。在對精神分裂的分析中，他們辨識出了反霸權的「突圍」的可能性，並指出，「瘋狂是以一種以斷裂為形式的，與權力的激進分裂。」[83]精神分裂者的欲望能夠拆穿那些關於國家、種族、黨派、家庭等的人造的範疇及其潛在的壓迫性社會機制。由此，精神分裂打開了擊潰霸權體系的「逃逸線」。晚近學者們，如美國左翼理論家麥可・哈特和義大利激進政治哲學家安東尼奧・奈格里合著的《帝國》（*Empire*, 2000），對帝國主義的批判性思考延續了德勒茲和瓜塔里的理論要旨，將精神分裂式的抵抗這一觀念——精神分裂症、逃逸線、解域化——應用到了新的大眾概念之中，衝擊著即將再結域化的帝國。

由於這一精神分裂式的政治主體的概念打開了新的顛覆政治霸權的可能性，它對我研究二十世紀中期中國的知識分子活動便具有了獨特的意義。因為精神分裂症話語在精神分裂式的間隙、碎片與湍流中發現了解放性的潛能，以顛覆晚期資本主義的文化壓迫，它因而有助於闡明處於冷戰中國的意識形態宰制下的精神分裂式的智識能動性，對抗中國社會主義的一元化的整

80 Ibid.

81 Eugene W. Holland, *Deleuze and Guattari's Anti-Oedipus: Introduction to Schizoanalysis* (London: Routledge, 1999), p. viii.

82 Gilles Deleuze and Felix Guattari, *Anti-Oedipus. Capitalism and Schizophrenia* (Minneapolis: University of Minnesota Press, 1983), vol. 1, p. 23.

83 Ibid., p. xxiii.

體性。這與沈從文的例子尤其相關。沈從文一九四九年的轉型開始於一次精神分裂式的崩潰與隨之而來的自殺企圖——這次個體危機在現實與象徵層面均構成了一個轉捩點。正如本章所論，在他一九四九年以後作為文化史家的作品中，沈從文在大量碎片化的歷史器物與片段的藝術史記載中發現了一種逃逸出社會主義整體性的可能。

精神分裂式的解域過程締造了諸多形式，以抵抗或傾覆社會主義社會象徵秩序的整體化結構，同時也拒絕以另一種天啟式的革命視野作為取代品的可能性。正如吉恩・弗朗哥（Jean Franco）在勾勒拉美冷戰文學與文化時所指出的，「抵抗並非是一場生死之戰，而是去發掘、強化『逃逸線』以改造個人。」[84]在冷戰時代的斷然二分的環境中，裂變式的精神分裂過程提供了一條道路以克服天啟式思維的傾向，而後者所凸顯是戰爭、革命及其他政治暴力形式所具有的救贖性的、改天換地的力量。

這種凸顯瘋狂與精神分裂症的政治潛能的理論話語，雖然有可能提供反思政治與文化霸權的新視野，但是，它卻低估了作為一種病理生理疾病的精神分裂症對個人和國家的身體政治帶來的痛苦。在一九四九分裂之際，對於沈從文和他的國人來說，這是一種不可泯滅的痛苦。在中國現代文學肇興之初，魯迅的短篇小說〈狂人日記〉（一九一八）便引入了一個精神疾病的例子，具體地說，是「迫害狂之類」。[85]藉由一個主體分裂的聲音，中國文學現代性之父在形而上層面以及隱喻的層面檢視了中國歷史的病理學。三十年後，生活在二十世紀中葉的政治與意識形態分裂中的沈從文，這位魯迅之後最重要的短篇小說家，則切切實實地生活在這種精神疾病之中。在對社會主義中國的社會政治狀況的反思中，曹聚仁（一九〇〇—一九七二）回憶起了共產黨理論家艾思奇在一九五〇年的一個評論。艾思奇敦促自由派知識分子趕緊改造自己：知識分子是一塊磚，「砌到牆裡去，那就推不動了。落在牆邊，不砌進去，那就被一腳踢開了。」[86]在中華人民共和國成立後不久，既不願意被砌到牆裡去、也不願意被踢掉的曹聚仁決定離開大陸前往香港。而決定留下的沈從文，則很快成了一塊被踢走的磚。儘管曹聚仁準確預言了那些不願服從的個體將不可避免地被消滅，但其實際過程要比他所能想像的複雜得多。遺棄只是第一步。之後，那些被踢開的、無法利用的磚又經歷了什麼呢？

沈從文的例子自然是很有啟發的。由於缺乏對沈從文的疾病的詳細的醫學診斷紀錄，他在精神危機期間寫下的書信、日記和其他文本就提供了重要的線索，以考察他的思想狀態。在〈一個人的自白〉這篇寫於他一九四九年三月嘗試自殺前一個月的文章中，沈從文表示，他寫

84 Jean Franco, *The Decline and Fall of the Lettered City: Latin America in the Cold War* (Cambridge, MA: Harvard University Press, 2002), p. 265.

85 魯迅，《魯迅全集》卷一，頁九。英譯見Xun Lu, *Selected Stories of Lu Hsun*, trans. Yang Hsien-yi and Gladys Yang (New York: W. W. Norton, 1977), p. 7.

86 曹聚仁，《南來記》，引自李偉，《曹聚仁傳》（南京：南京大學出版社，一九九三），頁三三三—三四。

下這些自白的目的在於「病理學或變態心理學可作標本參考」。[87] 下面這些「標本」段落，寫於沈從文在清華大學梁思成和林徽因寓所尋求避難，以躲避自己受到的極度的政治壓力的時候：

> 給我不太痛苦的休息，不用醒，就好了。我說的全無人明白。沒有一個朋友肯明白敢明白我並不瘋。大家都支吾開去，都怕參預。這算什麼，人總得休息，自己收拾自己有什麼不妥？學哲學的王遜也不理解，才真是把我當了瘋子。我看許多人都在參預謀害，有熱鬧看。[88]

> 沒有人肯明白，都支吾開去。完全在孤立中。孤立而絕望，我本不具生存的幻望。我應當那麼休息了！[89]

> 我應當休息了，神經已經發展到一個我能適應的最高點上。我不毀也會瘋去。[90]
> 世界在動，一切在動，我卻靜止而悲憫的望見一切，自己卻無分，凡事無分。我沒有瘋！可是，為什麼家庭還照舊，我卻如此孤立無援無助的存在。為什麼？究竟為什麼？你回答我。[91]

「休息」、「解放」這類字眼頻繁地出現在沈從文這段時間的寫作中，它們是「自盡」的委婉說法。在一九四八年十二月中共軍隊圍城北京之後，孤立、無人理解的深切感受充斥著沈從文的寫作。一九四九年的北京大學大字報事件後幾天，沈從文給他的侄子、當時在香港的木刻藝術家黃永玉寫了封信，其中他寫道，「城，三數日可下，根據過往恩怨，我準備含笑上絞架。」[92]沈從文身陷一種卡夫卡式的焦慮的孤立中——一次內在自我的內爆。死亡——「休息」——與瘋狂的主題持續地在他的寫作中出現，直到他嘗試自殺。當沈從文說「沒有人肯明白，都支吾開去」時，人們究竟在支吾什麼？更進一步說，在討論沈從文的精神疾病時，對「瘋狂」這一術語的未加質疑和透明的使用留下了一些未解決的問題，這些問題對於理解沈從文的案例至關重要。何為精神健康的政治？在一九四九年的社會與歷史語境中，瘋狂這個概念

---

87 沈從文，〈一個人的自白〉，收入張兆和主編，《沈從文全集》卷二七，頁三。
88 〈一九四九一月三十日 張兆和致沈從文 北平 暨 沈從文批語・覆張兆和 清華園〉，收入張兆和主編，《沈從文全集》卷一九，頁九。
89 同前注，頁一一。
90 沈從文，〈題〈綠魘〉文旁〉，收入張兆和主編，《沈從文全集》卷一四，頁四五六。
91 沈從文，〈五月卅下十點北平宿舍〉，收入張兆和主編，《沈從文全集》卷一九，頁四三。
92 黃永玉，〈這些憂鬱的瑣屑〉，收入巴金、黃永玉等著，《長河不盡流：懷念沈從文先生》，頁四六五。

的特定功能與意涵是什麼？

為了回應這些問題，我將首先回到一九四九年一月北大張貼出的那些大字報上。學生們將郭沫若的〈斥反動文藝〉貼在學校的牆上，這傳達了什麼資訊？歸根到底，這並不是沈從文第一次受到來自左翼的攻擊。在一九三〇年代，他不斷因為他的自由派的、非左翼的立場而遭到批判。一九四〇年代初，因為他在雜誌《戰國策》擔任編輯，沈從文被指控參與傾法西斯組織戰國策派，它由一群昆明西南聯大的教授組成。沈從文視《戰國策》為創造一個國共力量之外的獨立的自由派知識平臺的機會。儘管他在雜誌上的文章表明他幾乎並不認同其他編輯部核心成員——如陳銓（一九〇三—一九六九）、林同濟（一九〇六—一九八〇）、雷海宗（一九〇二—一九六二）——的英雄崇拜和軍事主義鼓吹，但他參與雜誌編輯本身就使他捲入了可疑的政治活動之中。在社會主義中國早年，沈從文的這層關係嚴重地威脅著他的政治存亡。[93]在一次訪談中，夏衍回憶道，沈從文之所以被排除在第一次文代會之外，一個重要的原因就是他與「提倡法西斯主義」的戰國策派之間的可疑的關係。[94]在蕭乾的要求下，沈從文於一九四八年支持了雜誌《新路》，然而這一雜誌很快被譴責為走「第三條道路」的反共雜誌。這進一步損害了沈從文已經岌岌可危的政治生命。[95]在皇甫崢崢對新生社會主義政權下沈蕭二人不同的調適策略的研究中，她論及了沈從文在反右運動中對蕭乾的批判，並指出，沈從文與蕭乾在創辦《新路》期間的干係，是兩人在一九四九年以後分道揚鑣的原因之一。[96]

郭沫若的〈斥反動文藝〉——它應被視為政治批判而非文學批評——最初發表時，並沒有引起沈從文太多的關注。然而，在共產黨接管前夜，北京大學校園裡張貼的這篇檄文卻標誌著對沈從文全部文學作品的整體批判，因而直接導致了沈從文最終告別文學。後來，在精神病院中，沈從文理解了他在新的政治氣候下的脆弱性：「同時也看出文學必然和宣傳合而為一，方能具有教育多數意義和效果。……把我過去對於文學觀點完全摧毀了。無保留的摧毀了，擱筆是必然的，必須的。」[97]他的預言被不幸證實了。

和其他在國民黨這艘「沉船」——一個沈從文此間的寫作中反覆使用的比喻——上的知識

93 關於《戰國策》的研究，見吳世勇，〈為文學運動的重造尋找一個陣地：沈從文參與《戰國策》編輯經歷考辯〉，《淮南師範學院學報》一期（二〇〇五），頁一八—二一。儘管沈從文從未支持期刊部分成員所鼓吹的軍事主義和法西斯極權主義，他依舊覺得有必要否認他與雜誌的聯繫，事實上，他後來徹底否認他曾在雜誌中擔任編輯。見Jeffrey C. Kinkley. *Odyssey of Shen Congwen*, pp. 253-54.

94 吳世勇，〈為文學運動的重造尋找一個陣地：沈從文參與《戰國策》編輯經歷考辯〉，頁一九。

95 謝泳，〈《新路》與《觀察》〉，《逝去的年代：中國自由知識分子的命運》（北京：文化藝術出版社，一九九九），頁三五八—三六八。

96 Jenny Huangfu, "Roads to Salvation: Shen Congwen, Xiao Qian, and the Problem of Non-Communist Celebrity Writers, 1948-1957".

97 沈從文，〈一九四九年四月六日 四月六日〉，收入張兆和主編，《沈從文全集》卷一九，頁二五。

分子一樣，沈從文顯然意識到，隨著共產黨政治權威及其集體主義的愈演愈烈，個體的能動性終究將被犧牲。然而，當他的同事們開始修正自己的美學觀點時，沈從文卻是為數不多的幾位知識分子，公開表達對近在眼前的新意識形態的深切懷疑。一九四八年十一月七日，在北大舉行的一場名為「今日文學的方向」的座談會上，沈從文對政治是否應當控制文學提出質疑。他以紅綠燈來比喻文學與政治的相遇，並問道：「如有人要操縱紅綠燈，又如何？」「文學自然受政治的限制，但是否能保留一點批評、修正的權利呢？」[98]如何捍衛藝術與文學的獨立空間？當政治支配一切時，寫作如何可能？當共產黨勝利在望之際，他的同事們試圖提出一種新的政治與文學之關係，而沈從文卻還在堅持文學的自主權不能為政治所限制。

沈從文對藝術自主性和個體能動性的堅持不可避免地導致了他在轉折年代的政治放逐與孤立。當他寫道，「有種空洞游離感起於心中深處，我似乎完全孤立於人間，我似乎和一個群的哀樂全隔絕了。」[99]使他不安的並不是菁英知識階層與群眾的疏離——如前所述，朱自清曾以象徵性地拒絕文化遺跡而有力地表明過這一點；相反，「離群」對沈從文而言，意味著面對群眾對政治偶像的狂熱崇拜時，個體能動性將不可避免地犧牲——這樣的崇拜他很快就會在天安門廣場親眼目睹，而他之後的三十年職業生涯恰在附近度過。

在某種意義上，沈從文在政治狂熱年代的審美決心使他成為了另一個悲劇性的狂人。正如他自己所言，這類狂人的漫長譜系可以追溯到他的精神先祖屈原身上。「眾人皆醉我獨醒」，古代楚國的這位重臣被宮廷流放，並以自殺相抗，最終化成「楚狂」這一永恆形象。在沈從文的精神危機期間，他不斷地引述這一形象。和屈原一樣，沈從文寧願結束自己的生命，也不願妥協自己的文化與政治立場，以在新政權下苟且偷生。從這一點來看，瘋狂可以被視為一種立志忠於自身純潔性與原則性的方式。與此同時，沈從文的心理疾病也證明了瘋狂與健康之間遊動的邊界。在一種傅柯式的框架下，它也表明了瘋狂與理性的概念是如何不可分割地糾纏在一起。在一個理性的時代，瘋子必須被從社會主流中區隔出來，要麼放在漂流水上的「愚人船」上，要麼放在遠離世人的精神病院中，以此才能維護理性的藩籬。

在沈從文崩潰的三十多年以前，魯迅在他的短篇小說〈狂人日記〉中給出了一種關於瘋狂的肯定性的看法。在考察辛亥革命後的令人窒息的中國社會時，魯迅將他的狂人描寫成了一個卡珊德拉（Cassandra）式的人物，他無休無止地提醒著人們傳統中國道德面具下的吃人本質，「始終位於他的時代之前，因而必然經受被他所希望拯救的人們所誤解、所迫害的命運。」[100]

98 討論紀要原載《大公報》一〇七期（一九四八年十一月十四日），收入洪子誠，《中國當代文學史・史料選（一九四五—一九九九）》，頁一四三—一四九。

99 沈從文，〈五月卅下十點北平宿舍〉，收入張兆和主編，《沈從文全集》卷一九，頁四三。

100 Leo Ou-fan Lee, *Voices from the Iron House: A Study of Lu Xun* (Bloomington: Indiana University Press, 1987), p. 54.

正如萊甯在與傅柯同樣思路下指出的，「瘋狂未必全是崩潰，它也可以是一種突破。」[101]在魯迅的文學現代性中，瘋狂構成了一種獨特的社會隔離機制，其中，危險的先知被放逐，以維護保守的政治社會秩序。正如安托南・阿爾托（Antonin Artaud）在解釋梵谷（一八五三－一八九〇）、貝多芬（一七七〇－一八二七）、荷爾德林（一七七〇－一八四三）這些知識分子的瘋狂時所說，「一個病態的社會發明了精神病學以抵禦有遠見卓識之人的審視，後者的預言能力擾亂了這個社會。」[102]由是觀之，瘋狂可以被認為是又一座「鐵屋」，[103]儘管現如今，這座鐵屋是用所謂的現代醫學話語搭建而成。

在一九四九年的轉折關口，沈從文正身陷這樣的鐵屋之中，不論這鐵屋秉承著何種科學的名目——瘋狂、抑鬱、精神分裂症、或是妄想症。沈從文被置於徹底的孤獨之中，他的藝術自主性觀念將不再會對新生的社會主義國家的常態與理性構成任何的「威脅」。「我十分累，十分累。聞狗吠聲不已。你還叫什麼？吃了我會沉默吧。我無所謂施捨了一身，飼的是狗或虎，原本一樣的。社會在發展進步中，一年半載後這些聲音會結束了嗎？」[104]以狗和虎的意象代表潛在的迫害者的野蠻本性，沈從文描繪出了又一樁吃人社會的版本，以揭示窒息的社會壓迫。這種錯亂的書寫令人震驚地與魯迅的狂人具有明顯的相似性。確實，被魯迅診斷為病態的中國社會從未停止追尋現代化。但是，四十年之後，魯迅的〈狂人日記〉中的惡「狗」依舊在狂吠，在追逐下一片人肉。

儘管沈從文的精神崩潰可以被歸咎於此間高度的政治壓力，但也有批評者們指出，相比於簡單的政治迫害，它或許更接近於一個「自毀」的過程。[105]確實，沈從文在明知會招致報復的前提下對藝術自主性的頑固堅持，指向了一種自我犧牲或自我否定的行為。此外我還想指出，它同時也包括了病理學上的精神分裂症的成分。在臨床層面，精神分裂症大體上被理解為一種自我認同與自我經驗的失序，它典型地體現為在根本上無法把握自我的邊界。精神分裂者將其自身既視為主體又視為客體，而兩者的關係則「被嚴重地擾亂了，它由此形成一種精神內部的分裂。」[106]精神分裂裂變出多重主體認同，相互進行難以平息的拉鋸，這或將導致嚴重的自我否定。與此同時，沈從文以艱難的自我反思對文藝真諦展開不屈的追尋，這也是一種對自我的

---

101 R. D. Laing, *The Politics of Experience*, p. 110.

102 Antonin Artaud, "Van Gogh: The Man Suicided by Society," in *Antonin Artaud Anthology*, ed. Jack Hirschman (San Francisco: City Lights Books, 1965), p. 135.

103 魯迅，《魯迅全集》卷一，頁九。

104 見沈從文著，張兆和主編，《沈從文全集》卷一九，頁一一。

105 張新穎，〈從「抽象的抒情」到「囈語狂言」：沈從文的四十年代〉，《二十世紀上半期中國文學的現代意識》（北京：生活・讀書・新知三聯書店，二〇〇一），頁二二五—二四八；賀桂梅，《轉折的時代：四〇—五〇年代作家研究》，頁八二—一三三。

106 Dan Zahavi, "Schizophrenia and Self-Awareness," *Philosophy, Psychiatry and Psychology* 4 (2001): 340.

追尋，或者至少對危如累卵的自我認同的修復。

考慮到自我消耗和自我懷疑在精神分裂話語中的意涵，沈從文在瘋狂中的自我否定不僅接近於魯迅的狂人與吃人的比喻，更尖銳地指向了魯迅《野草》（一九二七）中的散文詩〈墓碣文〉裡那抉心自食的恐怖意象。墓碣正面殘破剝落的文字寫道：「有一遊魂，化為長蛇，口有毒牙。不以齧人，自齧其身，終以殞顛。」而背面的文句則以第一人稱視角描述了抉心自食的景象：

> 抉心自食，欲知本味。創痛酷烈，本味何能知？
> 痛定之後，徐徐食之。然其心已陳舊，本味又何由知？[107]

隨著肢體的殘缺，敘事者如何還能夠發現和理解心理的、認識論的、美學的真理？魯迅以殘碎的文字描述割裂的身體，道明了一個意味深長的悖論，即，對生命與自我的追尋只能通過對身體的毀傷、對自我的摧毀才能完成。

正如李歐梵指出的，魯迅寫作《野草》時正受到廚川白村的美學與心理學理論的影響，後者強調藝術創造性與被壓抑的生命驅力之間的關係。[108]和翻譯了廚川白村的《苦悶的象徵》（一九二四）的魯迅一樣，沈從文也熱衷於閱讀西方心理學與精神分析的著作。[109]據張京媛的研究，心理學和佛洛依德理論在二十世紀初被引入中國，同時引入的還有其他重要哲學學派，如社會達爾文主義、馬克思主義和實用主義。它們對現代中國知識分子產生了深遠的影響。[110]沈從文主要是通過中文翻譯作品和批評文字接觸西方心理學與佛洛依德的理論。早在一九二〇年代，沈從文就已接受了周作人在閱讀靄理士（Havelock Ellis）的《性心理學研究》（*Studies in the Psychology of Sex*）後發展出的關於性心理學的觀念。周作人曾將這一閱讀經歷描寫成一次啟蒙過程，為他開啟了一種新的對人與社會的理解。在研究靄理士對周作人的人文主義理念的影響時，蘇文瑜（Susan Daruvala）認為，在周作人對靄理士的性研究的接受中，居於核心地位的是將人類性觀念視為「文明的標誌」而非野蠻主義這一看法。[111]批評家們已經注意到，在

107 魯迅，《魯迅全集》卷二（北京：人民文學出版社，一九八一），頁二〇二。

108 Leo Ou-fan Lee, *Voices from the Iron House: A Study of Lu Xun*, pp. 92-97.

109 沈從文大量閱讀心理學著作。見Jeffrey C. Kinkley, *Odyssey of Shen Congwen*, pp. 111-13. 據張兆和說，他非常喜歡《變態心理學》一書。張兆和主編，《沈從文全集》卷一九，頁二二。諷刺的是，沈從文自己曾猜想自己可能因為他對西方心理學的深刻興趣而受害，就像他的鄰居，一位精神病院主任一樣，後者最終因為對精神病學研究的熱愛而發狂，臥軌自殺。見沈從文著，張兆和主編，《沈從文全集》卷一九，頁三一。

110 Jingyuan Zhang, *Psychoanalysis in China: Literary Transformations, 1919-1949* (Ithaca: Cornell East Asia Program, 1992).

111 Susan Daruvala, *Zhou Zuoren and an Alternative Chinese Response to Modernity* (Cambridge, MA: Harvard

沈從文對湘西地區的少數民族文化的浪漫化表述中，他致力於為人性創造出一種神性與獸性的完美的結合，以此來復興衰退的中國文明。[112]

沈從文顯然對精神分裂症這個概念並不陌生。一九三〇年代初，他就已經讀過張東蓀的《精神分析學ABC》（一九二九）和朱光潛的《變態心理學派別》（一九三〇）了，後者將佛洛依德的早發性痴呆這一概念介紹為一種精神病的形式。[113]在跟隨抗戰內陸大遷徙前往雲南的路上，沈從文曾思考過一種「人為的神經病狀態」：

> 近來看一本《變態心理學》，明白凡筆下能在自己以外寫出另一人另一社會種種，就必然得把神經系統效率重造重安排，作到適於那個人那個社會的反應，——自己呢，完全是「神經病」。是笑話也是真話。[114]

令沈從文印象深刻的是作家的精神分裂的思維狀態——因為藝術創作過程所導致的個體的分裂。在他隨後的昆明歲月裡，這一看法不斷出現在他的寫作中。也正在此期間，他殫精竭慮，乃至近於發狂地想要創造一種新的文學形式，來傳達他後來稱之為「抽象的抒情」的理念：

我正在發瘋。為抽象而發瘋。我看到一些符號，一片形，一把線，一種無聲的音樂，無文字的詩歌。我看到生命一種最完整的形式，這一切都在抽象中好好存在，在事實前反而消滅。[115]

我目前儼然因一切官能都十分疲勞，心智神經失去靈明與彈性，只想休息。或如有所規避，即逃脫彼噬心嚙知之「抽象」。由無數造物空間時間綜合而成之一種美的抽

University Asia Center, 2000), pp. 207-10. 周作人在他的《藹理斯感想錄抄》中收入了他最喜歡的一些片段，並發表在《語絲》卷三〇（一九二五）。

112 譬如蘇雪林認為，沈從文傾向於美化苗族文化，以為古老的漢文明找尋新的生機。見蘇雪林，〈沈從文論〉，《蘇雪林選集》（台北：新陸書局，一九六一〔一九三四〕）。

113 在一九八〇年代金介甫的一次訪談中，沈從文回憶起他在一九二九至一九三〇年對張東蓀的閱讀。見Jeffrey C. Kinkley, *Odyssey of Shen Congwen*. 朱光潛發明了「童癲」一詞來翻譯dementia praecox。見朱光潛，《變態心理學派別》，《朱光潛全集》卷一（合肥：安徽教育出版社，一九八七〔一九三〇〕），頁一三七。

114 沈從文著，張兆和主編，《沈從文全集》卷一八，頁三一八。據張京媛所編制的一九四九年以前關於佛洛依德的漢語出版物名單，沈從文這裡提到的那本書必然是他的朋友朱光潛的近著《變態心理學》（上海：商務印書館，一九三三）。此著後來收入《朱光潛全集》卷二，頁一〇三—二〇八。

115 沈從文，〈生命〉，收入張兆和主編，《沈從文全集》卷一二，頁四三。

象。然而生命與抽象固不可分，真欲逃避，惟有死亡。是的，我的休息，便是多數人說的死。[116]

儘管他使用這些來自西方心理學的科學術語的方式稍顯怪異，但它們顯然幫助他塑造了他的美學實驗。

沈從文對瘋狂的思索還體現在另一個方面，即他對湘西的社會人類學研究。在一九三八年的〈鳳凰〉中，沈從文講述了一種牢牢扎根於他的故鄉的「地方性的神經病」[117]。在歷經一九四九年精神危機期間進行的自我心理解剖中，他一次次地回到這一觀念。他將湘西關於瘋狂的迷思歸咎於當地「好鬼信巫的情緒」，[118]他後來將其稱為「地方性的神經病」。[119]為了說明這種地方性的神經病，沈從文對三個神祕現象進行了創造性的精神病學研究，它們代表了源於被壓抑的性欲而來的異常的心理：巫、蠱（以毒蠱侵入受害者大腦的邪術）和少女落洞（自認為是洞神的愛人的少女）。沈從文認為，這三者都有同樣的原因──「都源於人神錯綜，一種情緒被壓抑後變態的發展」。[120]瘋癲者將神視為其精神與情欲的索求對象，「結合宗教情緒與浪漫情緒而為一，因此總覺得神對她特別關心，發狂，囈語，天上地下，無往不至。」[121]在沈從文的分析中，瘋狂與女性特徵是巫、蠱和少女落洞的兩個核心，它們是釋放被壓抑的女性欲望的儀式。因此，瘋狂可以用來表達無法直面之物，表達無法言說、無法控制、無法解決的東西。一言以蔽之，瘋狂被用來表達被壓抑的事物。

獻身於美的神性與抽象的抒情的美學，沈從文自己成了他所分析的瘋子。在療養院期間記下的日記裡，他寫道：「我如今恰恰就在一種神經混亂中，演出巫蠱兼少女落洞三種心理過程的悲劇。」[122]他的美學所體現的，正是社會主義政治意識形態試圖控制的東西，因此，沈從文必須被打成瘋子。

在自殺失敗後，沈從文被送到精神病院，他徹底被自己的幻想與神經症所吞噬。在病床上醒來時，妄想狂與禁閉幻想以一種戲劇性的方式爆發出來。看著周圍穿著白大褂的醫生與護士，沈從文大喊自己正在監獄裡。[123]他的兒子沈虎雛後來回憶起沈從文的話：「可怕極了！你

116 沈從文，〈潛淵〉，收入張兆和主編，《沈從文全集》卷一二，頁三四。
117 沈從文，〈鳳凰〉，《湘西》，收入張兆和主編，《沈從文全集》卷一一（太原：北岳文藝出版社，二〇〇二），頁三九三。
118 同前注。
119 沈從文，〈一九四九年四月六日 四月六日〉，收入張兆和主編，《沈從文全集》卷一九，頁三一。
120 沈從文，〈鳳凰〉，《湘西》，收入張兆和主編，《沈從文全集》卷一一，頁三九五。
121 同前注。
122 沈從文，〈一九四九年四月六日 四月六日〉，收入張兆和主編，《沈從文全集》卷一九，頁三二。
123 凌宇，《沈從文傳》，頁四七〇。

們不能想像。」沈虎雛寫道：

他抓緊我手，朝懷裡按一按，儘量壓低聲氣。他看見那人戴了口罩，裝成醫生穿著白褂子，俯身觀察他死了沒有，看見……「我認得出來，別人是醫生，他不是。」爸爸看到了收緊大網的一些人，現在正排演著一步步逼他毀滅的戲劇，有人總是居高臨下出現在他的幻念裡。[124]

有什麼意象比監獄更適於表達精神病院所包含的政治呢？兩者都不啻為社會的驅逐與禁閉的機制。與未來幾十年中的丁玲、胡風和其他許多中國知識分子的起伏不同，將沈從文從現代中國文學中抹去甚至不需要要一場政治運動。然而，正如沈從文在住院期間寫下的一則日記裡所說，「迫害感且將終生不易去掉。」[125]

當沈從文於一九四九年秋康復並決定進入中國歷史博物館工作時，他的家人與朋友都鬆了一口氣。這個狂人似乎恢復了理智，扛過了嚴重的精神危機。他的妻子張兆和在幾十年後回憶道：

當時，我們覺得他**落後**，**拖後腿**，一家人亂糟糟的。現在想來不太理解他的痛苦心情……韓壽萱那時是北大博物館系主任，從文就去幫忙，給陳列館捐了不少東西。很自然而然地就轉到文物這一行，不在北大教書了。幸好他轉了，轉的時候有痛苦，有鬥爭。他確實覺得創作不好寫了，難得很。[126]（粗體字為筆者所加）

這裡最發人深省的是，在沈從文精神崩潰期間，家人憂慮的原因不僅是他受到的身心折磨，也是他的政治與美學上的異端對家庭造成的傷害。因而，在他家人的眼裡，沈從文轉向藝術史標誌著他對新的社會體系的適應。在這一點上，沈從文似乎經歷了與魯迅的狂人一模一樣的痊癒過程。在〈狂人日記〉那段有名的序言中，序言以文言寫就，用來區別以白話書寫的日記正文，狂人的兄長告訴第一人稱敘事者，狂人已經病癒已久，並赴某地就任政府職位了。[127]狂人被他在日記中所斥責的社會體系所同化了，這一資訊似乎背離了日記所主張的所有批判理念。但果真如此嗎？為什麼這一消息必須披著文言的外衣，只能經由他的兄長和敘事者之口來表述、傳達？在這一語境中，狂人的痊癒顯得疑點重重。

124 沈虎雛，〈團聚〉，收入巴金、黃永玉等著，《長河不盡流：懷念沈從文先生》，頁五一〇。
125 沈從文，〈一九四九年四月六日 四月六日〉，收入張兆和主編，《沈從文全集》卷一九，頁二四。
126 見陳徒手，〈午門城下的沈從文〉，頁一三—一四。
127 魯迅，《魯迅全集》卷一，頁九。

同樣的，沈從文的社會調適也令人不安。迄今為止，批評家們試圖以抵抗與服從的二元論話語來解釋沈從文從文學到文物研究的轉向，但這種做法所忽略的，正是精神病院與博物館這兩大現代話語之間纏繞糾葛的關係。

四、現代性的碎片：《中國古代服飾研究》

興起於現代性時期的博物館經常被斥為是「文化僵化」的機構。[128]博物館處於傳統與現代性的張力之間，處於保存過去與革新的張力之間。批評者們認為，博物館把藝術作品從其物質性和歷史語境中剝離開來，從而使藝術淪為囚徒，最終使得藝術作品成為一具具的木乃伊（mummification）。因此，博物館常常和死亡的意象聯繫在一起。德國法蘭克福學派文化批評者阿多諾在分析瓦萊里（Paul Valéry）和普魯斯特（Marcel Proust）在羅浮宮的遭遇時，論述道，「德文一詞museal（博物館化的）隱含著一種令人不愉快的含義。這個詞所描述的對象正處於死亡的過程當中，觀察者與之已不再具有活生生的關係。博物館和陵墓這兩個詞的聯繫絕不僅僅在於發音的相近，博物館正是藝術作品的家族陵墓。」[129]在這個意義上，博物館是另一種現代的隔離機制，如道格拉斯・克里普（Douglas Crimp）所說，它應當以傅柯分析醫院、監獄和精神病院的那種考古學來加以分析。[130]

不過，博物館化的過程並不止於幽閉於其藏品中的藝術品。博物館式的木乃伊過程同時也傳染到了那些在博物館工作的人們。在聖約翰大學的一次演講中，沈從文在幾十年之後回顧了自己一九四九年的轉型：「按照社會習慣來說，一個人進了歷史博物館，就等於說他本身已成為歷史，也就是說等於報廢了。」[131]和博物館中的藏品一樣，博物館的工作人員也常常被認為與社會「失去了有機的聯繫，已經處於凋亡的過程中」。[132]

現代博物館的產生和現代民族國家的建立以及啟蒙哲學思想是分不開的。歐洲現代史上最具標誌意義的羅浮宮博物館，正是在一七九三從一座標誌皇權的宮殿轉變成為現代意義上的博物館。這不僅僅是一場法國大革命的結果，更是十八世紀以來百科全書運動和啟蒙思想所促成的一種新的觀念。在中國，博物館同樣是現代性的產物，其建立同樣是現代革命的成果。辛亥

128 Andreas Huyssen, *Twilight Memories: Marking Time in a Culture of Amnesia*, p. 15.

129 Theodor W. Adorno, "Valéry Proust Museum," in *Prisms*, trans. Samuel Weber and Shierry Weber (London: Neville Spearman, 1967), pp. 173-86.

130 Douglas Crimp, *On the Museum's Ruins*, with photographs by Louise Lawler (Cambridge, MA: MIT Press, 1997), pp. 44-65.

131 沈從文，〈從新文學轉到歷史文物〉，收入張兆和主編，《沈從文全集》卷一二，頁三八六。

132 同前注。

革命之後，首先於一九一四年將清宮外朝各殿閣，如文華、武英、太和、中和、保和各殿，開闢成為北平古物陳列所。一九二五年，在清室搬出故宮內廷後不久，便組織成立了博物院理事會，將紫禁城變成故宮博物院。而民國以來最早設立的公立博物館為歷史博物館，辛亥革命結束後，教育部馬上在國子監設歷史博物館籌備處，著手建立歷史博物館。一九一八年遷至天安門內，故宮前部端門至午門一帶。以端門為正門，包括午門樓上，「計正樓九楹，左右各三楹，東西兩觀、四亭、兩廡共為百間，分為十大陳列室。」[133]在一九四九年社會主義政權建立之後，改名為國立北京歷史博物館，並於一九五九年升級、改名為中國歷史博物館。和中國革命博物館一道，它被搬到了天安門廣場東側恢弘的博物館新址——它是建國十週年的十大建築之一。沈從文最早被分配到那裡的時候，博物館就像一個陵墓，位於紫禁城內的封閉空間內，埋藏在帝國歷史之中。因而，從精神病院轉到博物館的沈從文，正是從一處社會禁閉機構轉向了另一處社會禁閉機構——這正是社會淨化和懲罰邏輯的合理步驟。

在加入博物館後所寫的詩〈黃昏和午夜〉中，沈從文沉思前代皇宮的曖昧的歷史意涵：

掌聲平息，人散了場。一會會，門樓上
重回復歷史所安排的寂寞和空虛，
剩餘灰塵濛濛鐘鼓相對。

試從城頭上雉堞間看看，
綠沉沉景山在對面極靜。
北京四野在黃昏光影中極靜。
一切存在的事事物物，
似乎都十分沉靜。
宮殿中的黃瓦和紅牆只成為封建象徵，別無意義。
……
惟紅牆和黃昏，於長遠沉默裡，
看人事倏忽，衰落和興起。[134]

儘管被社會主義國家貶斥為封建主義的象徵，但昔日的皇宮似乎成為真正的歷史與歷史記憶所存之處。

133 包遵彭，《中國博物館史》（台北：中華叢書編審委員會，一九六四），頁二三。
134 沈從文，〈黃昏和午夜〉，收入張兆和主編，《沈從文全集》卷一五（太原：北岳文藝出版社，二〇〇二），頁二二五—二二八。

在一九五〇年代社會主義首都的政治與文化地形圖上，歷史博物館——藝術的陵墓——占據著一個饒有意味的位置。博物館坐落在紫禁城以內，天安門城樓之後。正是在天安門上，毛澤東宣布了中華人民共和國的成立，天安門也成了國家標識上突出的地標。因之，天安門城樓象徵著社會主義國家的政治權力。在共和國肇造之初的幾年裡，城樓前的空間被改造成一個巨大的公共廣場，「足以同時容納百萬民眾」。[135]自天安門城樓上，毛主席檢閱他的革命群眾的海洋。在隨後的幾十年裡，宏闊的天安門廣場雄踞往日皇宮門前，標定出世界革命的中心，它將見證潮水一般的狂熱的紅衛兵們對毛澤東的政治崇拜儀式。

藏身在這革命舞臺之後，歷史博物館似乎是一處意識形態真空。然而，恰在這監獄與墳墓般的地方，沈從文找到了一個絕佳的機會，「可以具體地把六千年的中華文物，勞動人民的創造成果，有條理有系統地看一遍。」[136]更重要的是，正是在這個地方，他終於有機會執行他的美學理念了——並非通過文學實驗，而是通過文學、歷史和考古檔案、藝術史、文物的結合，進行歷史與物質文化的藝術研究。[137]沈從文的《中國古代服飾研究》是主要的成果之一。沈從文在序言中指出，書中各章的內容材料雖有連續性，但解釋說明卻缺少統一性。他繼續寫道，「給人印象，總的來看雖具有一個長篇小說的規模，內容卻近似風格不一分章敘事的散文。」[138]此著共有一百七十九章，按朝代順序排列。每章各有獨特標題以指代日常場景、社會實踐，以及各種時刻，其主題涵括織錦、髮型、首飾、餐食、家具、交通工具、供水等各種方面。譬如第一〇九章題為〈宋村童鬧學圖〉，其中，沈從文首先簡單地介紹了這幅宋代名畫。隨後，他羅列當時的繪畫、詩歌、白話小說、掌故逸聞中的材料，不僅考察了當時的家具和兒童的衣著的特徵，也研究宋代繪畫與文學的特點，即，它們對普通人的日常生活的熱情而寫實的描摹。[139]這樣一種碎片化美學也是沈從文一九四九年以前的文學創作的特徵，如《湘行散記》和《湘西》，它們同樣對地方風俗、景物、傳記、逸聞與傳奇隨手拈來，娓娓道出。在這個意義上，我們才能理解他在《中國古代服飾研究》序言中的這句話：「這份工作和個人前半生搞的文學創作方法態度或仍有相通處。」[140]王德威指出，《湘行散記》中的零散、瑣碎的敘事是沈從文的鄉土寫作的最佳代表，「它是一種提喻，表明了失去的整體曾經具有的可能性，

135 見王軍，《城記》，頁二七一—七二。
136 沈從文，〈從新文學轉到歷史文物〉，收入張兆和主編，《沈從文全集》卷一二，頁三八六。
137 沈從文，〈文史研究必須結合文物〉，收入張兆和主編，《沈從文全集》卷三一，頁三一一—一七。
138 沈從文，《中國古代服飾研究》，收入張兆和主編，《沈從文全集》卷三二，頁一〇。
139 同前注，頁三五三—五四。
140 沈從文，〈《中國古代服飾研究》序〉，《中國古代服飾研究》，收入張兆和主編，《沈從文全集》卷三二，頁一〇。

以及恢復它的不可能。」[141]沈從文執迷於通過碎片化的意象來建構中國文化與文明的史詩性敘事，而這正是他對收藏這個概念的理解。他大量的散文、書信和日記都是各種形式的文學碎片。收藏不僅與他對藝術和藝術史的興趣有關，更關涉著他的文學創造與美學思索。雖然沈從文的湘西敘事中的不完整的形象很可能喚起了對一個失落的烏托邦的深切鄉愁，但他在一九四九年以後對服飾與物質文化的研究中所使用的碎片化的美學卻並不包含類似的、對一個失去的整體性——一個符合支配性的毛主義目的論史觀的整體性——的歎惋。

隨著資本主義社會的工業化和商品化進程的推進，作為無生命對象的物的觀念在現代性話語中占據著一個重要位置。[142]死的、無機的、人造的物被理解為神祕的商品形式，這也成為馬克思的《資本論》的首要議題。在馬克思看來，在工業化社會中，商品拜物教導致了人類勞動的異化。在盧卡奇（Georg Lukács）的經典的馬克思主義研究《歷史與階級意識》（*History and Class Consciousness*）中，他將馬克思關於異化與商品拜物教的論述擴展到了人類主體的領域，並建構了他著名的人類意識的物化這一概念。[143]主體的物化是客體的商品化與拜物教化的直接後果。兩者都是通常被稱為現代性的這種病態狀況的症候。社會主義則顯示出另一種形式的恐物症。社會主義現代化的風暴、毛主義對歷史文化的全盤否定，無情地拒絕歷史文物以及其他形式的文化遺產，將它們碾為成堆成堆的廢墟。然而，在這場進步的風暴中，拾荒者沈從文將他的藝術史研究獻給了那些貼著封建殘餘標籤的文物和文化藝術品。因而，沈從文以其獨特的方式演繹了他所理解的拜物教，建構出一種不同於社會主義文化霸權的、重要的碎片化美學。

在歷史博物館的三十年裡，沈從文完成了無數文章與著作，主題涵蓋刺繡與織物圖樣、漆器、古代銅鏡、明代織錦等等。沈從文讚美這些被國家政治話語當作封建主義和資本主義殘餘而拋棄的古物和文物，並在其中建構了一種不同於社會主義文化霸權的美學。埋首於傳統藝術品之中的沈從文打造了一種全新的唯物主義歷史，最終與社會主義革命史的宏大敘事分道揚鑣。正如他的侄子，木刻藝術家黃永玉所斷言的，沈從文是真正的歷史唯物主義者。[144]

沈從文的《中國古代服飾研究》完成於一九六四年，出版於一九八一年。這是第一部勾勒、研究中國服飾史的著作。為什麼要撰寫一部關於衣服和首飾的歷史？為什麼要在一個集體

141 David Der-wei Wang, *Fictional Realism in 20th Century China: Mao Dun, Lao She, Shen Congwen* (New York: Columbia University Press, 1992), p. 257.

142 在中國的語境中，柯律格（Craig Clunas）的《長物志》（*Superfluous Things: Material Culture and Social Status in Early Modern China* [Urbana: University of Illinois Press, 1991]）是一部重要作品，它討論了晚明的藝術現代性。

143 Georg Lukács, *History and Class Consciousness: Studies in Marxist Dialectics*, trans. Rodney Livingstone (Cambridge, MA: MIT Press, 1971).

144 黃永玉，〈這些憂鬱的瑣屑〉，收入巴金、黃永玉等著，《長河不盡流：懷念沈從文先生》，頁四八四—八五。

化、統一化的時代，在一個政治領導一切的時代，在一個革命史成為唯一合法的歷史的時代，去埋頭書寫流行時尚？還有什麼東西能比研究布料、衣飾和首飾這樣「瑣碎」的東西更與時代精神脫節、分歧的嗎？在一九四九年後的中國的政治文化環境裡，沈從文的《中國古代服飾研究》顯得格格不入、不合時宜。毫不意外地，在文革中，他的服飾研究被批評為反革命的，讚美封建歷史上的「帝王將相」和「才子佳人」的黑書毒草。[145]

然而，正是在這些不合常規之處，沈從文此著的歷史意義才清晰起來。從刺繡紋樣、衣領、絲扣、衣袖，到珠寶首飾、髮型、鞋，沈從文在文化的細節處反思歷史。在他看來，流行與服裝定義了人類的歷史存在的特徵。正如馬克・安德森（Mark Anderson）在討論卡夫卡（Franz Kafka, 1883-1924）對市場的執迷時所說，服裝是「物質生存的象形文字，是人類世界、死亡、與歷史那神祕而無法祛除的記號」。[146] 對沈從文而言，歷史同樣存在於日常生活的器物和細節中。不論它們顯得如何格格不入、轉瞬即逝，它們都是真正的歷史的基礎。文化本身起源於過去之物的外在紋理和表像之中。沈從文在一九四九年後的寫作，比如他的藝術史研究和成千上百封家信，包含了對歷史與中國文明的不斷反思，它們表明，中國文化的遺產無法被毛的「掃除一切歷史文化的反傳統欲望」[147] 所掃蕩，也無法被簡單地挪用於反證毛主義的史觀，即強調中國從原始社會，經封建主義，走向社會主義的經濟與革命轉型。

將絢爛斑斕的歷史時尚埋葬在歷史的深淵（或貯藏在博物館倉庫）後，理性化、革命化的服飾主導著社會主義中國——海軍藍或灰色的毛式中山裝在很大程度上取消了任何個人與性別的特性。正如新的社會主義公民意識需要被再教育，人們的身體同樣需要被規訓。然而，天安門廣場隨處可見的棉質制服的灰藍海洋之後，潛藏著由幾千年以來的材質、顏色、圖樣、款式的多樣性與個體性所構成的壯麗圖景。由此，沈從文的服飾與物質文化史特有的碎片與碎片化美學指向了一種不同於社會主義革命史的紀念碑性與整體性的文化與歷史道路。有鑑於此，沈從文的物質文化史詩學呼應了一九四〇年代初張愛玲發掘時尚與歷史之一致性的努力。一九四三年，張愛玲為英語刊物《二十世紀》（*The XXth Century*）寫了一篇散文〈中國的生活與時尚〉，後來又改寫為中文，題為〈更衣記〉。抗戰時期的孤島上海，這篇反思自清代至一九四〇年代的民國的歷次時尚更迭的文章是另一次不合時宜的實踐。在張愛玲的分析中，中國的時裝不是「一種有組織有計畫的實業。」[148]因此，它不會產生班雅明在對十九世紀的巴黎的研究

145 陳徒手，〈午門城下的沈從文〉，頁三八。

146 Mark M. Anderson, *Kafka's Clothes: Ornament and Aestheticism in the Habsburg Fin de Siècle* (Oxford: Clarendon Press, 1992), p. 4.

147 Maurice Meisner, *Mao's China and After: A History of the People's Republic* (New York: Free Press, 1986), pp. 316-17.

148 張愛玲，《流言》（台北：皇冠文學出版有限公司，一九九一），頁七四。

中所描寫的那種「商品的幻象」。相反，張愛玲認為，衣服雖然看似是不足掛齒的小事——「劉備說過這樣的話：『兄弟如手足，妻子如衣服』。」[149]——但卻應被視為社會與歷史狀況的一部分，因之她總結道，「在政治混亂期間，人們沒有能力改良他們的生活情形。他們只能夠創造他們貼身的環境——那就是衣服。我們各人住在各人的衣服裡。」[150]

正如張愛玲所說，事實上，社會與政治上的挫折或許會使得思想與藝術的能量流入服裝這樣貌似膚淺的領域。因此，細節的繁複有時或許是社會衰退的標誌。[151]在張愛玲對時裝的理解中潛藏著她對歷史的看法，其中，身著時髦衣物的男女是歷史的主角，而日常生活的物質細節是它的根基：「他們不是英雄，他們可是這時代的廣大的負荷者。因為他們雖然不徹底，但究竟是認真的。他們沒有悲壯，只有蒼涼。悲壯是一種完成，而蒼涼則是一種啟示。」[152]

一九五一年，沈從文到四川參加當地的土改運動。在赴川途中寫給他的妻子的一封信裡，他表達了一種類似的歷史觀：

> 特別使我感動的是那些保存太古風的山村，和在江面上下的帆船，三三五五縴夫在岩石間的走動，一切都是二千年前或一千年前的形式，生活方式變化之少是可以想像的。但是卻存在於這個動的世界中。世界正在有計畫的改變，而這一切卻和水上魚鳥山上樹木，自然相契合如一個整體，存在於這個動的世界中，十分安靜，兩相對照，

如何不使人感動。……我似乎十分單獨卻並不單獨，因為這一切都在我生命中形成一種知識，一種啟示，——另一時，將反映到文字中，成為一種歷史。153

對於沈從文來說，歷史的啟示並不在於紀念碑式的煌煌巨著。他在藝術碎片和物質歷史中看到了一種可能的方式，去書寫「一種歷史」，去突破「有計畫的」行進的霸權歷史話語的桎梏，由此，他與二十世紀早期的一些歐洲文化批評家非常接近，後者思考的是對資本主義的壓

149 同前注，頁七五。
150 同前注，頁七三。
151 正如張愛玲所見，日治時期上海的政治曖昧性無處不在，這一特定時空下的作家們將大量的精力投注於作為聲色犬馬、轉瞬即逝、無關緊要的生活細節中。和張愛玲一樣，蘇青也是上海文學圈冉冉升起的新星，她的聲名源於她在小說《結婚十年》（上海：四海出版社，一九四四）中對日常生活和自己的婚姻的事無巨細的描述。汪精衛傀儡政府的文化官員們，如周佛海（一八九七—一九四八）將自身變成傳統文人，成立審美期刊，發表與一切文化有關的文章，如舊戲、書法、繪畫、食物等。張愛玲熱衷於描寫現代中國時尚的發展，為現代中國文學貢獻了大量以對感官細節的頹廢而蒼涼的執迷為特徵的作品。
152 張愛玲，《流言》，頁一一九。
153 沈從文，〈一九五一年十一月一日 致張兆和 華源輪 巫山〉，收入張兆和主編，《沈從文全集》卷一九，頁一三九—一四〇。

迫性秩序進行文化抵抗的策略。對現代主義，尤其是先鋒派的藝術家和理論家而言，碎片的政治潛能始終是一個核心的概念。[154]舉例而言，班雅明曾強調法國超現實主義的「瀆神的啟示，一種唯物主義的、人類學式的靈感」，以此作為突破凝滯的資本主義世界的方式。班雅明認為，與其說是「藝術」與「詩學」運動，超現實主義其實更是一次政治運動，因為超現實主義者感受到了孤立、支離破碎的物體中潛藏的革命性能量，也懂得如何將這些能量引向「爆發的時刻」，並因此將它們轉化為革命的經驗。[155]在這些時刻中，時間與空間的碎片從奴役的狀態掙脫而出，潛藏其中的能量被釋放，班雅明於此發現了革命的希望和將藝術政治化的可能性。因而，當班雅明的「新天使」凝望著腳下堆積的歷史殘骸時，他的使命並非恢復它們原有的秩序，恢復它們的所謂的整體性。[156]相反，救贖只可能隱藏在這些歷史的碎屑之中。反思沈從文一九四九年以後的思想實踐，精神分裂症話語體現在碎片化的藝術史寫作之中，在這裡，一種潛在的美學空間脫穎而出，打破了社會主義文化霸權的宰制。

從文學轉向藝術史，沈從文克服了他的精神危機。他書寫的物質文化史，細觀之下，是文字，是圖像，是符號，是音樂；同時，它們也是歷史，是筆記，是散文，是小說，總而言之，沈從文後半生所經營的是融歷史、藝術和文學為一體的一種別樣的歷史。幽居陵寢般的歷史博物館中，徘徊帝國歷史的墓園裡，埋首於那些冰冷沉滯的器物間，文化史家沈從文如同一個歷史的幽靈。若我們透過幽靈之眼，將會在傾頹的皇宮裡看到什麼？是天安門廣場上穿著統一制服的群眾的海洋向他們的神、他們的主席致敬？是詭異的政治、宗教狂歡，一場鬼魂的遊行——就好像張愛玲在她的小說《赤地之戀》裡描寫的一九五〇年代上海的鬼魅般的勞動節大遊行那樣？[157]

一九四九年之後，整個北京城乃至中國大陸沉醉於社會主義現代化的意識形態的狂喜當中，沈從文以其獨特的美學和歷史觀念在勢壓一切的社會主義整體論中開啟了一方缺口。當中國社會又一次取道向現代化理想邁進時，沈從文在這歷史關鍵時刻從文學到歷史，從文學想像的世界到物質文化研究，回應其時紀念碑式的革命或者社會主義現實主義的大敘事。在物質文化研究中，沈從文譜寫出另一種歷史，敷衍出另一幅現代性圖景。在後一九四九的北京，當社會主義現代化話語統領一切的時候，天安門城樓是一次次無產階級革命的紅色的中心，是偉大

154 我對先鋒派的討論參照了Peter Bürger的*Theory of the Avant-garde* (trans. Michael Shaw [Minneapolis: University of Minnesota Press, 1984])。他認為，先鋒派運動和「體制化藝術」的區別在於前者以在重新將藝術整合入生活實踐中。

155 Walter Benjamin, "Surrealism: The Last Snapshot of the European Intelligentsia," pp. 178-86.

156 Walter Benjamin, "Theses on the Philosophy of History," in *Illuminations: Essays and Reflections*, ed. Hannah Arendt, trans. Harry Zohn (New York: Schocken Books, 1969), pp. 253-64.

157 張愛玲，《赤地之戀》（台北：皇冠文學出版有限公司，一九九一），頁一二一—一二六。

領袖毛主席頭像懸掛的地方。而在天安門內，沈從文在午門城頭上，在數以百萬計的文物和歷史積澱中書寫他的物質文化史，經營他的獨特的現代性。天安門內，午門城頭所寄有的這方藝術與歷史的空間，或許正是二十世紀中國層層現代性絕妙的寫照。「獨自站在午門城頭上，看看暮色四合的北京城風景」，[158]沈從文煢煢獨立的這一時刻，或許正是德里達所謂的「幽靈的瞬間，一個不再屬於時間的瞬間」。[159]在這個意義上，沈從文無疑是飄搖在進步風暴中的歷史幽靈，不管這個進步風暴被命名為現代化或者社會主義。

158 陳徒手，〈午門城下的沈從文〉，頁一六。
159 Jacques Derrida, *Specters of Marx: The State of the Debt, the Work of Mourning, and the New International*, trans. Peggy Kamuf (New York and London: Routledge, 1994), p. xx.

第三章　以命為授

——社會主義革命後丁玲的政治化

在社會主義革命之後，革命文學與革命作家的命運如何？作為共和國主宰性文學範式的社會主義現實主義，具有性別特徵嗎？在社會主義對現代女性的想像中，作家如何開拓出女性主義的空間？本章研究丁玲在一九四九年以後政治與文學層面的浮沉，並探討女性主義意識和社會主義話語在性與性別問題上的衝突互動。丁玲無力在她的社會主義寫作中彌合女性主義的關鍵分歧，最終選擇以政治來否棄文學。然而，歷史的諷刺恰恰在於，儘管丁玲決心為了她的政治身分而放棄她的批判鋒芒，但中國共產黨卻依舊拒絕在她的葬禮上為她的遺體覆蓋黨旗。因而，文學與革命的裂隙便永遠封存在她的遺體之上。

從〈莎菲女士的日記〉（一九二七）到〈我在霞村的時候〉（一九四〇），從《太陽照在桑乾河上》（一九四八；在下文的討論中簡寫為《桑乾河》）到〈杜晚香〉（一九七九），丁玲體現了中國現代文學史上那些最令人興奮的時刻。[1]中國一九四九年的大分裂，恰好與丁玲文學生涯的最高峰相重合。她在延安整風後發表的小說《桑乾河》受到中共的高度讚譽，到一九五四年九月，此書已經印了三十萬冊。她迅即在新的社會主義政治與文學機構中占據了一系列重要的位置。她還被奉為新中國的女性文化使節，受命出訪蘇聯以及其他東歐社會主義國家，參與一系列大會與慶典。[2]當沈從文因左翼陣營的重壓而瀕臨精神崩潰的邊緣，並由此導致了他的文學事業的終結，以及向藝術與考古領域的艱辛轉型之際，他的老友丁玲則冉冉升起，成為社會主義聚光燈下最耀眼的文化名流。正如沈從文苦澀地描述的，丁玲「簡直如天上人……出國飛來飛去，當成大賓」。[3]

一九五一年與一九五二年，開明書店出版了一系列中國現代文學的集子。在《新文學選集》中，「新文學」一詞被定義為現實主義文學，並被進一步區分為批判現實主義和革命現實主義，中國現代文學史則被描述為一個從批判現實主義走向革命現實主義的升級過程。對這一中國新文學的最高等級而言，毛澤東一九四二年的〈在延安文藝座談會上的講話〉被確立為至高無上的政治與理論指導原則。[4]《新文學選集》標誌著新的文學經典，並在新的政治與文化秩序中構築起作家的等級。

《新文學選集》的編纂包含兩個部分，第一部分選取了十二位在共和國成立之前業已去世的作家——魯迅、瞿秋白（一八九九—一九三五）、郁達夫（一八九六—一九四五）、聞一多（一八九九—一九四六）、朱自清、許地山（一八九三—一九四一）、蔣光慈（一九〇一—一九

1 丁玲，〈莎菲女士的日記〉，《丁玲文集》卷二（長沙：湖南人民出版社，一九八三—一九八四），頁四五—八六；〈我在霞村的時候〉，《丁玲文集》卷三（長沙：湖南人民出版社，一九八三—一九八四），頁二二—四二。

2 譬如丁玲參加了捷克斯洛伐克的保衛世界和平大會，並帶領中國代表團參加了十月革命三十週年的慶典。丁玲自己關於參加國際社會主義會議的經驗的描述，可見其《歐行散記》（北京：人民文學出版社，一九五三）。

3 沈從文著，張兆和主編，《沈從文全集》卷二七（太原：北岳文藝出版社，二〇〇二），頁二四七。

4 見葉聖陶，《葉聖陶選集》，收入茅盾主編，《新文學選集》（北京：開明書店，一九五一），頁五—六。

三二）、王魯彥（一九〇一—一九四四）、柔石（一九〇二—一九三一）、胡也頻（一九〇三—一九三一）、洪靈菲（一九〇二—一九三四）和殷夫（一九〇九—一九三一）。引人注目的是，在中國文學史上頭一次，這十二位作家被冠以「革命作家」這個統一的頭銜。顯然，這一分類過程所依據的是政治的而非文學的標準。朱自清的經典化過程尤其有趣。在一九四九年後的台灣，朱自清是不多的幾位經受國民黨對中國現代作家的清洗，最終能夠倖存下來的作家之一。而在冷戰分裂的另一頭，他同樣被奉為愛國革命作家，並納入了新的文學經典。在中共贏得大陸之際，毛澤東在他的一篇諷刺性文章《別了，司徒雷登》中表揚了朱自清的正直：「朱自清一身重病，寧可餓死，不領美國的『救濟糧』。」[5]由此，朱自清被提升為中國知識分子愛國主義英雄主義的典範，面對美帝撐腰的國民黨政權，他絕不低頭。《新文學選集》的第二部分包含了另外十二位作家，他們選擇留在大陸，生活在社會主義國家建立之後——郭沫若、茅盾（一八九六—一九八一）、葉聖陶（一八九四—一九八八）、丁玲、田漢（一八九八—一九六八）、巴金（一九〇四—二〇〇五）、老舍（一八九九—一九六六）、洪深（一八九四—一九五五）、艾青（一九一〇—一九九六）、張天翼（一九〇六—一九八五）、曹禺（一九一〇—一九九六）和趙樹理（一九〇六—一九七〇）。如果說前面的十二位作家代表了實現社會主義革命的「血與墨」的歷史，那麼第二組作家則不僅被尊奉為革命作家，更重要的是，他們成了新式社會主義文學的典範。

但是，丁玲很快便跌落神壇。從一九五五年末開始，各種清洗運動開始對她橫加指責，最終為她帶來二十餘年的流亡與囚禁。一九五八年，開明書店毀去沈從文作品五年之後，丁玲的作品也遭遇了同樣的命運。共產主義的到來或許終結了沈從文的作家生涯，但他卻可在天安門廣場這一紅色革命中心的心臟，以藝術史研究開闢出一個新的美學空間。與之相對，社會主義國家的文學與政治機制扼殺了作為作家的丁玲，並不是因為該機制將她塑造成了文化幹部而非作家，而是因為她的自我改造是如此的真誠，以至於革命話語最終獲得了自己的生命，並且必然地導致了一位具有批判意識的作家和知識分子的消亡。就此而言，後革命時代對丁玲的影響更具戲劇性與毀滅性。如果說作家沈從文之所以被摧毀是因為他不是革命的或是左翼的作家，那諷刺的是，作家丁玲之所以消失恰恰是因為她的無產階級化、政治化的決心太過堅定。由此，當她在政治上獲得平反之後，丁玲反而以最為頑固的革命者面目復出。正如陳徒手所描述的，「老太太在北大荒改造之後，變得表情單一，說話謹慎，動作遲緩，變得人云亦云，很難再有自己思索過的聲音，原本馳騁文壇的那種感覺、那種潑辣粗獷的工作作風、那種爽快率真的為人風格已經難於見到了。」[6]

5 關於朱自清之死，見錢理群，《一九四八：天地玄黃》（濟南：山東教育出版社，一九九八），頁一四八—一六四。

6 陳徒手，〈丁玲的北大荒日子〉，《人有病天知否：一九四九年後的中國文壇紀實》（北京：人民文學出版社，本章首先討論丁玲的社會主義現實主義小說《桑乾河》。在我的閱讀中，《桑乾河》首先是一場政治事件，我將在冷戰興起的背景下追溯它的生產、出版、傳播的歷史。作為一九二〇年代最為先鋒的女性作家而出現在現代中國文壇的丁玲，如何在毛主義文學意識形態的統治下與她的女性主義意識進行協商？在這部土改小說中，當階級鬥爭被提升到最高位置，性別身分是否曾干預社會主義的階級團結？在「馬克思主義與女性主義的不幸婚姻」[7]中，是否依舊有可能討論性別問題？簡單地說，社會主義現實主義具有性別特徵嗎？我將質疑這部社會主義現實主義典範作品中，丁玲在描述女性人物時可疑的前後不一致，以此展現她在性別與階級、文學與革命之間的糾結，以及她如何在二十世紀中葉的轉折時期在政治和意識形態對立的邊緣舞蹈。

儘管《桑乾河》在一九四九年後的政權中極富聲望，但在一九五〇年代中期之後的數次政治運動中，它卻和丁玲若干早期的作品一道，為她招來了嚴厲的迫害。一九七〇年代末終獲平反之後，丁玲非但沒有為反思晚近的政治與文學災難提供任何新的方式，卻拿出了〈杜晚香〉，一部去性別化的社會主義現實主義模範之作，鮮明地縫合了內在於《桑乾河》的女性主義裂縫。在本章第二部分，我將考察丁玲的社會主義現實主義童話中詭異的時代誤置。在〈杜晚香〉這個關於開墾北大荒的故事中，大躍進和之後的大饑荒都被轉化為社會主義農業現代化的光榮史詩。

此外，這部社會主義故事的書寫與重寫發生於毛主義的社會主義烏托邦徹底崩塌之時。本章最後一部分將檢視丁玲在政治祛魅時代所抱持的正統的革命姿態。如果不探討她在一九八○年代對毛主義革命話語的倒退式的執著，我們就無法充分評估革命與後革命對丁玲的影響。我將重點分析她在後毛時代對沈從文的《記丁玲》（一九三四）的激烈攻擊，[8]並將她的反應解釋為一種對自己的前革命歷史的文學再現的否棄。從文學革命到革命文學，在政治化的道路上，丁玲以否棄她的文學創作來捍衛她的革命立場。

一、社會主義現實主義有性別嗎？《太陽照在桑乾河上》

「婦女」這兩個字，將在什麼時代才不被重視，不需要特別的被提出呢？

二○○○），頁一五四。

7 這裡我借用了海蒂・哈特曼（Heidi Hartmann）在〈馬克思主義與女性主義的不幸婚姻〉（"The Unhappy Marriage of Marxism and Feminism: Towards a More Progressive Union," in *Women and Revolution: A Discussion of the Unhappy Marriage of Marxism and Feminism*, ed. Lydia Sargent [Boston: South End Press, 1981], pp. 1-42）中提出的概念。

8 沈從文，《記丁玲》，收入張兆和主編，《沈從文全集》卷一三，頁四九——一二八。

——丁玲，〈三八節有感〉

馬克思主義和女性主義之間的「婚姻」就像是英國大陸法中所描述的那種夫妻關係：馬克思主義和女性主義合而為一，這個一就是馬克思主義……我們需要的是一種更為健康的婚姻，或者是離婚。

——海蒂・哈特曼（Heidi Hartmann），〈馬克思主義與女性主義的不幸婚姻〉（The Unhappy Marriage of Marxism and Feminism）

（一）作為政治事件的小說

《太陽照在桑乾河上》標誌著丁玲在毛澤東的延安講話後在文學事業上所達到的巔峰。這部小說被當時的中國馬克思主義批評家褒獎為中國社會主義現實主義的典範之作，並贏得了一九五一年的史達林獎。但是，和許多其他的社會主義現實主義作品一樣，《桑乾河》也不僅是作家個人的一項文學成就，更引人矚目的是，它是一次政治事件。這本書不僅對作者餘生的文學與政治生涯產生了深遠的影響，同時，它的生產、出版與發行所構成的歷史更證明了政治與小說、意識形態與敘事之間複雜而不可預知的關係，由此最典型地代表了一位作家在經歷二十世紀中葉這一過渡時期的政治與意識形態衝突時，其所承受的命運遭際。

《桑乾河》是一部關於土改的小說，一九四六年抗日戰爭結束後不久，中共發起了這場群眾運動，以此試圖動員農民來支持它與國民黨政府之間的戰爭。丁玲在一九四六年投身察哈爾南部的土改後不久就開始寫作這部小說，並於一九四七年八月完成了手稿。不過這部小說不得不再等上一年，方才獲得出版許可。期間，不僅作者本人根據變動的土改政策對其進行了大幅修訂，黨內權威也對它進行了徹底的審查。在中國現代文學史上，或許沒有另一部作品的細察與批准，需要捲入如此高階的黨內理論家與政治權威，其中包括了毛澤東本人。

一九四七年與一九四八年間，現代中國與國際的歷史圖景發生了最為重要的變革。美國的馬歇爾將軍在國共之間的斡旋失敗了，中國處於共產主義勝利的前夜，它最終將在亞洲張開冷戰的竹幕。而在此刻的歐洲，馬歇爾計畫即將加快重建的進程，並在經濟上拉起東西方之間的鐵幕。在這個關鍵時刻，中共亦試圖將自身納入社會主義世界之中。而當時正指揮著人民解放軍與國民黨政府展開決戰的毛澤東願意花時間去閱讀一部虛構作品，這件事本身就證明了自延安講話之後，文學與藝術被賦予的新的政治功能。一九四八年，中共派代表團參加了在匈牙利召開的第二屆國際民主婦女聯合會。在該代表團前往布達佩斯之前所拍下的照片中，丁玲和其他自豪的婦女代表站在一起，象徵著前進中的新中國。[9]毛澤東及其他黨內權威在懸置一年後終於批准《桑乾河》的出版，其主要理由之一便是顧及丁玲作為國際知名的女性作家的聲望。[10]根據甘露（她出席了關於《桑乾河》的最終討論）的回憶，毛澤東和其他黨內理論家要求這部作品迅速出版，這樣丁玲這位新中國的女性文化使者就能帶著她的代表作去參加國際會議了。[11]

這本小說最初在東北出版後的幾個月，正值共產黨贏得中國的前夜，《桑乾河》被譯成了俄文，由位於莫斯科的外國文學出版社出版。一九五二年，它獲得了一九五一年度的史達林文學獎。一九五〇年為了對抗世界上的帝國主義國家，北京與莫斯科共同簽訂了《中蘇友好同盟互助條約》，以確保兩國的軍事同盟。[12]有鑑於此，這部作品所獲得的殊榮並不令人驚訝；它代表的不僅是對某個個人的美學成就的承認，更屬於蘇聯冷戰東西對立時的外交政策中的文化策略的一部分。

這一榮譽自然保證了丁玲在新建立的社會主義國家中的文學與政治地位。她被任命擔任全國文聯副主席、中共中央宣傳部文藝處處長及其他共和國文化體制中的重要職務。[13]在發表於《文藝報》的著名漫畫〈萬象更新圖〉中，在所有留居中國大陸的作家裡面，只有那些獲得了「文學工作者」資格的人物，才能在新的社會主義國家的文化序列中保有肖像和地位。丁玲大大的笑臉則出現在這座中國社會主義萬神殿的中央。[14]其中，她正向農村走去，手持一張戶籍變更的證明，這象徵著她在演講〈到群眾中去落戶〉（一九五三）開頭向作家發出的著名號召，敦促他們去與工農兵生活在一起。知識分子的無產階級化這個想法顯然呼應著毛澤東的延安講話，藉此，丁玲所暗示的是她自己已經成功地從一位小資產階級作家轉型成為了一位無產階級

9 第二屆大會於一九四八年十二月一日至六日在匈牙利布達佩斯召開。關於丁玲的經歷，見《歐行散記》和她一九四八年十月二十五日至十二月三日間的日記（《丁玲文集》卷一〇〔長沙：湖南文藝出版社，一九九五〕，頁二五九—七三），兩篇作品對參加這次會議的思考呈現出截然不同的面貌。她還受邀參加一九四九年在巴黎召開的國際和平大會。但因為中國代表團成員無法拿到赴法簽證，他們和其他社會主義國家的成員一起參加了在布拉格舉行的區域性的和平大會。自由世界和共產主義國家的隔離在此顯露無遺。

10 一九四〇年代的延安，丁玲受到外媒的熱烈歡迎。有些學者認為她的國際知名度幫助她躲過了延安整風運動中最為嚴酷的迫害。在同一場運動中，王實味這樣的作家被嚴厲地審查，而對延安的等級制和官僚制抱有同樣的批判性立場的丁玲則倖免於難。

11 甘露，〈丁玲與毛主席二三事〉，《新文學史料》四期（一九八六），頁八七—九〇。甘露是黨內重要理論家蕭三的妻子。

12 關於條約的簽訂，見Shu Guang Zhang, *Deterrence and Strategic Culture: Chinese-American Confrontations, 1949-1958* (Ithaca: Cornell University Press, 1992), pp. 30-31.

13 丁玲同時還是中央文學研究所的所長以及婦聯、政協、文化教育委員會的常委。此外，她還擔任《文藝報》和《人民文學》這兩份共和國最重要期刊的主編。

14 見《文藝報》一九五六年一期。

化的文學工作者。歷史的諷刺在於，這個想法在文化大革命中真正變成了現實——和其他知識分子一樣，丁玲也被迫下鄉接受農民的再教育。

然而，歷史的反諷還在繼續。這部「偉大的土改史詩」[15]不僅為丁玲帶來盛名，更導致了對她的「一本書主義」的指責。和其他的反黨罪行一道，這一指控使她在一九五七年發動的反右運動中被整肅，並最終流放到北大荒。諷刺的是，位於黑龍江的北大荒與蘇聯邊境相去不遠。由是，在隨後的二十年中，丁玲和她的作品在共和國的文化舞臺以及中國文學史上消失了。

（二）社會主義現實主義有性別嗎？

毛澤東的延安講話構成了丁玲文學生涯中的一條分界線。講話的核心在於確立了「自己人」和「敵人」的政治分類，並視其為一切文學生產的根本前提。[16]結果是，文學的目的成了表彰大眾的光明面。在這種支配性的二元階級對立修辭中，性別經驗和女性意識還有空間嗎？文學如何去理解、抒發女性的問題和性別的議題？在這種社會主義文學中，性別身分還有可能嗎？

丁玲從女性主義作家轉向共產主義文學工作者與文學官僚，基於她獨特的經歷，這些問題尤為意味深長。一九二〇年代末，丁玲是作為一位具有敏銳的女性意識的現代女性作家而登上文學舞臺的。〈莎菲女士的日記〉這樣的作品直率地處理了商品化都市中，新女性的性焦慮與性壓抑的問題。其中，丁玲以大膽的性描寫震驚了當時的文學界，並迅速獲得了聲名。和冰心、凌叔華等五四第一代女性作家相比，丁玲的特點在於她對女性性欲這些五四作家——不論男女——鮮於嘗試的主題的深刻開掘。[17]

一九三一年，丁玲的丈夫胡也頻和其他四位共產黨作家被國民黨處決後，丁玲轉向了左翼寫作並加入了共產黨。他們在死後被共產黨尊為左聯五烈士。諷刺的是，之後的檔案顯示，他們事實上是由於黨內派系衝突而被他們自己的同志出賣給國民黨的祕密警察的。[18]在三年軟禁

15 馮雪峰，〈《太陽照在桑乾河上》在我們文學發展上的意義〉，收入袁良駿編，《丁玲研究資料》（天津：天津人民出版社，一九八二），頁三四〇。

16 毛澤東，〈在延安文藝座談會上的講話〉，收入中共中央毛澤東選集出版委員會編，《毛澤東選集》卷三（北京：人民出版社，一九九一），頁八四七—八七九，英譯見Tse-tung Mao, *On Art and Literature* (Peking: Foreign Language Press, 1960), p. 19.

17 見茅盾，〈女作家丁玲〉，收入楊桂欣編，《觀察丁玲》（北京：大眾文藝，二〇〇一），頁二〇四—二〇八。

18 見 T. A. Hsia, *The Gate of the Darkness: Studies on the Leftist Literary Movement in China* (Seattle: University of Washington Press, 1968), pp. 163-233.

（一九三三—一九三六）之後，丁玲終於得以逃往共產黨的根據地。[19]

儘管她的文學關懷從都市青年女性的問題轉向了社會主義事業，但丁玲在革命根據地也從未喪失她關於婦女問題的敏銳批判意識。在她一九四〇年前後寫下的短篇小說和雜文中，她批評了身處共產黨革命區域的女性所依舊面臨著的各種形式的壓迫，它們有時甚至以革命為名。她的短篇小說〈我在霞村的時候〉、〈在醫院中〉（一九四〇）和雜文〈三八節有感〉（一九四二）不僅被重慶的國民黨政府宣傳部用作典範性的反共材料，更受到共產黨的清算，因為它們不恰當地暴露了革命聖地延安的黑暗面，因而險些摧毀她的文學與政治生命。

由於她的不服從，她被送到黨校和鄉下去向農民大眾學習，根據毛澤東在延安講話中的斷言，後者不論在精神上還是肉體上都要比知識分子更乾淨，因為知識分子尚未脫去他們的資產階級原罪。[20]在兩年的自我改造後，丁玲帶著《桑乾河》這部關於華北農村土改的小說重新出現在共產黨的文壇上。這部作品受到黨的重要文學理論家馮雪峰（一九〇三—一九七六）的褒獎，被視為中國社會主義現實主義的開山之作。

丁玲的研究者認為，她在延安整風運動後的寫作反映了她對黨的教條的全面臣服，犧牲了她的獨立的聲音。因此，這些作品只是意識形態的陳詞濫調，不值一提。在閱讀《桑乾河》這部丁玲後半生最重要的作品時，後毛時代的批評家們傾向於關注這部作品的如下兩個方面之一：第一，這部小說攜帶的意識形態資訊，及其對低劣的「毛文體」的生產與再生產。這一文體支配著之後三十年的共和國文學與藝術，至今尚未完全消失。[21]第二，詳細描寫暴力的血腥場景時所再現的人性的敗壞，經常在農民和地主的衝突中達到高潮。[22]我並不是說美學與道德層面的思考，對於闡釋這部作品不重要。然而同樣需要考察的，還有這部中國社會主義現實主義典範作品中的微妙的女性空間——它在後毛時代的研究中還基本未被觸及。在我對《桑乾河》的閱讀中，我將思考貫穿丁玲文學生命的最為重要、最為複雜的視野，即性別意識。我認

19 關於這段軟禁歲月，見丁玲，〈魍魎世界——南京囚居回憶〉，《丁玲自傳》（南京：江蘇文藝出版社，一九九六），頁九八—二一五。丁玲從沒寫過完整的自傳。她留下的自傳性寫作只有《魍魎世界》和《風雪人間》，它們本身也不完整。《丁玲自傳》是一部由許楊清和宗誠編輯的準自傳作品，試圖依據這兩部自傳性作品和其他如序言、後記、日記、書信、回憶文章之類的寫作來描述丁玲的人生。

20 見毛澤東，〈在延安文藝座談會上的講話〉。毛澤東的精神與生理衛生的觀念貫穿在歷次對中國知識分子的政治運動中，一九四二年的整風運動只是其開始。對清潔的執迷最典型地表現在一九五〇年初發起的「思想改造」運動中，它在知識分子中被戲稱為「洗澡」。這一基於自我批評和公開悔過的努力意在消除西方的影響。隨著共和國捲入朝鮮戰爭，它變得愈發緊迫。見于風政，《改造》（鄭州：河南人民出版社，二〇〇一）。

21 李陀，〈丁玲不簡單：毛體制下知識份子在話語生產中的複雜角色〉，《今天》三期（一九九三），頁二三六—二四〇。

22 如劉再復和林崗合著的〈中國現代小說的政治式寫作：從《春蠶》到《太陽照在桑乾河上》〉，收入唐小兵編，《再解讀：大眾文藝與意識形態》（香港：牛津大學出版社，一九九三），頁九〇—一〇七。

為，即便在她最為共產主義的作品中，她依舊沒有全然喪失她的批判式的女性主義感知。此外，考慮到土改中嚴格的階級對立話語的支配，丁玲對性別議題的探索就顯得更為有力。

我對《桑乾河》的閱讀無意翻轉丁玲作為一位不屈的共產主義作家的形象，也無意主張她是一位願意為女性主義事業犧牲自己的生命來挑戰黨的權威的異議者。無疑，丁玲在延安整風後付出了極大的努力來調整自己，以符合延安講話所定義的文學工作者的形象。在她為一九七九年版《桑乾河》撰寫的再版序言中，她聲稱這本書是毛主席指導下的成果，是身處革命根據地的革命群眾當中自我改造的成果。當我們閱讀她關於自己所受的生理和政治磨難的回憶時，我們必須嚴肅對待她以寫作的實踐來實現自我改造的決心：「我那時每每腰痛得支持不住，而還伏在桌上一個字一個字地寫下去，像火線上的戰士，喊著〔毛澤東〕的名字衝鋒前進那樣，就是為著報答他老人家，為著書中所寫的那些人而堅持下去的。」[23]

然而，如我們將要看到的，丁玲的馬克思主義自我改造越是嚴肅，她在處理性別這個任何社會運動所不可避免的議題時就越顯得捉襟見肘——這一主題是她在自己的文學生涯的所有階段所一再強調的，並構築了她寫作的原點。在社會主義革命中，婦女的解放值得特別去關注嗎？革命目標的實現，會自動解決婦女問題嗎？尤其是，婚姻與經濟的平等必然會解決性的壓迫與衝突問題嗎？在歷史語境中，當階級鬥爭超越了其他形式的社會衝突時，性別議題是否被允許介入階級團結，在何種程度上來處理性別差異？更進一步，當性別差異和階級差異同時存在時，女性主義和階級鬥爭誰先誰後呢？

這些是女性主義者丁玲在她的社會主義小說中處理的問題，這部小說被黨內權威——重要的是，他們全都是男性——奉為關於中國農村的階級鬥爭的代表作品。作為五四一代最為先鋒的女性作家，作為為中國現代文學貢獻了一系列叛逆的、堅定的女性人物的作家，丁玲完全知道階級並非是唯一一個用來思考女性身分的框架。在階級鬥爭的支配性話語中，婦女不可避免地游走在兩種不可通約的實體之間：性別與階級，而丁玲則努力彌合這兩者之間的鴻溝。考慮到女性主義意識和無視性別的馬克思主義階級鬥爭理論之間深刻的衝突，丁玲協調性別與階級的努力幾乎注定是失敗的。

在我看來，恰恰是性別與階級這種內在的衝突，導致了《桑乾河》的敘事分裂：一邊是小說中女性故事的開放式結局，另一邊則是小說本身以土改運動的勝利為標誌的貌似完滿的收尾。不論持肯定還是否定的態度，對《桑乾河》的批評意見都在政治上敏銳地意識到這部小說對女性人物的描述暴露出來敘事上的漏洞，其中的歧義與正統的文學與政治規範並不一致。支持丁玲的批評家們將這些漏洞解釋為丁玲早期寫作中特有的「資產階級現實主義，或批判現實

23 丁玲，《太陽照在桑乾河上》（北京：人民文學出版社，一九九七），頁二—五。

主義」[24]的無意間的殘留，而她的對手們則在反右運動期間視這些為她的反黨罪行的證據。而在我看來，這些曖昧的不和諧之處，正是丁玲的女性意識所占據的空間。也正是這些敘事矛盾，及其背後丁玲的政黨身分和女性意識之間的衝突，使得《桑乾河》成為我們考察社會主義文學中的性別問題的有趣個案。

（三）分裂的主體認同：性別和／或階級？

《桑乾河》的故事發生在土改初期（一九四六—一九四七）華北的一個小村莊裡。在一月有餘的時間跨度裡，村民們被動員起來對抗地主，並在村幹部和共產黨土改工作隊的領導下實現了土地再分配。這些農民通過這次群眾運動所獲得的不僅是他們自己的土地、工具和其他物質資料，更重要的是，他們獲得了一種新的政治與階級意識，這將成為社會主義革命和即將到來的新的社會主義國家的意識形態基礎。通過描寫這一重大關節，丁玲對新生國家之權力的象徵政治，可謂貢獻良多。馮雪峰認為，《桑乾河》是中國社會主義現實主義的第一部成功之作，它將「土改史詩」呈現給社會主義文學。[25]

正如梅儀慈（Yi-tsi Feuerwerker Mei）在她對《桑乾河》的討論中所指出的，村莊構成了微縮版的社會主義國家。[26]在這個毛主義宇宙中，所有人的政治立場和階級身分都應得到清晰界定，他們的人際關係也是如此。然而，正如現有的研究致力於澄清的，富於反諷意味的是，這部小說中有許多問題人物，對他們的描寫卻比那些模範人物更為生動——而那些模範人物理本應成為社會主義現實主義文學的焦點，正如中國的馬克思主義者對恩格斯（一八二〇—一八九五）的「典型環境中的典型人物」這一概念的理解所規定的那樣。[27] 除開丁玲對這些曖昧人物表現的明顯的同情，她的批評者們更擔心的是，那些模範村幹部所表現出來的近似知識分子或者資產階級情緒。這些批評者無法解釋，為什麼這些可疑點幾乎全都與女性角色和女性空間有關，在我看來，這恰恰暴露出共產主義性別政治的盲點。

最晚自二十世紀中期開始，中國的政治與文化運動便將關於女性的平等與自由的公開承諾

---

24 馮雪峰，〈《太陽照在桑乾河上》在我們文學發展上的意義〉，收入袁良駿編，《丁玲研究資料》，頁三三七。

25 同前注，頁三四〇。

26 Yi-tsi Feuerwerker Mei, *Ding Ling's Fiction: Ideology and Narrative in Modern Chinese Literature* (Cambridge, MA: Harvard University Press, 1982).

27 在中國，對恩格斯關於現實主義中的典型人物和典型環境論的引介和闡釋產生了巨大爭議。關於在現實主義文學中如何創造典型人物的主要論辯發生在一九三〇年代兩位主要的左翼理論家，胡風和周揚之間。關於中國現實主義論辯的討論，見陳順馨，《社會主義現實主義理論在中國的接受與轉化》（合肥：安徽教育出版社，二〇〇〇），頁一一二—一四四。關於最早的典型人物的觀念如何在一九五〇年代後被轉化為社會主義模範人物的觀念，見葉紀彬，《中西典型理論述評》（上海：華東師範大學出版社，一九九三）。

作為各自的改革或革命藍圖的組成部分。在中國共產主義運動中，婦女的解放基本上是基於兩個主要的原則：第一，五四話語粉碎了吃人的儒家倫理規範，後者將女性降格到劣等的社會地位，並將她們限制在家庭空間和儒家關於貞操的道德中；第二，以恩格斯的《家庭、私有制與國家的起源》（一八八四）為本的馬克思主義對女性壓迫的歷史和唯物主義分析，它認為女性壓迫的根源在於婚姻制度，該制度捍衛並保護私有財產，並對其進行政治干預。[28]

然而，儘管中國的馬克思主義明確它對女性的承諾，它卻將婦女的解放收編為普遍的社會革命的一個維度。早在一九二七年二月，當國共兩黨依舊在以北伐為名的國民革命中互相結盟時，毛澤東就在〈湖南農民運動考察報告〉中為婦女解放的中國共產主義議程構造了根基性的理論。這一論述，為以農民階層（人口的大多數）為基礎的中國革命提供了前景與理論，並在二十二年以後共和國的成立中得以實現。毛澤東的報告指出，家族主義、封建迷信、夫妻間的壓迫關係這些問題的解決，「乃是政治鬥爭和經濟鬥爭勝利以後自然而然的結果。」[29]類似地，共產主義婦女運動的領袖鄧穎超（一九〇四—一九九二）也公開宣稱，「只有實現了社會與民族的自由，婦女的解放才能實現。」[30]顯然，共產主義相信政治與經濟意義上的社會主義革命必將解決女性的問題。因此，從一開始，中國共產主義的婦女運動的議程就是在男性主導的社會與民族話語的框架中被定義的。

結果是，女性的利益被認為是政治與階級利益的一個分支。當代女性主義批評家敏銳地觀察到社會主義運動中的婦女解放問題，「婦女問題會和其他社會問題一起為社會主義所回答。女性這個範疇對社會主義理論毫無貢獻。」[31]在共產主義土改運動中，婦女解放的核心策略依賴於她們參與革命社會主義運動，並提供分配到土地來實現經濟獨立。在社會主義革命的嚴格話語中，所有的社會區分都從屬於階級這一支配性範式。婦女是政治的與經濟的，因而是無性的。正如海蒂・哈特曼在她的著名文章〈馬克思主義與女性主義的不幸婚姻〉中觀察的，共產主義的女性問題從來都不是「女性主義問題」。[32]結果，那些無法直接納入階級中的女性經驗

---

28 Friedrich Engels, *The Origin of the Family, Private Property, and the State* (New York: International Publishers, 1942)（初版見Hottingen-Zürich: Volksbuchhandlung, 1884）. 關於馬恩主要著作中關於女性問題的討論的一個完整的考察，見Joan B. Landes, "Marxism and the 'Woman Question,'" in *Promissory Notes: Women in the Transition to Socialism*, ed. Sonia Kruks, Rayna Rapp and Marilyn B. Young (New York: Monthly Review Press, 1989), pp. 15-28.

29 毛澤東，〈湖南農民運動考察報告〉，收入中共中央毛澤東選集出版委員會編，《毛澤東選集》卷一（北京：人民出版社，一九九一），頁一二—四四。

30 鄧穎超，〈抗日民族統一戰線中的婦女運動〉，收入中華全國婦女聯合會編，《蔡暢，鄧穎超，康克清婦女解放問題文選（一九三八—一九八七）》（北京：人民出版社，一九八八）。

31 Sonia Kruks, Rayna Rapp and Marilyn B. Young, "Introduction," in *Promissory Notes. Women in the Transition to Socialism*, eds. Sonia Kruks, Rayna Rapp and Marilyn B. Young (New York: Monthly Review Press, 1989), p. 8.

32 Heidi Hartmann, "The Unhappy Marriage of Marxism and Feminism: Towards a More Progressive Union," p. 3.

和問題常常被忽略，或是被間接地言說。

批評家們所關注的，正是婦女問題和女性主義問題被爭論和協商的地方。女性如何在男性主導的革命話語中開闢出她們自己的空間？在社會主義革命指導下，女性經驗的不同與獨特之處在哪裡？我的意圖正在於探索那些敘事上的裂隙，從中可見丁玲在黨的教條和女性主義意識之間的搖擺。正如我的閱讀所要表明的，這並不僅僅是壓迫和抵抗的二元對立。相反，正是在這些丁玲試圖去規訓甚至壓抑自己的女性主義意識的場合，社會主義性別政治的問題反而暴露得最為徹底。在下面的討論中，我將考察《桑乾河》中分屬不同社會階層的兩個女性人物的案例，來看看我們是否有可能在社會主義革命中構造女性的空間與意識。

（四）知識和女性空間：當婦聯會主任是個女人

反右運動期間，竹可羽在一篇批判《桑乾河》的著名文章中，斥責了丁玲描寫婦聯會主任董桂花的一幕，其中，董在一瞬間感受到了她與識字班其她女性之間的疏離。竹可羽問道，「這個貧雇農婦女，今天突然用一個**知識分子的眼光**在看這個識字班和農村青年婦女了」。[33] 隨後，他將怪異地出現在農村婦女身上的這種知識分子意識歸咎於作者錯誤的政治立場。事實上，在對土改運動的社會主義現實主義描摹中，這一幕即便不說是全然荒謬，也確實有一些奇怪。竹可羽非常敏感地覺察到了女性主義敘事的可疑症狀，它暴露出丁玲的「小資產階級」文學根基。然而，由於完全從政治角度來處理這個問題，竹可羽忽略了這一有問題的場景的一個重要維度：為什麼丁玲選擇了一位女性人物，婦聯會主任，來承擔這種資產階級感知？更重要的是，為什麼她將這種可疑的情感安排在婦女識字班這個特殊的女性機構與空間中發生？

為什麼是婦聯會主任？為什麼是識字班，此外，如何定義這一特殊的空間？不到十年以前，在丁玲到達延安後不久，她寫了一個題為〈在醫院中〉的短篇，將醫院作為一個特殊的機構，來處理共產主義體系中存在的問題。在對這部小說的重要解讀中，黃子平將這個故事的空間設定，即醫院，作為關鍵，來闡明共產主義「社會衛生」的複雜性。他讓我們注意到這樣的事實，即共產黨知識分子所面對的不僅是無知、狹隘、落後的村民，同時還有現代的醫院體制。他們對改進醫院狀況的提議儘管有其道理，但被認為是「異端的」，因而是「不潔的」。[34]在之後的延安整風運動中，丁玲為她在〈在醫院中〉這樣的小說中對神聖的革命根據地所做的「異端」而「不潔」的描述付出了慘痛代價。與作為現代科學機構的醫院相比，《桑

33 竹可羽，〈論《太陽照在桑乾河上》〉，收入袁良駿編，《丁玲研究資料》（天津：天津人民出版社，一九八二），頁三六七。

34 黃子平，《革命・歷史・小說》（香港：牛津大學出版社，一九九六），頁一四一——一五八。

乾河》中的婦女識字班是一個更為複雜的空間。它不僅是一個教育機關，同時也是一個性別化的空間，婦女們在那裡試圖創造出一個處在家庭空間和男性主導的意識形態領域之外的、女性的公共空間。

中共的識字班首先是一個現代的政治機構。根據一九三三年發布的〈識字班工作〉，政治教育是識字班的首要任務，閱讀能力居於次位。[35]與五四以啟蒙理想擁抱新知識相比，共產主義的識字運動試圖在農民中灌輸權威意識形態。[36]更有意思的是，識字班主要是為農村婦女準備的，其目標是婦女的團結與解放。通過參加識字班，婦女被鼓勵走出她們傳統的家庭空間，學習閱讀和寫作。然而，在這個貌似透明的教育機關中，婦女事實上被置於一個更為密集的監控網路中：只不過家長制下的丈夫和父親的角色被換成了中共這一全知的政治權威。在婦聯和婦女識字班中，女性被體制化了，並因而被更有效地操控和監視。正如朱曉東堅持的，「這種對位移的關注並不意味著革命希望婦女在家庭之外建立『公共領域』，甚至這根本不是革命願意看到的，革命真正關心的是婦女的身體躲開了家庭的屏障，個別地分散地裸露在革命的監視之下。」[37]

婦女識字班旨在成為政治教育和監視的核心機關，它必須被視為一個現代的空間。然而，丁玲對暖水屯婦女識字班的描述則揭示了這一現代機構的更具悖論的性質。在《桑乾河》中，識字班是一個政治機制和女性公共空間、男性主導的共產主義意識形態和女性知識互相遭遇、衝突、競逐權力的場域。當然，在丁玲對這一特殊空間的描述中，很少有她一九四〇年代早期的〈在醫院中〉等作品中所體現的那種激烈的批評。然而，拋開——或者正因為——丁玲自我轉變的決心，她對識字班的克制的描述讓這一女性空間、讓社會主義革命中難以把握的女性問題所具有的曖昧性質變得更為明顯。的確，正是在這個具有爭議與協商的場所中，婦聯會主任董桂花的「知識分子」情緒的兩面性不可避免地浮現出來，在這背後，是被困於共產主義律令和女性主義意識之間的丁玲。

暖水屯的婦女識字班設在前地主許有武家裡的大廳裡面，他在村子解放時逃走了。這一特定場景意味著在解放之後，女性得以在傳統的父權領域內獲得了她們自己的空間。然而，作者細緻的描寫引人進行更深入的思考。「房子很好，原來有很多精緻的擺設，如今卻破破爛爛，

35 見高華，〈中共從五四教育遺產中選擇了什麼：延安教育的價值及局限〉，《在歷史的風陵渡口》（香港：時代國際出版有限公司，二〇〇八），頁七〇—七八。在中國的共產主義革命議程中，識字運動具有極大的重要性。從中華蘇維埃（一九三一—一九三七）開始，以文盲女性為對象的識字班就在農村地區設立起來。

36 根據高華〈中共從五四教育遺產中選擇了什麼：延安教育的價值及局限〉中的數據，識字班中的大部分教材都貫穿著政治理念。

37 朱曉東，〈通過婚姻的治理：一九三〇年到一九五〇年共產黨的婚姻和婦女解放法令中的策略與身體〉，收入汪民安主編，《身體的文化政治學》（開封：河南大學出版社，二〇〇三），頁六四—六五。

亂七八糟。」[38]對住處的品質和衛生的強調發人深省。類似的關注在小說中多次出現，表明農民革命給富裕地主原本乾淨而保存完好的空間帶來了顯而易見的毀壞。約二十年以前，在〈湖南農民運動考察報告〉（一九二七）中，毛澤東描述了農民革命達到頂峰時的狂歡式場景：

> 反對農會的土豪劣紳的家裡，一群人湧進去，殺豬出穀。土豪劣紳的小姐少奶奶的牙床上，也可以踏上去滾一滾。……為所欲為，一切反常，竟在鄉村造成一種恐怖現象。……革命不是請客吃飯，不是做文章，不是繪畫繡花，不能那樣雅致，那樣從容不迫，文質彬彬，那樣溫良恭儉讓。革命是暴動，是一個階級推翻一個階級的暴烈的行動。農村革命是農民階級推翻封建地主階級的權力的革命。[39]

然而，冒著在階級鬥爭中選錯邊的危險，丁玲在《桑乾河》中對跨越階級邊界的空間化呈現，則流露出明顯的遺憾與不安。此外，正是識字班本身——消滅文盲與愚昧的地方——成為毀壞先前的精緻屋舍的主要原因。因此，性別、階級、知識層面的多邊對話構成了一個意味深長的話語張力形態。我認為，在丁玲對汙染的執念深處，埋藏著對社會主義革命最終勝利的疑慮，這種革命將要求所有社會階級的無產階級化，尤其是像她這樣原出於士紳家庭、和地主屬於同一社會階層的知識分子。

暖水屯的婦女識字班有哪些特徵？如何理解婦聯會主任、識字班的組織者董桂花在那個特定的下午所突然感受到的奇怪的「知識分子」情緒？識字班原本是一個幫助婦女接受團結、革命、解放的思想啟蒙的機構，在丁玲筆下，卻變成了一個女性休閒與女性知識的空間。年輕婦女們最喜歡的話題是「繡了花的枕頭」和「絲線絨花的市價」。[40]由此，革命知識的教室變成了女性交換經驗的公共空間。諷刺的是，對這些婦女而言，相較於階級鬥爭或男女平等這些婦聯會主任董桂花要傳授給她們的政治概念，上述的女性知識似乎要與她們更為切近。事實上，學生們幾乎對這些政治理念毫不在意。「她們脫出了家庭的羈絆和沉悶，到這熱鬧地方來，她們彼此交換著一些鄰舍的新聞，彼此戲謔。」[41]因而，負責傳遞政治資訊的董桂花必然感受到與這個女性時空之間的距離：「這些年輕女人並不需要她，也不一定瞧得起她，而她卻每天耽誤三個鐘頭坐在這裡。」[42]

董桂花的孤獨感同時也源於她女性自我意識的覺醒。這天下午，董桂花第一次從女性的角

38 丁玲，《太陽照在桑乾河上》，頁二八。英譯來自楊憲益、戴乃迭的版本，略有改動。
39 Tse-tung Mao, *Selected Works of Mao Tse-tung* (Peking: Foreign Language Press, 1961-1977), pp. 28-29.
40 丁玲，《太陽照在桑乾河上》，頁二八。
41 同前注。
42 同前注，頁二九。

度，而非幹部的角度，來觀察她的這些識字班的同伴們。儘管她貧窮，因為多年的辛勞而蒼老，但她依舊保有女性的一面。正如敘事者強調的，董桂花每次去識字班，她都「梳了一下頭髮，用夾子牢牢夾住，把身上穿的那破藍布衫也脫了，換了一件新做的白洋布衫」。[43]但是，和生活比較優渥，享受並喜愛識字班的休閒時光和女性空間的那些年輕妻子與姑娘們相比，董桂花背負著家庭的經濟負擔。因而，「她第一次吃驚自己是如何的不相宜的坐在這裡。她雖然還不算蒼老，不算憔悴，卻很粗糙枯乾。她雖然也很會應付，可是卻多麼的缺乏興致呵！」[44]董桂花的疏離感有兩個方面，根源於她既是貧農又是年輕女性的身分。因此，性別作為一種特定的社會決定方式，始終與階級話語交織在一起。

性別與階級意識的複雜糾葛最典型地體現在董桂花對黑妮的怨忿中。黑妮是地主的姪女，並且志願到識字班當老師。當黑妮用豐衣足食來解釋豐富的「豐」字時，董桂花再也忍不住了。這個年輕、漂亮、受過良好教育的老師只會讓董桂花意識到自己的貧困和她在這個女性共同體中的窘迫處境。她第一次提早離開了識字班，「對平日本來有著好感的黑妮，投過去憎惡的眼光」，「心裡好像吃飽了什麼一樣的脹悶，又像餓過了時的那樣空虛」。[45]顯然，她對黑妮的反感不僅來源於階級差異，更源於這個擁有「銀質的聲音」[46]的年輕姑娘的女性魅力。

因此，董桂花所體味到的「脹悶」和「空虛」，其實混雜著階級衝突的情感以及她的女性自我意識的覺醒。這些「知識分子」情緒源於她的政治和女性主體性之間的爭鬥，也源於識字班的政治機制和女性空間之間的爭鬥。丁玲的對手敏銳地意識到了董桂花的心理鬥爭中可疑的政治不確定性。但是，由於他們在毛的文學教條的約束下進行政治閱讀，他們必然錯失了其中的性別意涵。而正是在這些難以捉摸的場景中，我們得以辨識出丁玲敏銳的女性主義意識。

當然了，在這部社會主義現實主義的典範之作中（其創作構成了丁玲一九四〇年代晚期的政治平反的重要組成部分），這些性別化的獨特經驗不可能符合階級鬥爭或婦女解放的話語，所以，丁玲審慎地限制或壓抑更多的文學描述。事實上，在作品的剩餘部分，董桂花從未再次表達出這種曖昧的感受。在土改的偉大勝利中，這種異端情緒被噤聲了，董桂花成為一位堅強卻沒有性別的幹部，帶領農村婦女反抗惡劣的地主。正如白露（Tani Barlow）觀察到的，在社會主義作品中，「所有關於女性的故事都是關於政治主題的故事。」[47]然而，婦聯會主任心裡的這個不和諧音符代表了丁玲的社會主義現實主義小說中最為可疑，同時也最為引人矚目的時

43 同前注，頁二八。

44 同前注，頁二九。

45 同前注。

46 同前注。

47 Tani E. Barlow with Gary J. Bjorge eds., *I Myself Am a Woman: Selected Writings of Ding Ling* (Boston: Beacon Press, 1989), p. 42.

刻。在這樣的時刻裡，我們依舊能夠看到丁玲的女性主義意識的投影，它正在消逝，卻從未停止發揮影響。

（五）階級社會中的愛情如何可能：地主姪女的故事

無疑，黑妮是小說中極富爭議的人物：首先，由於她的「原罪」——她是地主錢文貴的姪女，錢文貴是暖水屯土改鬥爭的首要對象；其次，由於她（剝削階級的一員）和程仁（長工、後來的農會主任）之間的關係在新的社會秩序中被認為是政治不正確的。因此，如何處理，或者更準確地說，如何使得這段有問題的愛情關係合法化，成了處理黑妮和她的愛人之間故事的核心議題。

在小說一開頭，中共軍隊解放村莊的同時便也將黑妮從她的包辦婚姻中解放了出來，由此為她與程仁的愛情點燃了希望。但是，在這個新的共產主義地區及其支配性的階級意識形態下，這段愛情由於兩人階級出身的不同反而變得更為不可能。「程仁現在既然做了農會主任，就該什麼事都站在大夥兒一邊，不應該去娶他姪女，同她勾勾搭搭就更不好，他很怕因為這種關係影響了他現在的地位，群眾會說他閒話。……不得不橫橫心；其實這種有意的冷淡在他也很痛苦，也很內疚，覺得對不起人，但他到底是個男子漢，咬咬牙就算了。」[48]在解放前，黑妮的伯父不允許她和程仁這個貧窮的長工結婚；但現在，她的愛人有意疏遠她，以維護自己的政治名譽。在這個關頭，新的階級社會的秩序和等級制似乎比傳統的父權制更為強硬與危險。

程仁的故事可以被視為社會主義現實主義文學中典型的共產主義成長小說。「程仁」這個名字在漢語中意味著「長大成人」，或是「成為具有遠大理想和道德情操的人」。在政治層面上，「成人」意味著具有正確的政治立場，而「理想和道德」則意味著共產主義意識形態。為了在新的階級社會中成為真正的人，程仁必須經歷痛苦的轉型過程，以達致成熟與純粹的政治道德。作者用了一整個章節（第四十六章）來描述他的階級意識的轉變。在這章裡，程仁克服了自己的個人情感，在公開鬥爭地主錢文貴的前夜，拒絕以黑妮為交換來寬宥她的這位伯父的性命。有意思的是，丁玲給這章起的標題是「解放」，顯然意味著程仁的自我改造的徹底完成：他脫離了過去的自我，投身於大於生命的社會主義事業中。隨著這一政治重生的完成，程仁，這位真正的革命人，將有能力在次日發動對錢文貴的公開羞辱和鬥爭。

與程仁必須經歷的艱巨的精神歷練相比，黑妮的改造故事似乎要簡單得多。當錢文貴被逮捕並被公開批鬥後，黑妮搬到了她的另一個伯父，貧農錢文虎家裡。隨之，她的身分立刻從地主的姪女變成了農民的姪女，由此在政治上變得正確而安全。與程仁的緊張的心理鬥爭不同，

48 丁玲，《太陽照在桑乾河上》，頁一一八——一一九。

丁玲以物理上的搬遷匆忙結束了黑妮的故事，並解決了她的階級問題。在第五十五章〈翻身樂〉中，當村民在分配他們的土改所得時，程仁忽然意識到了黑妮的階級身分的轉變，並看到了他們愛情關係的新希望。他幫助黑妮和她的貧農伯父搬運土改後分給他們的大水缸，其中暗示著這個愛情故事的美滿結局。

然而，這個貌似清晰的敘事結局外，有些糾葛依舊沒有被處理。一個關鍵的問題是，為什麼黑妮沒有經歷和程仁一樣的、成為真誠的共產主義公民的成人儀式。直到小說結尾處，黑妮也沒有覺得有必要同她的地主家庭相分離，更不用說與她的地主伯父決裂，並唾棄後者。考慮到丁玲對程仁的思想轉變的生動描述，她當然清楚共產主義轉型儀式的重要性和必要性。為什麼她在女性人物——而非男性人物——的政治履歷中留下了這個可疑的空白？黑妮的階級意識的缺乏意味著什麼？這個缺省的故事必然指向了一些作者無法直接言說，或是無法解決的東西。我認為，在這個可疑的政治空白中內含著一條女性主義的資訊：在丁玲筆下，黑妮政治身分的轉變顯得空洞而流於浮面，這其實點出了地主家庭出身的女性在社會主義革命的階級鬥爭中所面臨的困境。

有許多批評家已經指出，黑妮這個人物並沒有得到充分的發展，尤其是在小說後半部分。然而，他們並未意識到，黑妮故事中缺失的部分其實正是她政治心理的疑點重重的空白。丁玲最好的朋友，同時也是其作品的最真誠的批評者馮雪峰[49]，在評論中暗示了這一缺失。他觀察到，丁玲寫到了「關於她與錢文貴的矛盾的聯繫和這個性格的社會根據及其本身的矛盾，卻不夠加以充分的注意和深刻的分析」[50]。他認為丁玲的這種失敗是因為她沒有做到「現實主義的方法」。在馮雪峰的分析中，我們可以窺測到他深切的關照，這實際上源自於黑妮的階級意識轉變的缺失。他擔心，黑妮看起來過於疏遠或超然於土改期間的階級鬥爭。然而，馮雪峰儘管點到了女主角缺乏政治參與，卻並未涉及政治與性別問題之間意味深長的關聯。

考慮到丁玲對程仁的轉型故事的闡發，她必然非常熟悉一個人要在共產主義世界中合格地生存所需要經過的歷練。她之所以在黑妮身上省去了這個轉型儀式，並非如馮雪峰所推測的，是因為她不會使用社會主義現實主義的技巧，或是無法擺脫資產階級現實主義的殘餘。誠然，丁玲對社會主義革命中那些來自對立階級背景的女性之狀況的不完整的探索，人們總是可以將之歸咎於黨的文學教條的限制。但如果是這樣，那為什麼她不乾脆刪去這個人物，而是以如許的同情來描述她？正如她在筆記中清晰地表明的，為了使關於黑妮的描述免於政治審查，丁玲甚至將黑妮的身分從地主的女兒改成了地主的姪女。因此，黑妮的人物發展問題不僅僅是跟從

49 馮雪峰和丁玲之間的友誼和愛情，參見沈從文，《記丁玲》，收入張兆和主編，《沈從文全集》卷一三，頁五一—一二八；丁言昭，《在男人的世界裡：丁玲傳》（上海：上海文藝出版社，一九九八）。

50 馮雪峰，〈《太陽照在桑乾河上》在我們文學發展上的意義〉，頁三三一。

黨的路線的權宜之計。相反，黑妮的政治意識的可疑的缺失恰恰表明，丁玲深切地意識到了女性在社會主義階級鬥爭中的困境，尤其是那些階級出身成問題的女性。

不同於程仁或董桂花，黑妮沒有正確的階級出身。因此，任何片刻的猶豫甚或政治立場的錯誤，都無法僅僅通過階級意識形態的律令來糾正。顯然，丁玲並不認為黑妮所表現的女性問題可以通過與地主家庭的一刀兩斷來解決。黑妮的困境不僅來源於她作為地主姪女的身分，也來源於她是一個獨立的、意志堅定的、美麗的現代女性這一事實。不論在傳統社會還是共產主義社會中，她都是不合規範的。在村子被解放以前，她因與社會地位低下的長工發生浪漫關係而被家人指責。儘管村子的解放使她擺脫了包辦婚姻的命運，但這也並沒有使她免於其他村婦對她的「不像樣」的自由和「現代」生活方式所做的清教徒式的批評。[51]當然，黑妮被村婦聯會排擠，主要是因為她的階級差異。但這排擠未嘗不是因為她的年輕、漂亮和富有女人味。甚至在她自願去婦女識字班教書時，她也「總免不掉偶然之間要遭到一些白眼，一些嫉視，和忿怒。甚至她的美麗和年輕，也會變成罪惡，使人憎恨，這些不公平的看法有時也會得到同情，而她卻好像真的成了狐狸精，成了怪物，成了可厭的東西。」[52]她被她的女性同胞斥為「狐狸精」、「浪來浪去」[53]，這些語彙所指的並非她的階級成分，而是她的女性特質。悖論的是，像「女人味」、「漂亮」這些性與性別的特徵成了她在政治身分上的「異端」和「不潔」的隱喻。

正如韓丁在他關於華北的研究《翻身》中指出的，土改運動本質上是農民階級意識的一場革命，而不僅是一場經濟革命。[54]在《桑乾河》中，連顧長生的娘這個被描述為自私的「中農」的人都慢慢意識到，土改是為了所有人的利益的。[55]在得到了自己分的土地後，固執的農民侯忠全——他一生窮困潦倒，並相信這就是他前定的命運——也終於覺醒了，並開始崇拜毛主席而非神明。[56]在這些經濟上和社會上翻了身的幸福大眾裡，黑妮是唯一一個在土改中幾乎沒有經歷變化，或被歷史暴力所觸及的人。甚至當她看到那口分給她的貧農伯父的大缸時，她還天真地辨認出這口缸曾屬於她的地主伯父，並叫道「這缸是咱家的啦，這缸咱就認識，是二伯那年打縣上買回的，是口好缸。」[57]

白露在分析丁玲一九四〇年的短篇小說〈我在霞村的時候〉，敏銳地強調了貞貞身上的性

51 丁玲，《太陽照在桑乾河上》，頁七六。
52 同前注，頁一五五。
53 同前注，頁七八。
54 William Hinton, *Fanshen: A Documentary of Revolution in a Chinese Village* (New York and London: Monthly Review Press, 1966).
55 丁玲，《太陽照在桑乾河上》，頁三三〇。
56 同前注，頁三一三—一五。
57 同前注，頁三三一。

別話語和抗日民族主義話語之間的矛盾。這位女主角經受了來自戰爭敵對雙方的殘酷壓迫——一方對她的身體的使用是為另一方獲取情報的手段。[58]在回到村裡後，這位倔強的姑娘因為她「不潔」的身體，因為她對貞潔規範的冒犯而為人鄙棄。然而，貞貞拒絕被愛國主義或父權制的律令所規定。在談起她以自己的身體為交換，為共產黨從事情報工作的決定時，貞貞表達了對未來規畫清晰明確的決心，要過一種有價值、有意義的生活。在共和國成立後，丁玲修訂了這個故事，加入了獨特的政治和民族主義動機，[59]但在這兩個版本中，貞貞都決定去延安尋求進一步的教育，並開啟一段尋找真我之路。儘管黑妮並不像貞貞那樣具有反抗性，但她同樣拒絕土改所帶來的二次革命為她所分配的階級身分或女性身分的局限。黑妮缺失的政治轉型意味著她並沒有在尋找一種正確的階級身分，以此成為共產黨幹部的合格的愛人，相反，她在尋找她的女性主體性。貞貞或許因為她在共產主義聖都接受的教育而被納入政治等級制中，但黑妮以非政治的方式進入了社會主義階級範疇，這一人物發展安排表明，黑妮並沒有也不可能置入階級意識形態的認同，因而，她其實獨立於支配性的政治話語之外。

所以，黑妮所缺乏的政治成長，凸顯了社會主義革命中相互糾葛的階級與性別問題的重要性。丁玲拒絕淨化或消除女性身分的做法創造出了一個性別化的立場，它動搖著這部小說試圖建立的意識形態話語。的確，黑妮在政治和階級問題上的沉默事實上對當時關於階級鬥爭和婦女解放的政策做出了一個令人不安的回應，從而使得社會主義革命中的婦女問題變得更加緊迫。黑妮與政治參與拉開了距離，由此拒絕了將她定格在預設的意義座標上的一切固定的身分，不論它是父權制的還是共產主義的。就此而言，這一省略的策略表明，社會主義國家女性意識的實現將變得更為不明朗。

就好像這樣的沉默還不夠挑釁，丁玲為黑妮和程仁的愛情關係那貌似完滿的結局添加了另一個轉折，她在作為女性的黑妮和作為階級鬥爭紀念品的缸之間創造了一種有力的隱喻關係。在分配土改所得的場景中，程仁意識到，如今黑妮成了貧農的姪女，那麼與她之間的情感關係就在政治上變得安全了，於是他提議幫她搬運那口缸。和缸一樣，作為女性的黑妮也成了程仁不懈的自我改造的戰利品。讀者有無數的理由去懷疑這段貌似政治正確的愛情關係是否會成就

---

58 Tani E. Barlow with Gary J. Bjorge eds., *I Myself Am a Woman: Selected Writings of Ding Ling.*

59 在原初的版本中，貞貞告訴敘事者，「我說人還是得找活路。」在修改之後，這段變成了「後來我同咱們自己人有了聯繫，就更不怕了，我看見日本鬼子在我的搗鬼之後，吃敗仗，游擊隊四處活動，人心一天天好起來，我想我吃點苦，也划得來，我總是得找活路，還要活得有意思，除非萬不得已。所以他們說要替我治病，我想也好，治了總好些。」這裡的修改大多都是與貞貞的革命意識有關的。據梅儀慈的研究，Kutub出版社（Bombay）一九四五年出版的由Kung Pu-sheng翻譯的英譯本與一九五一年的修改版有出入。前者特別強調了貞貞對她自己的工作的理解。見Yi-tsi Feuerwerker Mei, “Ting Ling’s ‘When I Was in Sha Chuan (Cloud Village),’, with a Discussion by Yi-tsi Feuerwerker,” *Signs: Journal of Women in Culture and Society* 2.1 (Autumn 1976): 255-79.

出一段幸福的婚姻，尤其是考慮到丁玲十年前在〈三八節有感〉一文中，對共產黨區域中婦女所身陷的有問題的婚姻狀況所做的激烈的批評。[60]丁玲或許並不知道精神分析學者在女性身體和缸這個空洞的容器之間所建立的對應關係，然而，這一隱喻揭示出，和土地或農具一樣，女性也被作為革命農民的戰利品而被分配和派發。結果是，黑妮貌似幸福的結局預示著女性在社會主義意識形態的局限中的不確定的未來。

因此，《桑乾河》表面上的正式結局事實上打開了關於黑妮的命運的一個迫切的疑問，正如之後幾十年的共和國歷史所證明的，這一命運十分苦澀。黑妮和她那些階級出身有問題的中國同胞們——尤其是像丁玲這樣在所謂「舊的」、「反動的」社會中接受教育的中國知識分子——將一次又一次被整肅，以贖償他們的原罪，當然，他們從未得到真正的救贖。班雅明在思考一九三〇年代歐洲左翼知識分子令人困惑的狀況時，曾給出過精采的描述：

> 專家與無產階級之間的團結……只能是一種間接的團結……他們無法擺脫的事實是，即便是那些無產階級化的知識分子，也不能成為一個無產者。為什麼？因為資產階級以教育的方式給予了他們一種生產方式，由於受教育的特權，他們感到了與資產階級的團結，反過來就更是如此。阿拉貢在一個不同的語境中宣稱，「革命知識分子首先以他自己階級出身的背叛者的面目出現」，他完全正確。[61]

二、〈杜晚香〉：社會主義現實主義童話的時代錯置

在反右運動中，丁玲的許多作品都遭到了嚴苛的重新審查，並以她所謂的反黨變節為參照重新闡釋。因此，她小說中的一系列女性人物成為用來判罪的丁玲「自畫像」。〈莎菲女士的日記〉、〈我在霞村的時候〉、〈在醫院中〉被挑出來，成為最為猛烈的譴責的對象，並給予荒謬的文學和政治解讀或曲解。即便是她的社會主義現實主義作品《桑乾河》，由於它對黑妮的描寫等等，也無法逃脫「再批判」的悲喜劇命運。《文藝報》甚至以《再批判》為名，出版了一本這些有問題的作品的合集，在毛澤東本人的支持下，意在曝光這些異端知識分子的惡毒思想。[62]丁玲的文章〈三八節有感〉和短篇小說〈在醫院中〉正屬於這些被敦促再次譴責的作品。二十年以前，毛澤東還在一首通過軍事電報發給丁玲的詩中讚美她是「昔日文小姐，今日武將

60 丁玲，《丁玲文集》卷四（長沙：湖南人民出版社，一九八三—一九八四），頁三八八—九二。

61 Walter Benjamin, "The Author as Producer," in *Reflections: Essays, Aphorisms, Autobiographical Writings*, trans. Peter Demetz (New York: Schocken Books, 1986), p. 237.

62 〈「再批判」編者按語〉，《文藝報》一九五八年二期。見洪子誠，《中國當代文學史・史料選（一九四五—一九九九）》，頁四三〇—三一。

軍」[63]，並歡迎她去延安，而在《文藝報》（丁玲正是它的前主編）的這期特刊的按語中，他卻斥她為「毒草」、「以革命者的姿態寫反革命的文章」。[64]在所有來自對手的批評中，丁玲的同事兼後半生的主要敵人、在共和國成立後被任命為文化部副部長的周揚的意見顯然是具有代表性的：「可以說，多少年來，莎菲女士的靈魂始終附在丁玲的身上，只是後來她穿上了共產主義者的衣裳，因而她的面貌就不那麼容易為人們所識別。」[65]因此，在討論她筆下人物的不同側面時，〈莎菲女士的日記〉裡的莎菲、〈我在霞村的時候〉裡的貞貞、〈在醫院中〉裡的陸萍、《桑乾河》中的黑妮，都被視為這個狡猾邪惡的女人——丁玲本人——的化身。這些作品構成了丁玲這一身體—文本的互不相同，但互相補充的重重書寫。

拋開所有對她作品中的資產階級美學的批評，對她的整肅的主要理由是她在逃亡延安之前，在國民黨政府的監視居住下的那可疑的三年（一九三三—一九三六）。丁玲的第二任丈夫馮達據說背叛了丁玲，將她出賣給了國民黨的祕密警察。[66]結果，丁玲被綁架並軟禁了起來。儘管她在此期間從未做過有害於黨的事情，她還是被控叛黨。[67]諷刺的是，她在軟禁期間和馮達這個叛徒住在一起，並育有一女，這居然成了她叛黨的證據。早在一九四〇年，丁玲就因國民黨警察對她的監禁接受了中共中央組織部的調查。在丁玲的檔案中，一份不利於她的關鍵的證詞寫道，「在一九三三年被捕後，至一九三四年十月以前，仍與其叛徒的愛人馮達同居。」[68]

引人側目的是，對她的叛黨的指控不僅基於她在黨性上的「汙點」，更重要的是基於她與馮達這個叛徒同居這一事實。在這裡，共產主義關於純潔性的理念指向了女性的貞操規範。這樣的指控首先指向了破壞了貞操律令的女性，把女性的性欲貶為是邪惡的。諷刺的是，這樣的危險女性正是丁玲在〈我在霞村的時候〉這一延安虛構版「與敵同眠」的故事中想要探索的。女主角貞貞（她的名字字面意思正是「貞操」）被日本侵略者強姦，後來以日本軍妓的身分為共產黨作間諜。她在從前線回來後受到了同村村民的嫌惡。梅儀慈正確地指出，貞貞所不得不

63 見丁言昭，《在男人的世界裡：丁玲傳》，頁二四六—四七。
64 〈「再批判」編者按語〉，頁四三一。儘管此文初稿不是毛澤東寫的，但他做了重要的改動。
65 周揚，〈文藝戰線上的一場大辯論〉，收入洪子誠，《中國當代文學史•史料選（一九四五—一九九九）》，頁四三二—四五八。
66 丁言昭，《在男人的世界裡：丁玲傳》，頁一五七—九九。據丁言昭說，馮達並未有意出賣丁玲。當他被國民黨祕密警察逮捕後，他聲稱自己不是共產黨，只是一個普通的居家男人。當警察下令搜查他的住所時，馮達以為丁玲那時已經按原計畫離開了才把他們帶回去。但當他們到家時，馮達和祕密警察都詫異地發現丁玲和另一位黨員在那裡。
67 周良沛，《丁玲傳》（北京：北京十月文藝出版社，一九九三），頁二一七—三四六。
68 〈中央組織部審查丁玲同志被捕被禁經過的結論〉，《丁玲文集》卷八（長沙：湖南人民出版社，一九八三—一九八四）。

面對的悲劇都是「女性才可能經歷的：包辦婚姻，被敵軍強姦，被戰鬥雙方共同剝削自己的身體，並在回村以後，因為破壞了貞操而被驅逐。」[69]將梅儀慈的女性主義批評往前再推一步，我想強調的是，當這樣的性虐待與歧視與以共產主義的節欲主義為標誌的革命和婦女解放的政治話語相交織時，就變得更為暴力。儘管這一革命話語斥愛情與性為頹廢、邪惡，但它悖論式地發展出了一種政治偷窺癖。自一九四〇年代早期的延安整風運動開始，揭露他人的私人情感或性生活就成為攻擊他人的有力武器。性方面的指控常常在政治審查中成為證據。在一九四九年後的歷次政治運動中，這種偷窺癖的傾向愈演愈烈。丁玲由於她不純潔的歷史——她的軟禁的三年——所遭受的整肅，可以被有效地納入革命的性別話語中，其中，女性的性別特徵必須被規訓和限制。這樣一種嚴格的性政治構成了本章先前所討論的社會衛生議程的重要部分。那麼，在這種獨特的共產主義禁欲主義中，是什麼樣的——政治的、道德的、性別的、和／或性的——力量在運作？重要的是，性別或是與性有關的問題經常被錯置於民族或革命這些所謂崇高的、大於生命的的領域中。由此，「反黨」或「悖逆」這些政治指控其實掩蓋了更為緊迫的關於性與性別的問題。

當故事中的貞貞依舊可以去往某個神聖的地方（很可能是延安）以治療她的疾病，追尋革命理念時——不論這個地方有多麼曖昧，後革命中國的丁玲則無處可去，不得不為破壞貞操律令和她的反黨「罪行」付出代價。《桑乾河》中的黑妮是自己的家庭出身的受害者，這是一種不可抹去、不可饒恕的原罪。與黑妮相仿，丁玲也因為自己的僭越行為而受困終生。從小說到歷史，從社會主義現實主義到社會主義清洗，政治和性別議題互相糾葛、互相作用。一九五五年，丁玲因她一九三〇年代「自首變節」的反黨罪行而被批判，隨後被控為右派。她被剝奪了一切官方職位，乃至她的黨員身分，並在東北邊陲的北大荒度過了十二年（一九五八－一九七〇）的流放時光，隨後作為叛徒被關在京郊的秦城監獄（一九七〇－一九七五）。在她被釋放後，她和她的第三任丈夫陳明被貶到山西省的一處遙遠村落（一九七五－一九七九），直到一九七九年他們被允許回到北京。[70]

令人側目的是，經歷了二十多年的磨難後，丁玲帶著最為純粹的社會主義現實主義典範作品〈杜晚香〉（一九七九）回到了共和國的文學舞臺上。女主角從一個天真的農村姑娘變成了一位模範的共產主義工人，並以一種丁玲作品中的其他女性角色所從未實現過的道德確定性和謙卑感尊奉著所有共產黨的規範，不論是政治的還是倫理的，性別的還是性的。正如白露指出的，杜晚香的故事是「一則中國婦女解放的寓言」[71]。在她對中國婦女的最後的再現中，丁玲

---

69 Yi-tsi Feuerwerker Mei, *Ding Ling's Fiction: Ideology and Narrative in Modern Chinese Literature*, p. 114.

70 汪洪編，《左右說丁玲》（北京：中國工人出版社，二〇〇二），頁三一一－二〇。

71 Tani E. Barlow with Gary J. Bjorge eds., *I Myself Am a Woman: Selected Writings of Ding Ling*, p. 45.

終於縫合了政治主題和女性主體性之間的裂縫，由此完成了自己從那位一九二〇年代晚期第一次闖入文壇時便宣稱「我賣稿子，不賣『女』字」的先鋒女作家[72]，向真正的社會主義現實主義的無性別的政治作家的轉變。

丁玲視〈杜晚香〉為其最出色的作品[73]，它描繪了北大荒的一位共產主義模範工人。杜晚香是中國西北地方一位貧農的女兒，少時便失去了母親，並受到繼母的虐待。十三歲那年，她以五十塊大洋的價格被賣到李家當童養媳，並很快成為那家的主要勞動力。共產黨軍隊解放他們的村子後不久，杜晚香就受到了一位土改女幹部的啟蒙，並成為婦女主任。她很快加入了共產黨。她丈夫抗美援朝復員回來後，被調到了北大荒成為農場工人，她也跟著到了農場。儘管丈夫看輕她，僅僅視她為家庭婦女，杜晚香依舊抓住每一個機會為農場無私地勞作，並最終被表彰為社會主義勞動模範的典型。杜晚香在文化宮的最後演講受到了「春雷似的掌聲」，它正可以被視為丁玲自己被放逐以來歷經磨難後向黨的懺悔：

> 我是一個普通人，做著人人都做的平凡的事。我能懂得一點道理，我能有今天，都是因為你們，辛勤勞動的同志們和有理想的人們啟發我，鼓勵我。我們全體又都受到黨的教育和黨的培養。我只希望永遠在黨的領導下，實事求是，老老實實按黨的要求，為共產主義事業奮鬥終身。[74]

儘管杜晚香的複雜身分——她是孤兒、繼女、童養媳、被忽視的妻子——有可能使她成為一個與〈我在霞村的時候〉中的貞貞或《桑乾河》中同為婦女主任的董桂花一樣引人入勝的角色，但她的內在心理並未被表現出來。相反，她是一位社會主義的灰姑娘，被黨所代表的全知全能的救世主所拯救，並改造成「共產主義的公主」式的勞動模範。如果說《桑乾河》中的董桂花和黑妮這樣的人物身上還能感受到女性的能量與敏感（儘管它們最終也被導向了黨的更高的目標），那麼在杜晚香身上，即便是這些微弱的火花也已經被消抹乾淨。杜晚香被去除了一切女性的性別特質，無法被指認為任何女性角色——母親、女兒、或妻子。在集體工作中，女性主體消失了；在祛魅之後的後革命中國，這個被淨化、神化的角色成了一個去性別化的女性。新的社會主義女性的誕生成就了去性別化和去女性化的女性。

在以歌德（一七四九—一八三二）的《威廉・邁斯特的學習時代》（*Wilhelm Meister's Apprenticeship*）為代表的經典成長小說中，成長（教育）是一個社會審美過程，它造就了一個資產階級的理想式的人，同時也是一個理想國家的好公民。與之相對，丁玲的社會主義成人式

72 茅盾，〈女作家丁玲〉，收入楊桂欣編，《觀察丁玲》（北京：大眾文藝，二〇〇一），頁二〇四—二〇八。

73 王蒙，〈我心目中的丁玲〉，收入汪洪編，《左右說丁玲》（北京：中國工人出版社，二〇〇二），頁二〇四。

74 翻譯見Tani E. Barlow with Gary J. Bjorge eds., *I Myself Am a Woman: Selected Writings of Ding Ling*, p. 353.

故事所關心的更多的是對個人的否認，並以此創造一個「凡（女）人」，後者代表的是人民這一集體主義的社會與政治身體。這個短篇的意義不僅在於它最終縫合了女性主義的裂縫——這始終是丁玲寫作的核心主題。〈杜晚香〉不僅是一個關於（女）人如何轉變為社會主義新公民的故事，更是一個關於荒原如何變成社會主義天堂的故事。丁玲將杜晚香的重生舞臺設定為一九五八年到一九六四年的北大荒，這正是作者她自己遭到流放的同樣的時間和地點。在這裡，有意思的是她如何著手寫作關於一片土地如何變成社會主義農業基地的故事。「強迫土地交出糧食，變蒼涼的北大荒為輝煌的北大倉，」[75]正如丁玲剛到北大荒時所興奮地描述的，這意味著東北北部荒地的土地開墾和農業機械化的規畫。自一九五八年以降，毛澤東敦促成千上萬的年輕人（大部分是從朝鮮戰場上回來的士兵）去加入另一場征服自然的戰役，去征服廣袤的荒原，在東北北部實現農業現代化。這項計畫成為社會主義工業烏托邦以及毛主義中國發起的農業現代化的最佳範例。

值得注意的是，丁玲在北大荒所目睹的事實上是這一社會主義烏托邦的幻滅和它的災難性後果。杜晚香的故事自一九五八年起至一九六四年為止，大約與大躍進同時，後者是毛主義的經濟現代化的烏托邦計畫。以「趕英超美」、「跑步進入共產主義」為目標，這一偽現代的、偽科學的計畫陷入經濟與政治的歇斯底里，並導致了一九五八至一九六二年間遍布中國的史無前例的大饑荒，期間至少三千萬人死於饑餓。[76]在中國的每個角落，都有人死於他們的共產主義狂熱。還能有什麼比這更好地證明了非理性的毛主義現代觀的荒唐與災難？被放逐到北大荒遙遠農場的丁玲不可能沒有意識到情況的嚴峻。然而，在她書寫這一歷史時期的社會主義現實主義童話裡[77]，狂熱的大躍進被置換成光榮的社會主義集體耕作的史詩。在這一詭異的時代誤置中，大躍進如幽魂般消失了。

在關於大躍進的研究中，楊大利等學者認為非理性的消費體系，尤其是免費的公社食堂的建立，是造成大饑荒的主要原因之一。[78]如果說食物的揮霍直接導致了災難性的大饑荒，那麼

75 丁玲，《丁玲文集》卷五（長沙：湖南人民出版社，一九八三—一九八四），頁三三六。

76 在中國的官方說法裡，由大躍進導致的大饑荒被歸咎為三年自然災害。近幾十年來，學界逐漸達成共識，認為這是一場人為的災難。見丁抒，《人禍：「大躍進」與大饑荒》（香港：九十年代雜誌社，一九九一）；Jasper Becker, *Hungry Ghosts: Mao's Secret Famine* (New York, N.Y.: The Free Press, 1996); Dali L. Yang, *Calamity and Reform in China: State, Rural Society, and Institutional Change Since the Great Leap Famine* (Stanford, CA: Stanford University Press, 1996); 以及《二十一世紀》四八期（一九九八年八月）的大躍進專號。有趣的是，大躍進計畫是以科學的名義執行的。連著名的核子物理學家錢學森也撰文聲稱只要太陽能能被充分利用，糧食畝產能達到五千公斤。見Jasper Becker, *Hungry Ghosts: Mao's Secret Famine*, p. 62.

77 根據丁玲〈杜晚香〉的後記，她於一九六六年春第一次寫下這個短篇，手稿毀於文革。一九七八年她將其重寫出來，作為她獻給後文革中國文學的第一部作品。

78 Dali L. Yang. *Calamity and Reform in China: State, Rural Society, and Institutional Change Since the Great Leap*

值得注意的是，對共產主義熱情和樂觀主義等意識形態的揮霍則導致了語言和文學領域中的另一種形式的饑荒。[79]隨著女性主義和其他的批判空間的消失，丁玲的寫作被刻板的毛主義政治語彙所主導。由此，丁玲在杜晚香中展現的是她的最後的化身：一個純粹的、去性別化的、政治化的社會主義女模範。在丁玲於大饑荒期間大肆宣揚她的社會主義童話的十年前，張愛玲——另一位重要的現代中國女作家——在流亡香港期間以一種完全不同的方式討論了饑餓這一主題。在她的小說《秧歌》[80]裡，張愛玲描寫了社會主義國家建立後另一次蔓延中國鄉村的饑荒。《秧歌》中的譚月香為了在自然和人為的饑荒中生存下去而竭盡所能。在她的丈夫被村幹部殺害後，她一把火燒了村裡的穀倉，在絕望復仇的同時也燒死了自己。與之相對，杜晚香的故事雖發生在大饑荒期間，丁玲在故事中卻從未提到大饑荒，只是含混地提了一句「在低標準那年」[81]。儘管她饑餓的家人對此表示怨恨，但杜晚香依舊把在農場拾麥穗所得的穀粒上交給了政府。作為社會主義機器中一顆幸福的螺絲釘，她在社會主義集體化中徹底失去了主體性。因此，當張愛玲為中國現代文學貢獻了一部饑餓的史詩時，丁玲卻無法真實地描繪對社會主義革命的無法饜足的精神饑餓，只能把〈杜晚香〉變成一座社會主義現實主義的高聳的紀念碑，來遮蓋吞噬著饑餓的土地的真實的生理饑荒。

歷史的反諷在於，毛主義對社會主義現代化的幻想所造成的傷害，並沒有隨著大饑荒或大躍進的結束而結束。二十世紀進入尾聲，在後毛時代政府的要求下，在杜晚香的時期因為非理性的、激進的大規模開墾而遭到環境破壞的北大荒，必須重新恢復到它最初的「荒地」狀態——森林、牧場、溼地——以重鑄生態平衡。隨著國有工廠的破產，東北三省這國家社會主義工業現代化的最後堡壘變成了黯淡的鐵銹帶，其地景見證了毛主義的社會主義烏托邦的失敗。[82]自然和經濟的災難可以被取消重來嗎？即便可以，那麼那些政治的、文化的、道德的、心理的災禍呢？它們真的可以隨著鄧小平的政策而撥亂反正嗎？

回過頭看，丁玲帶來的教訓就更為辛酸。如果說在饑荒與危機中，〈杜晚香〉裡那個關於土地開墾和農業機械化的社會主義童話造成了一種無以名狀的驚恐的時代誤置，那麼，另一處

Famine, pp. 4-13.

79 大躍進絕不僅僅是個經濟計畫。它同時也以全民寫詩、全民寫小說等運動發起了文化的躍進。關於大躍進的文化面向的討論，見錢理群，〈談做夢〉，《拒絕遺忘：錢理群文選》（濟南：山東大學出版社，一九九九），頁七一—八二。

80 張愛玲，《秧歌》（台北：皇冠文學出版有限公司，一九九一）。

81 丁玲，〈杜晚香〉，原載《人民文學》（一九七九），頁四五—五八；後收入《丁玲文集》卷七（長沙：湖南文藝出版社，一九九五），頁二八〇—三〇七；英譯見Tani E. Barlow with Gary J. Bjorge eds., *I Myself Am a Woman: Selected Writings of Ding Ling*, p. 348.

82 見 Jing Zhang, "Wilderness to Reclaim Farmland," *Asian Times*, 2000 May 15, http://www.atimes.com/china/BE16Ad01.html.

詭異的時代誤置則源於這樣的事實：這部社會主義童話所書寫與重寫的時期，正是毛主義的社會主義烏托邦徹底幻滅的時期，也是傷痕文學興起並反思走上歧路的社會主義的時期。因為〈杜晚香〉的手稿在文革中遺失了，丁玲在一九七八年將之重寫，並視之為自己所能貢獻給中國現代文學的最好作品發表了出來。在幾十年的政治打壓後，丁玲似乎不再能夠拋開那些自延安整風運動起就纏繞著她的革命語彙之外去表達自己了。

另一個重要的政治失語症的例子是路翎（一九二三—一九九四）。作為以胡風（一九〇二—一九八五）為精神領袖的左翼的七月派中最富天才與激情的作家，路翎在一九五〇年代被指控為「胡風反革命集團」的一員並投入監獄，被無止境的政治折磨逼瘋了。悲劇在於，當他終於在一九八〇年代被釋放之後，精神受損的路翎已經無法以在無數的自我批評和公開懺悔中所內在化的那些政治套話和修辭之外的方式來說話了。[83]

路翎從未像丁玲那樣成為共和國高級文化官員。八〇年代，精神分裂的路翎沒有能力將在潛意識中生了根的革命語彙清除出去。而在政治上平反了的丁玲則無法將革命的幽靈驅逐出去——但是，果真如此嗎？她真的在她的革命激情中得到了解放，變成了一個政治存在嗎？抑或是因為無數的政治清洗的創傷經驗太過可怕，她終於上了一課，變得富有政治策略起來？就像她在一九七八年的一則日記裡說的，「〈三八節有感〉使我受幾十年的苦楚。舊的傷痕還在，豈能又自找麻煩，遺禍後代！」[84]為了討論這個問題，我們有必要仔細地考察丁玲平反之後的歲月。

三、以命為授：丁玲一九八〇年代的左翼忠誠主義

如果不考慮丁玲一九八〇年代貌似倒退的對毛主義革命話語的執迷，我們就無法充分地評價她身上的後革命印記。她非但沒有為一九五〇年代以來的政治和文化災難提供批判性反思，反而變得比以往愈加革命。在這個政治祛魅的時代，丁玲對毛主義革命理論的堅持將她禁錮在了無產階級文化革命的符咒之下。

當她於一九七〇年代末回到北京時，她不合時宜的「極左」行為和寫作在文學與文化界激起了軒然大波。她擯棄了〈莎菲女士的日記〉、〈我在霞村的時候〉、〈在醫院中〉這些既為她帶來文學聲譽，後來又導致其政治厄運的早期作品，並宣稱〈杜晚香〉是自己最好的作品。她主張作家首先應當是政治的，並嚴厲地指責傷痕文學，後者處理的是一九五〇年代以來的極左

83 李輝，〈靈魂在飛翔〉，收入張業松主編，《路翎印象》（上海：學林出版社，一九九七），頁二八八—二九五。

84 〈一九五六—一九七九年生活片段〉、〈一九七八年十月八日〉，《丁玲文集》卷一〇，頁三三〇。

運動所造成的心理創傷。[85]結果，丁玲被稱為左派，並被貼上了諸如「正統」、「保守」、甚至是「紅衣主教」、「棍子」之類的標籤。[86]她在平反之後從「右派」向「左派」的轉變成為文革後知識界中的一個爭議話題。然而，正如李陀富有洞見的評論所指出的，「其實她沒有轉向。因為比較起從延安整風到五十年代的丁玲，八十年代的丁玲沒有什麼變化，她的言說中的詞語系統仍然是在延安整風時習得的。恰恰是她對毛文體的固執和堅持，使她像變色龍一樣變了色。」[87]確實，〈改造〉（一九四三）、〈到群眾中去落戶〉（一九五三）、〈作家是政治化了的人〉（一九八〇）這些文章中的主題顯然是以一貫之的，都審慎地參照著由毛澤東的延安講話所確立的文學規範。因此，「左派」或「右派」的變動的標籤不應遮蔽丁玲在延安整風運動後持之以恆的自我改造的努力。

這種持續努力帶來了一個反諷的問題：是什麼造成了丁玲在革命祛魅的時代對革命話語的執迷不悟？誠然，正如很多批評家所指出的，丁玲的革命立場必須結合著共產黨文化幹部之間，尤其是丁玲和周揚之間的激烈衝突來理解，這種衝突並未隨著文革的結束而結束。[88]其他的批評家認為，丁玲最終從她那些「政治不正確」的寫作所導致的嚴厲的政治整肅中吸取了教訓。王蒙正確地指出，丁玲不得不依照毛主義規範行事，以此證明，與周揚相比，她才是真正的革命者。

然而，拋開黨內的權力鬥爭和黨的文學控制來談，我們如何解釋丁玲對革命的貌似逆時而動的愛？在我看來，她的自我政治化和自我拯救的決心是如此強烈，以至於即便是政治和意識形態機制已然走偏了，她還依然堅守不易。在幾十年的自我改造後，她變得過度地依賴於毛主義話語，以至於她已經沒有能力去找尋其他的可能。事實上，她對革命話語的擁抱是如此徹底，以至於她不是不顧它的失敗，而是正因為它的失敗，而繼續擁抱它。因此，當這一話語在後文革時代被重新評估時，她的政治忠誠就顯得荒謬而艱澀，如此無意義，而又如此意味深長。革命激情似乎超越了它原初的社會與文化救亡的野心，而獲得了它自己的幽靈般的生命。

丁玲對沈從文的《記丁玲》（一九三四）的抨擊需要在這個語境下來理解。《記丁玲》是對丁玲逃往延安前的歲月的優美而充滿同情的記述，寫於一九三三年沈從文得知丁玲被綁架之

---

85 關於丁玲在後毛時代的左翼立場，見汪洪編，《左右說丁玲》；Charles J. Alber, *Embracing the Lie: Ding Ling and the Politics of Literature in the People's Republic of China* (Westport, CT and London: Praeger, 2004); Tani E. Barlow, "Woman under Maoist Nationalism in the Thought of Ding Ling," *The Question of Women in Chinese Feminism* (Durham, N.C.: Duke University Press, 2004), pp. 190-252.

86 張永泉，〈走不出的怪圈：丁玲晚年心態探析〉，收入汪洪編，《左右說丁玲》（北京：中國工人出版社，二〇〇二），頁二三一。

87 李陀，〈丁玲不簡單：毛體制下知識份子在話語生產中的複雜角色〉，《今天》三期，頁二三六—二四〇。

88 見張永泉，〈走不出的怪圈：丁玲晚年心態探析〉。張認為，丁玲和周揚之間的衝突迫使丁玲採取了極左立場：正是周揚持續的攻擊將她逼入了怪圈（頁二四一）。

後。當時沈從文覺得丁玲已經和兩年前她的丈夫胡也頻一樣，被國民黨政府處決了，作為這對夫婦早年文學生涯中最好的朋友，他寫下了這部作品，以懷念這位天才女作家，同時，萬一丁玲還活在某個國民黨的監獄中，也可以以此喚起公眾的憤慨，這或許能阻止她被處決。[89]

丁玲聲稱，在一九七九年一位日本漢學家把這本書當作禮物送給她以前，從未讀到過《記丁玲》。她被這本書徹底激怒了。在一九八〇年一篇發表在《詩刊》的題為〈也頻與革命〉的文章裡，丁玲稱這本書是「一部編得很拙劣的『小說』」，並斥責沈從文「不僅暴露了作者對革命的無知、無情，而且顯示了作者十分自得於自己對革命者的歪曲和嘲弄」。[90]為什麼丁玲會選擇沈從文這部寫於近半個世紀以前的作品，作為政治平反後唯一一個激烈的攻訐對象？為什麼是沈從文？（他是丁玲的老朋友，曾幫助營救胡也頻，後來又在一九三〇年代營救過被國民黨祕密警察軟禁的丁玲，並在胡也頻被處決後的危險的戰爭年代中，護送寡婦丁玲和她年幼的兒子從上海一路回到湖南。）[91]而且，文學生命終止於二十世紀中葉的沈從文在一九四九年後的經歷並不比她要好過多少。考慮到所有這些，丁玲的惡意似乎顯得非常令人費解。

當然，丁玲對沈從文突然爆發的難以抑制的怒火，宣洩了她必須壓抑以保護自己免受可能的進一步政治審查的一些怨恨。然而，這種替代性心理無法完全解釋她不同尋常的行為。在這裡，有兩種推測值得特別注意。在個人層面上，丁玲之所以被激怒是因為這本書提到了她和馮達的感情問題，正是後者導致了她被國民黨政府軟禁在南京，並最終在共產黨的政治運動期間導致了她被控叛黨。[92]在政治層面上，她無法忍受沈從文對她和她的烈士丈夫胡也頻投身其中的共產主義革命的不尊重。事實上，丁玲對沈從文的攻擊，不啻是一種對她失而復得的政治和文學生命的「犧牲儀式」的表演，也強化了自己百折不撓的政治承諾。

丁玲對沈從文一書的指控是否可以得到證實，依舊是懸而未決的問題；然而它們揭示了這一事件的一些重要維度。與其為丁玲的敵意提出另一個推測，我希望大家能注意到一個迄今被忽略的簡單事實。丁玲對沈從文此書的反應，首先是一位讀者對一個文學文本的反應，而這位讀者恰好是這本書的主人公。不論是虛構還是真實，《記丁玲》都為青年丁玲提供了一種敘述，一位勇敢而敏感，熱情而有時幼稚、有時有些資產階級的個人。對於老年丁玲而言，閱讀

89 Jeffrey C. Kinkley, *Odyssey of Shen Congwen*, pp. 205-206.

90 丁玲，《丁玲文集》卷五，頁一六五—一六八。

91 凌宇，《沈從文傳》（北京：北京十月文藝出版社，一九八八），頁二八七—九八。

92 沈從文自己提供的也是這樣的解釋。在一封於一九八〇年七月二日寫給徐遲的信裡（後來發表在一九八九年的《長江文藝》上），沈從文推測他在《記丁玲》中關於丁玲和馮達的描寫是丁玲如此激烈地攻擊他的主要原因之一。見沈從文，〈一九八〇年七月二日 覆徐遲 北京〉，收入張兆和主編，《沈從文全集》卷二六（太原：北岳文藝出版社，二〇〇二），頁一一二—一一六。另一個理由或許是，沈從文或許暗示了丁玲和胡也頻屬於李立三派，這一派很快被它的對頭王明派整肅了。關於左聯和共產黨的李立三路線的討論，見T. A. Hsia, *The Gate of the Darkness: Studies on the Leftist Literary Movement in China*, pp. 163-233.

沈從文對青年丁玲的回憶，如同在跨過延安、內戰、和一九四九年後不幸的政治運動等重大關口後，突然怪異地遭遇了自己幽靈般的另一個自我。這本小書迫使她面對自己的史前史，面對莎菲女士的前革命歷史，面對上海小公寓裡那位勤奮而緊張的小作家的生活，面對她南京的軟禁。《記丁玲》將這段難以把握的前革命歷史推到前臺，正是這段歷史導致了她的創傷罪責，她也已決定否棄並將其擋在公眾視野之外。

考慮到丁玲在政治平反後的循規蹈矩（這事實上排除了任何以口頭或文字的形式處理她的創傷經驗的可能性），在閱讀《記丁玲》時與她自己的過去，與這段被共產黨的政治意識視為汙點的過去的劈面相遇所造成的震驚之可怕，並不令人意外。因此，我認為丁玲的敵意必須在政治和文本層面上同時加以分析。她警覺到，沈從文對她的傳記式的再現必將坐實她的黨內對手加諸於她的指控。對丁玲這樣一位費盡心力恢復了政治和文學生命，且尚未澄清自己在南京的汙點歷史的忠誠的共產主義者而言，[93]還有什麼比這更危險的嗎？確實，她向老友沈從文發起的鬥爭無非是向自己前革命歷史的文學再現發起的鬥爭，或者更悲劇地——也更準確地——說，是向文學發起的一場象徵性的鬥爭，不論是在毛澤東的延安講話的規範內外，文學既為她贏得了聲譽，又導致了她的苦難。以此看來，王蒙的看法雖然看上去過於犬儒，但事實上是富有洞見的：「打在沈身上就是打在害得她幾十年謫入冷宮的罪魁禍首身上。」[94]

從晚清知識分子提倡的小說革命到五四運動開啟的新文學的形成，從毛澤東的延安講話建立的革命文學到一九四九年之後的社會主義中國革命詩學的內爆，現代中國歷史見證了文學與革命的一種發人深省的地形學。而丁玲，則既作為最先鋒的五四作家，又作為中國社會主義現實主義的文學工作者的典範，在她的文學生涯中實現了兩次高峰，她將自己所有的生命獻給了文學革命和革命文學，並反諷地終於以摒棄自己的文學創作來捍衛自己的革命立場。從革命詩學的內爆到最終對文學的摒棄，社會主義中國的文學現代性留給我們一條引人深思的軌跡。早在一九四二年毛澤東的延安講話剛過，丁玲論及資產階級知識分子的自我改造時說，「改造，首先是繳納一切武裝的問題。既然是一個投降者，從那一個階級投降到這一個階級來……即使有等身的著作，也要視為無物，要抹去這些自尊心自傲心。」[95]當她談到改造就是向無產階級投降時，她或許並沒有料到中國知識分子的政治化會真的繳掉他們的械——不僅丟棄他們的作品，同時也丟棄他們的批判意識。

丁玲之所以用〈杜晚香〉這部模範作品來展現她的重回歷史舞臺，必須與這種對文學的堅

93 儘管丁玲和陳企霞反黨集團的指控被撤銷，並且丁玲的公職和黨籍都已在一九八〇年恢復，但要一直到一九八四年，中共才終於批准平反了她在南京軟禁期間的叛黨指控。見王增如，《無奈的涅槃：丁玲最後的日子》（上海：上海書店，二〇〇三），頁二一八。

94 王蒙，〈我心目中的丁玲〉，頁二〇八。

95 丁玲，〈關於立場問題我見〉，《丁玲文集》卷六（長沙：湖南人民出版社，一九八三—一九八四），頁二一一。

定的否認聯繫起來理解。這是一次革命宣言，而非一部文學作品。有些批評家指出，丁玲晚年過著一種雙重生活，她在日記中和一些書信中依舊保持著自己知識分子的良知。確實如此。但更重要的是，在我看來，丁玲在她口頭和書面的公開表演中，抹去了一切批判性空間，這是她即便在社會主義現實主義小說《桑乾河》裡也未曾做到過的。而悖論的是，當她終於向毛主義的革命話語投誠時，這個革命話語已然成了一個空洞的儀式性的修辭被拋棄了。事實上，正如賀桂梅在對丁玲的研究中總結的，「丁玲最終沒有能夠超越體制所設定的話語邊界，她的執迷的求索永遠被困在一個空洞的話語場域裡。」[96]確實，丁玲的悲劇不僅在於不合時宜地誤置了革命話語，同時，也是更強烈地，即便在毛主義的革命話語被徹底根除之後，她也依然無法構造出文學與革命間的有效的關係。

歷史的諷刺在於，儘管丁玲決定為了政治而放棄文學，在共產黨看來，她終究還是一個作家。一九八四年七月六日，對她軟禁南京期間的叛黨指控終於撤銷。聽到消息後，丁玲歎息道：「現在，我可以死了。」[97]這標誌著她最終涅磐的時刻——作為一位共產主義者，她終於洗淨了身分。毫不意外地，兩年後，在丁玲去世之後，她的丈夫陳明要求在葬禮上為丁玲的遺體覆蓋黨旗。顯然，黨旗將再度確認她作為共產黨員的純潔與永恆。在葬禮上，當她最後一次被呈現、被再現時，她遺體上的黨旗將成為一個標誌的框架、一個封印的簽名，指明她的政治身分，並阻止任何未來對它的否定。然而，這一要求被斷然拒絕了，因為在黨看來，「她只是一個作家，不是黨的重要領導人。」[98]丁玲的家人和共產黨之間因為一面黨旗、一場追悼會，以及治喪委員會的成員而費力展開爭論——還有什麼比這更加悲劇，更沒有意義嗎？[99]最終，丁玲的遺體被一面北大荒人送來的寫著「丁玲不死」的紅旗覆蓋。由此，文學和政治的張力被永遠地封存在她的遺體上。然而，丁玲應該如何被紀念——她是一位作家，一個在北大荒無休止的自我改造的知識分子，還是一位共產黨員？丁玲在晚年對革命倒退式的執著，她向著知識分子政治化的最終努力，不過是加深了中國文學現代化軌跡中內在的裂隙。

96 賀桂梅，《轉折的時代：四〇—五〇年代作家研究》，頁二八七。
97 王增如，《無奈的涅槃》，頁八。
98 同前注，頁一二八。
99 據王增如說，考慮到丁玲和周揚間的深刻敵意，陳明極力反對把周揚納入治喪委員會中。即使在死後，丁玲也沒有原諒周揚。同前注，頁四六—五三。

第四章　吳濁流，孤兒化，台灣的殖民現代性

二十世紀的最後十年內，隨著前蘇聯的解體以及柏林牆的倒下，冷戰似乎結束了。然而，考慮到大陸和它的離岸島嶼之間持久的對峙，冷戰在東亞依舊是一個懸而未決的問題。由於台灣的獨統之爭依舊延燒，我們有必要重訪二十世紀中期的轉折，重訪東亞的冷戰兩極化結構形成之初。在撤至台灣後，國民黨政權苦心孤詣創造出了自己關於民族歷史和民族認同的版本，來對抗其在文化領域中的社會主義他者。由於文藝處於「反共復國」的官方意識形態這一壓抑性的政治規範之下，一九四九年以前民國時期的中國現代文學和日本殖民時期的台灣作家一同被抹去或邊緣化了。

自台灣於十九世紀末成為清朝最後一個行省以來，它的政治意義就與中國、日本和東亞的現代化進程深深地交織在一起，而此現代化進程與歐洲帝國在遠東的擴張不可分割地糾葛著。對台灣問題的批判性思考無法簡單地從關於中國的內在視野出發，不論這裡的「中國」所指為何——明朝、滿清、或者之後中華民國或中華人民共和國這兩個現代民族國家。台灣是一個中國問題，但從來不單單是一個中國內部問題。它必須從亞洲間或是國際的視野來處理，不論這裡牽涉到的國際勢力是哪些——荷蘭殖民者、明治日本殖民者、或是美國杜魯門政府的西太平洋「防禦圈」。此外，台灣的問題從一開始就根植於各種力量的衝突和協商中：傳統與現代、中國文化主義、日本殖民主義和帝國主義，以及日本的和中國的現代化過程。正如薩義德指出的，帝國、帝國主義和文化始終是糾纏在一起的。[1] 任何對台灣的研究必須考慮到帝國擴張的歷史和中國現代化的歷史。

在國民黨政權撤入台灣，將其據為臨時反共據點前，這座從歷史起源之初就充滿文化複雜性的島嶼，就已經充滿了日本殖民史所帶來的文化和族裔的衝突。這座島嶼的政治和國族認同本已充滿爭議、支離破碎，國民黨的反共冷戰話語又為此添加了一個複雜的維度。殖民現代性、民族主義、文化認同的糾纏以族裔衝突的方式暴力呈現，並在光復後不久的一九四七年的二‧二八事件中達到高潮。這些未被解決的問題也導致了今天台灣的統派和獨立運動之間的衝突。

本章的目的不在於為台灣文學提供一份完整的文學圖譜，也不試圖定義或再定義何謂台灣性或中國性。這樣一些概念，連同主權和民族主義等概念，都是在中國的現代化過程中被引介進來的現代觀念。通過閱讀台灣作家吳濁流（本名吳建田，日文名ご‧だくりゅう，一九〇〇—一九七六）在一九四〇年代和一九六〇年代之間的作品，本章探討文化中國、殖民主義和現代化等問題，這些問題共同塑造了現代台灣意識。在其最深致處，吳濁流的作品召喚出另類的族裔、民族和現代化想像，從而大大複雜化了冷戰意識形態的主導話語。批判性思考二十世紀中期台灣的知識狀況，有助於我們更好地理解這座困於中國、日本、和西方大國及其不同

1 Edward W. Said, *Culture and Imperialism* (New York: Vintage, 1993), 特別是頁xi-xxvii。

的意識形態和社會政治議程之間的島嶼的獨特的現代主體性。

本章第一部分旨在解讀吳濁流戰後的短篇小說〈波茨坦科長〉，以便思考台灣光復後最初幾年間台灣人和大陸人之間的族裔衝突。[2]我認為，族裔差異本身是一個可疑的概念，它太過容易、也太過強大地遮蔽了歷史現實中所有相互關聯、錯綜纏繞的問題：面對日本帝國主義和殖民主義汙染時的一種民族主義焦慮，對一個想像中的本真的、同質的中國文化的幻滅，以及現代化的雙重面孔——既繁榮發展，也具破壞潛力。這種現代化、殖民主義和民族主義的複雜糾纏深植於台灣現代文學之中。

本章第二部分回到台灣的殖民歷史，分析各種對台灣民主國（一八九五年）的歷史的和理論的理解，以此重新思考現代化理論的局限，這種局限不僅籠罩著關於台灣民主國的學術研究，更顯現於一九四九年中國分裂前後對民族、主權、國族文化的關鍵想像，直至今日的統獨之爭。台灣現代史充滿爭議的開端模糊了傳統與現代之間所謂嚴格的界限，並揭示了現代性從來不是單一的。

通過歷史化和語境化吳濁流的《亞細亞的孤兒》（一九四三—一九四五年），本章第三部分思考孤兒化的概念，它不僅是困於中國文化主義和日本殖民主義之間的現代主體境況的隱喻，更是一種敘事策略，表明國族和國族文化這些概念本身就已然處於分裂之中。本章最後一個部分進一步考察冷戰台灣的分裂、孤兒化和文化遺民主義的觀念。今天，當冷戰時代似乎已經過去，在日益激烈的統、獨、親日潮流的衝突中，安全而明確的位置是不存在的。孤兒，或者更準確地說，亞細亞的孤兒，現在變成了台灣之子，依舊困於一種分裂的主體性之中。

一、自來水的故事：民族主義、殖民主義和現代化之爭

二十世紀中期的台灣經驗充滿著困惑、挫折和忿懣。經歷了半個世紀的日本殖民統治後，一九四五年，也就是日本在第二次世界大戰無條件投降後不久，台灣被歸還給中國的國民黨政府。台灣人民幾乎還沒來得及去適應光復，或是重新回到祖國的懷抱，國民黨政府就在大陸倒臺了，並撤退到剛剛收回的島嶼，將其作為最後的領土和反共的堡壘。在一九四九年分裂之際，中共贏得了整個大陸的控制權，而國民黨則在台灣繼續其政權。

吳濁流作為光復之後繼續寫作的為數不多的台灣作家之一，其短篇小說〈波茨坦科長〉記錄了這一轉折年代裡的社會歷史與情感迷惑和焦慮。吳濁流在台灣被割讓給日本五年後出生於

2 吳濁流的大部分敘事作品都以日文寫成。本章對吳濁流的討論基於其著述的中文翻譯。為了前後一致，吳濁流作品標題第一次出現時用羅馬化日語，後面在括弧中附上拼音和英語翻譯。

新竹，他這一代人既接受了傳統中國教育，又接受了日本殖民教育。[3]他是客家第五代，他的家族於清嘉慶九年（一八〇四）從廣東移居台灣。從台北師範學校畢業後，吳濁流在日本人的小學裡做了二十年的老師，後來成為新聞記者，直到一九四五年台灣光復。他的文學生涯開始得很晚，三十六歲寫出第一個短篇小說〈水月〉。〈水月〉和之後其他幾個短篇先後發表在《臺灣新文學》雜誌，這份雜誌主要刊載台灣作家的日語文學作品。[4]〈波茨坦科長〉描述了台灣人第一次見到大陸同胞的場景：

秋天的炎陽好像要刺人的皮膚一樣的銳利，其後約莫過了三四個鐘頭，祖國的軍隊終於來了。突然響起震天動地的萬歲呼聲，聲浪繼續了很長的時間。人們各自揮動著手上的國旗。隊伍連續的走了很久，每一位兵士都背上一把傘……有的挑著鐵鍋，食器或鋪蓋等。玉蘭在幼年時看過台灣戲班換場所時的行列，剛好有那樣的感覺。她內心非常難受，可以有日人在旁的地方也不願示弱，那不是她的固執，而是血管裡面有種連自己也不解的自尊的血液在衝擊著。……好像被人收養的孩子遇上生父生母一樣，縱然他的父母是個要飯的。[5]

不過，這個場景中可觸可感的民族主義情結的表像無法遮掩在面對殘破的祖國軍隊時的一種深刻的失望和羞恥感。二十年後，在他的自傳體小說《無花果》裡，吳濁流依舊很難面對這種不可磨滅的失望之情：「感到非常的奇怪，這就是陳軍長所屬的陸軍第七十軍嗎？我壓抑著自己強烈的感情，自我解釋說：就是外表不好看，但八年間勇敢地和日本軍作戰的就是這些人哩。實在太勇敢了！當我想到這點以安慰自己的時候，有一種滿足感湧了上來。然而，這只不過自我陶醉的想法而已。」[6]隨著大陸人和台灣人之間的鴻溝越來越大，被壓抑的挫敗感很快就被公開的嘲諷所取代。這種情緒體現在吳濁流在開場的場景之後繼續敘述的那個臭名昭著的自來水的故事：來自唐山（即中國大陸）的士兵對水能自動從牆壁裡流出感到新奇，但當他們

---

3 關於吳濁流的生平，見呂新昌，《鐵血詩人吳濁流》（台北：前衛出版社，一九九六）。

4 《亞細亞的孤兒》之前吳濁流發表的短篇小說包括〈水月〉、〈泥沼中的金鯉魚〉、〈筆尖的水滴〉、〈歸兮自然〉。還有兩篇寫於日本統治期間的短篇小說〈五毛錢的甘蔗〉和〈功狗〉未發表。所有短篇都收入吳濁流著，張良澤編，《功狗》（台北：遠行出版社，一九七七）。

5 吳濁流著，張良澤編，《波茨坦科長》（台北：遠景出版公司，一九九三），頁六—七。對困苦交加的國民黨軍隊的幻滅是吳濁流的同代人共有的經驗。類似的故事可以在林柏燕的文章裡找到，見林柏燕，〈吳濁流的大陸經驗〉，收入文訊雜誌社主編，《鄉土與文學：台灣地區區域文學會議實錄》（台北：文訊雜誌社，一九九四），頁三三五。

6 吳濁流，《無花果》（台北：草根出版事業公司，一九九五），頁一四七—四八。

試圖將水管裝到另一堵牆上時，卻沒有水流出來。[7]

本書的導論章節已簡要討論過這個乍看之下無非是又一個文明的城裡人看不起落後的鄉下人的故事，尤其是其中揭示的，有關大陸和台灣在乙未割臺之後經歷的不同的經濟和政治發展歷史。大陸和其離岸的台灣在經濟結構上的鮮明對比無疑是在二十世紀中葉的轉折期間激起台灣人忿懣之情的主要原因。阿爾伯特・C. 魏德邁（Albert C. Wedemeyer）中將在他短暫訪問後向美國國務院提交的〈魏德邁報告〉（*Wedemeyer Report*）簡要勾勒了台灣的社會經濟狀況——這份報告曾被祕密保存並擱置了數年，後來直到一九四九年八月五日被收入在著名的《中國白皮書》裡面。[8] 一九四七年一月，馬歇爾將軍在中國之行的使命失敗後返美，他相信國共之間的合作再無可能。隨後，魏德邁被派往中國，最後一次評估那裡的軍事和政治狀況，以便美國能夠決定他們是否要繼續對國民黨政權的支持。魏德邁也訪問了台灣。在他的報告裡他寫道：

> 這個島嶼在煤炭、稻米、糖、水泥、水果和茶葉方面極為富產。水力和熱能資源充足。日本人有效地對偏遠地區進行了電氣化，同時也建造了出色的鐵路線和公路。80%的人口有讀寫能力，這和中國大陸的情況截然相反。[9]

事實上，這種關於現代生活或技術的「城裡人和鄉下人」的故事表達了台灣光復後人們的挫折和怨恨感。它們的背後是籠罩著光復後的台灣的嚴重問題：經濟惡化，通膨嚴重；台灣臨時國民黨政府的政治極權、腐敗、官僚化；官方部門和出版體系對日語的禁令，將國語作為標準語言推廣，這不可避免地導致了台灣本地菁英在重要職位上的邊緣化，如果不是遭受徹底排斥。這些不安和焦慮一轉而變成大規模的族裔衝突。

的確，這裡涉及的是比現代化的許諾更為複雜的問題。正如吳濁流的故事所暗示的，要衡量祖國的落後程度，我們就必須將殖民宗主國作為現代性的尺規來參考。考慮到台灣的現代化是在日治時期完成的，這一狀況就比那個貌似透明的現代性話語要緊迫得多。在吳濁流的故事裡，當台灣敘事者在光復之際嘲笑大陸同胞時，他在文化上和政治上處於什麼位置——一個特定中國省分的居民、一個被殖民的日本臣民、還是一個等待回歸祖國的中國人？這裡，吳濁流所關照的顯然是台灣人不穩定的文化身分，其原因在於這座島嶼特殊的殖民經驗，而非僅僅純粹的現代經濟和技術問題。然而，當意識形態對立上升為政權的主要任務時，這段殖民歷史就

7 吳濁流，《波茨坦科長》，頁四七—四八。

8 據美國國務院文件，這份文件的官方名稱為*United States Relations with China, with Special Reference to the Period 1944-1949* (Washington, DC: U.S. Government Printing Office, 1949)。

9 Albert C. Wedemeyer, *Wedemeyer Report*, 引自George H. Kerr, *Formosa Betrayed* (Boston: Houghton Mifflin, 1965), pp. vii-viii.

被倉促地打發掉了。當台灣被作為反攻大陸恢復失地的最後堡壘時，它的特殊的文化意識——它拒絕被收編入國民黨支配性的反共話語——就被輕易地忽略了。此外，考慮到剛剛結束的反抗日本帝國主義的戰爭以及針對漢奸臺奸的運動，吳濁流在這個敏感時期堅持一種特殊的台灣意識就顯得特別危險。

國民黨政權在大陸的失敗使得其文化政策的改革迫在眉睫，這帶來了獨特的反共文學這一文類。這批現實主義文學大部分由大陸移民作家創作，意在為國民黨晚近的潰敗提供合理化敘事。代表作品包括陳紀瑩的《荻村傳》、潘人木的《蓮漪表妹》（一九五二）和姜貴的《旋風》（一九五九）。其中最後一部作品值得特別的關注。儘管它被文學學者讚譽為「一堆充滿陳詞濫調的反共小說中」最好的作品，[10]但《旋風》即使在反共文學的鼎盛時期，在尋找出版社時也遇到了困難，這證明了其非正統的、不受歡迎的政治意蘊。[11]這部小說描述共產黨從五四運動到抗戰初期如何占領山東的方鎮，以此來見證共產主義的暴行。方祥千是一位混合了儒家理念和馬克思主義思想的人物，他付出巨大的努力，宣導他的同鄉們進行共產主義改良與革命。在他的侄子方培蘭這個本地流氓的幫助下，他們成功發動了一場共產主義起義，但其導向的卻是混亂，甚至他們自己也被打成了反革命。姜貴野心勃勃地試圖揭示的不僅是中國共產主義的暴力和怪誕，同時也是革命與現代化話語內在的困境——而這正是二十世紀思想運動的核心問題。方祥千想像一個強大現代的民族，他在共產主義革命中找到了民族從道德頹敗中重生的希望，縱身躍向光明的未來。而悖論的是，正如《旋風》所描述的，不僅過去的邪惡披著進步和現代性的外衣繼續興風作浪，而且承諾理性的中國啟蒙和現代化的規畫甚至釋放出了更為強大的非理性力量。歷史這只現代巨獸的失控所象徵的不僅是共產主義革命，更是中國的現代化規畫。因此，這部小說將（親共的和反共的）意識形態話語的矛盾，連帶它背後的現代化話語，一道推向了極端情景。

考慮到台灣的反共白色恐怖期間逐漸緊錮的文化政治，像吳濁流這樣在日本殖民統治下成長的作家所塑造的台灣現代文學傳統很容易就被壓抑了。在台灣從日本殖民主義向國民黨政府的反共堡壘的轉變過程中，大陸人和台灣人之間的族裔衝突似乎被推到了舞臺中央。[12]族裔這個強調邊界和地域的概念遮蔽了一切與政治、經濟、文化和其他領域相關的問題。在大陸人的

10 C. T. Hsia, *A History of Modern Chinese Fiction* (Bloomington: Indiana University Press, 1999), p. 556. 對這部小說的研究，見David Der-wei Wang, *The Monster That Is History: History, Violence, and Fictional Writing in Twentieth-Century China* (Berkeley: University of California Press, 2004), pp. 183-223.

11 根據姜貴為《旋風》英譯本所寫的序言，此書完成於一九五二年，但沒有出版社願意出版。他於一九五七年自費印出，重新題為《今檮杌傳》。最終在美國新聞署的幫助下，此書以原題《旋風》於一九五九年在台北出版。

12 本章中，「大陸人」指一九四九年後赴台的大陸移民，「台灣人」指更早的中國定居者。

期望和台灣人的期望之間存在著緊張關係，其中有兩點值得注意。第一，從大陸的角度出發，首要日程是建立未被日本帝國主義和殖民主義所汙染的反殖民的民族主義，這在台灣思想淨化運動中明顯可見。其最激進的表現形式，是指責先前的被殖民者在道德上已經被日本殖民主義所影響，因而不過是一群殖民現代性的消費者。第二，台灣人則失望地發現他們的祖國與殖民宗主國文化或經濟相比，毫無強勢或優越。他們所看到的不是一個延續幾千年的強盛的舊文明，而是一種自身就困於半殖民生存狀況下的文化。因而，他們對本真的故國文化之夢完全沒有被滿足。

現代化、殖民主義和民族主義之間的複雜糾葛從一開始就塑造了台灣現代文學，任何關於二十世紀中期以來的台灣歷史和文化的思考都必然要處理這個問題。台灣人和大陸人之間的族裔衝突所體現的是一種關於文化認同的焦慮與不確定性，而正是這種族裔衝突的複雜性，引發了一九四七年的二•二八事件，國民黨政權對當地台灣菁英進行軍事鎮壓和屠殺。[13]對民族主義、殖民主義和現代化之糾葛的考量，必須首先對台灣殖民歷史進行認真探討。

與殖民地台灣相比，祖國在現代化進程中是落後的——這種看法暴露了現代化與趨同理論所具有的局限，該理論假定所有非西方社會都將踏上同一條現代化路徑，並將達到同一種資本主義現代性的終點。現代化與趨同理論旨在將一種「進化論的發展模式」加諸非西方社會，以保證資本主義和政治民主的和平實現。由冷戰期間區域研究的學者形成的這種話語，也為後殖民研究提供了基礎。正如哈洛圖尼安（H. D. Harootunian）所總結的，它的核心要義包括「社會是一個有序組織的系統，它的子系統之間是互相依賴的；歷史發展（分為傳統與現代兩個階段）決定了社會的子系統；現代性意味著理性、科學、世俗化和西方化；現代化進程歷史地看是進化論的；最後，假使說進化論已經證明了社會與文化價值具有適應性的升級過程，那麼傳統的、非現代的社會就一定能夠成功地現代化。」[14] 現代與傳統之間的鮮明區分，以及對一種單一的、同質化的現代化形式的公然假定，都忽視了那些具有不同的歷史與文化動力的社會所具有的歷史特殊性。

這些局限也反映在當代對短命的、成立於台灣割讓後不久的台灣民主國的批評論述中。台灣的割讓開始了其殖民地現代化的歷程。在下面一節中，我將分析一九六〇年代以來，區域研究領域中的學者們以及當代台灣史家們關於台灣民主國的各種歷史和理論話語，以揭示一種統領一切的現代化理論所具有的局限。台灣現代史的開端充滿了矛盾和歧義，它挑戰和質疑了主

---

13 關於二·二八事件的研究，見賴澤涵總主筆，《「二二八事件」研究報告》（台北：時報文化，一九九四）；Ping-hui Liao, "Rewriting Taiwanese National History: The February 28 Incident as Spectacle," *Public Culture* 5 (1993): 281-96.

14 Masao Miyoshi and H. D. Harootunian eds., *Learning Places: The Afterlives of Area Studies* (Durham: Duke University Press, 2002), p. 158.

導性的西方現代性觀念，並證明了現代性具有多重的維度。

二、一種真正的現代性：台灣民主國

四百萬人同一哭，
去年今日割台灣。

——丘逢甲，〈春愁〉

一八九五年四月十七日《馬關條約》的簽訂確定將台灣和澎湖列島割讓給日本。一年之後，一位客家台灣士子丘逢甲（一八六四—一九一二）在一首苦澀的詩歌〈春愁〉中悲悼他的故鄉島嶼。在中國文學中，慨歎故土淪落的詩歌並不少見。[15]然而，在這個特定的歷史關頭，丘逢甲所用的是一種新的語言——並不是指新的文學形式或文類，而是說詩歌的動能走向一個新的時代。丘逢甲所要面對、闡述、征服的歷史事件具有全新的歷史重要性。中國在甲午戰爭（一八九四—一八九五）中敗於存活在中華文明陰影之下的「倭寇」日本之手[16]，不得不割讓領土，這標示著中國在現代所經歷的最重大的屈辱。它促發了更多對晚清帝國的經濟與軍事改良的提議。

確實，一八九五年的創傷開啟了中國現代化的一個新的階段。寫這首詩的前一年，丘逢甲開始在台中招募志願軍，以保衛台灣不落於日本帝國主義之手。與此同時，他訴諸西方關於「國際法、民主和議會政府」的政治概念[17]以爭取西方的干涉，這些概念都是最近才被介紹進十九世紀末的中國的，而它們幫助建立了亞洲第一個共和國——台灣民主國。儘管丘逢甲的抵抗努力非常堅決，但這個共和國還是在日本軍事力量登陸這個清帝國的島嶼省分後不久就潰敗

15 在中國歷史上，戰爭導致的領土割讓發生過多次。丘逢甲最尊重的學者是文天祥（一二三六—一二八三），他經歷了南宋的動盪潰敗的時期。南宋被蒙古軍隊傾覆，後為蒙元王朝取代。

16 關於將日本作為「倭寇」而輕視的做法，以及中國在晚清對日本的態度，見S. C. Chu, "China's Attitudes toward Japan at the Time of the Sino-Japanese War," in Akira Iriye ed., *The Chinese and the Japanese: Essays in Political and Cultural Interactions* (Princeton, N.J.: Princeton University Press, 1980), pp. 74-95; 亦見Frank Dikötter, *The Discourse of Race in Modern China* (Stanford, CA: Stanford University Press, 1992), p. 62.

17 Harry J. Lamley, "The 1895 Taiwan Republic: A Significant Episode in Modern Chinese History," *Journal of Asian Studies* 27.4 (August 1968): 740.

了。[18]在他寫作〈春愁〉時，丘逢甲已經離開了故島，在廣東流亡了。[19]中國古體詩的簡潔形式或許沒有為新興的全球意識和現代經驗留出太多空間。但在這個歷史節點上，這位詩人、他的故鄉台灣，以及帝國夕陽中的中國，都已經陷入了現代性無可避免的暴力的動能之中。

在知道台灣即將被割讓給日本時，全島都陷入激憤與絕望中。丘逢甲和他的同仁們多次給清廷上書，請求不要在毫無抵抗的前提下將台灣送給日本。在一八九五年四月十九日的請願書上，丘逢甲堅定地宣稱：「臣等桑梓之地，義與存亡，願與撫臣誓死守禦。設戰而不勝，請俟臣等死後再言割地。」[20]儘管從未受命擔任過民主國的正式職務，但丘逢甲卻是事實上襄助唐景崧（一八四一—一九〇三）——最後一任清朝的台灣巡撫、一八九五年的台灣民主國的第一任總統——塑造自治共和國的構想的那群士子之一。在他拯救台灣的努力中，丘逢甲訴諸於他在閱讀國際法和其他西方政治著作時學到的公民投票的觀念。[21]這個概念收入在一八八〇年從德文翻譯過來的《公法會通》裡，這部國際法著作的作者是伯倫知理（Johann Kaspar Bluntschli），原題為*Das moderne Völkerrecht der civilisierten Staaten, als Rechtsbuch dargestellt*（一八六八）[22]。根據國際法，被割讓的地域上的居民有權以投票的方式改變主權，[23]同時，

18 這是個短命的國家。唐景崧於一八九五年六月五日逃往大陸。一八九五年六月末，著名的黑旗軍將軍在台南再立民主國，劉曾在中法戰爭中在安南大敗法軍。十月二十一日，台南在八日激戰後被日本攻陷，民主國再

度陷落。關於台灣民主國的研究，見Harry J. Lamley, "The 1895 Taiwan Republic: A Significant Episode in Modern Chinese History," 黃秀政，《臺灣割讓與乙未抗日運動》（台北：臺灣商務印書館，一九九二）；吳密察，〈一八九五年台灣民主國的成立經過〉，收入張炎憲、李筱峰、戴寶村主編，《台灣史論文精選》上冊（台北：玉山社，一九九六），頁一一一—五四。在考察了歷史檔案——尤其是唐景崧、張之洞（一八三七—一九〇九）、總理衙門的往來電文——後，吳文聚焦於在台灣建立共和政府的想法，是如何浮現於甲午戰爭失敗後清朝的特殊政治環境中的。

19 關於丘逢甲在大陸的流亡生涯，見陳平原，《當年遊俠人：現代中國的文人與學者》（台北：二魚文化事業有限公司，二〇〇三），頁八六—一一二。

20 丘逢甲，引自戚其章，〈丘逢甲離臺內渡考〉，《學術研究》一九一期（二〇〇〇年十月），頁七七—八五。

21 拉姆雷對這一國際法概念提出了一個有趣的猜測。他認為王治群最早在巴黎將國際法中的全民公決的概念告訴了張之洞。張之洞將其傳遞給了唐景崧，他再將其告知丘逢甲和其他知識菁英。見Harry J. Lamley, "The 1895 Taiwan Republic: A Significant Episode in Modern Chinese History," p. 750n 47.

22 它作為國際法著作之一在晚清被譯成中文。此書原文德文，中譯參照法文本。更多資訊見Lydia H. Liu, *The Clash of Empires: The Invention of China in Modern World Making* (Cambridge, MA: Harvard University Press, 2004), pp. 108-39.

23 丘逢甲訴諸於源自《萬國公法》（一八六四）的理念，即主權國家不能被另一個國家割讓——在這裡，即清帝國。關於十九世紀國際法在中國的引介，傳教士丁韙良（W. A. Martin）在四位中國學者的幫助下將惠頓的《萬國公法》譯成了中文。尤其重要的是，第二年就有一部舊式日語的翻譯出現了，它對一八七四年的遠征和《馬關條約》的簽訂產生了深遠影響。關於《萬國公法》的翻譯及其歷史和政治意義，見Lydia H. Liu, *The Clash of Empires: The Invention of China in Modern World Making*, pp. 108-39.

「如果居民不願臣屬於佔領國，他們可以宣布自立和民主。」[24]於是，在五月十六日電匯給兩江總督、南洋大臣張之洞的請願中，丘逢甲提議建立「島國」，意在策略性地保護台灣。一八九五年五月二十五日，台灣民主國成立，唐景崧為首任總統。成立宣言寫道：

全臺士民，不勝悲憤。當此無天可籲，無主可依，臺民公議自立為民主之國。[25]……國中一切新政，應即先立議院，公舉議員，詳定律例章程，務歸簡易。惟是台灣疆土，荷鄭大清經營締造二百餘年，今須自立為國，感念列聖舊恩，仍應恭奉正朔，遙作屏藩，氣脈相通，無異中土，照常嚴備，不可稍涉疏虞。[26]

在中國和台灣的歷史研究中，這個第一共和國並未受到恰當的重視。一個主要的解釋是它的實際影響太小，不值得研究。成立僅僅十一天後，它就在台北崩潰了，總統唐景崧逃回大陸，因而並沒有實現它原初的保護台灣不被日本侵略的目的。民主國以台南為據點的第二個階段也沒有持續很長時間。因此，在中國和西方觀察者眼中，台灣民主國無非是一場「鬧劇」、一個「笑話」。[27]

觀察者們立即注意到，在台灣民主國的成立儀式上，現代國家機構——共和國、憲法、法律體系、議會和國旗——與屬於傳統中國政治框架的對清帝國的忠誠觀念，可疑地並列在一起。在象徵意義上，「永清」的國號和帶有黃虎圖案的國旗也標誌著民主國臣屬於由龍所代表的絕對的帝國權威。正如拉姆雷（Lamley）正確地指出的，「必須注意到，丘逢甲和他的同仁在他們的自立嘗試中希望避免挑戰清朝權威。」[28]在宣誓效忠清朝時，民主國的建立者和支持者們更多地將它視為一個自治的屬國。事實上，他們關於民主國的概念更像是一個自治的島嶼國家，而非現代西方政治思想所理解的那種具有主權形式的民族國家。民主國的支持者堅信他

---

24 思痛子，《臺海思痛錄》（台北：臺灣銀行・經濟研究室，一九五九），頁七。

25 現代漢語中的「民主」在文言文中指「民」之「主」，即人民的統治者。而在晚清的語境裡，民主意指「人民統治」。這個用語在丁韙良對《萬國公法》的翻譯中第一次被使用，以翻譯「republic」一詞。因此，丘逢甲和唐景崧意在建立的民主國，相當於《萬國公法》中的「republic」。在帝制中國將盡時，在辛亥革命中，經由日本的翻譯，「republic」從「民主」變成了「共和國」。丘逢甲提出民主國，而孫中山則在辛亥革命後在民國的建立中使用了共和國的概念。

26 見楊碧川，《臺灣歷史詞典》（台北：前衛出版社，一九九七），頁二六五。

27 James W. Davidson, *The Island of Formosa, Past and Present: History, People, Resources, and Commercial Prospects. Tea, Camphor, Sugar, Gold, Coal, Sulphur, Economical Plants, and Other Productions* (Taipei: Southern Materials Center Publishing, 1988), 特別是頁二七五—八九；梁啟超著，林志鈞編，《飲冰室合集》卷五（上海：中華書局，一九六一），頁二〇五；戴維生（James W. Davidson Davidson, 1872-1933）是民主國之初在台的記者，他的作品是對民主國最早的觀察之一。

28 Harry J. Lamley, "The 1895 Taiwan Republic: A Significant Episode in Modern Chinese History," p. 750.

們這個朝貢——共和主義的策略性機制，但這種內在的矛盾性卻讓歷史學家們頗為不滿。

隨著就職典禮的進行，更多的矛盾出現了。不僅公眾向唐景崧總統行了「兩跪八叩」之禮，他本人也以「接受總統大印時誇張的叩頭」震驚了世界。[29]如果說前一個叩頭之舉意味著公眾對統治者的臣服，那麼後一個叩頭就清楚地表示了總統對清廷的臣服。唐景崧的舉動所具有的獨特的雙重性質讓馬士（Hosea B. Morse）——他後來曾在民主國失敗後幫助唐景崧從台灣逃走——感到困惑，他嘲笑唐是一個「巡撫—總統」。[30]馬士的態度絕不是孤例。事實上，不論是當時在場的歷史學家，還是後來從當代的視角出發分析此事的歷史學家，在他們筆下，嘲諷或反感的語調都昭昭可見。在他對一八九五年台灣民主國的再研究中，拉姆雷努力證實它的歷史意義。但是，儘管他堅持認為，民主國的崛起預示了將要發生在晚清中國的激進的改良和革命的趨勢，但他卻將民主國自身視為一次「配不上其共和國標籤的虛假事件」。[31]由此，他強化了西方對台灣民主國的無視。是什麼觸怒了歷史學家們，以至於他們會倉促地將這個事件稱為「惡作劇」[32]，雖然他們最初相信它開啟了「一個繈褓中的新中國，從中我們可以期待偉大事件的發生」[33]？如何解釋他們為何無法容忍一個現代政府的成立儀式中傳統中國政治儀式的殘留？儘管這種反感可以被簡單地歸咎為因傳統中國政治觀念和禮儀的存在而導致對西方政治思想和制度的曖昧實施，但或者這裡還牽涉到更多的問題。

在關於台灣民主國成立儀式的紀錄中，強調叩頭這一舉動是值得注意的。在歐美對中國的想像中，這不是什麼新鮮話題。中西外交關係的起點正是從一個傳奇性的叩頭故事開始的。[34] 一七九三年，中華帝國和大英帝國首次正式會面。馬戛爾尼爵士在受到乾隆皇帝接見時，就曾拒絕執行中國禮儀所要求的「屈辱性的叩拜之禮」[35]（即叩頭），這據稱導致中國拒絕了英國建立貿易關係的請求，以及馬戛爾尼使團的失敗。在西方歷史學家的標準解釋中，清廷堅持中國中心的朝貢禮儀，乃至拒絕英國的商業要求，都表現了它們的外交保守主義。歷史學者費正

29 根據中華帝國的禮儀，在皇帝出現時，臣民應行三跪九叩之禮，因而兩跪八叩很可能是君主不在時的禮節。Andrew Morris, "The Taiwan Republic of 1895 and the Failure of the Qing Modernizing Project." in *Memories of the Future: National Identity Issues and the Search for a New Taiwan*, ed. Stephane Corcuff (Armonk, N.Y.: M. E. Sharpe, 2002), p. 15.

30 Hosea B. Morse, 引自Harry J. Lamley, "The 1895 Taiwan Republic: A Significant Episode in Modern Chinese History," p. 753。關於唐景崧在台灣民主國失敗後逃亡大陸，見黃秀政，《臺灣割讓與乙未抗日運動》，頁一六二—一六四。

31 Harry J. Lamley, "The 1895 Taiwan Republic: A Significant Episode in Modern Chinese History," p. 741.

32 Ibid., p. 740n2.

33 Ibid.

34 關於馬戛爾尼使團的研究，見James Hevia, *Cherishing Men from Afar: Qing Guest Ritual and the Macartney Embassy of 1793* (Durham, N.C.: Duke University Press, 1995).

35 Ibid., p. 1.

清指出，這種傳統主義的固執暴露了這個古老帝國無法面對新的西方外交實踐的挑戰，並預示著它在鴉片戰爭（一八四〇—一八四二）之後的世紀中，在國際關係領域所將遭遇的一系列災難。[36]然而，在重述馬戛爾尼的故事時，劉禾將清廷對中國傳統朝貢禮儀的堅持解釋為它對歐洲帝國主義擴張的抵抗，並總結道「在國際關係的研究中，將當代的抵抗貶低為『傳統』的做法位於殖民主義歷史編纂學的核心，而這絕不僅限於中西關係。」[37]

顯然，就好像在馬戛爾尼使團的紀錄中，叩頭事件被描述為「中國前現代普遍優越感所帶來的典型的令人反感而醜陋的行為」[38]，台灣民主國成立儀式上的叩頭也一樣被視為一種臣屬的舉動。如果說清帝國全盛期間的叩頭故事可以被歸咎於東方帝國的無知和傲慢，那麼一個衰落帝國中的叩頭故事則似乎必然激怒當時的西方歷史學家了。叩頭始終被視為中國傳統的表徵，而關於叩頭的持久迷戀則要求我們進一步思考，歷史學家如何理解傳統與現代性的對立。如果說乾隆朝廷對朝貢禮儀的堅持被斥為暴露了一個落後的文明，那麼一個崩潰帝國中的共和國成立之際的叩頭行為，則因為它出現在了一個本當屬於現代的場景中，因而被嘲笑。因此，如果說乾隆朝廷在十八世紀末的決定因其傳統性、因其對現代性和進步的固執拒絕而被指責，那麼在十九世紀末的危機中創造一個現代形式的代議制政府的嘗試，則因其對現代性的不合適的改編而飽受詆毀。當中國最終採用了西方方法來跟西方打交道時，它被指責說，方法的使用方式不當。儘管一七九三年以傳統為名進行的對現代西方世界的外交拒絕讓歷史學家們感到不滿，但一八九五年對西方現代性的「虛假」挪用則更具挑釁性。因此，在關於台灣民主國的學術研究中，歷史學家執念於晚清中國人對西方政治思想的浮誇或不正確的使用，由此而被困於另一個危險且更為隱蔽的盲點。

根植於這種殖民主義歷史編纂學中的，首先是對西方現代性之普遍性的不容置疑、未經批判的肯定。在後殖民研究中，對這種自我標榜的傲慢已經有了大量的批評。此處無需贅言，西方政治話語的普遍性本身就是想像的與建構的。在她對十九世紀國際法的跨語際傳播的研究中，劉禾有力地證明了在不同語言的翻譯過程中，國際法的普遍性是如何被努力建立起來的。我在此的研究想強調的是，在關於台灣民主國的研究中所表現的對傳統性的明顯敵意，其背後深層隱藏的焦慮。傳統被認為是和進步相對立的，因此是落後的。中國的傳統，或者準確地說，中華帝國晚期的傳統，被視為某種特殊的、因而是非普遍的、可有可無的東西。這種敏感性可以歸結為一種古老而頑固的現代性焦慮：它與過去的清晰斷裂。於是，非現代的必然是傳統的；不進步的必然是落後的。因而，拉姆雷這樣的歷史學家們將台灣民主國斥為對西方原型

36 見John K. Fairbank, *Trade and Diplomacy on the China Coast* (Stanford, CA: Stanford University Press, 1953), p. 31.

37 Lydia H. Liu, *The Clash of Empires: The Invention of China in Modern World Making*, p. 111.

38 James Hevia, *Cherishing Men from Afar: Qing Guest Ritual and the Macartney Embassy of 1793*, p. 237. 何偉亞簡單地勾勒了清朝對禮儀的要求和西方歷史研究中的馬戛爾尼使團。

的拙劣模仿這一說法，暴露了他們自己的理論局限：他們執著於關於傳統和現代、落後和進步、特殊與普遍的先驗的概念模式。

受到這種二元對立理論視野的限制，這些歷史學家批評中國的西方政治思想實踐者們把西方理念當作「標籤」使用，批評首個共和主義是「虛假的」，或者說得好聽一點，是「不成熟的」。因此，這些絕望的中國士子們用以抵禦日本占領的這個權宜之計是必然失敗的。事實上，當大多數西方歷史學家及其中國同行多年來解釋一八九五年的台灣民主國為何曇花一現，他們訴諸的主要論點是，共和國實施現代西方政治觀念和制度時，問題重重。這裡的邏輯是，要是西方的政治術語和實踐能被「成熟」、「恰當」或更「嚴肅」地執行，台灣民主國或許可能是「真正的」，它的歷史軌跡或許會被改變。民主國的失敗由此被簡單地歸咎於它無法成功應對使用西方政治思想這一挑戰。對真正的共和主義版本的堅持遮蔽了一些更為重要的議題：譬如西方國家在東亞的擴張過程中在各國之間進行的權力平衡遊戲，它在台灣的割讓中起到了至關重要的作用，但卻被大部分歷史學家令人驚訝地忽略了。在充分地分析了民主國的幾位核心人物的權力鬥爭後，拉姆雷將創造共和國的整個嘗試貶低為唐景崧在面對其政治對手——尤其是劉永福和丘逢甲——時確保自己名義上的權力的一種方式。但是，拉姆雷徹底忽略了另一些決定性的地緣政治關係，也即西方國家在這起貌似東亞內部政治事件中的權力遊戲。

丘逢甲等士人想要建立一個獨立共和國的主要動機之一，就是要爭取西方國家的支持，以對抗日本帝國主義。丘逢甲和陳季同（一八五一—一九〇七，也被稱為Tcheng Ki-tong，是他姓名的福州方言發音的法語拼寫）[39]根據他們閱讀的國際法，以及從法國政治家和商人那裡蒐集到的資訊，得出結論，只有作為一個獨立的國家，台灣才能爭取到西方國家的外交干預。然而，即便台灣真的以民主國的形式宣布獨立了，這種預想中的干預也沒有發生——並不是因為民主國不夠真實或正統，而是因為西方國家在台灣割讓問題上的外交介入，不利於他們在亞洲的政治和經濟利益。因此，儘管俄國、德國、法國在《馬關條約》中的三國干涉成功將遼東半島歸還給中國，但同樣的地緣政治考量——即在東亞維持西方權力平衡，實現最大的國家利益——也導致台灣按照同一《馬關條約》被割讓給日本。[40]顯而易見，不論「現代」或「西方」

39 陳季同是最早留學法國的中國學者，在譯介中法文學中非常重要。陳季同還翻譯了一些關於拿破崙法典的著作。清末，他在法國的中國大使館任文化參贊，在唐景崧建立台灣民主國期間扮演了重要的顧問角色。在《孽海花》第三十一章和三十二章裡，將陳季同視為法國文學導師的曾朴為陳季同和他在台灣民主國中的英勇表現提供了一個富有同情的形象。關於陳季同的生平，見郭延禮，〈陳季同：中法文化使者的前驅〉，《中華讀書報》，二〇〇〇年三月二十二日。關於陳季同在台灣民主國中的角色，見李筱峰，《台灣史一〇〇件大事》（台北：玉山社，一九九九），頁九七—一〇二。

40 三國干涉已經是國際政治領域中研究很多的問題，而這些國家在割台時的不干涉行為卻少有學者問津。割台背後的國際政治張力，見F. Q. Quo, "British Diplomacy and the Cession of Formosa, 1894-95," *Modern Asian Studies* 2 (April 1968): 141-54. 錢崇實的〈中日甲午戰爭後的各國暗鬥〉（《東方雜誌》五卷五期〔一九七一年

的理念是否被「適當」使用，其實和西方權力是否會同意干預台灣的割讓是無關的。的確，台灣民主國的出現並非孤立的自保努力，從一開始，它就是一次依照現代國際法展開的策略性的外交實踐。因此，冷戰區域研究的歷史學家們對一種本真的或是單一的現代性版本的強調，使他們忽略了在帝國晚期的台灣所發揮作用的特殊的歷史和政治力量。

堅持現代和傳統之間的對立，絕不僅限於西方的冷戰歷史學家。辛亥革命後，訪台期間的梁啟超（這場革命推翻了最後一個中華帝國，並導致了共和國在大陸的建立）寫道，「曾聞民主國，奄忽落人間。」[41]甚至一個世紀之後，台灣的歷史學家依舊嘲諷這是一種假獨立。儘管台灣當代歷史學家們幾乎毫無批判地認同拉姆雷的主要論點，並責怪民主國的失敗是由於晚清知識分子對西方政治思想的粗率理解，但對建國者們在民主國成立後不久就逃往大陸的做法，這些歷史學家總是懷有一種明顯的不滿情緒。舉例而言，李筱峰在斷言民主國的失敗是因為它的「假獨立、假革命」之後，怒斥它的建立者的懦夫行為：「像丘逢甲，寫起抗日文章，激昂慷慨，什麼『義與存亡』『誓死守禦』，但是等到唐總統要他調兵北上支持，卻躊躇不前，最後沒有打過一兵一卒、一炮一彈，就卷帶軍餉逃入中國了。」[42]這種論述中可以感到一種深刻的恥辱感。這些歷史學家無法接受的事實是，丘逢甲在向清廷提交著名的請願書，宣稱「義與存亡」兩個月後，甚至在日軍占據全島以前，便跨過台灣海峽返回了大陸。

這些民主國的締造者怎麼能如此輕易、如此迅速地拋棄了他們的建國努力？當代台灣史家這種責備看似直截了當，實際上包含了複雜的問題。他們在意的與其說是分裂於現代和傳統之間的不成熟的共和國，不如說是對台灣的拋棄。但是，反諷的是，我們並不清楚這些現代共和主義的先行者們所真正預想的台灣究竟是什麼：是一個現代的共和國還是一個島嶼母國，是清朝的疆域還是反清複明的基地？考慮到台灣複雜的現代歷史的形成過程，台灣的現代主體性有著各種可能，從未定於一尊。西方和日本帝國強權脅迫開啟了台灣現代性的到來，一八九五年這些知識分子的主體立場為何？他們是忠於獨立的台灣民主國，還是反滿親明的遺民傳統，抑或大清帝國？由於清廷將台灣視為「化外之地」的野蠻島嶼，一直到一八八五年，也就是日本在一八七一年的琉球事件[43]中的殖民企圖失敗以後，才於此建立行省，在這個意義上，「遺民」

十一月〉，頁六三—八三）分析了德國、法國、俄國、英國、日本的權力鬥爭，以及這種權力平衡如何最終導致了對日割臺。

41 梁啟超，〈遊臺灣書牘〉，收入林志鈞編，《飲冰室合集》卷五（上海：中華書局，一九六一），頁二〇五—二〇六。

42 李筱峰，〈不像獨立的獨立運動：一八九五年台灣民主國的本質〉，《自立早報》，一九九五年四月十六日。

43 一八七一至一八七四年琉球事件之後日本在台灣的殖民企圖，以及清廷在與日本和其他西方國家的外交關係中對此事件的處理，見Leonard Gordon, "Japan's Abortive Colonial Venture in Taiwan, 1874," *Journal of Modern History* 371 (March 1965): 171-85; Immanuel C. Y. Hsu, "Late Ch'ing Foreign Relations," in *The Cambridge History of China*. vol. 11, *Late Ch'ing, 1800-1911*, pt. 2, eds. John K. Fairbank and Kwang-Ch'ing Liu (Cambridge: Cambridge

也可以被視為「夷民」。如果當代台灣史家批評一八九五年的民主國締造者沒有堅持捍衛台灣民主國，那麼這些締造者應當執守的「正確」立場又是什麼呢？單一確定的立場是可能的嗎？這種批評的焦慮顯示，這些歷史學家自己局囿於政治正統和道統的話語陷阱。有鑑於現代本身就是建立在傳統和現代、過去和未來的清晰二分的基礎上的，台灣的現代時期的到臨充滿著矛盾和歧義、曖昧與非本真性。

事實上，台灣民主國對國際法的權宜使用更多反映了一種現代性症候。不論本真與否，它從未意在不加反思地運用西方理念，它所負載的歧義性恰恰反映了清末中國的歷史現實。民主國既是一個現代國家，又是清帝國的組成部分。事實上，它在被構想為一個現代實體的同時，也並不否認中國傳統。有趣的是，正是由於這種政治上的曖昧性，當代台灣的親獨立陣營在努力尋找可以用來構建台灣作為一個主權國家的歷史素材時，卻並沒有將這個一八九五年的共和國視為台灣作為一個獨立國家的最初版本。

自從其現代之旅開始以來，台灣的主體性就一直處於分裂和曖昧之中，在現代性和傳統性的爭議性裂縫中定位。現代的精神在保羅・德・曼（Paul de Man）的筆下得到了最好的表述：「現代性以一種欲望的形式存在，它要蕩滌一切先於它的事物，並希望最終達到一個新的起點。」[44]一旦進入現代，就無路可退。然而，這並不意味著過去應當被消滅、埋葬或放逐。相反，過去始終存在，並幫助塑造著對現代性的感知。台灣民主國的例子所揭示的是，一個全新的起點從不存在，我們總是背負著過去幽靈的陰影。

台灣民主國的短暫歷史及隨後台灣殖民時代的開始表明，它源自於傳統中國文明、複雜的中國現代化之路、西方帝國主義和殖民主義在遠東的擴張，以及日本旨在擺脫中華文明的綿長陰影並仿效西方現代性的現代化努力等等之間的種種競爭和協商。自一八六〇年代以降，在亨利・惠頓（Henry Wheaton）的《萬國公法》中譯本被翻成日文以後，明治政府就開始使用新的政治和法律概念和詞彙作為權力的術語。以此，正如杜登（Alexis Dudden）所說，新引入和翻譯的語彙有效地取消了中國大陸作為外交話語仲裁者以及權力中心的合法地位。《馬關條約》是中、日兩國首次在亞洲使用英語作為法律認可的參照語言的法律文件。這實質性地促成了對漢字世界內部交流實踐的重寫。甚至在福澤諭吉（一八三五－一九〇一）在其最具爭議的短文〈脫亞論〉（一八八五）[45]中闡述的「脫亞」觀念流行起來以前，日本就已經開始使用西方的權力語言，以擺脫漫長的以中國為中心的東亞世界。這些變化不僅導致了概念和術語的轉變，也帶來了一種新的現代性話語。正如汪暉指出的，日本的「脫亞入歐」的理念意味著通過建立

University Press, 1980), pp. 86-87.

44 Paul de Man, "Literary History and Literary Modernity," in *Blindness and Insight: Essays in the Rhetoric of Contemporary Criticism* (Minneapolis: University of Minnesota Press, 1983), pp. 388-89.

45 文章發表於《時事新報》（*Jiji-shimpo*），一八八五年三月十六日。

一個現代日本民族國家來「進入亞洲，面對歐洲」，而不僅是簡單地拋棄中國中心的儒家意識形態。[46]事實上，對琉球的吞併，以及之後對台灣的殖民僅僅是日本在亞洲的擴張和統治計畫的第一步。[47]

重要的是，在傳統和現代、日本殖民主義和中國民族主義之間並不存在清晰的界限。這一狀況正是每一個台灣人都必須面對的，也是包括吳濁流的《亞細亞的孤兒》在內的台灣現代文學所必須處理的。主體不再擁有一個安全的位置。「這裡就是羅陀斯，就在這裡跳躍吧。」馬克思在〈路易・波拿巴的霧月十八日〉中提到的這句著名格言諷刺地傳達了台灣現代孤兒們的困境。「就在這裡跳躍吧，」往哪裡跳？在祖先的中國大陸、宗主國日本、故島台灣，在傳統和殖民現代性之間，孤兒無處可去，終於精神分裂了。

三、吳濁流的《亞細亞的孤兒》：台灣文學中的殖民現代性

中國、日本以及各種現代化話語之間的這些重要的複雜性，在吳濁流的《亞細亞的孤兒》中得到了最佳表現，該小說以反抗日本殖民主義而聞名。台灣文學研究是在一九七〇年代關於鄉土文學論爭中出現的一個特定的文學研究範疇。[48]在台灣文學研究中，吳濁流被視為連接日本殖民時期和之後國民黨抵台時期的作家。《亞細亞的孤兒》雖然不是日本殖民統治下台灣文

學的最佳成就，但被一致公認為其代表作品。因為建構了台灣「孤兒化」這個重要概念，這部小說常常被用作一個寓言，以描述台灣在日本殖民時期及之後幾十年的政治、文化和社會狀況。[49]正如其他作家和文學批評家強調的，僅僅這部作品就足以為吳濁流帶來不朽的聲名。

《亞細亞的孤兒》是吳濁流第一部長篇小說，它在太平洋戰爭日趨激烈的一九四三至一九四五年間祕密寫成。隨著日本殖民政府在台灣皇民化政策的加劇，吳濁流撰寫這部小說不僅沒有立刻出版的前景，而且還面臨著嚴重的政治迫害的危險。一九四九年台灣宣布戒嚴後，反共文學主宰全島，而吳濁流費盡心機想要提倡台灣作家的文學創作，並培育一種特殊的台灣意

---

46 Hui Wang, "Politics of Imagining Asia," in Hui Wang, *The Politics of Imagining Asia*, trans. Matthew A. Hale, ed. Theodore Huters (Cambridge, MA: Harvard University Press, 2011), pp. 10-62.

47 關於日本引入國際法的詳細討論，見Alexis Dudden, "Japan's Engagement with International Terms," in *Tokens of Exchange: The Problem of Translation in Global Circulations*, ed. Lydia H. Liu (Durham, N.C.: Duke University Press, 1999), pp. 165-91, 他的文章考察了現代日本歷史上語言和權力的重要關係。

48 關於一九七〇年代現代派和本土派間的鄉土文學論爭的研究，見Sung-sheng Yvonne Chang, *Modernism and the Nativist Resistance: Contemporary Chinese Fiction from Taiwan* (Durham, N.C.: Duke University Press, 1993).

49 一九五〇和一九六〇年代的台灣作家的文學創作也被定義成「孤兒文學」。見宋冬陽（陳芳明），〈朝向許願中的黎明——討論吳濁流作品中的「中國經驗」〉，《放膽文章拼命酒》（台北：林白出版社，一九八八），頁六。他斷言，這一孤兒文學是一九七〇年代的「鄉土文學」的前身。

識。為此，他於一九六四年創辦了一份文學雜誌《台灣文藝》，並變賣家產，創辦了吳濁流文學獎。儘管在日治時期他從未像賴和（一八九四—一九四三）、楊逵（一九〇六—一九八五），或龍瑛宗（一九一一—一九九九）那樣聲名顯赫，但吳濁流被尊敬為反抗文學的代表者、台灣文學的鬥士。

《亞細亞的孤兒》描述了胡太明及其在五十年日本殖民統治下的生活。胡太明出生於日治時期的台灣，接受了中日兩方的教育，是二十世紀典型的台灣知識分子。中國文化和日本文化、傳統價值和現代價值的矛盾，銘刻在他文化形成的過程中。在文化焦慮和身分危機的驅使下，他遊歷台灣、日本以及中國大陸，徒勞地尋找著一種確定而不受約束的身分。然而，空間和文化的錯置都無法解決他的問題。事實上，這種錯置反而加劇了文化和政治危難下現代主體性的痛苦和憂慮。當他最終到達中國這個「故土原鄉」去追尋他的中國之根時，胡太明遭遇了現代化了的日本文化和一個看似落後但卻更為複雜的中國文化之間的差異。此外，在抗日戰爭的複雜歷史和政治環境下，作為一個台灣人，他對身分的追尋將他置於一個尷尬的困境中：他先後被斥為「中國間諜」、「日本間諜」以及「台灣間諜」。小說結束時，在不斷加劇的太平洋戰爭期間，胡太明精神崩潰了。

作為國民黨光復台灣後為數不多的以日語出版的小說，《亞細亞的孤兒》經歷了一個意味深長的篇名修改史。一九四六年首次發表時，它的標題是《胡志明》，即男主人公的名字。它的字面意思是「為什麼不有志於明（滿清之前最後一個漢王朝）？」這個標題表露了在台灣恢復漢人的政治和文化起源的決心，這種情緒籠罩著日本殖民統治下的台灣知識分子。在第一版之後不久，這部作品的標題就從《胡志明》改成了《胡太明》，以避免可能的共產主義暗示，因為胡志明（一八九〇—一九六九）正好是越共領袖的名字。當這部小說於一九五六年在日本出版時，標題改為《亞細亞的孤兒》，次年又改成《被弄歪了的島》。此書第一個中文翻譯在兩年後以《孤帆》之名出現，隨後又由傅恩榮於一九六二年翻譯，成為更為流行的版本，其標題正是廣為流傳的《亞細亞的孤兒》。[50]這部最早以日文寫就的小說隨著中譯本的出版而變得重要而普及。

從有志於明／漢到「被弄歪了的島」再到最終的「亞細亞的孤兒」，小說變動的標題提供了一個廣闊的闡釋空間，其中爭議性的政治和文化意涵被加諸文學文本之上。陳映真和陳芳明給出了兩種最主要的對立闡釋。陳映真本人就是一位傑出的作家、編輯、批評家以及政治活動家。在他一九七六年寫於鄉土文學論爭期間的重要文章〈孤兒的歷史，歷史的孤兒：試評《亞細亞的孤兒》〉裡，他指出，胡太明的痛苦和被拋棄感源於他在投身中國人民的抗日運動時的

50 一九五九年它由楊召憩第一次翻譯，並在黃河出版社出版。第二個中文譯本由傅恩榮完成，一九六二年由台北南華出版社出版。

猶豫不決。因此，「胡太明的悲劇，分析到最後，是那些在整個中國革命與反革命、侵略與反侵略，地動天搖、翻天覆地的激變時代中，『優柔不斷』、『袖手旁觀』、中庸主義、逃避觀望的知識分子的悲劇。」[51]陳映真指出，鑑於台灣的「歪扭了的歷史」是在西方和日本帝國主義屠戮下的更大的中國現代歷史的一部分，吳濁流的《亞細亞的孤兒》必須從更廣闊的視野出發來闡釋，即所有在日本帝國主義壓迫下受苦的中國人民的經歷。事實上，他總結道，只有當台灣克服將自己從更大的中國圖景中孤立出來的做法，島嶼及其人民才能重新被納入現代中國整體的反帝歷史中去。

這一觀點遭到了陳芳明的激烈批評，他所偏向的是一種獨立的台灣身分。在他一九八四年寫於台灣獨立運動風起雲湧之際的文章〈朝向許願中的黎明〉裡，陳芳明指出，陳映真堅持反帝中國史的整體性，將不可避免地吞噬台灣獨特的歷史狀況。[52]陳芳明認為，吳濁流小說中描述的孤兒狀態是台灣意識的萌芽階段。無疑，這一觀點反映了一九八〇年代台灣獨立運動的特定政治議程。他由此總結道，吳濁流的作品——他將其歸類為「孤兒文學」的傑作——中描述的孤兒心態，正是吳濁流對台灣文學史的主要貢獻所在。因此，在建構一個自主的台灣身分的過程中，這部小說邁出了重要的一步。其他重要的當代台灣批評家，如彭瑞金，還指出，《亞細亞的孤兒》不僅構成了日治期間的反殖抵抗文學的高峰，更重要的是，它成了「戰後台灣新文學的路標」。[53]

不論是支持中國統一還是台灣獨立，這兩位批評家所提出的核心問題在於，這部小說隱喻的究竟是「中國」意識還是「台灣」意識。這種政治闡釋主導了對於吳濁流的學術研究。即便是荊子馨（Leo T. S. Ching）對《亞細亞的孤兒》的後殖民研究，在解構中國統一和台灣獨立的二分法時，提出了日本殖民主義、中國民族主義、本土台灣身分形成的理論三角關係，後者也不免帶有政治闡釋的特徵。[54]

然而，這些試圖將該小說納入二元或三元政治對抗框架的嘗試，消抹了現代台灣和中國大陸的歷史複雜性和特殊性。現有的研究主要從政治詮釋出發，忽略了小說探討的歷史和文化問題，這些問題不僅對於理解這部小說，而且對於理解二十世紀中葉中國現代化進程都是至關重要的。當陳芳明指出，帝國主義對中國人民的壓迫不足以解釋大陸人和台灣人之間的衝突和爭議時，他確實是對的。然而陳映真也提出了一個重要的觀點：必須將台灣問題置入鴉片戰爭以

51 陳映真，〈孤兒的歷史，歷史的孤兒：試評《亞細亞的孤兒》〉，《陳映真作品集》卷九，《鞭子與提燈》（台北：人間出版社，一九八八），頁四八。

52 宋冬陽（陳芳明），〈朝向許願中的黎明——討論吳濁流作品中的「中國經驗」〉，頁五—三三。

53 彭瑞金，《台灣新文學運動四十年》（台北：自立晚報社文化出版部，一九九一），頁一三。

54 Leo T. S. Ching, *Becoming "Japanese": Colonial Taiwan and the Politics of Identity Formation* (Berkeley: University of California Press, 2001), 特別是頁一七四—二一〇。

來帝國主義入侵中國的更大的語境中，才能處理台灣的特殊歷史。的確，任何對現代台灣的研究都無法回避它的殖民歷史，但這絕不意味著要返回到一個神祕的、永恆的、本真的台灣或中國起源。

在下文對《亞細亞的孤兒》的解讀中，我力圖展示，現代台灣的獨特性恰恰在於它成為中國和日本各種現代化話語的交鋒之地，這一切都是在面對西方帝國主義、殖民主義歷史的背景下進行的。我認為，孤兒並不象徵著夾在母國和殖民宗主國之間的被遺棄的、被戕害的台灣或台灣人，而是指向了現代台灣主體在各種歷史和文化身分之間構建一個確定位置時的不可能性與不確定性。由此看來，胡太明是那些在傳統與現代性重負下尋求自我認知的知識分子之一。

這種歷史的複雜性在胡太明多元而矛盾的文化構成中表現得最為明顯。如果說一八九五年割台以最為創痛的方式開啟了台灣的現代歷史，那麼它也在現代台灣知識分子的心態中植入了一種不可磨滅的被遺棄感。儘管與中國大陸切斷了聯繫，被置於日本殖民統治之下，但中國的文化傳統依舊是他們的精神家園。胡太明在一所傳統的中國私塾「雲梯書院」中接受了開蒙教育，在那裡，「正面牆上掛著一張孔子的畫像，線香冒著一縷縷的青煙。」[55]彭先生和胡太明的爺爺——他們在割臺之後依舊生活在他們自己失落的中國世界裡——一起為他講授經典國學，整本的「春秋大義、孔孟遺教、漢唐文章、宋明理學」。[56]他們如隱士，或者更準確地說，如遺民般生活著。他們不一定忠於滿清帝國，卻絕對忠於中國文化，他們立志要將其傳給下一代。正如彭先生在他的新年對聯裡所寫的：「大樹不沾新雨露，雲梯仍守舊家風」。[57]

以此，他們代表了中國的忠於前朝和正統的遺民傳統，這一傳統可以被上溯到商周之際第一次重要的朝代更迭時的「伯夷和叔齊」[58]那裡，不食周粟，不事二主，此後中國歷史中每一次朝代更替，都會出現這樣的前朝遺民例子。台灣的歷史是由遺民和移民的話語標定的，兩者都具有時間和地理上的錯置。一六四四年明朝亡於滿人之後，台灣成為遺民們反清復明，恢復大陸政治正統的堡壘。為此，鄭成功（國姓爺，一六二四—一六六二）擊敗了荷蘭軍隊，結束了為期三十八年的荷蘭殖民統治，並在台灣建立了第一個正式的漢人政權。然而，正如兩百年後台灣民主國的建立一樣，台灣的鄭氏政權也充滿爭議，因為他在定鼎台灣後並沒有付出實質性的努力來對抗清廷，恢復中華。[59]讓事情更為複雜的是，鄭成功的生母是日本人。鄭成功的

---

55 吳濁流著，傅恩榮譯，黃渭南校閱，《亞細亞的孤兒》（台北：南華出版社，一九六二），頁一六。本章《亞細亞的孤兒》中文引文均出自傅恩榮譯本。

56 同前注，頁二五。

57 同前注，頁二三。

58 同前注。

59 Ralph C. Croizier在他的重要著作*Koxinga and Chinese Nationalism: History, Myth, and the Hero* (Cambridge, MA: Harvard University Press, 1977) 中提出了這一點，這部書質疑了鄭成功在中國歷史上的神化。

父親，鄭芝龍（一六〇〇—一六六一）是中國東南沿海福建泉州的一位海商和海盜。鄭成功是鄭芝龍去日本平戶做生意時和他的日本妻子田川松生下的，直到七歲才被帶回中國大陸。在日本民間文學裡，鄭成功被神化成一位日本英雄。甚至在簽署《馬關條約》時，日本政府還宣稱台灣先前就屬於日本，因為鄭成功開啟了第一次台灣殖民之旅，並在那裡建立了政權。[60]

如果說鄭成功這樣的明朝遺民還擁有真正的地理據點，可以跨過海峽抗擊滿清帝國，那麼《馬關條約》之後，在日本殖民統治下的台灣人就只能將他們的漢文化遺產視為一個文化抵抗和政治忠誠的場域了。由此，舊式私塾在割台之後的建立或持續存在，正表現了這一文化和政治意義。由於這種文化傳承方式，大多數現代台灣知識分子都在童年接受了古典漢學教育。舉例而言，洪月樵（一八六六—一九二九年）就屬於在割臺之後留在台灣，致力於傳承漢文化的遺民之一。在台灣割讓給日本之後，他改名為棄生，以表明自己的決心：雖然台灣被大清所拋棄，但他寧願放棄自己的生命，也不會犧牲漢文化，成為另一個民族的被殖民主體。即便面對日本殖民當局日益嚴峻的要求關停漢文私塾的壓力，洪月樵也依舊繼續教授著古典漢學。他的學生中包括張深切和他自己的兒子洪炎秋，此二位後來都前往大陸深造，並成為現代台灣重要的文化人物。[61]像洪月樵這樣提倡漢文化主義的學者，構成了台灣現代文學中一個重要的人物類型，譬如朱點人的短篇小說〈秋信〉中的鬥文先生正屬此類。

儘管吳濁流並沒有正式入過私塾，但他受到中文老師林先生的深刻影響。多年之後，在他的回憶文章中，吳濁流憶起林先生曾經贈送給他的一幅唐代名詩的書法作品。[62]在台灣短暫教學生涯結束之後，這位林先生繼續著他的離散旅程，舉家遷往中國大陸，最後抱疾身亡。正是在古都北京，他的女兒、著名女作家林海音度過了自己的文化形成期，並開始了她的記者生涯。一九四八年，林海音回到光復之後的台灣，和同輩作家吳濁流等一起，致力於在一九六〇年代的台灣為純文學開闢新的領地：林海音編輯了《聯合報》的文學副刊，而吳濁流則於一九六四年創辦了《台灣文藝》。他們對「純文學」的強調成為一九六〇年代台灣文學的標誌，並對反共文學提出了重大的挑戰，後者及其反共復國的口號支配了整個一九五〇年代。因此，中國文化遺產的傳承之中，深深印刻著這些台灣現代知識分子的時間和地理上的遷移經歷。

然而，對中國文化遺產的堅持發生在由現代化進程帶來的緊迫威脅下。在《亞細亞的孤

---

60 關於各個歷史時期鄭成功在中國和日本的神化，見陳芳明，〈鄭成功與施琅：台灣歷史人物評價的反思〉，《殖民地摩登：現代性與台灣史觀》（台北：麥田出版，二〇〇四），頁二九三—三一四。

61 關於張深切和洪炎秋在大陸的文化活動，見奚密，〈台灣人在北京〉，收入陳平原、王德威編，《北京：都市想像與文化記憶》（北京：北京大學出版社，二〇〇五），頁三七一—三八九。

62 見吳濁流，《無花果》，頁二二。另見林海音對她父親和吳濁流的回憶，《剪影話文壇》（台北：純文學出版社，一九八四），頁九一—九五。

兒》裡，現代性經由日本殖民主義的仲介來臨——日本香皂的氣味[63]、日本音樂的旋律[64]，傳統社會幾乎難以為繼。不久，和大多數台灣同齡兒童一樣，胡太明也進入了日本學校，接受現代知識的傳播。後來，他前往日本深造物理。但現代教育並沒有改變他作為被殖民者的二等公民的感覺，這一點在他和日本同事內藤久子的挫折戀情中表現得最為明顯。在擔任小學教師時，因為日本同事在虛偽的「日臺平等」原則下對台灣教師明目張膽的歧視，胡太明深感憤怒。[65]台灣教師因他們帶口音的日語而被嘲笑。校長辦公室裡名牌的順序本應按照資歷和等級排定，卻將日本人的名字置於台灣人之上。儘管面對日本同事的種種偏見，胡太明仍被美麗的久子所深深吸引。然而，當她對他的求愛表白回應道「那是不可能的，因為，我跟你……是不同的……」時，胡太明終於被迫直面「彼此民族之間的不同」[66]這一不可擺脫的殖民主義區分。受苦於他對無望戀情的絕望，而又無法反抗日本殖民政策所維護的殖民者和被殖民者之間的種族偏見，胡太明總結道，「自己的血液是汙濁的……這種罪孽必須由自己設法去洗刷。」[67]然而，無論是他的古典漢學學養還是他的現代科學教育，都無法幫助他克服這種深刻的挫敗感和自卑感。

如果說胡太明作為被殖民對象的身分加劇了這種心理危機，那麼在他下一次前往大陸的遊歷中，這種異化感和不確定性就變得更加苦澀。這對他的打擊尤為強烈，因為它來自於最意想不到、最脆弱的地方，也即他的祖國，他的精神原鄉。的確，由於作者充滿爭議和矛盾的描述，胡太明的大陸之旅始終是對《亞細亞的孤兒》的各種闡述的焦點所在。吳濁流本人曾於一九四一年前往南京，並在那裡度過了一年時間。回到台灣後，他撰寫了《南京雜感》，這部遊記為小說中的南京一章打下了基礎。[68]

胡太明穿越台灣海峽前往大陸的旅程始於一幕詩歌寫作場景。在駛往上海的輪船甲板上，他寫下一首古體詩：

優柔不斷十餘年，忍睹雲迷東海天，
伏櫪非因才不足，雄心未已意纏綿；
半生荊棘潸潸淚，萬頃波濤淡淡煙，

63 吳濁流，《亞細亞的孤兒》，頁二四。
64 同前注，頁二九。
65 同前注，頁六二—六七。
66 同前注，頁七七。
67 同前注，頁四九。
68 吳濁流著，張良澤編，《南京雜感》（台北：遠行出版社，一九七七）。關於本書的討論，見廖炳惠，〈異國記憶與另類現代性：試探吳濁流的《南京雜感》〉，《另類現代情》（台北：允晨文化，二〇〇一）。

豈為封侯進大陸？敢將文字博金錢。[69]

有意思的是，約二十年前，另一位台灣詩人在跨越台灣海峽從大陸前往台灣時，也寫下了一首詩。一九二四年十月，台灣現代文學與詩歌的先驅張我軍（一九〇二—一九五五）在從北京返回台灣的途中，寫下了《亂都之戀》：

不願和你分別，
終又難免這一別。
……
我只得把我的靈魂兒，
交給伊管領在亂都。

末行中的「亂都」所指的是「亂鬧鬧的北京，依舊給漫天的灰霧罩著，」[70]在那裡張我軍受到了五四新文化運動的啟蒙，並遇到了他一生的愛人羅心鄉。他的詩集《亂都之戀》出版於一九二五年，是第一部由台灣作家寫成的現代白話文詩集。張我軍於一九二四年初作為一名青年學生來到北京。受到五四運動的深刻影響，他決心在故島致力於新文學的開創，並對台灣新文學的建立做出了巨大貢獻。在當時文化精神的激勵下，張我軍的詩歌表達充滿了對北京、對他的古都中的愛人的有力而明亮的熱情。與之相對，吳濁流寫於一九四〇年代初抗日戰爭高潮期間的詩作聽上去就沒有這麼直接而明確。

其模糊性可見於吳濁流在這一段中強調的一個重要細節——對詩歌字詞選擇的斟酌。詩歌的前幾句很容易浮現在他的腦海裡，但對最後一句，胡太明卻費了很大功夫來修改，這句原來用的是「歸故國」而非「遊大陸」。在修改措辭時，胡太明顯然意識到了自己模糊不清的身分：畢竟，正如他的護照所示，他是日本帝國的公民。在官文上，他是以外國人的身分進入大陸。那麼，他又怎能聲稱自己是即將返回祖國呢？

因此，這貌似微不足道的筆誤可能會引發可疑的政治含義。這一詩歌修改的關鍵時刻指向了作者對自己複雜身分的自我意識，由於成長在殖民地台灣，他已經失去了純粹的中國人身分，而在他的童年，這一身分曾是如此簡單而明確。每當有人問起他的故鄉，他都會不假思索地說出他的籍貫，位於中國大陸的某省、某縣、某鄉（「原鄉唐山」）。[71]正如鍾理和（一九

69 吳濁流，《亞細亞的孤兒》，頁一四二。
70 張我軍著，張光直編，《張我軍詩文集》（台北：純文學出版社，一九八九），頁二〇三。
71 吳濁流，《亞細亞的孤兒》，頁一七。

一五—一九六〇）在短篇小說〈原鄉人〉裡對「原鄉」所做的民族志式的勾勒：「待我年事漸長，我自父親的談話中得知原鄉本叫做『中國』，原鄉人叫做『中國人』。」[72] 鍾理和是吳濁流的同輩作家，也出身於客家家庭，是那些跨越海峽前往大陸的人之一。正如他在〈原鄉人〉的著名結尾裡所寫：「我不是愛國主義者，但是原鄉人的血，必須流返原鄉，才會停止沸騰！」[73]

胡太明的大陸經歷受到了評論家們最多的關注。可以肯定的是，吳濁流對大陸經歷的描述在台灣現代文學中並不獨特，但它無疑是最為矛盾的一個。張我軍對北京的描述顯然更具喜愛與同情，如前所述，這很大程度上是由於他在新文化運動中的熱情參與，以及他與羅心鄉的同樣熱烈的愛情。鍾理和也為大陸經歷創作了一部重要文學作品。和張我軍一樣，鍾理和也是因為愛情來到大陸。在台灣，他愛上了父親農場裡的女工鍾台妹。然而，根據客家風俗，同姓之人不能結婚。為了克服這個障礙，鍾理和逃亡大陸並最終娶了鍾台妹。在居住北京期間，鍾理和發表了中篇小說〈夾竹桃〉（一九四五）。這部小說和吳濁流的《南京雜感》差不多寫於同時，以陰鬱的語調描述了北京南城貧民窟南池子裡人們窮困非人的生活。這部作品所表現的生活的不道德與殘酷與另一部小說《城南舊事》（一九六〇）形成了鮮明對照，後者所寫的也是台灣人在北京城南的生活經歷。[74] 林海音在中國分裂之際回到台灣，寫下了這部小說，以明朗、清新的語調，以及一抹細膩的鄉愁，回憶她在北京的純真年代。

在關於台灣作家的大陸之旅的敘述中，吳濁流對南京的描繪因其獨特的複雜性和曖昧性而脫穎而出。批評家主要關注的是胡太明受到他的中國同胞的不公平對待，尤其是當他被誤認為日本間諜，鋃鐺入獄。儘管他最終逃回了台灣，但他對大陸的夢想業已徹底破滅。在第二次中日戰爭期間，身為台灣人而在大陸所遭遇的困境，最明顯地反映在下述段落中。胡太明在小學的同事曾先生警告他，作為台灣人：

> 我們無論到什麼地方，別人都會不信任我們。命中注定我們是畸形兒，我們自身並沒有什麼罪惡，卻要遭受這種待遇是很不公平的。可是還有什麼辦法？我們必須用實際行動來證明自己不是天生的『庶子』，我們為建設中國而犧牲的熱情，並不落人之後啊！[75]

72 鍾理和，〈原鄉人〉，收入中國現代文學館編，《鍾理和代表作・原鄉人》（北京：華夏出版社，二〇〇九），頁七。

73 同前注，頁一二。

74 林海音，〈城南舊事〉，《城南舊事》（台北：爾雅出版社，一九六〇），頁三一——二二九。

75 吳濁流，《亞細亞的孤兒》，頁一四五。

然而，曾先生甘心為中國現代化做出貢獻的強大信念，或多或少被字裡行間無法消抹的絕望和不確定感所掩蓋。的確，正如胡太明和許多其他在大陸的台灣人的經歷所顯示的，簡單直接的愛國主義無法解決身分的困境。此外，胡太明的矛盾不僅來自於這種政治羞辱，更重要的是，它來自於他在遭遇原鄉——這始終是他的精神故土與支撐——時的困惑。由此看來，胡太明的大陸之旅首先而且最重要的是一次文化之旅。在參觀了長江、紫金山、玄武湖、北極閣等各種歷史遺跡和地標（這些之前只存在於他因中國古典文學而喚起的想像中）之時，他無法不意識到，這個古典的中國正遭受現代化力量的破壞，被碾碎並無可挽回地消失。譬如在上海：

> 上海這個地方雜居著中國人、歐美人和日本人等各種民族，形成一個不協調的調和局面。他們也到公共租界去逛過，那兒有的是在抹煞人性的金權主義下所產生的怪物——高樓大廈。人群和車馬的狂流，在這些建築物之間穿梭飛馳，拼命冒險要越過街道去。太明二人好容易才穿過馬路，走進對面的先施公司，這又是一個充滿人間各種欲望的大烘爐，那種物質享受的沌濁氣息，使人置身其間，頓感頭暈目眩。[76]

《亞細亞的孤兒》以現實主義手法寫成，其中對現代都市生活的這種反現代的思考尚未受到足夠的關注。我想指出，小說中像這樣的段落大大增加了胡太明對中國大陸矛盾情感的複雜性。胡太明對中國的困惑，不僅由於中國與台灣或殖民地宗主國日本之間在現代設備、基礎設施方面的差距，更重要的是，現代化進程本身無情地摧毀了他對古典中國文明抱有的想像的鄉愁。台灣知識分子心心念念的那個傳統的、文化的中國，已不復存在。吳濁流的憂慮源自於他意識到了現代化的毀滅力量。值得注意的是，胡太明在南京的婚姻危機主要是由於他和妻子在興趣上的衝突：當胡太明沉浸於《春秋》、《諸子百家》等中國典籍時，他的妻子淑春，作為一個「過於摩登的『新女性』」，喜愛現代生活方式，整夜整夜在舞廳跳舞。[77]因此，胡太明的漂泊失落之感，要比大多數批評家所說的遠為複雜，不僅僅是戰爭肆虐的落後祖國與現代殖民宗主國日本之間的二元對立，或者，是在中國、日本、台灣之間三角對抗的殖民現代性。這種二元或三方對比的觀點，常常忽略了吳濁流作品中所描述的現代化進程的雙刃劍。

最後，無處安放其文化身分的主人公崩潰了：「啊！胡太明終於發瘋了！果是個有心人，又怎能不發瘋呢？」[78]於是，中國現代文學史上又多了一個狂人。有趣的是，這位狂人卻失蹤

76 同前注，頁一四七。

77 同前注，頁一七七—八四。關於吳濁流對淑春喜愛跳舞的嚴厲批評，林柏燕提供了一個解釋。他將吳濁流對現代女性的否定歸咎於他的客家起源。見林柏燕，〈吳濁流的大陸經驗〉，頁三四六—四八。

78 吳濁流，《亞細亞的孤兒》，頁一〇。

了。他或許在台灣某處，或許如某些人所說的那樣去了大陸。[79]如何理解這位失蹤的英雄的意義，始終是持不同政治立場的批評家們爭論的焦點。[80]尤其是隨著台灣獨立運動的興起，定位這位消失的狂人變得愈發重要。正如林柏燕所諷刺的，當祖國在呼喚著「回來！回來！胡太明，沒有人會歧視你！」時，偏向獨立的台灣意識的作家們也在大聲疾呼，「太明，呆子！不要再東奔西走了。大家共同打拚，管他是大蕃薯，還是山狗泰，你不可以亂跑。除了台灣，沒有你生存的地方！」[81]

關於胡太明的發瘋，我們再來看看陳映真和陳芳明對這部小說的闡釋。陳映真認為，胡太明只是在裝瘋，以騙過日本警察，並回到大陸參加革命。[82]這種投身中國民族革命的想法，很難讓人不想起前文引述的《亞細亞的孤兒》中曾先生的倡言：去為中國的使命犧牲，以此確認自己作為中國人的立場。事實上，台灣歷史上從未缺乏這種理想主義人物。鍾和鳴（即鍾浩東，一九一五—一九五〇），鍾理和的兄長，便是最典型的例子。他於一九三〇年代去往大陸，積極加入反抗日本帝國主義侵略的中國革命。在他充滿風險的革命生涯中，他或許沒有餘暇像他的弟弟鍾理和一樣去顧念身分的問題，或是去揭露都市底層階級的貧困生活，或是去考慮台灣人在割臺之後在北京被貶為「白薯」的事情。[83]然而，他對中國更偉大使命的貢獻，並不能使他免於在國民黨白色恐怖期間作為一名可疑的左翼分子而被處決。[84]考慮到這種歷史的諷刺與痛楚，陳映真所說的「勇敢地投入現代中國歷史、尋求民族的自由和獨立的台灣人是沒有身分的困難的，」[85]聽起來更像是一種信念而非一個解決方案。鑑於陳映真自己因社會主義傾向而進出監獄的經歷，他不會沒有意識到這一點。

相形之下，陳芳明強調，胡太明的真正意圖是為台灣的自立自決而戰，正如吳濁流在談到當代韓國獨立運動時所暗示的那樣。陳芳明譴責陳映真的大中國想像是一種「漢族沙文主義」[86]，這恰恰揭示了他自己在追求一個自治的台灣身分時所感到的焦慮。陳芳明所構建的台

79 同前注，頁三二九。

80 關於台灣和大陸批評家對「孤兒」概念的理解，見陳萬益，〈胡太明及其「孤兒意識」——《亞細亞的孤兒》兩岸評的不同點〉，《于無聲處聽驚雷》（臺南：臺南市立文化中心，一九九六），頁七一——八九。

81 林柏燕，〈吳濁流的大陸經驗〉，頁三四八——四九。番薯和蜥蜴都是台灣的比喻。

82 陳映真，〈孤兒的歷史，歷史的孤兒：試評《亞細亞的孤兒》〉，頁五八。

83 見鍾理和，〈白薯的悲哀〉，收入彭瑞金編，《鍾理和集》（台北：前衛出版社，一九九一），頁九三——一〇二。它描述了抗戰結束後台灣人在大陸的困境。

84 鍾浩東在一九四九年因為編輯地下報紙《光明報》、傳播左翼思想而被捕，並於次年處決。呂赫若因為捲入這一事件被迫流亡。侯孝賢的電影《好男好女》（一九九五），即他的台灣三部曲的最後一部（前兩部是一九八九年的《悲情城市》和一九九三年的《戲夢人生》），為鍾浩東和他的妻子蔣碧玉的人生提供了電影的描繪。

85 陳映真，〈孤兒的歷史，歷史的孤兒：試評《亞細亞的孤兒》〉，頁五九。

86 宋冬陽（陳芳明），〈朝向許願中的黎明——討論吳濁流作品中的「中國經驗」〉，頁三二。

灣自治的特點在於排他性，排除一切與中國相關的主張，不論中國指的是滿清的滿族、國民黨政府、甚至是後者的對手共產黨。在他對吳濁流「孤兒精神」的定義中，他強烈地指責了中國的國民劣根性，在他看來，這正是台灣人與大陸人的交流中遭受各種歧視和迫害的主要原因。因此，這種中國恐懼症表現為強烈不滿和質疑任何在台灣發現的中國文化和歷史的痕跡。陳芳明的基本觀點是，將台灣史視為中國史的一部分必然意味著對台灣的不忠。因此，這一觀點和本章上文討論過的那些對台灣民主國的批評不無相似之處，後者急切地斥責唐景崧和丘逢甲在政治上背叛了台灣民主國，或是作為清帝國行省的台灣。悖論的是，這種充滿孤兒情結的台灣自治觀念本身接近一種神祕的自我本土化，或者更準確地說，自我孤兒化。因此，陳芳明對遺棄情結的挑戰注定會困於一種令人挫敗、自我追逐的循環中。堅持一種純粹的、切斷與中國任何聯繫、未受汙染的台灣意識，與宣稱一種真正的、永恆的中國文化，正是一體兩面。

在二十世紀中期的台灣敘述中，分離與精神分裂不僅代表了胡太明這樣的台灣知識分子的生活特徵，更成為一種處理國族和文化問題的寫作策略。如果說作為文化隱喻的精神分裂可以幫助我們思考一九四九年轉折時期的沈從文，那麼在吳濁流這裡，只有精神分裂式的寫作能夠傳達本土母國和殖民宗主國之間、中國歷史時間的多層次之間、現代和傳統之間，以及現代化的繁榮表面和自我毀滅的黑暗面之間的分裂的主體性。由此，這裡的精神分裂既是心理的又是敘事的，指向文化、政治和歷史層面的分裂。在這個意義上，亞細亞的孤兒最好地闡明了被棄置在歷史夾縫中的斷裂的主體性。

四、從「亞細亞的孤兒」到「台灣之子」

只有我們超越了殖民主義和民族主義的話語限制，才能對吳濁流在光復之際的台灣敘事，以及整體的台灣文學做出批判性反思。一種後民族主義的再定位有助於我們擴大分析範圍，以容納二十世紀中葉台灣文學的其他關鍵議題。語言的政治正是其中之一。吳濁流持續的文學創作跨越了漢語和日語、國語、客家話、閩南語方言之間的邊界。在處理被殖民者利用殖民者的語言所書寫的文學作品時，後殖民批評家們建構了模仿、混雜性、（誤）挪用等概念，以便將殖民與後殖民寫作理論化為一種抵抗，一種「寫回」帝國中心的文化帝國的構造。[87]儘管這些理論為戰後台灣文學提供了富有洞見的視野，但它們無法充分捕捉這一語言和文化地景的深度和複雜性。舉例而言，吳濁流大部分的小說作品都是用日語寫成的，包括他的台灣三部曲《亞細亞的孤兒》、《無花果》和《台灣連翹》，它們反映了台灣文化意識在其現代歷史中的形成。

87 見 Bill Ashcroft, Gareth Griffiths and Helen Tiffin, *The Empire Writes Back: Theory and Practice in Post-Colonial Literatures* (London: Routledge, 2002, 2nd ed.).

雖然吳濁流用日語寫小說，但他的詩歌都是用漢語——古漢語——寫成的。吳濁流一生中寫下了超過兩千首中文古詩，並且始終將自己視為一位詩人，而非小說家。[88]他甚至要求他的子女在他的墓碑上寫下「詩人吳濁流先生葬此佳城」。為此，他的朋友鍾肇政稱讚他是「鐵血詩人」。[89]他的日語小說，尤其是《亞細亞的孤兒》中，也包括了中國古詩，從而促生語言和文本的發人深省的混雜和中斷，為表達文化與歷史的矛盾與共謀創造了空間。

本書導論中論及錢鍾書對現代中國語言混雜性所包含的政治含義的思考。[90]在一篇題為〈靈感〉的諷刺小說裡，錢鍾書描繪了一幅半殖民地中國的語言地形圖，並指出，中國的方言應該包括上海租界和英國殖民地香港的中國人說的英語、青島（日本在山東的半殖民地）的中國人說的日語、滿洲的中國人說的俄語等等。近年來，北美學者正試圖以「華語語系文學」這個術語來超越嚴格定義的地緣政治和文化實體的界限，從而開拓華語文學研究的場域。[91]那麼，在華語語系文學的地理學中，我們如何定位這些以閩南語和客家話作為主要的口頭語言，以日語作為書寫語言的台灣作家？如果可以的話，在日語寫作的台灣文學和上海文學、香港文學、楚／湖南文學之間能夠建構出怎樣的相互關聯？這些文學應該以什麼範疇來思考——地域的、文化的、語言的、地緣政治的？對這些問題的反思必然會擴展、豐富我們對戰後台灣文學和中國現代文學整體的理解，並揭示出歷史的複雜性。

一九四六年，國民黨政府對日語強令禁止，以及將國語作為官方語言進行推廣，這些做法加劇了一種語言和文化上的孤兒感。正如本書第一章簡單勾勒的，日本殖民統治結束之後，曾用日語寫作的台灣作家不得不面對語言的困境。有些作家得以在很短的時間內掌握現代白話中文，並延續自己的文學生涯；另一些人則不得不終止自己的文學創作。而吳濁流一方面努力學習國語以寫作小說，同時也強烈質疑國民黨政府通過清洗日本的文化流毒（包括語言的奴化）來消除台灣人「奴性」的做法。在《黎明前的台灣》（一九四七）這篇寫於語言政策頒布一年之後的文章中，吳濁流評論道：

> 至於日文，為什麼日文不好呢？這是因為過去被武裝的緣故。現在武裝解除了，日

88 關於吳濁流的詩歌，還沒有太多研究成果，一個重要的分析見於黃美娥，〈鐵血與鐵血之外：閱讀「詩人吳濁流」〉，收入林柏燕主編，《吳濁流百年誕辰紀念專刊》（新竹：新竹縣文化局，二〇〇〇），頁二六—四三。

89 見鍾肇政，〈鐵血詩人吳濁流〉，《鍾肇政回憶錄》卷二（台北：前衛出版社，一九九八），頁六九—一一八。

90 錢鍾書，〈靈感〉，《人・獸・鬼》（上海：開明書店，一九四六），頁八九—一一九。

91 關於「華語語系文學」最初的概念，見Shu-mei Shih, *Visuality and Identity: Sinophone Articulations across the Pacific* (Berkeley: University of California Press, 2007), pp. 23-39, 和"Concept of the Sinophone,"。近年來，王德威的研究和論述極大地豐富和複雜化了華語語系文學這個概念，從「後遺民」、「勢的詩學」到「華夷風」，提醒我們注意植根在不同歷史、文化、族裔等紋理中且不斷流變的華文書寫。

文恢復原來的面目，那就不是壞的了。……解除武裝的日文，為介紹文化負有重大的任務，尤其世界各國的文化差不多已譯成日文，只要了解日文就能跟各國文化接觸。……為了文化，保存日文會不會阻害中國文化，要放在公平的文化天秤上，重新加以檢討一番才是。[92]

在吳濁流看來，儘管日本殖民主義和帝國主義無疑戕害了台灣的文化和社會政治發展，但日語本身還是可以作為中立的載體，傳遞文化、資訊和理念，與武力強制無關。全然禁絕日語，就像是把介紹新理念的嬰兒連同日本帝國主義的洗澡水一起倒掉了一樣。

在台灣光復以後，隨著大陸人和台灣人的隔閡日甚一日，加之經濟和政治環境的惡化，孤兒化的困境也日益加劇。蕭乾在一九四七年初對台灣的報導值得關注。在二戰期間，蕭乾在英國擔任戰地記者。回到中國後，他訪問了台灣，並在一九四七年一月（二・二八事件前一個月）寫了一篇報導，題為〈冷眼看台灣〉。蕭乾強調「『建設新的台灣』是高調，先保持好根基方是正經。」[93]與魏德邁提交給美國國務院的報告相比，蕭乾的分析更為現實和準確，當然，他對大陸情形的熟悉也為他提供了更好的比較視野。在他看來，台灣光復後最根本的問題是「祖國能給台灣的是什麼？」[94]鑑於國民黨政府當時的社會政治狀況，蕭乾問道，「台灣終究將成為中國的愛爾蘭呢，還是內向為中國的一肢，那就端看大陸的政治風度了。不能忘記台灣在心坎上以目前同往昔無時無刻不在比較。不能忘記他們要的不是鎖鏈轉了手，而是更拙更緊的手。」[95]

然而，國民黨政權日益惡化的經濟和政治腐敗迅速吞噬了剛剛光復的台灣。如果說當時還有文學寫作和發表的可能的話，那麼，對國民黨政府的不滿成為當時台灣文學的主題。[96]事實上，在蕭乾寫下他的台灣報導之前幾個月，楊逵，一位重要的台灣左翼作家，就已然在悲歎新來的祖國政府對台灣人民所施加的新的限制。紀念台灣光復一週年之際，楊逵在一篇題為〈為此一年哭〉（一九四六）的文章裡[97]，表達了他的失望：

92 吳濁流著，張良澤編，《黎明前的台灣》（台北：遠行出版社，一九七七），頁一二〇—一二一。
93 蕭乾，〈冷眼看台灣〉，《人生採訪》（上海：文化生活出版社，一九四七），頁三一五。
94 同前注，頁三二四。
95 同前注，頁三二八。
96 關於台灣人民光復後的怨恨之情的簡單總結，見陳建忠，〈被詛咒的文學？戰後初期（一九四五—一九四九）臺灣小說的歷史考察〉，收入陳義芝編，《台灣現代小說史綜論》（台北：行政院文化建設委員會，一九九八），頁四三—四八。
97 關於楊逵的研究，見陳芳明，〈楊逵的反殖民精神〉，《左翼台灣：殖民地文學運動史論》（台北：麥田出版，一九九八），頁七五—九八。

很多的青年在叫失業苦，很多的老百姓在吃「豬母乳」炒菜脯，死不死生無路，貪官汙吏拉不盡，奸商倚勢欺良民，是非都顛倒，惡毒在橫行，這成一個什麼世界呢？說幾句老實話，寫幾個正經字卻要受種種的威脅，打碎了舊枷鎖，又有了新鐵鍊。結局時間是白過了，但是回顧這一年間的無為坐食，總要覺著慚愧，不覺的哭起來，哭民國不民主，哭言論，集會，結社的自由未得到保障，哭寶貴的一年白費了。[98]

台灣回歸祖國兩年後，這一危機在二・二八事件中以最暴力的方式爆發出來。它被認為是「在台灣的民族意識的發展中，標誌著中國認同和台灣認同的分水嶺」。[99]戒嚴法被宣布，隨後幾個月裡，成千上萬的人，尤其是台灣的知識分子和專業人士，被拘捕、囚禁、處決。侯孝賢一九八九年的電影《悲情城市》為台灣光復至二・二八事件之間的歲月提供了電影化的再現。這部電影榮獲一九八九年威尼斯電影節金獅獎，並成為第一部獲得國際認可的台灣電影。值得注意的是，《悲情城市》上映的那一年，正是冷戰對抗在全球開始解凍，以及大陸北京發生天安門事件的年份，這當然為該電影的藝術成就帶來了某些可疑的政治含義。電影大銀幕上響起的台灣省長陳儀在二・二八事件中的廣播講話，很容易讓人想起大陸政府在一九八九年春通過廣播和電視傳播出去的極權之聲。或許正因如此，這部電影選在天安門鎮壓民主抗議活動一百天後首映。反諷的是，即便是最為真實的台灣民族寓言電影，在國際舞臺上，也不可避免地被假定為中國大陸政治的象徵化表現。

這部電影呈現了一位胡太明的對應形象——一位在港口城市基隆的聾啞攝影師。廖炳惠認為，「這一機巧甚至操縱性的沉默策略，為各種形式的闡釋留出了空間，卻不委身於任何一種看法。」[100]沉默成為侯孝賢的電影表達中最有效的影畫策略。因此，在一九四七年的二・二八事件中，精神分裂的亞細亞的孤兒失去了聆聽和言說的能力。

隨著之後白色恐怖的實施，「反共復國」的根本原則，被加諸這座剛剛「光復」的島嶼之上，而台灣的殖民歷史問題則被輕易而急迫地邊緣化——如果不是被徹底壓抑。一九七〇年代，當反共復國之夢由於國民黨政府所面臨的新的國際政治困境——它在聯合國被中華人民共和國所取代，美國在尼克森訪華之後與中華人民共和國建立外交關係——而變得日漸遙不可及時，亞細亞的孤兒則隨著一首流行歌曲而再度復活。羅大佑的〈亞細亞的孤兒〉承載著同樣的標題，並悲歎到：「亞細亞的孤兒在風中哭泣／多少人在追尋那解不開的問題／親愛的母親這是什麼真理？」

98 楊逵，引自陳建忠，〈被詛咒的文學？戰後初期（一九四五—一九四九）臺灣小說的歷史考察〉，頁四四。

99 廖咸浩，〈在解構與解體之間徘徊：臺灣現代小說中「中國身分」的轉變〉，《中外文學》二一卷七期（一九九二年十二月），頁一九九。

100 Ping-hui Liao, "Rewriting Taiwanese National History: The February 28 Incident as Spectacle," p. 294.

自二十世紀最後幾十年以來，隨著國民黨政治威權主義的逐漸崩解，崛起的競爭黨派民進黨則急不可耐地宣稱一種自主的台灣意識。它對任何模稜兩可的東西都感到焦慮，甚至否認一八九五年的台灣民主國是一種合法的建國模式。在急切尋求一種想像的、超驗的台灣主體性的過程中，亞細亞的孤兒急匆匆地變成了台灣之子。於此過程中，這種新的台灣主體性的概念接納了各色各樣的台灣角色——吳濁流的「亞細亞的孤兒」、賴和的「漢族的遺民」、周金波的「志願兵」、楊逵的「送報夫」，不論他們背後的政治議程何等不同，卻都被納入同一個台灣建國的譜系之內，由此為一個尚未建立的國族創造出一部方生已逝（déjà perdu）的前史。在這個過程中，這些作家被剝奪了他們的歷史和文化複雜性與特殊性，並被重塑為一個形成中的民族文學經典裡面確定無誤的人物。這種國族建設和文學經典化的使命，正是王德威所洞識的「先驗與後設」之物：這些作家被視為「有若身不由己，隱忍待發的遺民——他們是未來，而非過去，所（預先）留置的遺民。當後設成為先驗，後遺民論述其實自行創造了『前遺民』的分身。」[101]因此，在由前遺民向後遺民的倉促跳躍中，亞細亞的孤兒變身為詭異的台灣之子，不僅依舊漂泊無依，而且更被剝奪了任何歷史的特殊性。

101 王德威，〈後遺民寫作〉，《後遺民寫作：時間與記憶的政治學》（台北：麥田出版，二〇〇七），頁五一。

第五章　打造社會主義親和力

——馮至和歐洲人道主義在現代中國詩歌中的遺產

現代中國文學的發展從一開始就與西方文學與哲學的影響密不可分。歐洲的思想遺產，尤其是啟蒙思想，曾在中國對現代性的追尋期間被引入、接受與批評。如何調和個人與社會、藝術與國家，以及審美與政治之間的關係，始終是現代中國知識分子面臨的核心問題。不同的調和模式決定了中國冷戰分裂時期不同個人的、審美的與政治的抉擇，並且確證並加強了各個文化與政治實體間的區分。在分裂的時代裡，中國更為深刻地捲入了國際體系，而西方影響則以最意想不到的形式顯現出來。在台灣的白色恐怖期間，歐洲現代主義和先鋒文藝在很大程度上被作為非政治的純粹審美被引介，並哺育了台灣現代文學的誕生。在大陸，當社會主義現代化運動的核心在於消除資本主義在一切社會領域中的影響時，這些影響的殘餘卻在意想不到的地方遊蕩，因而詭異地嵌入了社會主義中國文學的地形圖之中。

本章考察孤獨、沉思的個體如何通過審美方式與宇宙、社會、國家建立關聯，如何通過超越非關係性自我，並將這一自我置放在國家集體的大整體之中，來克服其有限性。為此，我嘗試做一個關於馮至（一九〇五—一九九三）的個案研究。馮至是一位傑出的中國詩人，也是德語文學學者，他引介、翻譯了諾瓦利斯、荷爾德林、歌德和里爾克（一八七五—一九二六）等人。我將討論德國美學如何影響了他對個人與社會之關係的看法，這一看法滲透了他在二十世紀中葉社會主義中國從詩歌向政治的轉型。通過考察馮至在對歌德和里爾克的研究中所建構的關於詩之寂寞、類比、蛻變和社會參與的理念，我探究他如何在冷戰分裂中的中國構築美學與政治之間的肯定性關係。我探討的主要問題包括：馮至如何處理詩歌主體的局限性？體現在里爾克或歌德這些主要人物身上的德國現代美學以哪些方式被納入了馮至的思想？對里爾克的閱讀幫助馮至構造了處於統一整體中的關係性孤獨這一獨特的概念，而他對歌德的研究則使他在向內的生活與向外的生活之間、在美學與社會之間建立了有效的連接。那麼，基於上述有關美學與政治的觀念，他如何將審美主體納入社會主義集體主義意識形態，並最終促使他在一九四九年擁抱社會主義中國呢？

一九二一至一九二七年間，馮至在北京大學學習德語文學，後來赴德攻讀博士。自一九三〇至一九三五年，他在海德堡大學和柏林大學學習。一九三三年，他從柏林轉到海德堡大學，參加卡爾・雅思貝斯（Karl Jaspers, 1883-1969）的課程，並在布克（Ewald A. Boucke）的指導下完成了自己的博士論文，《自然與精神的類比——諾瓦利斯的文體原則》（*Die Analogie von Natur und Geist als Stilprinzip in Novalis' Dichtung*）。一九三五年六月二十六日，他通過了博士論文答辯，委員會成員也包括了雅思貝斯。回到中國以後，馮至在從事詩歌創作的同時，在若干大學擔任德語文學教授。

在中國對現代性的追尋中，德語思想（啟蒙、浪漫主義、現代主義）始終是最為重要的資源之一。中國知識分子對德語文化與哲學的浸淫由來有自，馮至只是其中一員。這個名單可以追溯到蔡元培（一八六八—一九四〇）、王國維（一八七七—一九二七）、魯迅（一八八一—

一九三六）、陳寅恪（一八九〇—一九六九）、宗白華（一八九七—一九八六）、朱光潛（一八九七—一九八六）等等。在中國對德語哲學與文化遺產的接受中，對知識分子在現代社會中的職責的反思是重中之重。在十九世紀末帝制末年，王國維借用叔本華（一七八八—一八六〇）關於生活、欲望和苦難的概念，來闡釋中國古典詩歌以及《紅樓夢》。王國維探尋，混亂中的中國社會，如何從一個老舊文明轉向理想的現代形態。這時，他從德國哲學，尤其是康德、叔本華和尼采，汲取智慧啟迪。人類的思想如何與世界互動，是作為主觀表現還是作為客觀知識？王國維預見到了未來幾十年中，中國向現代性的追尋必將帶來更為深重的歷史與文化危機，他最後在新舊交替之際選擇結束自己的生命。一九一七至一九二六年間任北大校長的蔡元培受到德國古典主義遺產的深刻影響。「美育」是他關於現代中國的教育改革的思索和實踐的核心概念，源自於席勒（Friedrich Schiller, 1759-1805）的「審美教育」（ästhetische Erziehung）。在洪堡（Wilhelm von Humboldt, 1767-1835）的人文主義現代教育理念的影響下，蔡元培試圖將北京大學改造為現代的人文主義機構，貫徹「修學以進德」（Bildung durch Wissenschaft）的原則，它不僅為五四新文化運動提供了重要的思想資源，更教育了一代代的中國新知識分子。中國的美學哲學家宗白華一九二〇年代在法蘭克福大學接受教育。作為德國唯心論的熱切研究者，他將德國哲學家，尤其是康德和黑格爾，翻譯成了中文。[1]面對抗日戰爭中的歷史危機，宗白華熱情地提出要構建一個文化的民族國家，並考察中國知識分子在這一事業的使命。

一九四八年十一月七日，一群自由派的教授和作家在北大的蔡孑民先生紀念堂座談。他們的論辯事後以《今日文學的方向》為題出版。[2]論辯的主要話題是文學和政治、知識分子和政治權威之間的關係。在中國對現代性和現代化的追尋中，關於政治和文學的討論不勝枚舉。在一九四八年這個關頭，內戰即將以共產黨的勝利而結束，而最終決定性的分裂時刻正籠罩所有國人，此時的論辯不可避免地顯現出一些艱難的理念，預示著這些知識分子在一九四九年的轉折時刻所將做出的截然不同的種種決定。座談中，沈從文和馮至都在場。沈從文以交通燈比喻政治管控，表達了自己對這一操控權及其對文學的負面影響的保留意見。而馮至儘管堅持知識分子在社會中的獨立位置，但卻對其必要性保持不同的態度：「既要在這路上走，就得看紅綠

---

1 關於宗白華和他的美學思想的研究，見Wolfgang Kubin, "Zong Baihua (1896-1996) und sein ästhetisches Werk," (Zong Baihua and his aesthetic work). in *120 Jahre Chinesische Studierende an deutschen Hochschulen* (120 years of chinese students in German institutes of higher education), ed. Christoph Kaderas and Meng Hong (Bonn: DAAD-Forum, Band 22, 2000), pp. 139-46.

2 洪子誠，《中國當代文學史・史料選（一九四五—一九九九）》，頁一四三—四九。《今日文學的方向》的紀錄最早發表在《大公報》一〇七期（一九四八年十一月十四日）。

燈。」[3]雖然馮沈二人的文學觀點相似，但他們對政治控制的意見分歧卻顯得微妙而意味深長。這一分歧的後果不久就顯現出來了。在面對一九四九年的分裂時，他們二人事實上都實踐了自己的原則，並承擔了一九四九年轉折之後的不同後果。沈從文在自殺失敗後結束了文學生涯，而馮至在社會主義中國的轉型則顯得十分平順，並成為一位著名的共和國文化名人。

的確，一九四九年的分裂以前所未有的緊迫感逼迫著每一位中國作家。在這個轉折時期，有些人面臨著文學生命的終結；有些人被迫在大陸之內或之外流亡；有些人犧牲自己以捍衛自己的理念。而馮至，這位一九二〇年代「中國最傑出的抒情詩人」[4]以及一九四〇年代最具影響力的現代主義詩人，卻似乎毫無困難地步入社會主義集體主義的新時代，並以現代主義詩人的光環交換了毛主義文學工作者的執照與獎章。人們常常認為，馮至令人意外的轉型反映了二十世紀中期中國知識分子的精神分裂的思想狀態，是外在的種種政治偶然所致。[5]恩格斯在一八四七年觀察到，歌德具有一種雙重性，「有時非常偉大，有時極為渺小；有時是叛逆的、愛嘲笑的、鄙視世界的天才，有時則是謹小慎微、事事知足、胸襟狹隘的庸人。」[6]借用恩格斯對歌德的評論，馮至的批評者指出，他在一九四九年分裂前後的政治和美學轉變揭露出他個性中類似的雙重性。[7]馮至清楚地意識到歌德和他自己身上的這種分裂的主體性。在一九五二年的思想改造運動中（這是文革前唯一讓馮至遇到麻煩的政治運動），他承認自己有兩個名字——族譜上的馮承植和筆名馮至——每一個都對應著他的私人生活和公共生活的一部分。於是，批判他的群眾指控他具有「雙重人格」。[8]馮至是否有能力構造一個完整而統一的自我以求適應一九四九後中國變動不居的政治氣候，我們不得而知。一九九〇年天安門事件過去後不久，馮至寫下了最後一首詩，涵蓋了自己生命中的各種轉變：

> 三十年代我否定過我二十年代的詩歌，

---

3 同前注，頁一四五。

4 魯迅高度讚揚馮至的第一本詩集《昨日之歌》，在他為《中國新文學大系》（上海：良友出版公司，一九三五）卷二所寫的序言中稱這位年輕詩人為「中國最傑出的抒情詩人」。馮至，《昨日之歌》，《馮至全集》卷一（石家莊：河北教育出版社，一九九九），頁三—一一八。馮至的文本均引自《馮至全集》的第十二卷。

5 關於馮至的傳記研究，見蔣勤國，《馮至評傳》（北京：人民出版社，二〇〇〇）；周良沛，《馮至評傳》（重慶：重慶出版社，二〇〇一）；陸耀東，《馮至傳》（北京：北京十月文藝出版社，二〇〇三）。

6 轉引自Peter Demetz, *Marx, Engels and the Poets: Origins of Marxist Literary Criticism* (Chicago: University of Chicago Press, 1967), p. 169. 馮至在一九四八年第一次讀到恩格斯對Karl Grün的Über Goethe vom menschlichen Standpunkte的評論，但直到文革後重新回到歌德研究之後才對其做出詳細討論，他在建國後就停止了歌德研究。

7 見賀桂梅，《轉折的時代：四〇—五〇年代作家研究》，頁一三四—二〇四。

8 此事見馮至妻子姚可崑記錄。見其回憶錄《我與馮至》（南寧：廣西教育出版社，一九九四）。

五十年代我否定過我四十年代的創作，
六十年代、七十年代把過去的一切都說成錯。
八十年代又悔恨否定的事物怎麼那麼多，
於是又否定了過去的那些否定。
我這一生都像是在「否定」裡生活，
縱使否定的否定裡也有肯定。
到底應該肯定什麼，否定什麼？
進入了九十年代，要有些清醒，
才明白，人生最難得到的是「自知之明」。[9]

「到底應該肯定什麼，否定什麼？」馮至的最後一首詩不再只是又一次的肯定或否定。它是對充滿不斷的堅持和否定的一生的自我勾勒。正如他在一封給最好的朋友楊晦的信中提到自己的海德堡歲月時所言：「人生的最苦，也莫甚於種種的分裂了。」[10]

馮至的重要意義只有在一九四九年中國分裂的大背景下才能得到充分的把握。只有在這個背景之下，他終其一生對自我與社會、美學與政治之間的肯定性協調的追尋，才更加深切。與其指責他背叛了自己的審美理念，我認為，馮至在一九四九年後的轉向在很多方面都是他的詩歌美學在二十世紀中期的歷史與政治變動中的危機的反映。馮至關於詩學主體、關於「斷念」(entsagen)、關於蛻變的概念——它們形成於馮至對里爾克和歌德的閱讀和翻譯中——在很重要的意義上形塑了他在二十世紀中期的社會主義中國從詩歌向政治的轉型。

一、千百個寂寞的共和國：馮至的十四行詩和里爾克

他們要開花，
開花是燦爛的，可是我們要成熟，
這叫做居於幽暗而自己努力。

——里爾克（馮至譯，引自馮至〈工作而等待〉）

在後毛時代，馮至因其《十四行詩》和對中德文化交流的貢獻而獲得多項國際獎項。一九八七年，馮至被授予民主德國國際交流中心藝術獎，在獲獎演說中，他描述了自己從歌德和里

9 馮至，《馮至全集》卷二（石家莊：河北教育出版社，一九九九），頁二九一。
10 馮至，《馮至全集》卷一二（石家莊：河北教育出版社，一九九九），頁一一一。

爾克那裡獲得的影響，並詳細討論了這兩位詩人如何處理孤獨，並在他們各自的時代裡「與他們所處的社會……聲息相通」。[11]馮至提到，他每次閱讀里爾克《杜依諾哀歌》和《致奧爾弗斯的十四行詩》時，都會想起歌德《浮士德》最後幾行的「神祕的合唱」：

Alles Vergängliche／Ist nur ein Gleichnis;
Das Unzulängliche／Hier wird's Ereignis;
Das Unbeschreibliche,／Hier ist's getan;
Das Ewig-Weibliche／Zieht uns hinan.[12]

馮至的中文翻譯：

一切無常的／只是一個比喻；
不能企及的／這裡成為事蹟；
不能描述的／這裡已經完成；
引渡我們的／是永恆的女性。[13]

有趣的是，他用了「引渡」來翻譯「hinanziehen」。在漢語語境中，「引渡」具有佛教意涵，意味渡過肉身登臨彼岸，完成轉化的過程，並由此達致涅槃、重生、開悟的至高境界。在馮至那裡，這些詩歌的寫作標誌著這兩位詩人的「完成」（Vollendung）的時刻。如何以美學的方式協調孤獨的詩學主體和外在世界，達到精神的轉化與自我實現，這些是馮至的詩歌世界的核心命題。

批評家早已注意到里爾克對馮至的影響。沒有馮至對里爾克的引介，沒有馮至自己的詩歌實驗，中國現代主義詩歌的星叢將會是截然不同的面貌。馮至對里爾克作品的閱讀，尤其是里爾克創作於一九一二至一九二二年期間的作品，幫助他度過了支配他早年作品的寂寞這一詩學的、心理的危機。馮至常常宣稱，他從里爾克那裡學習如何處理孤獨，如何建構一個完整的、自足的主體性。他構建了詩的寂寞這個理念，來指代一種獨立審美自我的自主的和完整的狀態。只有在它有能力與世界萬物之間建造類比關係時，審美自主性方才完成，整體油然而生。

詩之寂寞是馮至早年詩作的核心主題。他最早的兩部詩集《昨日之歌》（一九二七）和《北

11 馮至，《馮至全集》卷五（石家莊：河北教育出版社，一九九九），頁二〇四。

12 Goethe, *Faust, Der Tragödie zweiter Theil in fünf Acten* (Faust. The tragedy's second part of five acts, 1831), verse 12104-11.

13 馮至，《馮至全集》卷五，頁二〇二。

遊及其他》（一九二九），和大量發表在各種期刊雜誌上的文章，都充溢著一種強烈的、難以忍受的孤獨之情。[14]這些作品中充滿了陰暗的黃昏、寂寞的雲、病態的陰影、殘酒、落日等等的意象。《昨日之歌》中的〈蛇〉正是這樣一個代表性的例子：

我的寂寞是一條蛇，
靜靜地沒有言語。
你萬一夢到它時，
千萬啊，不要悚懼！

它是我忠誠的侶伴，
心裡害著熱烈的鄉思；
它想那茂密的草原——
你頭上的、濃郁的烏絲。

它月影一般輕輕地
從你那兒輕輕走過；

它把你的夢境銜了來，
像一隻緋紅的花朵。[15]

詩人以蛇這一隱喻來代表孤獨的感受——寂靜的、飄忽不定的、而又是無處不在的。馮至後來回憶道，是比亞茲萊（Aubrey Beardsley, 1872-1898）的一幅畫——一條蛇嘴裡銜著一朵花——給了他靈感。[16]在一篇寫於一九二四年六月十日的文章中，青年馮至斷言：「沒有一個詩人的生活不是孤獨的，沒有一個詩人的面前不是寂寞的。」[17]關於孤獨的焦慮充溢著他的早期作品。在一九八〇年代回顧他一九四九年以前的歲月時，馮至注意到自己早期詩歌中所表達

14 馮至的前兩部詩集都由他和朋友一起創辦的沉鐘社出版。這個文學團體及其相關的出版社得名於霍普特曼（Gerhart Hauptmann）的戲劇《沉鐘》（*Die versunkene Glocke*）。這個團體持續了約八年左右。儘管它曾被魯迅視為當時最有希望的文學社團，但它的規模和讀者人數都很小。因此，雖然魯迅稱讚馮至為「中國最傑出的抒情詩人」，並在《中國新文學大系》第二卷選入了不少馮至的詩作，與他出版於一九四三年的《十四行集》相比，馮至的早期作品還是鮮為人知的。

15 馮至，《馮至全集》卷一，頁七七。

16 馮至，《馮至全集》卷五，頁一九七—九八。

17 馮至，《馮至全集》卷三（石家莊：河北教育出版社，一九九九），頁一七〇。

的情緒是為他的同代人所分享的，這代人成長在五四新文化運動的餘波中，而這一情緒則可以被視為後五四時代的時代精神。「荒涼啊，寂寞啊，常常掛在青年們的口邊。」[18]馮至認為，正是這種普遍的荒涼與悲哀感，導致了歌德的《少年維特的煩惱》的中譯本在青年中取得前所未有的流行程度。《少年維特的煩惱》由另一位重要的詩人郭沫若翻譯成中文，在一九二二年出版後，迅速席捲中國。放眼當時所有的外國文學的中文翻譯，《少年維特的煩惱》是影響最大、最受歡迎的作品。正如馮至進一步說明的，「『五四』時期一部分覺醒而找不到出路的青年與德國十八世紀七〇年代狂飆突進運動中的人物有不少共同點，他們在這部充分反映狂飆突進精神的小說裡得到共鳴。」因此，毫不意外地，「它受到的熱烈歡迎，不下於一百五十年前在西歐風靡一時的『維特』熱。」[19]

然而，馮至一九二〇年代作品中所寫的寂寞的經驗，並非如他自己所宣稱的，僅僅是時代焦慮的示例。[20]儘管後五四時代盛行於中國青年中的孤獨感主要源自於壓抑的政治氣候，但在馮至的詩中，它似乎具有深刻的個人的與心理的源頭。與他的同代作家相比，馮至的作品很少觸及如民族主義、現代化、性、革命等主要話題，而這些往往是造成覺醒的青年人之苦悶與孤獨感的原因。舉例而言，郁達夫的《沉淪》（一九二一）就描寫了一個維特式的敏感、浪漫、性苦悶的僑居日本的中國學生。儘管《沉淪》末尾的民族主義轉折非常突兀，它在調子上與《少年維特的煩惱》更為接近。[21]小說最末一章發生在一個日本小旅店裡，在又一次經歷了來自日本侍女的性屈辱和挫敗後，主角走到海裡，喊出了現代中國文學史上的那句著名臺詞：「祖國呀祖國……你快富起來！強起來罷！」有意思的是，馮至的長詩《北遊》末尾同樣描寫詩歌主體身處一家日本酒館，在一個充滿敵意的陌生國度，絕望、焦慮於自己孤獨的青春。[22]原詩的最後一部分（它在一九五五年的版本中被刪去了）寫道：

夜半我走上了一家小樓，

---

18 馮至，《馮至全集》卷五，頁一九六。

19 馮至，《馮至全集》卷五，頁一九五—九六

20 馮至多次強調，他的早期作品有兩個來源：晚唐以後的中國詩歌和浪漫主義時期的德國詩歌，尤其是荷爾德林、尼古拉斯·雷瑙（Nikolaus Lenau, 1802-1850）、海涅（一七九七—一八五六）的情詩。（可見他一九二〇年代中給楊晦的信，收入《馮至全集》卷一二，頁五七）。馮至在海德堡大學完成的博士論文處理的是諾瓦利斯作品中人類和自然的關係。對馮至的詩歌的討論必須考慮到本土和外國的傳統。

21 對《沉淪》的研究應聚焦於民族主義和受虐心理的複雜糾纏，見Jing Tsu, *Failure, Nationalism, and Literature: The Making of Modern Chinese Identity, 1895-1937* (Stanford, CA: Stanford University Press, 2005), pp. 167-94.

22 《北遊》初版本的最後一部分〈雪五尺〉在一九五五年的重版本中被完全刪去了。在這一部分中，馮至引述了日本俳句作家小林一茶（一七六三—一八二七），後者也以對孤獨的描述聞名：「這終老住居地，／哦，雪五尺！」〈雪五尺〉的標題顯然由此而來。

我訪問一個日本的歌女——
只因我忽然想起一茶：
「嚄，這是我終老的住家嗎？——雪五尺！」
這時的月輪像是瓦斯將滅，
朦朦朧朧的彷彿在我的懷內消沉；
這時的瓦斯像是月輪將落，
懷裡，房裡，宇宙裡，陰沉，陰沉。

和郁達夫對寂寞、性、民族主義的糾纏相比，馮至詩中表達的尖銳的孤獨感和對情感渴求顯然來自於其他地方。

這裡，我們需要特別注意馮至母親的早逝。顯然，這件馮至童年中「最難堪」[23]的事情，留下了難以治癒的創傷。流覽他一九二三至一九三〇年的早期作品便能知道，他的大部分寫作都是同一核心命題的變種。馮至生於華北一個破敗了的士紳家庭。他的父親在大多數時間中都離家在外掙錢。馮至的童年大都獨自與母親為伴，母親在馮至九歲時死於肺結核。有關她的死亡出現在馮至大量的作品中。比如《昨日之歌》中的最後一首詩〈最後之歌〉，開頭兩節如下：

記起母親臨終的禱告，
是一曲最後的「生命之歌」，
那正是暮春的一晚，
另樣的光輝漾著她的病臉；
蠟燭在臺上花花地爆，
彷彿是宇宙啊，沒有明朝——
她把那時的情調深深地交給我，
還有我衣上的她的手澤！

箱子裡貯藏著兒時的衣裳，
心內隱埋著她最後的面龐；
偶然把灰塵裡的箱子打開，
那當時的情味也湧上心來。
蠟燭在臺上花花地爆。

23 馮至，《馮至全集》卷三，頁三五一。

彷彿是宇宙啊，沒有明朝——
可是中間又度了許多的年月，
此刻啊，一個清新的秋夜！[24]

這首詩分別以「ao」、「an」和「ang」為韻。儘管以現代自由體寫成，但它和馮至幾乎所有的詩作一樣，都有美妙的韻律。「蠟燭在臺上花花地爆。／彷彿是宇宙啊，沒有明朝——」一句重複出現在全部八節中，在主題上和音律上都創造出一種延宕不去的、感傷的調子。如果說一九二六年的文章〈烏鴉〉以清晰而現實主義的方式描述了死亡的場景，那麼四年後在波特萊爾的散文詩啟發下完成的《老屋》，便是以一種現代主義的筆觸描寫了母親的逝去：

黃昏不久，便寂靜了。

至於其餘的房間，其中住著的是許多的「死」：有白髮的祖父母的「死」，有少女的堂姊姑母的「死」，還有中年的母親的「死」。風之晨，雨之夕，它們在看管著這沉在緩慢的時間裡的房屋。我疑心夏天它們也會出來在樹蔭下乘涼，冬夜必定是圍著一座灰都早已冷卻了的炭盆取暖呢。在它們身邊也有些孩子們遊戲。那是我同我的兄姊們扔在這裡而不能帶走的「童年」。……

我一抬頭，母親的「死」已經走到廊下，它依稀地彷彿是認得我。它是影一般地沉默，影一般地嚴肅。我大聲嚷著，「好寂寞的母親的『死』呀！」[25]

在某種程度上，馮至對母親的情感依戀解釋了為什麼他的詩歌作品中，情詩的比重如此之小，儘管他是同代中主要的抒情詩人。雖然對愛的追尋盛行於早期現代中國詩歌，但馮至對愛的表達更執著於母親之愛而非浪漫愛情。這種心理依賴無法以佛洛依德的俄狄浦斯情結來解釋。在馮至的作品中，與母親的關係要比與父親的關係重要得多。在這個意義上，對我們研究更具啟發性的或許是後佛洛依德的精神分析理論，這一理論考察了孩子與母親的共生體關係及其後續的分離過程。[26]以子女與父母的二元關係（the dyadic relationship）為焦點，梅勒妮・

---

24 馮至，《馮至全集》卷一，頁八三—八四。

25 馮至，《馮至全集》卷三，頁三四七—四八。

26 Melanie Klein, *Das Seelenleben des Kleinkindes und andere Beiträge zur Psychoanalyse* (The mental life of children and other thesis on psychoanalysis) (Stuttgart: Klett-Cotta, 1983); Margaret S. Mahler, *The Psychological Birth of the Human Infant: Symbiosis and Individuation* (New York: Basic Books, 1975).

克萊因（Melanie Klein）指出，從與母親的共生關係轉向客體關係過程的失敗，將會破壞主體性的形塑過程。在馮至這裡，由於母親的死亡，這種二元關係在九歲時便過早中斷，從而導致了從共生關係轉向客體關係時發生的問題。這一理論很好地解釋了他在心理上的脆弱和缺乏安全感。事實上，他的心理困擾反映在他過度地容易受到孤獨的影響，以及他對情感的過度需求上。所以，早年喪母導致馮至心理穩定性的缺失。這不僅是他對孤獨的恐懼的核心，更造就了這種恐懼。他不斷在心理上、言語上重訪和陳述母親的逝去，以至於詩人不僅沒能解決這個問題，更被永遠地困在了喪失這一想法之中。換言之，母親之死不再是一次特殊的、可確定的事件，而獲得了它自己的生命。隨著寂寞的空無漸漸漫溢出邊界，詩人的主體性也漸漸被麻痺。於是，對孤獨的恐懼發生了令人驚訝的轉向，轉向了對這種恐懼本身的過度沉溺。它偏向了對恐懼的深淵和無限的空無的痴狂迷戀，並以邪惡魅惑的力量引誘著詩人。

直到一九四〇年代早期，這種深刻的孤獨感支配著馮至的作品。他最終因為對里爾克的閱讀和學習得以克服這種孤獨感。在現代中國美學思想的形成中，里爾克是一位核心人物。一九三八年，英國詩人奧登（W. H. Auden）在這個關鍵時刻訪問武漢——當時它尚未在抗日戰爭中被日軍攻占。奧登創作了一系列十四行詩，其中有一首題為〈戰時〉（In Time of War）：

當所有用以報告消息的工具

一齊證實了我們的敵人的勝利：
我們的棱堡被突破，軍隊在退卻，
「暴行」風靡像一種新的疫癘，
「邪惡」是一個妖精，到處受歡迎；
當我們悔不該生於此世的時分：
且記起一切似已被遺棄的孤靈。
今夜在中國，讓我想起一個人，

他經過十年的沉默，工作而等待，
直到在繆佐他顯了全部的魄力，
一舉而叫什麼都有了個交代。

於是帶了完成者所懷的感激，
他在冬天的夜裡走出去撫摩

那個小古堡，當一個龐然的大物。[27]

奧登在戰時中國的夜晚想起的那個人便是里爾克。這首十四行詩由詩人卞之琳譯成中文，馮至在他一九四二年的〈工作而等待〉一文中引用。[28]馮至在此刻談起里爾克沉默的工作與忍耐並非巧合。和里爾克一樣，馮至也經歷了十年的沉寂，直到他在一九四〇年代初拿出了他最成熟的作品，包括《十四行集》（一九四二）和《伍子胥》（一九四三）。馮至引用奧登關於中國的不幸的十四行詩，以及里爾克的「工作與忍耐」的時候是一九四三年，這一年見證了馮至自己的美學危機的終結。更重要的是，這一年也標定了一個關鍵的時刻：從文學創作最高產的時段以及隱遁的生活方式，詩人馮至轉向了積極的社會參與的新階段。事實上這一年所誕生的與其說是優秀的中國現代主義詩人，不如說是一個積極參與社會的馮至的誕生，而且，預示了一九四九年以後社會主義中國的文化名人馮至。

在由於戰爭而流亡的八年之後，馮至於一九四六年回到北京，並很快取代沈從文——沈當時主持著三份主要報紙的文藝副刊——擔任了《大公報・星期文藝》的主編。在一九四八年前夕，中國尚處於內戰與絕望之中，馮至在副刊的新年致詞中寫道，持續的戰爭將使文藝的園地更為荒蕪：「人們都這樣談論，這樣擔心；但既然這樣談論，這樣擔心，就證明人們並不想就此死去，他們還要盡力掙扎，縱使是在所有外界的條件都被剝奪了的時刻。」[29]馮至繼續寫道，和其他一切處於無望境地的東西一樣——「從一日的溫飽到最崇高的理想」，副刊也要努力做出最後的掙扎。在這個「沒有餘裕來修飾自己」的時代，「人類的痛苦正如冬日的樹木，直挺挺地在風中搖擺，沒有一點兒遮蔽。」忍耐是真實的倖存者最重要的決定因素，因為「縱使他的聲音像是半夜裡的咳嗽那樣地不悅耳，但是它使聽到它的人有所感動了，有所領悟了，因為它是生存的聲音。」

這篇文章中含有一種細微的，但絕對可以辨識出來的社會責任感的跡象，這在馮至先前的寫作中非常少見。這裡的關鍵概念是「生存」，字面上意味著「倖存」，但也指向廣義的「忍耐」。在馮至當時的寫作中，「生存」所指的意思類似於「忍耐」、「擔當」和「負擔」。這個概念貫穿著他一九四〇年代的生活和寫作，塑造著他的詩學和哲學，以及他的社會與政治面貌。

在馮至的轉型中的關鍵人物顯然是里爾克。那麼，馮至從對里爾克的閱讀中獲得了哪些想法？它們如何幫助他克服了一九三〇年代的美學危機，並塑造了他一九四〇年代的詩學與社會

27 W. H. Auden, *Journey to a War* (New York: Random House, 1939), p. 259. 譯文來自卞之琳。
28 馮至，《馮至全集》卷四（石家莊：河北教育出版社，一九九九），頁九四—一〇〇。
29 馮至，《馮至全集》卷五，頁三三九—四〇。

態度？有哪些新的問題出現了？——這些問題最終導致了他一九四九年對社會主義集體主義的擁抱。通過考察他一九四〇年代最重要、最受讚譽的作品，即那本薄薄的《十四行集》，我指出，儘管里爾克關於寂寞的觀念幫助馮至克服了他的青春期危機，但它悖論性地鼓勵著一種走向神祕、走向虛無態度的危險傾向，這一傾向無法有效地處理詩學主體和社會現實之間的關係。馮至最具現代主義特徵的詩歌正是表現了對這一困境的認知和抗爭。

讓我們先來看看兩首〈威尼斯〉，分別寫於一九三五和一九四一年。在這近十年的間隔中，是什麼改變了詩人關於孤獨的看法？

無數寂寞的島嶼，
織就了一座美麗的城。
它是理想世界的縮影——
其中的人們，寂寞，孤零。

彼此通消息，這邊是
一邊橋樑，那邊窗對著窗——
此外家家都關起門，緊抱著

幾百年的隆替與亡。

水街上是這般寧靜，
一任遠來的行人仔細傾聽；
傍晚穿過長怨橋下，只依稀
聽見了歎息三兩聲。[30]

第二首作為第五首十四行詩收在他的《十四行集》中：[31]

我永遠不會忘記
西方的那座水城，
它是個人世的象徵，
千百個寂寞的集體。

30 馮至，《馮至全集》卷一，頁三二七。
31 同前注，頁二二〇。

一個寂寞是一座島，
一座座都結成朋友。
當你向我拉一拉手，
便像一座水上的橋；

當你向我笑一笑，
便像是對面島上
忽然開了一扇樓窗。

只擔心夜深靜悄，
樓上的窗兒關閉，
橋上也斷了人跡。[32]

兩首詩延續了馮至對其核心主題的思索：孤獨的狀態。然而，相較於他一九二〇年代以來那些浸淫了不可忍受的荒涼感的作品，這兩首詩表達了一種不同的感受。兩者都將威尼斯城那互相間隔的諸多島嶼視為世界上人類個體的隱喻。第一節的末句「它是理想世界的縮影——／

其中的人們，寂寞，孤零。」和「它是個人世的象徵，／千百個寂寞的集體」宣告了其核心主題：寂寞是日常生活的本質。

然而，一旦我們仔細閱讀這些詩作，就會發現一些重要的差異。如果說前一首〈威尼斯〉徘徊著一種揮之不去的、令人想起一九二〇年代作品的主觀感傷主義，那麼後一首寫於近十年之後的〈威尼斯〉則具有一種抽離的語調。在第一首詩中，不論在主題、風格、節奏甚或是調式上，詩歌主體強烈而自覺的聲音及其沉溺於孤獨的傷感情調都昭昭可見。在詩行中間不斷的停頓——譬如「其中的人們」、「寂寞」、「孤零」——傳遞出一種悲傷、孤絕與遲疑的感覺。如果說在一九三五年的詩中，零星的溝通被視為更為廣大的孤獨中的例外，那麼在一九四一年的十四行詩裡，人與人間的聯繫獲得了一個更為積極的描述。由此，對孤獨的主觀的青春期的感受轉化成了一種自足的、完滿的寂寞狀態。事實上，這首十四行詩似乎突破了先前密布的孤獨感所帶來的自我封閉，並凸顯出某種寂寞的集體性，在這種集體性寂寞觀念的基礎上，人與人之間的關係變得可能，而且，必須建立在此基礎之上。因此，馮至在反思關於威尼斯的十四

32 張錯在《馮至》中翻譯了全部二十七首十四行詩，見Dominic Cheung, *Feng Chih* (Boston: Twayne, 1979), app. 1, pp. 77-89. 對這些詩歌的英譯參照了張錯的版本，有改動。

行詩時說，「我認為沒有寂寞之感就沒有自我，沒有人際交流就沒有社會」[33]——這一觀念是他在海德堡大學期間從雅思貝斯那裡得來的。[34]

從「好像是一個無知的小兒被戲弄在一個巨人的手中」[35]的不完整的主體性，走向「擔當著一個大宇宙」[36]的精神成熟的詩人，這是一次極為重要的發展。在這成熟的過程中，里爾克無疑扮演了最為關鍵的角色，他的作品在馮至那些最為困惑與不完滿的年代裡，為他指明了前行的方向。一九三〇年，馮至去往海德堡大學的德語文學系攻讀博士，並在這個異域大學城裡讀到里爾克的作品，從中發現了他的新的精神指引。正如馮至在寫給他最好的朋友楊晦的一封信裡所說：「現在慧修離我是那樣遠，不能天天警醒我，我只有請Rilke來感化我這塊頑石了。」[37]確實，里爾克的名字幾乎出現在一九三一年所有寫給楊晦（慧修）的信中。在一封寫於一九三一年四月十日的信裡，馮至寫道：「我在這六本書中，看見了我理想的詩、理想的散文。」[38]

儘管馮至早在一九二四年就讀到了里爾克的作品，但要到一九三一年他讀到這位作家首次出版的通信集，里爾克才真正衝擊到馮至。在後來的幾年裡，除了以里爾克的小說《馬爾特手記》（*Die Aufzeichnungen des Malte Laurids Brigge*, 1910）[39]為對象進行博士論文的研究，馮至還將里爾克的一系列作品譯成中文，其中包括一本薄薄的詩集[40]、《給一個青年詩人的十封信》（一九〇三）、《馬爾特手記》的一小部分，以及文章〈論山水〉（Von der Landschaft, 1902）。

33 馮至，《馮至全集》卷五，頁二〇六。

34 馮至，〈自傳〉，收入中國現代作家傳略／徐州師範學院《中國現代作家傳略》編輯組編，《中國現代作家傳略》卷一（重慶：四川人民出版社，一九八一），頁一四三。

35 馮至，《北遊》，《馮至全集》卷一，頁一二三。

36 馮至，《馮至全集》卷一二，頁一二三。

37 同前注，頁一一四。

38 同前注，頁一一八。這裡的「六本書」指的是里爾克第一版全集六卷，Rainer Maria Rilke, *Gesammelte Werke: Gebunden in feinem Leinen mit goldener Schmuckprägung* (Leipzig: Insel, 1927).

39 馮至最早選擇了《馬爾特手記》作為自己的博士論文題目並且計畫將它全文翻成中文。然而這個計畫很快中斷了，因為馮至的第一任導師Richard Alewyn由於他的猶太人身分被逐出了海德堡大學的教授崗位。當時，海德堡大學沒有其他教授能夠指導馮至做這個題目。他想過跟隨Alewyn去巴黎或去其他學校找教授來指導他完成論文。但他留在了海德堡，把題目換成了諾瓦利斯，並接受Ewald A. Boucke的指導，最終拿到了博士學位。

40 馮至譯里爾克六首發表在《新詩》一九三六年的里爾克十週年紀念專號上：〈豹〉、〈一個婦女的命運〉、〈啊，朋友，這並不是新鮮〉、〈奧爾弗斯〉、〈縱使這世界轉變〉（收入《馮至全集》卷九〔石家莊：河北教育出版社，一九九九〕，頁四三一—七七）。馮至譯《給一個青年詩人的十封信》最初於一九三一年在《華北日報》文學副刊上連載，後來由商務印書館出版單行本。他選譯的《馬爾特手記》最早和〈論山水〉一起發表在《沉鐘》雜誌上，後來作為附錄收入《給一個青年詩人的十封信》，見《馮至全集》卷一一（石家莊：河北教育出版社，一九九九），頁二七七—三四二。

馮至回國後所發表的頭兩篇重要文章都是關於里爾克的：〈里爾克：為十週年祭日作〉和里爾克的《給一個青年詩人的十封信》的譯者序。[41]細讀馮至此間的寫作可以發現，相比於詩歌風格和創新，馮至對里爾克的興趣更多地在於他對人類生存和對美學主體狀態的思索。

在里爾克那裡，與馮至發生強烈共鳴的理念是寂寞和類比。這兩個理念在馮至一九四〇年代的作品，尤其是《十四行集》中得到了最充分的展現。正如對兩首〈威尼斯〉的解讀所表明的，馮至試圖突破他的孤獨與焦慮，並創造出一種新的關於寂寞的觀念，它將在與所有其他事物的類比關係中得到完滿。「寂寞同忍耐」[42]是《十四行集》的核心主題。正如馮至在一封寫給楊晦的信中承認的，是里爾克幫他到達了這個階段：「是人間有Rilke這樣偉大而美的靈魂，我只感到海一樣的寂寞，不再感到沙漠一樣的荒涼了。」[43]那麼，海一樣的寂寞和沙漠一樣的荒涼之間有什麼區別？如果說馮至在給楊晦的信中顯得過於激動，因而有些含混，那麼他在《給一個青年詩人的十封信》的譯序中的解釋就清晰多了：「可是他告訴我們，人到世上來，是艱難而孤單。一個個的人在世上好似園裡的那些並排著的樹。枝枝葉葉也許有些呼應吧，但它們的根，它們盤結在地下攝取營養的根卻各不相干，又沉靜，又孤單。」[44]在這種新的寂寞的概念裡，每個個體在根本上都是孤單卻完整的。寂寞的狀態至關重要，它是塑造完整的主體性的前提。正如里爾克在寫給青年詩人卡卜斯（Franz Xaver Krappus）的信裡（這封信早在一九三一年就由馮至譯成中文）所說，「你的個性將漸漸固定，你的寂寞將漸漸擴大，成為一所朦朧的住室，別人的喧擾只遠遠地從旁走過。」[45]與其逃避——如他在早年所做的，馮至學會了擁抱最深的寂寞。

寂寞的這種自主性不僅導向了內在自我，同時也為人們打開了全新的外部世界。事實上，它既是向內的，也是向外的。擁抱寂寞而完整的主體性將使人能夠擴展自我，由此克服自身的有限性。在馮至所譯的里爾克作品中有一篇短小而有趣的文章〈論山水〉。這篇文章寫於一九〇二年，是里爾克為他次年出版的新書《沃爾普斯韋德》（*Worpswede*）所作的序。[46]在這篇文章裡，里爾克勾勒了歐洲藝術史上山水畫的發展，以此來解釋人類與自然的關係，或者更準確地說，是人類與「物的世界」的關係。他寫道：

41 這兩篇文章收入《馮至全集》卷四，頁八三—八八；《馮至全集》卷一一，頁二八一—八四。
42 馮至，《馮至全集》卷一二，頁一二三。
43 同前注，頁一二五。
44 馮至，《馮至全集》卷一一，頁二八二。
45 同前注，頁二八九。
46 然而，里爾克的序言並沒有收入這本書，在他身後於一九三二年發表。這篇文章深深地打動了馮至，以至於他以同樣的題目來命名自己的散文集《山水》，見《馮至全集》卷三，頁三—七六。

如果山水要成為一種獨立藝術的材料與動因，它必然被看作是遠方的和生疏的，是隔離的和無情的，是完全在自身內演化的；因為它必須是疏遠的，跟我們完全是另一回事，才能成為我們的命運的救贖之物。在它崇高的漠然中它必須幾乎有敵對的意味，才能用山水中的事物給我們的生存以一種新的解釋。[47]

儘管我們必須將「物的世界」看作是「遠方的和生疏的」，才能把握它的真意及其對我們自身存在的意味，里爾克也同時強調了自我與他者之間的一種「同一性」（Gleichnis）。這一類比的原則標定了一種「世界內在空間」（Weltinnerraum）的概念的基礎。

在其奠基性著作《肉身的肉身》（*Flesh of My Flesh*）中，卡亞・西爾弗曼（Kaja Silverman）勾勒了一種不同的現代性的譜系，其重點在於各種事物範疇之間，不同時間與空間之間的相似性、親緣性和類比。這一譜系包括了達文西、達爾文、傅立葉、波特萊爾、佛洛依德、里爾克和惠特曼在內的一眾知識分子。和笛卡爾所宣示的獨特、排他、異質的個體不同，這一類比的譜系回溯到了奧維德，並主張所有的存在物都從同一肉身衍生出來。類比是我們世界的原則。[48]里爾克的《致奧爾弗斯的十四行詩》所說的正是這種關聯：「不知道自己真正的位置，／我們的行動脫離了真實的關聯。／天線感應著天線，／空虛的遠方曾經承載」。[49]馮至的作品也表達了詩歌主體和世間萬物之間的類比關係。在這裡，第十六首十四行詩是一個很好的例子：

我們站立在高高的山巔
化身為一望無邊的遠景，
化成面前的廣漠的平原，
化成平原上交錯的蹊徑。

哪條路、哪道水，沒有關聯，
哪陣風、哪片雲，沒有呼應：
我們走過的城市、山川，
都化成了我們的生命。

47 Rainer Maria Rilke, "Von der Landschaft," in Rainer Maria Rilke, *Rainer Maria Rilke: Sämtliche Werke* (Wiesbaden und Frankfurt am Main: Insel Verlag, 1955-1966), vol. 5, pp. 516-23.

48 Kaja Silverman, *Flesh of My Flesh* (Stanford, CA: Stanford University Press, 2009).

49 Rainer Maria Rilke, "Sonette an Orpheus," I, XII, in *Werke. Kommentierte Ausgabe in vier Bänden*, hrsg. von Manfred Engel und Ulrich Fülleborn (Frankfurt am Main, 1996), Band 2, p. 246.

我們的生長、我們的憂愁
是某某山坡的一棵松樹，
是某某城上的一片濃霧；

我們隨著風吹，隨著水流，
化成平原上交錯的蹊徑，
化成蹊徑上行人的生命。[50]

這首詩表達了人與物的世界之間共用的經驗和記憶。當我們所經歷的事物和地理變成了我們生命的一部分，我們同時也在有生命或無生命的事物上留下了自己的痕跡。在同一詩集中的其他詩句裡，也在在可以讀到相關的觀點，如「這裡幾千年前／處處好像已經／有我們的生命」（第二十四首）[51]以及「我們不知已經有多少回／被映在一個遼遠的天空，／給船夫或沙漠裡的行人／添了些新鮮的夢的養分。」（第二十首）[52]

除了里爾克，早期德國浪漫派作家諾瓦利斯也為馮至提供了重要的啟發。在他一九三五年在海德堡大學完成的博士論文《自然與精神的類比——諾瓦利斯的文體原則》中，馮至思考了世間萬物之間的親和力與親近感。他認為，在諾瓦利斯的作品中，「一切界線都消失了，所有的距離都互相接近，所有的對立都得到融合。」[53]他指出，關係性這一觀念表現在諾瓦利斯的詩歌《季節的婚禮》（*Die Vermählung der Jahreszeiten*）中：

如果時間友好而和善，
未來便會與現在和過去連在一起，
春天會連接秋天，夏天會連接冬天，
青年與老年在真誠的遊戲中結雙成對：
那麼，我可愛的伴侶喲，痛苦的泉水就不再流淌，
所有感情的願望都會在內心得到滿足。[54]

50《馮至全集》卷一，頁二三一。

51 同前注，頁二三九。

52 同前注，頁二三五。

53《馮至全集》卷七（石家莊：河北教育出版社，一九九九），頁四。

54 Novalis, *Schriften: Die Werke Friedrich von Hardenbergs*, ed. Paul Kluckhohn und Richard Samuel (Stuttgart: Kohlhammer, 1960), vol. 1.

一九三六年十二月，《新詩》刊登了紀念里爾克逝世十週年的特刊。為此，馮至寫下了〈里爾克：為十週年祭日作〉一文，這是他從德國回來後發表的第一篇文章。其中的一個核心主題，是里爾克如何構造人與物的世界之間的關係。如馮至所闡明的，里爾克「只見萬物各有它自己的世界，共同組成一個真實、嚴肅、生存著的共和國。」[55]這一關係性的生存著的共和國正是馮至在他的〈威尼斯〉中所描繪的「理想世界」、「千百個寂寞的集體」。其中，每個個體都是寂寞的，卻又是完整的，是與世上的其他成員相關聯的。他們共同構成了一個具有內在秩序的集體。這裡的「其他成員」不僅指向人類，也指向植物與動物，指向所有有生命的與無生命的存在。這個生存著的共和國正是馮至在他的第二十二首十四行中所祈禱的：「給我狹窄的心／一個大的宇宙」。這一詩句典出歌德在一七七二年七月十日給赫爾德的信中所言：「主啊，給我狹窄的胸以空間。」[56]在對馮至的《十四行集》的研究中，高利克（Marian Galik）稱其為「一個星際的宇宙」，「包含了我們世界內外的萬物，它是一種萬物有靈的『神即自然』（Deus sive Natura）。」[57]

二、死和變：馮至的《伍子胥》和歌德研究

只要你還不曾有過

這個經驗：死和變！
你只是個憂鬱的旅客
　在這陰暗的塵寰。

——歌德，《幸運的渴望》（*Selige Sehnsucht*）

馮至的《十四行集》的核心是人與外部世界的關係。儘管馮至認同里爾克的看法，即人類和物的世界是互相關聯的，並構成了一個具有根本秩序的「共同體」（Gemeinschaft），「每一次成長的根基都在於此」[58]。但是，在馮至的詩學中，就「生存著的共和國」而言，這一關係具有深刻的不確定性。如何定義或實現它？如何避免滑向虛空、滑向烏托邦式的虛無之地？這一困境在很大程度上塑造了馮至的《十四行集》的寫作——這部作品完成於一九四〇年十月至

55《馮至全集》卷四，頁八五。
56《馮至全集》卷五，頁二〇五。
57 Marian Galik, "Feng Zhi and His Goethean Sonnet," in *Crosscurrents in the Literatures of Asia and the West: Essays in Honor of A. Owen Aldridge*, eds. Masayuki Akiyama and Yiu-nam Leung (Newark: University of Delaware Press / London, N.J.: Associated University Presses, 1997), p. 131.
58 Rainer Maria Rilke, "Von der Landschaft," p. 521.

一九四一年十一月之間的雲南，期間日本正對昆明進行大規模的空襲。隨著馮至在戰時流亡到廣袤的中國內陸，他的疑惑變得愈發強烈。

在創作《十四行集》時，馮至正在流亡的北京大學擔任德語文學教授。當時北大是昆明的西南聯大的一部分，而馮至在那裡教授德語文學史、德國抒情傳統、尼采、歌德，以及關於《浮士德》的專題。[59]《十四行集》常常被視為馮至對現代中國詩歌所做的最大的貢獻。它在結構上和主題上都令人耳目一新，成功地結合了西方十四行詩和中國古典詩歌的精華。[60]在馮至的同代人中，詩歌批評家李廣田在一篇寫於《十四行集》出版一年之後的文章中認為，這些作品是對生活與生存的沉思，浸透了佛教和道教的啟迪。[61]知名的黑格爾學者賀麟甚至在他關於中國哲學的著作中加入了一段關於馮至的詩的論述，認為《十四行集》是「一方面格律嚴整，一方面最富於哲理和沉思的詩歌」。[62]許芥昱視馮至為「形而上學詩人」之一。[63]如果說一九四〇年代的研究者凸顯了形而上學和哲學的部分，那麼後毛時代對這部詩集的重新發現則意在表彰它對抗「主旋律」的個人之聲，對抗抗日戰爭中日漸增長的集體主義意識形態，它顯然暗示著一九四九年之後的社會主義集體主義。[64]

然而，這二十七首十四行詩本身內含的深刻的歧義性卻往往被人所忽視。詩學主體得以在一個所有孤獨物體都依一種內在秩序互相關聯的世界裡找到了自己安全的位置，然而，隨之而來，他對這一理想共和國產生了深刻的懷疑。第十五首十四行詩旨在展現世間種種生命與事件之間的神祕的呼應，這首詩第二節的中間出現了一個意想不到的轉折，以質疑這種呼應關係的真實性，並凸顯「管領太空」和「一無所有」之間的矛盾：「我們走過無數的山水，／隨時佔有，隨時又放棄，／彷彿鳥飛翔在空中，／它隨時都管領太空，／隨時都感到一無所有。」詩歌的最後一段結束於三個連續發問的緊迫感中：「什麼是我們的實在？／我們從遠方把什麼帶

---

59 西南聯合大學北京校友會編，《國立西南聯合大學校史：一九三七至一九四六年的北大、清華、南開》（北京：北京大學出版社，一九九六），頁一三四—三六。

60 朱自清讚美馮至的十四行詩是完美地將西方古典詩歌的形式植入了中國語境。見朱自清，《新詩雜話》（北京：生活・讀書・新知三聯書店，一九八四），頁二七。它最初以同樣的標題發表在一九四七年的上海。

61 李廣田，〈沉思的詩：論馮至的《十四行集》〉，《詩的藝術》（香港：匯文閣書店，一九七二），初版為一九四三年上海開明書店出版。

62 賀麟，《五十年來的中國哲學》（瀋陽：遼寧教育出版社，一九八九），頁六〇。原題《當代中國哲學》，一九四七年於重慶出版。

63 Kai-yu Hsu, *Twentieth- century Chinese Poetry: An Anthology* (Ithaca: Cornell University Press, 1970), pp. 148-55.

64 見馮姚平編，《馮至和他的世界》（石家莊：河北教育出版社，二〇〇一）中王家新的文章。北美和歐洲的馮至研究主要集中於他詩歌中的不同主題，尤其是奧弗爾斯的主題。見Dominic Cheung, *Feng Chih*; Marian Galik, "Feng Zhi and His Goethean Sonnet,"; Lloyd Haft, "Some Rhythmic Structures in Feng Zhi's *Sonnets*," *Modern Chinese Literature* 9.2 (1996): 297-326.

來？／從面前又把什麼帶走？」[65]

十四行詩的結構本身具有一種內在的歧義性。裘蒂斯・賴恩（Judith Ryan）在對里爾克詩歌的研究中指出，十四行詩的對比性結構能夠協調靜止與移動、空間與時間之間的衝突。[66]引用他的朋友李廣田的說法，馮至解釋道，他用十四行詩的形式是「由於它的層層上升而又下降，漸漸集中而又解開，以及它的錯綜而又整齊，它的韻法之穿來而又插去。」由於它在結構和節奏上的流動性，這一形式擴展了他的思想：「它不曾限制了我活動的思想，而是把我的思想接過來，給一個適當的安排。」[67]常有論者指出，本輯最後一首十四行詩是對詩歌創作過程本身、對形式與內容的辯證最重要的反思，它寫道：

從一片氾濫無形的水裡，
取水人取來橢圓的一瓶，
這點水就得到一個定形；
看，在秋風裡飄揚的風旗，

它把住些把不住的事體，
讓遠方的光、遠方的黑夜

和些遠方的草木的榮謝，
還有個奔向遠方的心意，
都保留一些在這面旗上。
我們空空聽過一夜風聲，
空看了一天的草黃葉紅，

向何處安排我們的思、想？

65《馮至全集》卷一，頁二三〇。馮至的十四行詩並不嚴格地遵循彼特拉克體或莎士比亞體的格律。每首詩都包括兩節四行詩和兩節三行詩，以及不同的押韻方式。我不會詳細討論馮至詩集中的格律。張寬指出了馮至和里爾克的奧弗爾斯商籟詩之間在詩歌結構上的類似。見Kuan Zhang, "A Remarkable Cultural Encounter: The Reception of German Romanticism, Rilke, and Modernism in Feng Zhi's Poetry," PhD diss., Stanford University, 1999.

66 Rainer Maria Rilke, *Umschlag und Verwandlung. Poetische Struktur und Dichtungstheorie in R. M. Rilkes Lyrik der Mittleren Periode (1907-1914)* (Munich: Winkler, 1972), pp. 55-65.

67《馮至全集》卷一，頁二一四。

但願這些詩像一面風旗
把住一些把不住的事體。[68]

對這首詩的批判性闡釋經常強調它表達了詩歌創作的本質：和水瓶與風旗一樣，詩歌以其形式形塑了隨機的思想。張錯指出，就好像風旗成為「一種指示風向的方式」，十四行詩的形式也成了「想像的運動的指標，一種形塑、表現詩人的內在思想的方式。」[69]

然而我想提醒大家注意的是，這首十四行詩的主題和結構中都存有一種關於審美創作的危機感。我認為，這首詩揭示了它所表達的動態運動和它所身處的固化形式之間的矛盾。當水瓶為原本無形而流動的水賦予一個定形時，它同時也截斷了水流，由此將無限性局限在有限的容器的範圍之中。類似的，風的湍流也被旗的有限的物質性所固定和局囿。當流動的詩歌結構傳遞著思想並將它們發展成詩歌，對詩歌形式的極端執著又悖論性地局限了生產性，禁錮了語言和想像，並最終引向了一種危險的、貧瘠的審美自主狀態。因此，第三節第二行以下的詩句與其說為前兩節所展現的論述提供了一個解答，不如說事實上對其給出了挑戰，並因此成為一個轉捩點。最後兩行詩句「但願這些詩像一面風旗／把住一些把不住的事體，」與其說是為「向何處安排我們的思、想？」這個問題提供了答案，不如說是在表達了希望的同時，也透露出一些遲疑。

確實，馮至的《十四行集》具有一種獨特的矛盾：一邊是由互相關聯的孤獨個體而組成的世界，另一邊是其悖論性的貧瘠而相互隔絕的形式，一邊是藝術創造的自主性，另一邊是詩歌與社會的全然分離。在這個意義上，《十四行集》所反映的恰是危機本身，而非對危機的克服。這部分地解釋了為什麼馮至會在完成詩集的時候感到彷彿大病一場，以及為什麼他再也沒有能夠寫出過類似的作品。此外，外在的政治災難，尤其是一九四九年以後的情況，也使得詩歌寫作變得極其困難。

正是這種精神困境，促發了馮至一九四九年在美學與政治上的轉變。這一變化首先由他的歷史小說《伍子胥》所預示出來。這部小說將忍耐作為一種社會參與的方式提出，並將歌德的關於蛻變的自然理論（Naturdenken），尤其是「死和變」（Stirb und werde），作為一種精神重建的方式。馮至早在一九二〇年代就讀過歌德的《少年維特的煩惱》，但德國的狂飆突進運動的激情對他的衝擊僅僅是暫時的。要到一九三〇年代末和一九四〇年代的抗日戰爭期間，他才重新回到歌德。有趣的是，讓馮至痴迷不已，並幫助他在美學和政治間構築一種有機的關聯以

68 《馮至全集》卷一，頁二四二。

69 Dominic Cheung, "Feng Zhi: Shishihang ji (Sonnets), 1942," in *A Selective Guide to Chinese Literature, 1900-1949*. vol. 3, *The Poem*, ed. Lloyd Haft (Leiden: Brill, 1989), p. 105.

克服他的詩學危機的，是晚年的歌德，是那個寫下了《西東詩集》（*West-östlicher Divan*, 1819）、《威廉・邁斯特的漫遊時代》（*Wilhelm Meisters Wanderjahre oder die Entsagenden*, 1820s）和《浮士德》的最後一版的歌德。

以美學創造來克服有限性的做法並不足以在詩學主體和社會之間構造出有效的關係。對主體的內省性培養不具有豐富的生產性。馮至訴諸於歌德關於生命的完滿、關於向內與向外的生命等理念，以擴張並豐富其美學經驗，發展出美學與社會之間積極而肯定性的關係。和萊布尼茨（Gottfried Wilhelm Leibniz, 1646-1716）與謝林（Friedrich Schelling, 1775-1854）一樣，歌德也認為，內在經驗與外在經驗是可以互相溝通，且不可分割的。特殊反映著整體；向內同時也是向外：「在沉思自然時，你必須／留意於此，在每一個特徵中：／沒有什麼在外，也沒有什麼在內，／她既由內向外，又由外向內。／這樣你才能領悟，毫無遲疑地，／神聖的祕密，清晰如白晝。」[70]馮至常常強調歌德關於人的生命中向內力量和向外力量的動態統一的看法，隨著有機生命的自然節奏，永恆地納入、吐出（Ein- und Ausatmen）。他將歌德看作一個完整的人，有能力平衡他的外在生活（他是魏瑪的國務參議員，觀察自然萬象）和內在生活（這要求他「斷念於外界事物，返回內心世界」）。馮至斷言，「向外追求與反求諸己，這兩種力量互相輪替，互相影響，日益提高和加深了歌德的思想感情。」[71]他引述了《威廉・邁斯特的漫遊時代》以進一步闡釋歌德彌合內外的努力：「思與行，行與思，這是一切智慧的總合。從來就被承認，從來就被練習，並不被每個人所領悟。二者必須像呼與吸那樣在生活裡永遠繼續著往復活動；正如問與答二者不能缺一。」[72]

馮至常常反思，在他對歌德的接受和闡釋的核心有三個概念：肯定性的精神；蛻變論（Metamorphosenlehre），以死亡與重生為方式的永恆的變化與生成過程；以及內外生命的統一。[73]他將《浮士德》視為肯定性的、積極的力量與消極的、否定性的力量之間的對抗，這部作品使他能夠對抗遍布戰時中國的虛無主義與悲觀主義的空氣。馮至尤其執迷於歌德關於蛻變（賦形—重新賦形Gestaltung-Umgestaltung）的理念，執迷於蠶和蛇那不斷蛻去表皮的變化意象。類似意象常常出現在馮至一九四〇年代的寫作之中：譬如第二首十四行詩的第七至九行：

---

70 Johann Wolfgang Goethe, "Epirrhema," in *Johann Wolfgang Goethe: Sämtliche Werke nach Epochen seines Schaffens* (Complete works of Goethe arranged by periods). Münchner Ausgabe, Bd. 12, p. 92: Letzte Jahre. 1827-1832, hrsg. Gisela Henckmann und Dorothea Hölscher-Lohmeyer (München: Hanser Verlag, 1997).

71《馮至全集》卷八（石家莊：河北教育出版社，一九九九），頁七。

72 英譯來自*Wilhelm Meister's Travels*, book 2, p. 264，收入*Goethe's Works*, vol. 9, ed. and trans. Edward Bell (London: George Bell and Sons, 1885).

73 見《馮至全集》卷八，頁七二—八〇；《馮至全集》卷五，頁二一九—二一。

「我們安排我們／在自然裡，像蛻化的蟬蛾／把殘殼都丟在泥裡土裡。」[74]第三首十四行詩的第三節開頭：「你無時不脫你的軀殼，／凋零裡只看著你生長。」[75]在生命持續的變形中，馮至發現了變化與永恆的力量。在他看來，蛻變的概念在歌德的詩歌《幸運的渴望》（*Selige Sehnsucht*）中得到了最好的闡發，這首詩讚美生命的動力，及其在死亡與重生的螺旋上升中的完滿。[76]

馮至在他獻給歌德的第十三首十四行詩末行引述了「死和變」的格言：

你生長在平凡的市民的家庭，
你為過許多良家的女孩流淚，
在一代雄主的面前你也敬畏；
你八十年的歲月是那樣平靜。

好像宇宙在那兒寂寞地運行，
但是不曾有一分一秒的停息，
隨時隨處都演化出新的生機，
不管風風雨雨，或是日朗天晴。

從沉重的病裡換來新的健康，
從絕望的愛裡換來新的發展，
你懂得飛蛾為什麼投向火焰，
蛇為什麼脫去舊皮才能生長；
萬物都在享用你的那句名言，
它道破一切生的意義：「死和變。」[77]

74《馮至全集》卷一，頁二一七。

75 同前注，頁二一八

76 這首詩對中國現代詩歌發生了驚人強大的影響。「死和變」的概念在馮至的寫作中多次出現，尤其是他的第十三首十四行詩〈歌德〉。九葉詩人鄭敏也寫過一首回應〈幸運的渴望〉的詩。

77 這首詩出自一九四二年五月明日社出版於桂林的《十四行集》。文革後，一九八〇年，《十四行集》由四川人民出版社再版，馮至對此做了一些重要的修訂。在第十三首中，他將第二、三行改成了「你為過許多平凡的事物感歎，／你卻寫出許多不平凡的詩篇。」

這首詩的英譯由張錯完成。[78]馮至將歌德的「Stirb und werde」譯為「死和變」，而張錯的英譯選擇了「death and metamorphosis」。後來在他一九四七年的文章〈歌德的西東合集〉裡，馮至翻譯了《幸運的渴望》全詩，並進一步思考了它所傳達的自我犧牲和精神重生的意義。高利克指出，馮至將「死和變」翻譯、闡釋為「死亡和變形」事實上是不準確的。「werde」在這裡指的是「使完滿」（vollenden），而非「變形」。[79]馮至本人並非沒有意識到這個語義上的偏離。當他在文革後恢復歌德研究時，在一九八二年的一篇對歌德詩歌的研究中，馮至解釋了他為什麼將德語的祈使詞「werde」翻譯成「變」。他指出，對werde原詞的一個更準確的翻譯是「完成」。然而，他無法在漢語中找到一個比「變」更好的單音節詞來對應werde，因此他依舊相信自己原初的選詞是對的。[80]拋開他在語言上的考量，「變」和「完成」之間顯而易見的語義區別和他對前者的偏好表明，馮至把歌德的「蛻變論」理解為「死和變」。

這一原則不僅適用於植物和昆蟲的變化，同樣也適用於人類與社會發展。由此，馮至在歌德的發展小說（Entwicklungsroman）中發現了蛻變理論在人類世界的最佳小說化形式：「長篇小說《威廉・邁斯特》的主人公的成長也是經過了一個階段發展到另一個階段，最後懂得了人生的意義，因而使得文學史中有了『發展小說』這個名稱。可是從一個階段發展到另一個階段並不是輕而易舉的，必須要用前一個階段痛苦的死亡換取後一個階段愉快的新生。」[81]馮至與布林達赫（Konrad Burdach）的看法相接近，後者在他為歌德御用的科塔（Cotta）出版社版的

《歌德全集》所作的《筆記》中，認為「死和變」的公式反映了歌德的自然哲學。而吸引馮至的並非飛蛾向兩種原始力量——愛欲和死亡本能——的臣服，而是它對光的渴望，是一種通過啟蒙的中介實現的更高形式的自我完成。在他看來，正是通過自我消解或者融入光中，飛蛾才能夠克服低層次的情欲的滿足，去完成最終的精神啟蒙與完滿——正如他的精神導師歌德一樣。在一九八〇年代一篇對《幸運的渴望》的闡釋中，馮至引述了梁武帝的兩句詩，詩中以同樣的飛蛾撲火的意象，闡明了以自我犧牲達到藝術完美的理念。比較梁武帝的詩和歌德的詩，馮至認為後者的飛蛾意象包含著關於「犧牲與完成、死與新生」的更為深切的辯證意義。[82]對馮至來說，相比歌德最後敲定的題目《幸運的渴望》，《自我犧牲》或《完滿》這些早期的標題或許更為貼近詩歌的主題。

馮至的作品《伍子胥》為他對歌德式的死亡和完成的概念提供了最佳的說明。《伍子胥》的創作賡續了魯迅的《故事新編》，兩部作品都以歷史故事作為文學想像的原本，也都以詩化

---

78 Dominic Cheung, "Feng Zhi: Shishang ji (Sonnets), 1942, in *Feng Chih*, app. 1, pp. 77-89.

79 高利克的討論見Marian Galik, "Feng Zhi and His Goethean Sonnet," pp. 123-34.

80 《馮至全集》卷八，頁一四九。

81 同前注，頁七。

82 同前注，頁一四九。

散文的形式寫就。伍子胥（西元前五五九？—前四八四）是春秋時期著名的歷史人物。他是前楚國官員伍奢的小兒子，逃離楚國，為他父親之死復仇。在流亡中，他途經不同的國家，最終在吳國定居下來，並幫助吳國成為當時最強大的國家之一。在吳軍的幫助下，伍子胥最終征服了他的母國楚國，鞭屍楚王，為亡父復仇。關於伍子胥的史料可以在《史記》、《春秋三傳》、《吳越春秋》中找到，最後一份材料包含著最完整的傳記資訊。馮至對伍子胥故事的小說化改變在很大程度上依循《吳越春秋》給出的時間順序。對於伍子胥的其他歷史或文學演繹大都關注戰爭、復仇、背叛等戲劇性的經驗，但馮至卻將伍子胥的流亡作為主題，探究他從楚國的城父到吳國的旅程。全書九章，每章都集中在伍子胥身心轉變所發生一個關鍵的地點，其中，「宛丘」和「延陵」是馮至虛構出來的地點。

早在一九二四年，馮至還在北京大學德語系攻讀本科。當讀到里爾克的散文詩《旗手克里斯托夫・里爾克的愛與死之歌》（*Die Weise von Liebe und Tod des Cornets Christoph Rilke*）時，馮至就萌發了以類似的文學風格書寫伍子胥的故事的念頭。他後來回憶道，他立刻被這篇具有「色彩的絢爛、音調的鏗鏘、從頭到尾被一種幽鬱而神祕的情調支配著」的作品所吸引。[83]儘管《旗手》是為數不多的在里爾克生前就廣受歡迎的作品，對它的學術研究卻令人意外地非常少見。賴恩指出了其中「新浪漫主義的感受和現代主義對心理的理解」之間的張力，並認為這部作品是里爾克文學生涯中的重要的轉型之作。[84]這部作品的音樂性、對內在性的探索，以及高度風格化的對審美主義和歷史主義的結合，必然是促使青年馮至去以類似的方式書寫傳奇性的歷史人物伍子胥的緣由之一：「昭關的夜色、江上的黃昏、溧水的陽光，都曾經音樂似地在我的腦中閃過許多遍，可是我並沒有把它們把住。」[85]

事實上，一直要到十六年以後，馮至才開始真正動筆創作《伍子胥》。最後完成的作品也與最初的念頭——即以浪漫主義的方式重述歷史故事——相去甚遠。正如馮至在後記中觀察到的，「再和里爾克的那首散文詩一比，也沒有一點相同或類似的地方。裡邊既缺乏音樂的原素，同時也失卻這故事裡所應有的樸質。其中摻入許多瑣事，反映出一些現代人的、尤其是近年來中國人的痛苦。」[86]在作品中摻入的有關戰時個人與國家經歷的苦難「瑣事」，正使得《伍子胥》超越了簡單的美學上的成功，成為一部在歷史轉折關頭對社會現實表達尖銳關注的作

83《馮至全集》卷五，頁八三。里爾克的散文詩《旗手克里斯托夫・里爾克的愛與死之歌》有好幾個中文譯本，至今仍受到中國讀者的喜愛。流傳最廣的譯本是梁宗岱（一九〇三—一九八三）的《軍旗手的愛與死之歌》和卞之琳（一九一〇—二〇〇〇）的《旗手克里斯托夫・里爾克的愛與死之歌》。兩位譯者都是一九三〇年代和一九四〇年代的傑出詩人。

84 Judith Ryan, *Rilke, Modernism and Poetic Tradition* (Cambridge: Cambridge University Press, 1999), pp. 32-41.

85《馮至全集》卷三，頁四二六。

86 同前注，頁四二七。

品。詩歌主體並未沉溺於「林澤」所象徵的自然的神美之中，他意識到「眼前只不過是一片美好的夢境，它終於會幻滅的。」[87]他「還是愛惜他自己艱苦的命運，」摒棄延陵的季札所代表的純潔的內心與高貴的人品[88]——季札拒絕接受王位，以免自己的純潔被政治和社會事務所玷汙。哪怕是從馮至的文學生涯一開始就主導著他的母親早逝一事，也在一個浣衣女為伍子胥贈飯的場景中得到了轉化——她是生命之母或是秩序女神的隱喻意象，因此被昇華至創世神話之中：

這是一幅萬古常新的圖畫：在原野的中央，一個女性的身體像是從綠草裡生長出來的一般，聚精會神地捧著一缽雪白的米飯，跪在一個生疏的男子的面前。這男子是一個什麼樣的人呢？她不知道。也許是一個戰士，也許是一個聖者。這缽飯吃入他的身內，正如一粒粒的種子種在土地裡了，將來會生長成凌空的樹木。這畫圖一轉瞬就消逝了，——它卻永久留在人類的原野裡，成為人類史上重要的一章。[89]

以此，伍子胥告別了純真的夢和舊日的理想，無畏而堅定地走向「醜陋的社會」，去遭遇「到處都織遍了蜘蛛網，一邁步便黏在身上」[90]的世界。大約十年以前，無法忍受嚴重的心理焦慮的馮至曾不得不放棄他的教職，逃離陌生、醜陋、「分明是中國領土、卻充滿了異鄉情調的哈爾濱，它像是在北歐文學裡時常讀到的、龐大的、灰色的都市。」[91]他的長詩《北遊》最清晰地表達了詩歌主體深刻的挫敗與異化感。馮至引述了荷蘭作家、精神病醫生弗雷德里克・凡・伊登（Frederik van Eeden, 1860-1932）的《小約翰》（*Der kleine Johannes*）的末句，作為自己的詩歌的題辭：「他逆著凜冽的夜風，上了走向那大而黑暗的都市，即人性和他們的悲痛之所在的艱難的路。」[92]龐大、險惡的人類社會曾是這位青年詩人眼中的人性的災難的代表，而如今則成了伍子胥的終點所在，他將決絕地擁抱他醜陋而又英勇的命運。

在《昭關》這個重要章節裡，馮至描述了伍子胥如何最終棄絕了他對自己的過去和故鄉的生理與情感的依戀。昭關標定了伍子胥在故土楚國的最後一站，一處無路可退之地。在吳楚交界處的一夜無眠的煎熬後，伍子胥完成了他流亡與復仇的一生中，「死和變」的關鍵一環：

87 同前注，頁三七五—八二。
88 同前注，頁四一三—一一七。
89 同前注，頁四一一。
90 同前注，頁三九三。
91《馮至全集》卷一，頁一二三。
92 同前注，頁一五三。凡・伊登一八八七年的這本書在一九二六年由魯迅從德文譯出。當馮至提到它所指的版本一定是中文的，因為「在他的陪伴下」這個短語不見了。魯迅出於某種原因忽略了它。如果馮至意識到這個有趣的失誤，他毫無陪伴地走向「龐大、灰色的都市」的旅程將會更加艱難。

他想像樹林的外邊，山的外邊，會是一個新鮮的自由世界，一旦他若能夠走出樹林，越過高山，就無異於從他的身上脫去了一層沉重的皮。蠶在脫皮時的那種苦況，子胥深深地體味到了；舊皮已經和身體沒有生命上深切的關聯，但是還套在身上，不能下來；新鮮的嫩皮又隨時都在渴望著和外界的空氣接觸。子胥覺得新皮在生長，在成熟，只是舊皮什麼時候才能完全脫卻呢？[93]

這位詩歌主體，這位斷念者（der Entsagende），終於揚棄了自然的神聖之美，揚棄了內省的自我教養，以擁抱社會與政治責任的理念，將其作為自我完善的最高形式：通過一系列的轉變和自我犧牲，通過內在生命與外在生命的統一。值得注意的是，里爾克的詩歌的音樂性和形式塑造了伍子胥的詩學世界，而歌德關於蛻變的概念——死亡和精神重生——則構築了其主題結構。

《伍子胥》的核心主題並非復仇，而是轉變的「美麗的弧」，在馮至看來，這是對歌德式的「死和變」的概念的最佳表達。在後記中，馮至闡述到，「一段美的生活，不管是為了愛或是為了恨，不管為了生或是為了死，都無異於這樣的一個拋擲：在停留中有堅持，在隕落中有克服。」[94]對伍子胥來說，「死和變」意味著拋棄自由，同時受制於道德的完滿和自我的承擔，意味著毫無保留地將自我投入一種更高的統一體，投入由復仇所隱喻的社會責任之中。蛻變的軌跡歷經揚棄和選擇的諸階段，並標誌著馮至關於啟蒙、精神變革和自我完善的理念。在思考歌德關於「斷念」的看法時，馮至將其視為一個人的精神重生過程中一個關鍵而肯定性的階段。下面這個寫於一九四七年的關於歌德研究的段落很容易讓我們想起了昭關的伍子胥：

> 他想像，經過許多克制後，一旦他能夠達到那個目的，他會看見更高的自由，更深的情欲在那裡等待著他。所以斷念、割捨這些字不管是怎樣悲涼，人們在歌德文集裡讀到它們時，總感到有積極的意義：情感多麼豐富，自制的力量也需要多麼堅強，二者都在發展，相克相生，歸終是互相融和，形成古典式的歌德。[95]

在完成了《伍子胥》後，馮至結束了他迄今為止的隱居式的學術生活，投身各種社會和政治的集會與示威中。同時，他也轉而開始寫作關於文化和社會議題的批判性散文，在主要報紙上發表了幾十篇文章。[96]在這些社會批評中，「堅持」、「克服」、「承擔」、「忍耐」這些關鍵

---

93 《馮至全集》卷三，頁三九八—九九。
94 同前注，頁四二五。
95 《馮至全集》卷八，頁七四。
96 有趣的是，這些文章後來被收入《文壇邊緣隨筆》，成為《馮至全集》卷五。這表明馮至顯然意識到這些文章

字預示著本節開始時所引述的那篇著名的編者按語。和《伍子胥》的主人公一樣，馮至離開了自己那以審美和自然的靜謐為標誌的過去，走上了一條通往「龐大、灰色的都市」的道路，那裡充斥著人性及其災難，同時又有著一種積極的、具有社會責任的生活。他終究接受了他在哈爾濱所無力面對的那種挑戰，走向了社會與人群，那些他曾經歷過的美好根植在他的心中，融化在他的生命裡。以這樣的決心，在遭遇一九四九年中國的關鍵的分裂狀況時，馮至選擇留在大陸，擁抱社會主義國家。那麼，他走向社會現實的旅程究竟如何呢？

三、作為右派的武器的莎士比亞：超越資本主義人道主義的現代中國

一九四九年七月，馮至作為北京代表團的副團長參加了第一屆文代會——而他的朋友、同事沈從文被排除在外，剝奪了在人民共和國裡作一位文化工作者的殊榮。在一篇發表於一九四九年七月二日《人民日報》上的文章裡，馮至描繪了他在參加這一社會主義文學的開幕大會前的感受：

> 我個人，一個大會的參與者，這時感到一種從來沒有這樣深切的責任感：此後寫出來的每一個字都要對整個的新社會負責，正如每一塊磚瓦都要對整個的建築負責。這

時我理會到一種從來沒有這樣明顯的嚴肅性：在人民的面前要洗刷掉一切知識分子狹窄的習性。這時我聽到一個從來沒有這樣響亮的呼喚：「人民的需要！」如果需要的是更多的火，就把自己當做一片木屑，投入火裡；如果需要的是更多的水，就把自己當做極小的一滴，投入水裡。[97]

這個段落在句法和語義特徵上——譬如隱喻性的意象和對仗的句式——具有中國古典文學的抒情性，但其中的核心理念，即為了一個更大的集體而自我轉變，則反映著新生的社會主義共和國的核心意識形態。我們必須理解，馮至的熱情與真誠是認真的。一九四九年，馮至似乎毫無障礙地融入了新生的國家，融入了他所盼望的集體的共和國。當丁玲忙著在蘇聯和東歐社會主義國家間飛來飛去，代表著解放了的新中國女性時，馮至也被任命為中國前往匈牙利、捷克斯洛伐克、民主德國、蘇聯的代表團的成員。一九五〇年代，馮至被接連任命為人民文學出版社主編、北京大學西方語言文學系系主任，以及中國社會科學院委員等。[98]一九五六年六

的不正常性質，並將它們視為某種「邊緣」的東西。

97 《馮至全集》卷五，頁三四一。

98 馮至一九五〇和一九六〇年代所擔任的全部公職見陸耀東，《馮至傳》，頁二三〇—三一。

月，他加入了中國共產黨，這標誌著他被成功地接受入社會主義政權體系。

令人費解的不僅是馮至在一九四九年後的社會主義中國成了聲名顯赫的公眾人物，更發人深省的是，與他前半生數次改變相比，他在一九四九後的融入過程似乎沒有經歷任何困難。然而，我們不應過於草率地指責馮至是一個政治投機分子，或者說他一九四九年後的生涯完全背叛了他原來的詩學理想。在我看來，馮至一九四九年的轉變必須在一個更大的語境下來理解：即他在一九四〇年代的思考，尤其是在研究與翻譯里爾克和歌德時，所接受和形成的有關詩學的親和力、蛻變，以及一種新的集體主義觀念。審美之維的無限孤獨所造成的震驚，迫使他去尋找一種更具動態、更有成效的與外在世界的關係。正如前文所討論的，他決心面對社會現實並投身於與崇高的人民實體相關的追求，在《伍子胥》中就已經開始成形了。至少在一九四三年，它就已經把象牙塔中的詩人和教授轉變成了一位笨拙而堅定的人物，投身於政治聚會與抗議之中。因此，毫不意外地，在他一九四〇年代的寫作與研究中，相較於其他中外古今的詩人，他會偏愛杜甫和德國魏瑪古典主義時期的歌德。拋開各種個人的和政治的偶然，[99]馮至的一九四九之變並不是那麼出人意外。

在中國的社會主義中，馮至看到了一種新的集體性，一個活生生的共和國，一種更高層次的生命力。在社會主義整體性中，他預見到向一種宏大的關係性的開放，一種將美學主體置於更大的整體之中的可能性。對美學主體的拯救只有在將它完全納入民族集體之後才得以實現。

社會主義整體性既為美學與政治主體設定了規範性的框架，同時又將它解放了出來。只有在社會主義社會中，資產階級關於「自由與法律、個人與集體」的統一的人道主義理想才得以實現，這一理想體現在歌德的十四行詩《自然與藝術》的末尾幾行裡：「在限制中，主體得以發展，／只有法則方能給我們自由。」[100]

當馮至決定將自己獻身給新生的社會主義共和國裡的「人民的需要」時，「人民」的概念

---

99 馮至傳記和友人的回憶提到，馮至接受中共政權的一個重要的家庭原因，是他的妻子姚可崑於一九四八年被選為第一屆國民大會代表。這一有問題的政治背景使得馮至的政治選擇變得十分緊迫。考慮到中共政權成立後幾十年內，成千上萬因為有問題的家庭背景而在政治運動中被迫害的人，馮至在轉折關頭的顧慮和決定似乎顯得十分聰明。另一個會危及馮至一九四九年後的生涯的政治關聯，是他在中國社會經濟研究會中的角色。這個研究會聚集了許多包括蕭乾在內的自由派知識分子，後來被左派斥為「第三條道路」。

100 馮至，〈略論歐洲資產階級文學裡的人道主義和個人主義〉，《北京大學學報》一九五八年一期，頁一九。這篇文章最先發表在一九五八年的《北京大學學報》上，後來收入一九六三年的文集《詩與遺產》。《詩與遺產》是一九四九年建國後至一九六六年文革爆發前，馮至唯一一部學術論文集，它反映了馮至在意識形態和文化上的適應程度，以及他在新生的社會主義國家中學習馬克思主義毛主義話語的決心。一九九九年《詩與遺產》在《馮至全集》中重版時，編者注意到原文中一些高度政治化的詞彙和語言都未經修改，以忠於社會主義時期的特殊歷史狀況。然而，上面提到的這篇文章在收入《馮至全集》（卷六〔石家莊：河北教育出版社，一九九九〕，頁二七〇—八八）時刪去了關於歌德和馮至對《浮士德》和《威廉・邁斯特》的社會主義批判。

與他早先一九四〇年代對「公眾」的理解截然不同。在寫於一九四一年的〈一個對於時代的批評〉中，他觀察到：

公眾把一切的「個人」溶在一起，成為一個整體，但是這個整體是最靠不住，最不負責任的，因為它任什麼也不是。一個時代、一個民族、一個團體、一個「個人」，都是一些把握得到的具體，所以它們能夠有責任心、慚愧心、懺悔心，這些，公眾卻都沒有。

但是，無論什麼人投到這公眾的海裡，便具體的化為抽象的，真的化為虛的了。多少人在岸上時，是冰炭一般地不同，可是一到這個海裡，就冰也不冷，炭也不燙了。這真是「平均一切」的理想的境界！它是一切，也是虛無，它有上帝一般廣大的神通，而沒有任何一個生物也應有的一點責任感。[101]

如果說馮至一九四〇年代的詩學經歷了一個由歌德的「死和變」所定義的轉型，那麼，這個死亡和生成的過程有一個重要的特點，亦即，從「公眾」的觀念（它本質上是一個虛無）向「人民」的觀念（它緊迫地呼喚著，而詩人果決地投身其中）的跳躍。一九四九年之際，人民這個概念對馮至的吸引力如此之大，是因為它代表著一種具有「責任心、慚愧心、懺悔心」的整體性，因此克服了公眾這個將所有個人吸入空無之中的空洞的觀念。在這個新的整體性、這個活生生的共和國裡，人和人之間相互連接，通往一個共同的根源，或是一種內在的秩序。人民的需要，歌德在《威廉・邁斯特的漫遊時代》裡「預感到集體生活的將要到來」，是對馮至跨越冷戰分裂的最終召喚。[102]儘管一九四九年之變標誌著這兩種集體主義觀念之間的截然兩分，但新的人民共和國是否可以算作馮至所展望的那種活生生的共和國，依舊是個懸而未決的問題。這個共同的根源具體而言是否就是黨，這個內在的秩序是否就是新的社會主義意識形態？在馮至一九四九年之後的寫作中，這些問題並未得到解答與探究。

作為一位冉冉上升的高級文化名人，馮至出版了《西郊集》（一九五八），這是他一九四九年之後第一本，也是唯一一本詩集。作為對右派的「惡毒的叫囂」的回應，這本集子收入的只有政治頌歌。只要看看它們的標題就不難猜到其中的內容：〈歌唱鞍鋼〉、〈偉大的事業〉、〈我的感謝〉、〈給美國侵略者〉、〈我們高呼〉。[103]在後記中，馮至寫道，「這些詩在品質上也是粗糙的，但是比起我解放前的詩，我是走上了正確的道路，這道路不是旁的，就是一切為了

101 《馮至全集》卷八，頁二四六。
102 《馮至全集》卷八，頁八五―八六。
103 《馮至全集》卷二，頁一三―一三四。

人民，不是為了自己。」[104]當然，較諸馮至「解放前」的成就，這些作品很難被稱為詩歌。但是，即便是他最為粗糙的政治頌歌也滲透著他對集體性這一歧義概念的思考。《西郊集》開頭第一首《我們的西郊》正是這樣的例子。在對社會主義建設中的北京西郊的讚美後，這首詩的最後兩節寫道：

從前有過一個天真的詩人，
要從一朵野花裡看見天堂；
一朵野花的確很美好，
但是他的天堂未免太渺茫。

我們卻從這天天生長的西郊，
看見了祖國從首都到邊疆
在千千萬萬勞動者的手裡
轉變成幸福的地上的天堂。[105]

這個「天真的詩人」無疑就是英國詩人布萊克（William Blake），他的詩作《天真之歌》

由梁宗岱譯成中文，梁同時也是里爾克的《旗手》的中譯者。[106]布萊克是另一位對馮至產生了重大影響的歐洲詩人。張錯注意到馮至的早期詩作和布萊克的抒情詩之間的相似性。[107]事實上，馮至出版於一九二七年的第一部詩集《昨日之歌》的封面就用了布萊克的一幅畫作。馮至之所以在一九四九年之後的語境中提到布萊克詩作的開篇幾句，顯然是因為他在思考詩學主體性和外在世界之間的關聯：「在一棵沙粒中看見一個世界，／在一朵野花中看見一個天堂，／在你的手中握住無限，／在一個鐘點裡把握永恆。」確實，在以大躍進為標誌的社會主義現代化高潮中，布萊克式的關於詩學主體性的理念，以及沒有利益性的永恆的美——兩者都是西方人道主義思想的核心觀念——必須被抹除。

　　西方的思想遺產是中國現代性形成過程中不可分割的部分，如何在一九四九之後處理這一遺產，在中共的官方文化話語中是一個易變而又始終存在的問題。在年輕的社會主義共和國早

104 同前注，頁一三三。

105 《馮至全集》卷二，頁一四。

106 這首詩有好幾個中文譯本，其中梁宗岱和宗白華的譯本最受歡迎。宗白華（一八九七—一九八六）是知名的德國哲學和美學理論研究者，一九二〇年代中期在柏林大學求學。

107 Dominic Cheung, "Feng Zhi: Zuori zhi ge (Songs of yesterday)," in *A Selective Guide to Chinese Literature, 1900-1949* (Leiden: Brill, 1989), p. 98.

期出現的關鍵論辯之一，便是關於「十八世紀歐洲人道主義所提倡的抽象的人和人性的概念」。[108]在人性論和階級論的論爭中，核心議題是關於擺脫任何階級與政治屬性的人的概念。在社會主義中國政治激進化時代，關於歐洲思想遺產和人道主義的辯論始終沒有得到最終解決，並一直被壓抑。它們將在文革結束後迅速爆發出來，並占據鄧小平時代思想舞臺的焦點。後毛時代第一次重要的理論論辯將再一次聚焦於馬克思主義人道主義，以及馬克思在《一八四四年經濟學哲學手稿》中討論的異化問題。[109]

在一九五六年的百花齊放運動（期間中共鼓勵其批評者放言批評）中，有一些重要的文章旨在提倡超越階級意識的普遍人性：錢谷融的〈論文學是人學〉（《文藝月報》一九五六年九期）、巴人的〈論人情〉（《新港》一九五七年一期）、王淑明的〈論人情和人性〉（《新港》一九五七年七期）等等。[110]在其後的反右運動中，隨著黨對意識形態控制的激化，馮至——他當時已經成為思想權威，他的會議報告和文章「常常是對黨的政策的闡釋」[111]——嚴厲地斥責了對資產階級人道主義理念的宣揚。雖然說他是一個幫助黨清洗其作家同行的同謀可能有些過分，但毫無疑問的，在這個新生的社會主義國家中，馮至無疑是身居權力結構高位，並生產和監督文學與文化話語的人之一。除了寫作文學批評、編輯重要的官方報紙和期刊，馮至還在高等教育機構擔任國家的文科教科書編纂委員會的職務。在〈略論歐洲資產階級文學裡的人道主義和個人主義〉和〈從右派分子竊取的一種「武器」談起〉這樣的文章裡，馮至試圖重新評估歐洲的人道主義和個人主義理念，並警告年輕的社會主義讀者們，偉大的歐洲思想者——如莎士比亞、伏爾泰和歌德——的著作很容易被右派分子「竊取」，成為反對社會主義的反動武器。馮至寫道，反動的右派分子用「一個超階級、超現實的抽象的『人』」，試圖推翻黨和社會主義制度。[112]在指責他的前文人同事們為了反黨的目的竊取資產階級人道主義武器時，馮至的權威聲音正構成了賀桂梅所說的「權力的化身，實施著歷史暴力的判決。」[113]

---

108 Hui Wang, "Humanism as the Theme of Chinese Modernity," *Surfaces* 5.202 (1995).

109 關於一九八〇和一九九〇年代的人道主義辯論的討論，見Hui Wang, "Humanism as the Theme of Chinese Modernity,"; Xudong Zhang, *Postsocialism and Cultural Politics: China in the Last Decade of the Twentieth Century* (Durham, N.C.: Duke University Press, 2008), pp. 25-101; 賀桂梅，《「新啟蒙」知識檔案：八〇年代中國文化研究》（北京：北京大學出版社，二〇一〇），頁五一——一一四。

110 Zicheng Hong, *A History of Contemporary Chinese Literature.* (Leiden: Brill, 2007), p. 45. 根據賀桂梅的研究，提倡人道主義的潮流的一個動機源自於蘇聯解凍時期的思想轉型。見賀桂梅，《「新啟蒙」知識檔案：八〇年代中國文化研究》。

111 洪子誠，《問題與方法：中國當代文學史研究講稿》（北京：北京大學出版社，二〇一〇），頁二三四。在這篇文章裡，洪子誠指出馮至的文化批判可以算是政治對文藝的介入。

112 馮至，〈略論歐洲資產階級文學裡的人道主義和個人主義〉，《北京大學學報》一九五八年一期，頁二一。

113 賀桂梅，《轉折的時代：四〇—五〇年代作家研究》，頁二〇二。馮至的文章寫於反右運動時期，事實上成為了迫害他的同輩作家的「武器」。這裡可以提到他一九五八年的文章〈駁艾青的〈瞭解作家，尊重作家〉〉。

在〈略論歐洲資產階級文學裡的人道主義和個人主義〉中，馮至運用了一種新獲得的「馬克思主義歷史唯物主義」的美學話語，強調人民作為歷史集體主體在進步的目的論軌跡中的英雄崇高形象，以重新闡釋浮士德死前的詩句，並視之為預見了一種社會主義烏托邦：「我願意看見這樣熙熙攘攘的人群，／在自由的土地上住著自由的國民！」[114]馮至總結道，在歌德的時代，「是無產階級起始形成的時期，」尚不可能實現這一烏托邦願景。但在二十世紀，這一最終目標已經「在工人階級政黨領導的社會主義國家裡才真實地達到了。」[115]因此，在歌德的時代，《浮士德》的最後一幕只能是一個宗教超驗的假像。

在提出這一看法時，馮至要比盧卡奇於一九四九年在民主德國舉辦的歌德誕辰兩百週年紀念大會上的講話〈我們的歌德〉（Unser Goethe）[116]中的說法更進一步。盧卡奇斷言，只有在歌德目睹了「當代資本主義對神聖羅馬帝國的腐敗世界的滲透」之後，才能寫出浮士德最後對「自由土地上的自由的人民」的展望。[117]在盧卡奇看來，歌德的作品以一種現實主義的方式，反映了資本主義在一個分裂的德國的出現。在《歌德和他的時代》（*Goethe und seine Zeit*）這部奠定了東德對古典時代歌德的闡釋基礎的著作中，盧卡奇將歌德及其作品置於他的時代政治和文化史的背景下加以討論，尤其是德國成長中的資產階級面對壓抑性的封建狀況時絕望的抗爭。[118]在一九五〇年代，當馮至必須依據中國大陸支配性的社會主義意識形態來重新評價歌德時，我們不知道他是否了解盧卡奇的歌德研究。歸根到底，在一九五六年的匈牙利革命後，盧卡奇在也在社會主義中國和包括民主德國在內的其他社會主義國家遭到了批判。[119]然而，馮至非常熟悉民主德國的官方文化政策，尤其是與歌德有關的部分。根據他後來的回憶，當他一九五〇年代在北京大學教授歌德時，他所依據的是民主德國對歌德的主要論述：歌德對法國大革命持有積極的態度；如浮士德的最後幾行詩句所表明的，歌德對人類持有一種社會主義的視野；歌德是一位古典的現實主義者，正如他在與艾克曼的對話中所表達的，「古典的是健康

此文收入了後來臭名昭著的《再批判》，一九五八年一月二十六日由《文藝報》發表，其編者按由毛澤東親自修改。這本文集是決定了一批優秀作家之命運（包括丁玲和艾青）的關鍵文獻。

114 Faust Goethe, *Der Tragödie zweiter Theil in fünf Acten*, verse 11579-11580.

115 馮至，〈略論歐洲資產階級文學裡的人道主義和個人主義〉，頁一九—二〇。

116 Georg Lukács, *Goethe und seine Zeit* (Berlin: Aufbau, 1950), pp. 330-65.

117 Ibid.

118 盧卡奇總是與實際的文學文本相隔甚遠，因此，馬庫色在一九五〇年對《歌德和他的時代》的書評中批評盧卡奇的方法無法將社會分析和對文學風格、對歌德作品之內容的分析結合起來。見Herbert Marcuse, "Review of Georg Lukács, *Goethe und Seine Zeit*," *Philosophy and Phenomenological Research* 11.1 (September 1950): 142-44.

119 一九六〇年代，蘇聯開始重新評估盧卡奇及其作品，而社會主義中國對盧卡奇投注了更多的關注，並開始系統地引進他的著作。一九六〇年代文革開始前不久，馮至參加了選譯盧卡奇作品的委員會。然而，這些作品直至一九八〇年代才得以出版。

的，而浪漫的是病態的。」[120]儘管馮至非常了解這些片面的或是歪曲的看法背後經營的黨的政策，他依舊相信，對歌德的重新（錯誤）闡釋必然有助於在社會主義德國或社會主義中國打造一種民族的文化與集體性。

儘管馮至付出了真誠的努力，想要協調個人與國家、詩學主體和政治存在之間的關係，但諷刺的是，到最後，他還是意識到那個「天真的詩人」所指的不僅是布萊克，也是他自己。當他最初在社會主義國家中果決地擁抱集體性時，馮至或許不會料到，他關於以社會參與來完成詩學主體之使命的理念，在實現過程中卻導致了對這一主體的徹底的消滅。在毛主義時代激進的集體主義中，這種怪獸般的、無名的整體性只有通過消除所有個體的聲音才能實現。因此，毫不意外地，馮至無法繼續創作「高品質」[121]的詩作，或者更準確地說，創作具有原創性聲音的詩歌了。此外，他不得不強烈地斥責這種「解放前」的詩歌，尤其是他的《十四行集》，是「受西方資產階級文藝影響很深，內容與形式都矯揉造作」的。[122]在社會主義中國「集體」撰寫的第一部德語文學史中，寫作組組長馮至不得不將他的精神導師里爾克歸入「頹廢的帝國主義」作家，並批判他的神祕主義。[123]頹廢的現代主義作品無非是非理性的、形式主義的，其作者都是一群膽小畏縮而搖擺不定的資產階級知識分子，是「火燒房子裡的老鼠」，「他們被夾在越來越劇烈的階級鬥爭的夾板裡」——這是茅盾一九五八年的文章〈夜讀偶記〉中的說法，這篇文章堅定地捍衛社會主義現實主義，並斥責西方的現代主義。[124]馮至曾充分地相信里爾克的理念，即詩歌並非基於情感，而是基於經驗的，他也否棄了自己早年的浪漫感傷主義，投身於毛主義革命浪漫主義的熊熊烈火之中。

假如說並不存在可以超越階級意識的人、人性和文學，那麼什麼才是詩人呢？馮至從一九四〇年代起至一九六〇年代初對杜甫（七一二—七七〇）的持續研究可以提供一個解答。篇幅

---

120 《馮至全集》卷八，頁九—一〇。關於歌德在東德的接受，見Daniel J. Farrelly, *Goethe in East Germany, 1949-1989: Toward a History of Goethe Reception in the GDR* (Rochester, N.Y.: Camden House, 1998). 關於魏瑪古典主義在民主德國的接受，尤其是鮑爾巴赫問題，見Ingeborg Cleve, "Subverted Heritage and Subversive Memory: Weimarer Klassik in the GDR and the Bauerbach Case," in *German Literature, History and the Nation: Papers from the Conference "The Fragile Tradition," Cambridge 2002*, eds. Christian Emden and David Midgley (New York: Peter Lang, 2004), vol. 2, pp. 355-80.

121 《馮至全集》卷二，頁一三三。

122 同前注，頁三—四。

123 見〈第四編：帝國主義時期的文學〉，《德語文學簡史》（北京：人民文學出版社，一九五八），頁三三一—三三五。第一部中文的德語文學史由馮至和他在北大的學生們一起完成，包括田德望、張玉書、孫鳳城、李淑、杜文堂。他們後來都成了德語系的教授。這本書主要是基於馮至在北大的德語文學史課講義寫成的。

124 引自洪子誠，《問題與方法：中國當代文學史研究講稿》，頁二四七。〈夜讀偶記〉最早在《文藝報》一九五八年一、二、八、一〇期上連載。選本收入洪子誠編，《中國當代文學史・史料選（一九四五—一九九九）》，頁三九八—四一四。

所限，本章無法深入探討馮至的杜甫研究，但馮至將杜甫作為研究對象本身就已經值得注意。馮至在一九四〇年代開始著手杜甫研究，大致與他的歌德研究同時進行。歌德和杜甫是馮至專門寫詩題獻的幾位歷史人物。在中國傳統裡，屈原（西元前三四三？—西元前二七八）和李白（七〇一—七六二）是兩位經常被現代作家引為道德和審美模範，以投射自身世界觀的作家。兩位都被認為是被世俗而冷漠的社會所疏異、誤解和放逐，同時又不屈不撓地追尋著美學創作的詩人。[125]馮至是不多的幾位並未從屈原或李白——奚密（Michelle Yeh）所謂的「悲劇英雄」[126]——那裡尋找靈感的作家。他所選擇的榜樣是杜甫。作為李白的同時代人，杜甫以其現實主義詩學和對老百姓的深切關照而聞名。馮至筆下的伍子胥告別了自然和純粹的審美世界，走向了人群，而馮至筆下的杜甫則更為有力，他在動盪的歷史時期擔負起了全體人民與世俗社會的責任。其中，馮至發現了杜甫和歌德之間的偉大的親和力，兩者都能夠將內在生命和外在生命結合起來。在晚年，馮至甚至寫下了一篇題為〈歌德和杜甫〉的文章來對兩位詩人進行比較研究。[127]

歷史的諷刺在於，馮至的《杜甫傳》——一本描述「人民詩人」杜甫的傳記性研究——卻因為宣揚「投降主義」而在文革中遭到批判。在郭沫若——他是歌德的崇拜者，他早年的詩作對馮至產生了深刻影響，後來成為毛主義的官方詩人——的〈李白與杜甫〉中，他嚴厲地批評了馮至，並將杜甫斥為臣服於皇帝和封建宮廷的反革命分子。郭認為，李白才是反抗權威的，並頌揚李白為典型的革命者，反抗封建統治的束縛。顯然，郭沫若對杜甫的批判和對李白的神化來源於毛澤東本人對李白的稱頌。誰是「人民」？馮至懷揣著為人民書寫「人民詩人」的天真信念，卻未曾意識到他已經跨越雷池，試圖去定義哪些詩句能稱得上為人民而寫作，哪些人稱得上是人民的詩人了。歸根到底，除了毛主席本人，誰還能有這種權威，或是這種革命激情，來決定這些議題？儘管馮至提議在《詩刊》創刊號上發表毛澤東的古體詩，並正式開啟了共和國時期對毛詩的狂熱，但他並沒有意識到，除了毛主席之外，沒有人可以被尊為人民的詩人。[128]

還有比詩人之死更適合形容馮至從現代主義詩人向毛主義名流的轉變嗎？狂熱的毛時代充滿成千上萬的死亡，從大饑荒到無數知識分子的自殺與他殺。其中就包括了李廣田（一九〇

125 關於屈原和李白對現代中國詩人的影響，見Michelle Yeh, *Modern Chinese Poetry: Theory and Practice Since 1917* (New Haven, CT: Yale University Press, 1991), pp. 29-55.

126 Ibid., p. 30.

127 《馮至全集》卷八，頁一七四—八九。

128 陸耀東，《馮至傳》，頁二三四。關於毛澤東在社會主義熱潮下的詩歌作品的討論，參見Ban Wang, *The Sublime Figure of History: Aesthetics and Politics in Twentieth-Century China* (Stanford, CA: Stanford University Press, 1997), pp. 108-14, 188-92.

六－一九六八），一位傑出的作家與批評家，並曾高度評價馮至的《十四行集》。在文革開始後不久，李廣田就在昆明近郊著名的蓮花池自溺身亡。諷刺的是，那也正是傳說中的陳圓圓在明清朝代更迭的混亂中自殺的地方，她在野史中被唾棄，被視為導致明朝最終覆亡的紅顏禍水。

馮至否認了自己詩歌的否認，作為現代主義詩人的馮至也隨之消亡。這其中的諷刺性，在與二十世紀早先的另一起詩人之死的對比中，顯得更加強烈。王國維，傑出的學者、詩人、文學批評家，以及德國哲學學者，於一九二七年在頤和園魚藻軒投湖自殺。關於他如何在對社會政治和文化混亂的幻滅中結束自己的生命，已經有了太多的批判反思。[129]以一種悲劇的方式，王國維之死見證了中國的啟蒙與現代化時期中現代中國主體性的困境。作為優秀的中國文人和西方知識的傳播者，王國維運用西方的美學和哲學來探索清代古典小說《紅樓夢》中痛苦、欲望、崇高等諸多問題。在中國現代時期肇啟時，他敏銳地感受到不同的歷史時期之間的巨大差異，辨識到啟蒙對理性和進步的無限樂觀主義和其動盪和不確定的暗淡前景之間強烈的不相容性，後者直接導致了現代主體的死亡。因此，王國維的自殺不僅源於傳統文化的逝去，更指向了現代化進程的困境，及其所攜帶的自我毀滅的致命力量。

王國維以自身主體性肉身的消滅來證明關於現代性的觀念，意味深長的是，同樣將生命投身於個人與社會、美學與政治之間的協調的馮至則走向了截然相反的方向。他對新成立的社會主義整體性的斷言之所以有效，是因為它完全摧毀了他早前詩歌創作中富有的現代主義感性。馮至沒有想到的是，毛主義的集體主義進一步加劇了貧瘠的美學烏托邦和馮至的理想共和國之間的矛盾，後者建立在個體與社會的肯定性關係之上。由於社會主義集體性是建立在否定人道主義個體性的基礎上，它就與審美自主性一樣，最終導致空無和虛妄。為了在他選擇的道路上繼續前行，馮至不得不將他那不成熟的關於社會主義親和力和統一性的觀念，埋藏在毛主義關於極權主義集體性的想像之下。由此，這位傑出的現代主義詩人成了他原本想要避免的那種極權主義的高調的吹鼓手。

129 關於王國維的學術貢獻和自殺的討論，參見葉嘉瑩，《王國維及其文學批評》（台北：源流文化，一九八二）；Ban Wang, *The Sublime Figure of History: Aesthetics and Politics in Twentieth-Century China*, pp. 17-54; David Der-wei Wang, *The Monster That Is History: History, Violence, and Fictional Writing in Twentieth-Century China* (Berkeley: University of California Press, 2004), pp. 224-61.

第六章　張愛玲、香港與冷戰

香港在冷戰時代占據了一個重要的地緣政治位置，位處幾個政權的夾縫之中：跨海對峙的兩個中國政權，以及英國這個既堅定反共，又首先承認中華人民共和國的西方霸權。一九五〇年代之後，香港為來自大陸和台灣的移民、流亡者、難民提供了避難所，並在全球的冷戰格局中成為東亞的「民主樣板」，成為對立的中國政權互相攻訐的基地。國共政府都在香港設立了文化機關。只要不觸犯地方法律和公共秩序，英殖民政府對雙方都表示容忍，以推動英國在香港和東亞的利益。殖民政府的基本政策是「在兩個中國政權間保持『絕對中立』」。[1]在大陸和台灣，針對冷戰對手的意識形態與文化戰爭是攻向海峽隔岸的，而在英國直轄的殖民地香港，左派和右派則在同一條街上劍拔弩張。馬朗一九五六年的短篇小說〈太陽下的街〉就描述了發生在一九五六年雙十節的九龍的這種街頭層面的動亂。它發表在作者本人創立的現代主義文學刊物《文藝新潮》上，描寫了一位參與動亂的年輕人所經歷的政治狂熱和幻滅，揭示了政治煽動的表演性質和左右之間的脆弱邊界。[2]

意識形態的分歧是冷戰兩極對立的根本特質。然而，兩個陣營間的區別從來都不是絕對的。它們互相依賴，並受影響於同一種關於民族主義、進步和現代化的政治話語和文化想像。[3]在冷戰香港，當左右陣營處於同一疆土之上，貌似對立的雙方其實有更多錯綜複雜的暗通款曲。正如本章要揭示的，在英國殖民地這塊衝突激烈的文化地界上，意識形態的邊界就像大陸和香港之間的深圳河那樣流動不居。背叛己方陣營，或是作為雙面間諜的情形並不罕見，如批評家梁秉鈞所說，有些作家和藝術家同時為兩方陣營寫作，並且私下都是很好的朋友。[4]在思考政治忠誠和背叛的模稜兩可的關係時，張愛玲在短篇小說〈間諜圈，或請客請客〉（即〈色，戒〉的一九七七年的英文版）末尾寫道，「戰爭開始後就有人說，『特務都不分家』，因為他們輕易就換了東家。」[5]當張愛玲於一九五三年第二次旅居香港期間寫下這篇作品時，她所寫到的這種政治上的曖昧顯然不僅適用於抗日戰爭時期的上海（這篇小說的直接背景），也

---

1 Steve Tsang, *Cold War's Odd Couple: The Unintended Partnership between the Republic of China and the UK, 1950-1958* (London: I. B. Tauris, 2006), p. 47. 他考察了英國如何在冷戰初年與大陸、台灣發展政治關係。

2 馬朗，〈太陽下的街〉。關於這本現代主義雜誌在一九五〇年代的香港所占據的特殊的文化位置，見梁秉鈞，〈一九五七年，香港〉，收入王德威、陳思和、許子東主編，《一九四九以後》（香港：牛津大學出版社，二〇一〇），頁一九九—二〇〇。

3 冷戰期間美蘇以同樣的啟蒙思想遺產為基礎展開了意識形態與文化競爭，見David Caute, *The Dancer Defects: The Struggle for Cultural Supremacy during the Cold War* (New York: Oxford University Press, 2003).

4 梁秉鈞，〈一九五七年，香港〉，頁一九九—二一一；也請見Steve Tsang, "Strategy for Survival: The Cold War and Hong Kong's Policy towards Kuomintang and Chinese Communist Activities in the 1950s," *Journal of Imperial and Commonwealth History* 25.2 (May 1997): 294-317.

5 Eileen Chang, "The Spyring or Ch'ing K'e! Ch'ing K'e!," *Muse* (Hong Kong) (March 2008): 72. 〈色，戒〉英文版的手稿由宋淇於二〇〇八年發現，在李安從張愛玲的同名小說改編的電影〈色，戒〉上映以後，於二〇〇八年三月發表在香港雜誌*Muse*上。

適用於當下冷戰的香港。細觀香港的文化活動與生產，我們可以看到，二元對立的意識形態並非絕對，其中縫隙叢生。

和任何政治或歷史敘事相比，一九四九年分裂前後的中國文學更好地代表了冷戰經驗的這種變化無常的性質。在二十世紀的歷史進程中，現代中國文學從未像在冷戰期間這樣與政治密不可分。正如本書先前的章節所討論的，國共政權都規定了一種作為政治工具的文學。儘管兩個政府都費盡心機地實施了各種文學政策和文學投資，卻未能生產出各自心目中理想的文學作品。冷戰期間香港的文化場景是另一個引人入勝的例子，證明了文學和政治之間糾結纏繞的關係。當政治宣傳和馬經指導分享著同一份報紙的版面，政治的戲劇性便以最為令人眩目的方式呈現出來。正如本書第一章所討論的，各種政治文化力量不斷嘗試並彼此競爭，試圖在香港這個地理、文化、語言的邊緣地帶，這個殖民主義、民族主義和帝國主義的地界，想像一種現代中國認同和一種中國民族文化。文化和政體、民族和敘事之間複雜的關係在冷戰香港以發人深省的方式展現出來。

為了思考以上問題，我將聚焦於張愛玲一九四九年以後離散、跨語際、跨媒介的文學和文化實踐，它們深刻地根植於冷戰的美國和包括香港台灣在內的東亞前線的歷史語境之中。隨著李安改編自張愛玲同名小說的電影《色，戒》（二〇〇七）的上映，以及《小團圓》（二〇〇九）、《雷峰塔》（*The Fall of the Pagoda*, 2010）、《易經》（*The Book of Change*, 2010）在張愛玲死後的出版（她在臨死前仍在修改這一系列自傳體作品），公眾對張愛玲的興趣又一次高漲了起來。這些作品包含的大膽的性愛場景和道德歧義很快就引起了爭議，但同時，這些以日治上海為背景的作品依舊引發了公眾對這一歷史時期的興趣。然而，人們常常忽略這些作品與香港的深刻關聯，以及它們在冷戰文化歷史中的複雜根源。一九五二至一九五五年第二次居留香港期間的張愛玲非常高產。她的一些最為重要的晚期作品，包括〈色，戒〉和自傳體系列都是從當時開始構思和寫作，後來經歷了漫長、從一九五〇年代延續到一九九〇年代的翻譯、重寫和改寫的過程。

張愛玲在上海度過了中共接管大陸後的頭幾年。在這段時間內，她完成了帶有當時的左翼訊息的《十八春》（一九五一）和〈小艾〉（一九五二）。一九五二年，張愛玲決定離開她的故鄉前往香港。在一九五二至一九五五年留港期間，她在美國新聞署資助下完成了《秧歌》和《赤地之戀》。這兩部冷戰小說一方面關注人的脆弱性，因此在某種程度上表達了張愛玲獨特的歷史觀，這種歷史觀與紀念碑式的宏大歷史敘事不同，強調的是時間的錯位、棄置和廢墟。但另一方面，它們也清晰地顯示出反共宣傳的印記，因而屬於政治主題小說的範疇。一九五五年，張愛玲遠赴美國，並試圖以英文作為書寫語言，重啟她的文學生涯。除了一九六〇年代對台灣和香港的一次簡短造訪，她再也沒有重返中國。[6]

張愛玲一九五〇年代的寫作在對立意識形態間肆意卻苦澀地遊走，她自身也同時跨越冷戰分裂陣營，為我們提供了考察冷戰香港文化風景的最佳例子。為了更好地理解張愛玲一九四九年以後跨越大陸、香港、美國的文學生涯，本章將首先在一九五〇年代的反共小說以及冷戰早期香港文化領域中的左右對立這雙重語境中考察《秧歌》和《赤地之戀》。本章第二和第三部分將思考張愛玲在一九六〇年代和一九七〇年代處理清代古典小說《紅樓夢》的兩次不同的文化嘗試。一九六一年和一九六二年，張愛玲在香港花了五個月以《紅樓夢》為本，為國際電影懋業有限公司（MP&GI）寫了一個電影劇本。回到美國後不久，她開始著手深入地研究《紅樓夢》，並在紅學領域寫下了一系列研究文章。這些文章於一九七六年被台北的皇冠出版社結集出版。張愛玲將這本書戲題為《紅樓夢魘》。本章第二部分將張愛玲寫作《紅樓夢》劇本的經驗放置在香港電影史和中國冷戰文化外交策略的交叉點上來理解，它們都與《紅樓夢》的戲劇改編有關。第三部分試圖對張愛玲的《紅樓夢》研究進行文本細讀和文化語境的分析，以思考她獨特的蒼涼美學和日常詩學。通過探索占據了她晚年大部分時間的與《紅樓夢》相關的工作，我將揭示張愛玲的離散寫作如何表明了冷戰文化與政治的束縛，以及它們如何影響了她的作品的詩學和政治。本章結論部分將討論張愛玲跨越不同語言、文類、媒介的強迫性的重寫實踐所具有的文化意義。

一、左與右的生成：當反共遇上新派武俠

張愛玲的文學重要性主要基於她一九四三至一九四五年間在上海所創作的一系列作品。她一九四九年以後的創作活動被認為不那麼重要，也因此較少受到關注。中華人民共和國成立時她留在上海。一九五〇年，受時任上海文教委員會副主任的夏衍的邀請，她甚至參加了第一屆上海市文學藝術工作者代表大會。儘管她努力適應新的政治環境，她對共產主義意識形態的懷疑還是隨著社會主義政權日益嚴格的管控而加深，並促使她下決心離開大陸前往香港。《浮花浪蕊》這部帶有自傳性質的小說動筆於她到達香港後不久，但直到三十多年後才發表。書中，張愛玲描述了解放後普通上海人的日常生活中的不確定因素如何日漸增長：「共產黨剛來的時候，小市民不知厲害，兩三年下來，有點數了。這是自己的命運交到了別人手裡之後，給在脳後掐住了脖子。」[7] 張愛玲在一九五二年九月到香港大學報到，兩個月後又退學。她從香港去

6 關於這次旅程，張愛玲寫了一篇長文，"A Return to the Frontier," 發表在一九六三年的 *The Reporter* 上。二〇〇八年，皇冠文化出版有限公司出版了張愛玲對這篇英文遊記的中文重寫，題為《重訪邊城》，與英文原文相比要豐富得多。

7 張愛玲，《惘然記》（台北：皇冠文學出版有限公司，一九八四），頁四三。在本書序言中，張愛玲說有三個短篇小說從一九五〇年代起就一直跟隨著她的生活：〈色，戒〉、〈浮華浪蕊〉、〈相見歡〉。它們的寫作都始

東京訪問她最好的朋友炎櫻，希望能在那找個工作。意識到在這個國際政治衝突的時局裡，香港也不是一個安全的港灣時，「她不過想走得越遠越好，時機不可失。」[8]張愛玲沒能在日本找到工作，並於一九五三年二月開始為香港的美國新聞署進行翻譯的工作。[9]期間，她開始寫作《秧歌》和《赤地之戀》。

要評估這兩部小說在香港和東亞的文化冷戰的直接背景中的位置，我們有必要追溯一下它們的出版和接受史。《秧歌》（*The Rice-Sprout Song*）最早於一九五四年以英文寫成，題為《秧歌》的中文版隨後在一九五四年的《今日世界》週刊上連載——這是美國新聞署在香港出版的雜誌。中文單行本由美國新聞署資助的香港今日世界社出版於一九五四年七月，英文本於一年後在美國由斯克里布納之子（Charles Scribner's Sons）出版社出版。《赤地之戀》最早於一九五四年用中文寫成，一九五六年、一九五七年張愛玲到達美國後以英文重寫，題為*Naked Earth*。中文版由天風出版社於一九五四年十月出版，而英文版沒有在美國找到出版社，後來在一九五六年由香港友聯出版。這家出版社由一群「第三勢力」的中國流亡知識分子組成，其後有中情局贊助的自由亞洲委員會（後更名為亞洲基金會）的祕密資金支持。[10]在這兩本小說迅速的出版和發行過程中，所有相關機構不是美國的冷戰文化宣傳機構就是直接或間接的從屬部門。美國新聞署扮演了重要的角色。作為美國在香港的冷戰宣傳指揮部，它的主要使命是蒐集關於共產主義中國的情報，散布反共宣傳。據麥志坤（Mark Chi- kwan）所說，香港美國新聞署的主要項目之一，就是去接觸中國的作家和出版家，為他們提供資助，以生產反共材料用於東南亞的海外華人。美國新聞署在香港活動的全貌尚未揭開。《秧歌》和《赤地之戀》是否

於一九五〇年代的香港，之後不斷修改。這三篇小說後來重新收入了這本文集。

8 張愛玲在自傳性小說〈浮華浪蕊〉中為她的主人公洛貞設計了一條類似的旅行路線。見《惘然記》，頁六一。關於張愛玲在港大的經歷，見黃康顯，〈靈感源泉？情感冰原？——張愛玲的香港大學因緣〉，《香港文學》一三六期（一九九六年四月），頁四—一二。

9 關於張愛玲的香港生活，見林以亮，〈私語張愛玲〉，收入蔡鳳儀編輯，《華麗與蒼涼：張愛玲紀念文集》（台北：皇冠文學出版有限公司，一九九六），頁一〇五—一二四；蘇偉貞，《孤島張愛玲：追蹤張愛玲香港時期（一九五二～一九五五）》（台北：三民書局，二〇〇二）；梁秉鈞，〈張愛玲與香港〉，收入劉紹銘、梁秉鈞、許子東編，《再讀張愛玲》（濟南：山東畫報出版社，二〇〇四），頁一九七—二〇六。此間，張愛玲翻譯了一些美國文學作品，包括*The Portable Emerson*和海明威的*The Old Man and the Sea*。

10 見高全之對張愛玲在美國新聞署的主管Richard M. McCarthy的訪談，《張愛玲學：批評・考證・鉤沉》（台北：一方出版，二〇〇三），頁二四二—二四三。關於友聯在冷戰時期的政治和文化角色，見William Tay, "Colonialism, the Cold War, and Marginal Space: The Existential Condition of Five Decades of Hong Kong Literature," in *Chinese Literature in the Second Half of a Modern Century: A Critical Survey*, eds. Pang-yuan Chi and David Der-wei Wang, (Bloomington: Indiana University Press, 2000), pp. 36-37. 關於中情局給香港的資助，見Chi-kwan Mark, "The 'Problem of People': British Colonials, Cold War Powers, and the Chinese Refugees in Hong Kong, 1949-62," *Modern Asian Studies* (November 2007): 1145-181.

直接由美國新聞署授意寫作也依舊存在爭議。[11]然而，這些作品都是與當時的反共文化冷戰密不可分的。

儘管受到了文化宣傳機制的高度支持，這兩部作品卻從來沒有在政治或商業上成為成功的反共作品。雖然《秧歌》在美國出版後獲得了《紐約時報》、《紐約先驅論壇報》、《週六文學評論》、《時代》等主流媒體的正面評價，[12]但它只印刷了一次，銷量也比不上當時其他關於中國的小說：「它們大都更具有情感上的吸引力：韓素音的《生死戀》（*A Many-Splendored Thing*）、賽珍珠的《帝國女性》（*Imperial Woman*）。」[13]《赤地之戀》則連願意接受的出版社都沒有找到。這兩本書在自由中國也不是很受歡迎。儘管它的主題是反共，但《赤地之戀》甚至沒能在戒嚴期間通過國民黨的審查，更別說去和陳紀瀅的《荻村傳》這樣洛陽紙貴的作品相比了。反諷的是，一九五九年《荻村傳》的英譯本*Fool in the Reeds*正是張愛玲翻譯的。如何解釋這兩部作品作為政治小說的失敗——儘管它們顯然已經臣服於支配性的冷戰意識形態？與陳若曦一九七〇年代的成功相比，張愛玲對自己作為一位政治作家之所以不受歡迎的原因的反思打開了一個有趣的視野。陳若曦是台灣《文學雜誌》現代主義群體中的主要作家之一，她於一九六〇年代從美國赴中國大陸追尋自己的社會主義理想。在經歷了文革以及對社會主義政治的徹底幻滅後，她於一九七三年離開大陸並途經香港。她在小說集《尹縣長》的故事中描寫的親歷文革的第一手經驗，使它迅速在大陸之外的中英文讀者那裡獲得了巨大成功。（兩年後這本書的英文版就出版了，題為*The Execution of Mayor Yin and Other Stories*）。在這一背景下，張愛玲給出了一個犀利的觀察：

> Only a dedicated patriotic socialist who then became disillusioned with the Chinese brand of socialism anyway— has credibility. If I'd stayed as long on the mainland I'd still be heeded no more than any other refugee. Perhaps it takes Chen Jo- His's kind of Plaintalk to penetrate the vast ignorance about China, but it's her ideological fervor that carries weight. There is this double standard, for a long- suffering poor country like China.[14]

原本堅定的愛國主義社會主義者，後來對中國式的社會主義變得失望，唯有這樣才

---

11 一般關於張愛玲的研究將《秧歌》和《赤地之戀》都視為美國新聞署委託的作品。見Nicole Huang, *Women, War, Domesticity: Shanghai Literature and Popular Culture of the 1940s* (Leiden: Brill, 2005), pp. 213-14. 高全之對Richard M. McCarthy的訪談澄清了這一點。

12 林以亮，〈私語張愛玲〉，頁一〇五—一二四。

13 C. T. Hsia, *A History of Modern Chinese Fiction* (Bloomington: Indiana University Press, 1999), p. 389.

14 見張愛玲給夏志清的信，〈張愛玲給我的信件〉，《聯合文學》十三卷六期（一九九七年四月），頁五二—五三。

有可信性。哪怕我在大陸待夠同樣長的時間，我也只不過被視為難民之流。也許只有陳若曦這樣的「實話實說」類的文章才能打破對中國的無知局面，但是，她得到的重視，歸根到底還是因為意識形態的原因。對中國這樣的長期以來飽受磨難的可憐的國家來說，不得不面對這種雙重標準。〔張愛玲原文是英文〕

在這裡，「實話實說」這個概念意指一九四六至一九五〇年間以撒・多恩・萊溫（Isaac Don Levine）編輯的月刊《實話實說》，這份冷戰刊物以對社會主義陣營的基於翔實的數據和難民訪談所做的報導而馳名。但第一，不是所有難民都有資格提供可信的證詞。一名普通的難民需要經過測試。政治可信度只能被賦予那些經過了意識形態轉換而幡然頓悟的人。第二，西方霸權對中國這樣的貧窮國家抱有雙重標準，後者被認為只能提供原料、數據、證詞，而非藝術創作或想像。因此，正如張愛玲敏銳地觀察到的，即便是在政治敵對最為強烈的時刻，最關鍵的問題也不僅是意識形態，而是——非常諷刺地——文化弱國的作者是否算得上具有文學和藝術資質。在後殖民理論的努力下，這樣的看法今天已經不覺新鮮。庶民能言否？或者說他們只能被代表和再現？林語堂的《逃往自由城》（*The Flight of the Innocents*, 1964）是一部反共浪漫驚險小說，描述了一群難民在一九五九年大躍進之際逃離大陸前往香港。其中林語堂布置了一個俗套的情節：英國人詹姆斯・賽耶從共產主義中國救出了他的中國未婚妻並成功到達香港，這座幸福的資本主義「自由城」。[15]儘管它和當時支配性的政治、種族、性別和性話語相合，但這部小說依舊在藝術上令人失望，充滿了大可預見的情節，缺乏心理的深度和複雜性。

然而，正如她在上面的引文中所暗示的，張愛玲一九五〇年代的政治小說在藝術上也沒有妥協。儘管民族、政治、革命等政治議題（她的早期作品曾被斥責規避了這些議題）被放在了《秧歌》和《赤地之戀》的核心位置，但這兩部作品絕非是刻板的政治宣傳。為了說明這一點，我先討論《秧歌》。《秧歌》的故事被設定在一九五〇年代土改運動期間上海周邊的一座南方村莊裡，講述了剛解放的中國農村的村民如何忍受食物短缺的折磨並被迫起事的。在地方武裝的暴力介入後，倖存的村民被勒令在荒誕詭異的新年集會上表演秧歌。

胡適為《秧歌》送上了最早的評論，並高度讚譽這部作品對共產主義中國的饑餓的描寫「平淡而近自然」。[16]在他的奠基性著作《中國現代小說史》（*A History of Modern Chinese Fiction*）中，夏志清第一次將張愛玲置於現代中國文學的經典之列，並將《秧歌》視為經典之作。夏志清的分析集中於這部小說如何表現了共產主義對傳統中國價值與禮儀的衝擊。它的成

15 Yutang Lin, *The Flight of the Innocents* (New York: Putnam, 1964). 中文翻譯於次年推出，題為《逃往自由城》，由台北的中央通訊社出版。

16 胡適給張愛玲的信後來作為題辭重印在皇冠版本的《秧歌》裡。

功在於能夠超越「簡單的同時代性」。夏志清總結道，「當其他小說家在寫共產主義中國的時候一門心思專注於這一政權犯下的暴行時，她沉穩的雙眼看到了一整個民族的文化。」[17]王德威延續了胡適的理解，將饑餓的主題放在了一九二〇年代以來的中國共產主義革命話語中，並探討了生理和意識形態的雙重饑餓。他考量了《秧歌》中的饑餓如何引出了「消化道的想像和營養學的想像、新陳代謝行為和隱喻行為之間的張力」。[18]

和它的共產主義對應者、丁玲的〈杜晚香〉一樣，張愛玲的《秧歌》也圍繞著女性、家庭、饑荒、土地等類似的主題。《秧歌》呈現了一場荒誕劇，關於極權和集體主義的社會主義共和國中的意識形態亢奮，物質匱乏以及幽靈般的男男女女。自一九四〇年代被體制化以後，中共的土改運動的宗旨在於同時改造土地和土地上的人們。對土地的征服不僅要通過農業機械化和現代化來實現，更要通過反技術性的思想轉型來實現，這一過程以對人的意志、忍耐、道德純潔性的信任為標誌，因而超越任何現代科技的優勢。因此，意識形態和文化教誨具有極高的重要性。有趣的是，這與儒家的教育道德傳統和冷戰對意識形態優越性的追求非常一致。

正如第三章的討論指出的，丁玲的〈杜晚香〉恰恰體現了這種社會主義精神。在杜晚香的社會主義成長史中，意識形態的饜足遮蔽或治癒了食物的匱乏。社會主義公民以政治意識形態和共產主義道德為食，並藉由精神的成長而生存。杜晚香「在充滿愉快的勞動中，沒有疲勞的感覺，沒有饑餓的感覺」。[19]身體營養的缺乏無法阻止社會主義新人對共產主義道德的自我教養與自我完善。相反，它成了共產主義成長過程的前提條件，成為一種苦修的形式，尊崇著意識形態的純潔性和堅定意志。這種共產主義道德顯現在「她長得平平常常的臉上總有那末一股引得人家不得不去注意的一種崇高的、尊嚴而又純潔的光輝」。[20]

而在張愛玲的《秧歌》裡，食物和人的生存本能壓過了任何東西，包括新成立的社會主義國家裡每個人都似乎小心翼翼地維護著的意識形態泡沫。在張愛玲對一九五〇年代初的共和國日常生活的思索中，毛主義精神美食學的神話被改寫：食物的短缺和意識形態狂熱以及政治監控同時存在並發生。女主角譚月香在從上海回到故鄉後很快發現了食品短缺的嚴重問題。為了挨過饑餓，她欺騙幹部，拒絕給小姑子借錢，並給家人日益稀薄的米粥。不同於華北的杜晚

---

17 C. T. Hsia, *A History of Modern Chinese Fiction*, p. 426. 夏志清的著作不僅對張愛玲研究有重要影響，也對美國、台灣、香港和後來大陸的現代中國文學研究的發展有重要影響。他關於張愛玲的那章早在一九五七年就翻譯成中文發表在《文學雜誌》上，分成了兩個標題，〈張愛玲的短篇小說〉和〈評秧歌〉，並引起了台灣對張愛玲的極大興趣。

18 David Der-wei Wang, *The Monster That Is History: History, Violence, and Fictional Writing in Twentieth-Century China* (Berkeley: University of California Press, 2004), p. 119.

19 Ling Ding, "Du Wanxiang," in Tani E. Barlow with Gary J. Bjorge eds. *I Myself Am a Woman: Selected Writings of Ding Ling* (Boston: Beacon Press, 1989), p. 347.

20 Ibid.

香，華南這位同樣堅韌的女性譚月香拒絕以家庭的饑餓為代價，拒絕以服食意識形態度日，她打了一場自私而絕望的戰役，以保證口糧、保護她的家庭免於村裡嚴格的政治監控。意識形態的狂熱導致了每日餐桌上食物的稀少與剝奪，政治宣傳亢奮無度則加劇了口糧的短缺。

當食物成為問題時，政治也就不再重要了。當饑餓日益侵襲，生理存在的原始本能就成了主導性的力量。當她沒有食物準備晚餐時，譚大娘也放下了她的共產主義表演。月香的勞模丈夫金根公開反抗王幹部的命令，拒絕為反帝的朝鮮戰爭的軍隊提供糧食。正是這件事最終導致了村子裡的糧食騷亂。月香竭盡全力地保護自己的家庭挨過當時的政治控制，並最終在丈夫孩子死後，放火點燃了村子的糧倉，作為最終的復仇方式。由此看來，張愛玲的政治小說與其說是關於政治，不如說是關於人性最核心的部分：土地和人類生活、食物、疾病、死亡。她對女性的主體性——體現在月香自私、實在和務實上——的考察揭示了她對人類主體的獨特看法，這一主體的特點在於脆弱，而非啟蒙運動普遍主體概念所定義的理性、力量和道德品格。由此，《秧歌》超越了夏志清指出的對人類同情力所做的重要的人道主義貢獻，而更接近王德威所謂的張愛玲「對人性的不信任」。[21]這也在一定程度上解釋了作為反共小說的《秧歌》為什麼在「自由世界」也不受歡迎。對人性的脆弱與堅韌的關注導致了《秧歌》作為政治宣傳小說的失敗，不論它被貼上怎樣的政治意識形態標籤也不夠，因為一部成功的政治小說需要明確的政治承諾。

和《秧歌》相比，《赤地之戀》甚少受到學研究者的喜愛。[22]這部小說的野心更大，涵蓋了年輕社會主義中國成立初期的一系列重要事件：土改運動、三反運動（反腐敗、反浪費、反官僚）直到朝鮮戰爭。夏志清指出，這部小說「缺乏像《秧歌》那樣的在形式上的完整性」，並且包含「大段毫無價值的闡述」。[23]儘管張愛玲據說從美國新聞署拿到了一份寫作大綱，[24]但暗中支撐這部小說的意識形態主題的其實是愛情、個人主義和背叛等主題，這些個人主題同時也削弱了小說的政治意識。和張愛玲帶有左翼訊息的小說《十八春》類似，《赤地之戀》也描述了一對年輕情侶劉荃和黃娟之間的愛情故事，以表現歷史劇烈動盪期間的政治和情感幻

---

21 C. T. Hsia, *A History of Modern Chinese Fiction*; David Der-wei Wang, *The Monster That Is History: History, Violence, and Fictional Writing in Twentieth-Century China*, p. 134.

22 關於《赤地之戀》及其英文版*Naked Earth*的出版史，見高全之，《張愛玲學：批評・考證・鉤沉》，頁二二一—二二三。*Naked Earth*不是《赤地之戀》的直接翻譯。其中有一些重大改動和重寫。關於兩個版本的差異，見高全之，《張愛玲學：批評・考證・鉤沉》，頁二一九—三六。一個主要的情節改動在於，黃娟（*Naked Earth*中名為Su Nan）因共產黨幹部而懷孕，並死於流產。根據司馬新所說，這一改動與張愛玲一九五六年的流產經歷有關。見司馬新，《張愛玲與賴雅》（台北：大地出版社，一九九六），頁一〇一—一〇八。我對《赤地之戀》的討論基於一九九一年皇冠文學出版有限公司所出版的中文版。

23 C. T. Hsia, *A History of Modern Chinese Fiction*, p. 427.

24 水晶，《張愛玲的小說藝術》（台北：大地出版社，一九七三），頁二七。

滅。作為剛畢業的大學生，他們目睹了土改運動的暴力血腥。在劉荃被分回上海後，他捲入了一起政治陰謀並鋃鐺入獄。為了解救劉荃，黃娟自願委身於一個共產黨幹部作情婦。明白真相後的劉荃經歷了徹底的幻滅，報名參加抗美援朝志願軍，走上戰場。儘管小說第一部分設定在土改期間的鄉村地區，但社會主義中國初期上海的都市生活卻占據了小說剩餘部分的舞臺核心。這個資本主義的、西化的城市看上去要比《秧歌》結尾處社會主義農村的死亡之舞更加鬼魅。較諸在陰暗的饑荒大地上跳著節慶歡舞的村民們，在這裡，張愛玲早年小說集《傳奇》（一九四四）中的上海小市民的遊魂統統來到了社會主義的聚光燈下，在上海的前商業大都會街頭加入了一場詭異的勞動節大遊行。她早期作品中那些熟悉的主題和情節悉數登場，來作最後的告別，為一座消失中的城市留下紀念。正如劉荃——這位社會主義上海的新來者、這座前資產階級城市的入侵者——在遊行中所見：

這些人都是在時代的輪齒縫裡偷生的人，……眼前他們不過生活苦些，還是可以容許他們照常過日子，可以在人生味中得到一點安慰。像土地改革那樣巨大的變動還沒有臨到他們身上。遲早要輪到他們的，他們現在只是偷生。但是雖然是偷來的，究竟是真實的人生。[25]

在主人公劉荃和黃娟身上，我們可以輕易地找出《傾城之戀》香港的范柳原、白流蘇這些人揮之不去的身影，他們靠著一面灰色的磚牆，悠悠地說著：「牆是冷而粗糙，死的顏色。……有一天，我們的文明整個的毀掉了，什麼都完了——燒完了、炸完了、坍完了，也許還剩下這堵牆。」[26]只不過這一次，陷落的不是香港，而是整個中國。

小說反共意味最濃厚的地方出現在末尾。在朝鮮戰爭期間，當劉荃被美國人抓住並給了他機會選擇去自由中國——台灣——時，他拒絕了，並毅然決然回到大陸，作為一名潛伏特務從內部顛覆共產主義。個人的苦難一轉而成政治使命，好像意識形態的狂熱能夠治癒心理疾病似的。在這裡，一切共產主義的或是反共的政治律令的形而上或形而下的敘述辯證法，都遇到了它們最彰顯也最反諷的表現。我們能夠嚴肅地看待這個承諾嗎？考慮到劉荃可疑的政治履歷，他的祕密反共大業似乎很難有什麼光明的未來。個人生活和政治生活的這種糾纏，在張愛玲赴港前寫的帶有親共色彩的小說《十八春》裡就已經出現了。其中，世鈞與曼楨、叔惠與翠芝這兩對情侶無法為他們的情感糾葛找到解決方式，於是乎，作者將他們統統送到了東北的社會主義建設前線。疲乏於他們的政治和愛情奮鬥，他們做出了一個自私而個人的意識形態跳躍，一

25 張愛玲，《赤地之戀》，頁一二五。
26 張愛玲，《傾城之戀：張愛玲短篇小說集之一》（台北：皇冠文學出版有限公司，一九九一），頁二二六。

舉投入了國家事業之中——不論是共產黨還是國民黨的版本的新中國。他們的所作所為就像長安那樣，歷經母親七巧的折磨，在那個令人窒息的昏暗房間裡：「走得乾淨，她覺得她這犧牲是一個美麗的，蒼涼的手勢。」[27]

夏志清認為，《赤地之戀》寫的是關於背叛，包含了一系列的個人與政治的背叛。[28]在最近的一篇討論晚期張愛玲的文章中，沈雙指出背叛的主題在張愛玲一九四九年後的作品中占據了一個核心的位置：「對背叛的寫作讓她能夠描述冷戰語境中的離散主體面對各種民族國家時的複雜境遇。」[29]儘管背叛指向了一九四九年分裂前後，被困於無常的政治律令之間的中國知識分子面臨的政治和倫理困境，這個概念卻同時暗示了對立雙方間的一種便捷的、清晰的界線劃分。背叛和忠誠這樣的理念所反映的恰恰是冷戰的二元話語內在的焦慮性。在其最精采處，張愛玲關於背叛的書寫揭示出對立、隔離和意識形態敵對這些典型冷戰修辭背後的偶然性和任意性。在這個意義上，她的寫作，不論政治與否，都是關於曖昧與妥協，而非關於背叛的。曖昧性是張愛玲的人生和作品的本質：她在政治上可疑的、日治時期的上海一夜成名；她遊移在鴛蝴派通俗文學和五四新文學兩者之間；她與胡蘭成的婚姻——後者在抗日戰爭期間與汪精衛的傀儡政權合作；她一九五〇年代的寫作搖擺於傾共和反共之間——這些全都證明了她曖昧的政治立場和文化策略。

事實上，曖昧性最恰當地捕捉了冷戰經驗任意無常的性質。香港提供了一個頗有價值的案例，在那裡，來自大陸、台灣、美國的宣傳家、顛覆者、間諜等各色人等不斷活動，互相競爭、共存，而殖民政府則在冷戰高潮中試圖維持香港的中立性。毫不意外地，左右兩派一面在光天化日之下彼此鬥爭，一面在晚餐桌上把酒言歡。最為狡黠的鬥爭發生在文人之間。國共政權都忙著把文學政治化，而香港則是一個獨特的空間，其中民族主義和殖民主義、政治和娛樂、左派和右派彙聚一堂。香港文學由報紙的文學副刊、雜誌和出版社所經營維持。在他對冷戰香港文壇的勾勒中，鄭樹森描述了主要的左派、右派和商業出版社，並指出連載小說是這一時期的一種重要形式。[30]

然而，出版社的政治傾向並不必然決定它們所出版的作品的政治立場。張愛玲的例子就非常明顯。一九五四年，除了《秧歌》和《赤地之戀》的中文版，張愛玲第一部小說集《傳奇》也由天風出版社以《張愛玲短篇小說集》的標題在香港重印。一九六六年，張愛玲的中文小說〈怨女〉和《半生緣》（對《十八春》的改寫）在《星島晚報》這份政治上傾向台灣的商業報

27 同前注，頁二〇九。
28 C. T. Hsia, *A History of Modern Chinese Fiction*, pp. 427-31.
29 William Tay, "Colonialism, the Cold War, and Marginal Space: The Existential Condition of Five Decades of Hong Kong Literature," p. 34.
30 Ibid.

紙上連載。儘管所有與她的寫作有關的報紙和出版社都屬於右翼陣營，但正如本章先前所論，張愛玲的作品並沒有成功地傳播宣傳反共訊息。

左翼媒體也同樣證明了藝術與政治間錯綜複雜的關係。最有趣的例子是冷戰高潮的香港，新派武俠小說在主要左翼報紙《新晚報》上的興起。[31]《新晚報》是《大公報》辦的晚報，和《文匯報》一起組成了左翼媒體的柱石。一九五四年，當右派的《今日世界》連載張愛玲的土改小說《秧歌》時，《新晚報》開始連載一部武俠小說：《龍虎鬥京華》，作者陳文統，筆名梁羽生。一年後，梁羽生的好友查良鏞（後以筆名金庸為人所知）也加入了進來，發表《書劍恩仇錄》——以及之後的十四部小說。這就是新派武俠小說的誕生，而梁羽生和金庸也自此被尊為新武俠的兩位大師。這些作品很快俘獲了香港、新加坡、東南亞——以及之後的台灣、中國大陸——讀者的熱情和想像。

在北京和台北的嚴格的自我管制中，不論是大陸的社會主義現實主義，還是國民黨的戰鬥文藝和反共文藝，都不會給武俠小說以生存空間。它在香港找到了重生的理想位置，並得到了左派媒體的大力推動——這都值得進一步思考。當梁羽生的朋友羅孚——《新晚報》主編、投身大陸在香港的統一戰線事業的地下黨員——找到他，催他寫一個武俠故事時，他們顯然無意用江湖遊俠的方式來做直接的政治宣傳。[32]當年早些時候澳門的拳擊比賽所引起的巨大轟動顯然觸動了羅孚，讓他看到了武俠對讀者的吸引力。確實，《龍虎鬥京華》的迅速成功引爆了《新晚報》的發行量：它幾乎在一夜之間碾壓它的右派對手《星島晚報》。

在一九四九年前後的激烈的意識形態衝突中，左派以武俠小說來吸引讀者，以兜售社會主義中國的政治教條。還有比這更能淋漓盡致地證明政治和藝術之間的錯綜關係的嗎？現代中國文學與政治從晚清的梁啟超（一八七三—一九二九）提倡新小說起就有著千絲萬縷的聯繫。在他開創性的《論小說與群治之關係》中，[33]梁啟超將中國的衰落歸罪於傳統流行小說的負面影響，它們宣揚暴力和性，其中也包括了《紅樓夢》和《水滸傳》——後者是武俠小說的原型。[34]他看到了小說對民眾形成的巨大影響，並提倡創造一種新的小說來使中國變得現代化。

31 關於新派武俠在戰後香港的興起的完整研究，見John Christopher Hamm, *Paper Swordsmen: Jin Yong and the Modern Chinese Martial Arts Novel* (Honolulu: Hawai'i Press, 2005), pp. 1-31.

32 一九八〇年代末，羅孚因為他在冷戰高潮期間與美國人的交往被中共指責叛黨，是「美國特務」，並在北京被監視居住十年——另一個關於忠誠和背叛、關於不可預料的黨的政治的故事。他的兒子最近出版了一本關於這起疑案的書。見羅海雷，《我的父親羅孚：一個報人、「間諜」和作家的故事》（香港：天地圖書有限公司，二〇一一）。

33 此文英譯收入Kirk A. Denton ed., *Modern Chinese Literary Thought: Writings on Literature, 1893-1945* (Stanford, CA: Stanford University Press, 1996), pp. 74-81.

34 關於傳統中國俠義小說的研究，見James J. Y. Liu, *The Chinese Knight-errant* (Chicago: University of Chicago Press, 1967)；陳平原，《千古文人俠客夢：武俠小說類型研究》（北京：人民文學出版社，一九九二）。關於

這一提議為五四新文化運動的知識分子們所力行。諷刺的是，半個世紀後，在另一場為現代中國展開的文化戰役中，自命為五四運動的真正接班人的中國左派們卻毫不遲疑地復活了一種曾經被拋棄、充斥著俠盜的文學類型，用以在台海兩岸開展意識形態鬥爭。

使得傳統文學與現代文學之間、小說與歷史之間的張力更為複雜的是，在毛澤東的〈新民主主義論〉和〈在延安文藝座談會上的講話〉——它們號召創造性地使用傳統文學與藝術形式來啟蒙人民——之後，左翼作家和藝術家便從未停歇地再造傳統民間敘事形式，以宣揚革命和民族主義理念。一九四〇年代延安體的「大眾文藝」動用傳統的亂臣賊子的情節，製造出一種和「革命的民族主義文學」同樣嚴肅的敘事形式。[35]在一九四〇年代末的《呂梁英雄傳》（一九四八）和《新兒女英雄傳》（一九四九）等左翼戰爭小說，以及一九五〇年代《保衛延安》（一九五四）等革命歷史小說中，我們都不難發現，《水滸傳》和晚清的《兒女英雄傳》（一八七八）等古典形式的俠義英雄帶著共產主義的面具重新粉墨登場。

儘管新派武俠在左派的《新晚報》上登場亮相，但它所展現的想像的文學世界具有獨特的藝術創造性，比任何嚴格的左翼意識形態所包含的民族和歷史想像要複雜得多。[36]和一九二〇年代及一九三〇年代的舊派武俠一樣，新武俠也以傳統的章回體寫成，梁羽生和金庸的小說具有對現代敘事技巧的靈活使用以及現實主義的歷史背景設定。在重新定義了英雄主義、男性氣概、兄弟情誼和忠誠等核心概念之外，它們還在複雜的地緣政治和歷史框架中重構了中國的民族想像。這些故事常常設定在中華帝國的地理、文化或族群的邊緣地帶。包含的議題涉及族群衝突、政治矛盾、文化正統，以及個人和國家的認同，且在朝代更迭的歷史背景下得到展開和探討。[37]這些個人、族群和民族的話語在冷戰香港的特殊文化和地緣政治環境中被創造出來，暗示著新派武俠自身處在國族邊緣的境況：這是一個處於中國主權之外的、從英國殖民地和中國的疆域中借來的時空。這些作家努力處理小說和歷史、國家和敘事、族群和地域之間的纏繞

晚清的俠義公案小說，見David Der-wei Wang, *Fin-de-siècle Splendor: Repressed Modernities of Late Qing Fiction, 1849-1911* (Stanford, CA: Stanford University Press, 1997), pp. 117-82.

35 宋偉杰，《從娛樂行為到烏托邦衝動：金庸小說再解讀》（南京：江蘇人民出版社，一九九九），頁二一〇。

36 儘管梁羽生和金庸是《新晚報》的雇員，他們卻從不是固執的左派。金庸在《新晚報》初期有些左傾，但隨著大陸激進的左翼政治運動的發展，尤其是在一九五九年以後，他改變了政治看法，當時他離開了《新晚報》，創辦了《明報》。見張圭陽，《金庸與明報傳奇》（台北：允晨文化，二〇〇五）。

37 對金庸小說的文化和歷史意義的研究，見Weijie Song, "Nation-State, Individual Identity, and Historical Memory: Conflicts between Han and Non-Han Peoples in Jin Yong's Novels," in *The Jin Yong Phenomenon: Chinese Martial Arts Fiction and Modern Chinese Literary History*, eds. Ann Huss and Jianmei Liu (Youngstown, N.Y.: Cambria Press, 2007), pp. 121-54; Weijie Song, "Space, Swordsmen, and Utopia: The Dualistic Imagination in Jin Yong's Narratives," in *The Jin Yong Phenomenon: Chinese Martial Arts Fiction and Modern Chinese Literary History*, eds. Ann Huss and Jianmei Liu, pp. 155-78. 關於金庸小說在冷戰亞洲的歷史和文化語境，見Petrus Liu, *Stateless Subjects: Chinese Martial Arts Literature and Postcolonial History* (Ithaca: Cornell East Asian Series, 2011), pp. 107-52.

糾葛，讓人想起第一章中討論的、與他們同時的流亡新儒家們對文化民族主義的理解。在英國治下，以文學想像的方式，新派武俠小說為中國之外的文化民族主義提供了另一種敏銳的視野。

不論左右的意識形態宣教者都不會想到，數十年之後，當台海兩岸的政權開始互相溝通時，新派武俠和張愛玲都將在中國大陸閃亮登場。一九八〇年代以降，在中國大陸「第二次啟蒙運動」時期，張愛玲和金庸這兩位分屬香港左右報刊的作家合力席捲了文革後的文化廢墟，他們所攻陷的讀者數量之眾，絕對是他們之前的編輯們所無法想像的。近年來，在華語世界，他們的寫作跨越了各種邊界——國家的、政治的、文化的——並成為吸引人們進入中國文化世界的共同資源。藝術和政治、流行文化和嚴肅文學、娛樂和啟蒙之間的交匯變得前所未有地引人入勝。

二、《紅樓夢》的冷戰改編

一九六一年十一月，張愛玲來到香港準備替國際電影懋業有限公司（MP&GI）將古典小說《紅樓夢》改編成電影。這並非張愛玲與國泰電懋的第一次合作。一九五五年旅居香港期間，張愛玲曾加入了電懋的劇本編審委員會，[38]這個委員會包括了一批流亡作家，如孫晉三、秦羽和宋淇。[39]在定居美國之後，張愛玲為電懋完成了一系列電影劇本，事實上劇本的寫作為她留美頭幾年提供了主要的收入來源。她寫的電影大都是精緻輕喜劇或都市言情，包含了批評家所謂美國鬧劇喜劇和中國家庭倫理劇的成分。[40]一九四〇年代末，當她為上海文華影片公司創作《不了情》（一九四七）和《太太萬歲》（一九四七）的劇本時，就已經開始實驗這種電影樣式了。

38 Kenny K. K. Ng., "Romantic Comedies of Cathay-MP&GI in the 1950s and 60s: Language, Locality, and Urban Character," *Jump Cut: A Review of Contemporary Media* 49 (Spring 2007), www.ejumpcut.org/archive/jc49.2007/text.html.

39 宋淇後來成為張愛玲終生的好友。正是在宋的支持下，張愛玲才能在一九五〇和一九六〇年代有為MP&GI寫劇本的機會。關於MP&GI劇本編審委員會的討論，見Poshek Fu, "Modernity, Diasporic Capital, and 1950's Hong Kong Mandarin Cinema," *Jump Cut: A Review of Contemporary Media* 49 (Spring 2007), www.ejumpcut.org/archive/jc49.2007/text.html ; Kar Law, "A Glimpse of MP&GI's Creative / Production Situation: Some Speculations and Doubts," in *The Cathay Story*, ed. Ailing Wong (Hong Kong: Hong Kong Film Archive, 2002), pp. 58-65; Kei Shu, "Notes on MP&GI," in *The Cathay Story*, ed. Ailing Wong (Hong Kong: Hong Kong Film Archive, 2002), pp. 66-81.

40 關於張愛玲的劇本，見Leo Ou-fan Lee, *Shanghai Modern: The Flowering of a New Urban Culture in China, 1930-1945* (Cambridge, MA: Harvard University Press, 1999), pp. 276-80；鄭樹森，〈張愛玲與兩個片種〉，《印刻文學生活誌》二卷一期（二〇〇五年九月），頁一五四—一五五。

然而，改編《紅樓夢》的任務與她先前的劇本寫作實踐大有不同。這不再是又一部俏皮幽默的浪漫喜劇，張愛玲這次的挑戰是將一部她常常稱之為自己的文學靈感之源的史詩性作品改編成電影劇本。[41]張愛玲與《紅樓夢》的淵源開始得很早。她在年少時期便被《紅樓夢》深深吸引，無法抗拒書寫她自己的現代版本的誘惑。以《摩登紅樓夢》（一九三四）為題，十三歲的張愛玲書寫了她自己的五回《紅樓夢》，想像一個二十世紀的大觀園，賡續了晚清《紅樓》熱的傳統，尤其是吳趼人那部革新性的烏托邦科學小說《新石頭記》（一九〇八）。吳趼人復活了賈寶玉，把他變成搭乘「飛車」飄在空中去往中非的冒險家。而張愛玲則將賈寶玉送出了國，攻讀大學學位。

在整整三個月的辛勤工作和不斷修改後，張愛玲的劇本被電懋退回，電影拍攝計畫也擱置了。由於張愛玲原來的《紅樓夢》劇本沒有保存下來，對其進行文本分析也變得不可能。相反，我將大膽進行一項背景和歷史分析，來探討一九五〇年代及一九六〇年代大陸和香港的跨文類、跨媒介的《紅樓夢》改編所具有的深刻的文化和政治意涵。

電懋決定於一九六一年拍攝《紅樓夢》的電影並非出於偶然。促使這一決定的無疑是晚近來訪的由徐玉蘭和王文娟領銜的上海越劇院上演的越劇《紅樓夢》的大獲成功。這部戲於一九六二年由上海海燕電影製片廠和香港鳳凰影業共同拍攝成電影。在冷戰對峙的高潮中，上海越劇院從新生的社會主義國家出發，訪問香港這個資本主義世界的前沿陣地，這絕不可能沒有任何政治意味。正如劉少奇主席在與劇團成員會面時所說，他們身負建立文化統一戰線的使命。為了驅散整個國家由於所謂的大躍進而深陷饑荒的「流言」，劇團甚至「聚居」在廣州的一家豪華旅店中長達兩周，並在那裡為他們提供富含營養的食物，以使他們在前往香港前能有最佳的身體狀態。[42]越劇《紅樓夢》連演十八場，在一九六〇年的香港轟動一時。由於它的浪漫情節、藝術華美、詩學抒情性，這部越劇似乎成為年輕的政府最佳的文化範本，以展現其精神的優越，宣示文化和傳統的高地，以及贏得離散華裔公眾的支持。

在大陸的歷史語境中，越劇《紅樓夢》的生產包含了另一層面上的政治和文化複雜性。共和國的第一個十年常常被視為越劇的黃金時代。[43]上海越劇院表演的越劇《紅樓夢》於一九五八年於大陸首演，並迅速成為一部越劇經典。它的編劇是徐進。這部戲大獲成功，以至於第二年劇團受邀進京，為慶祝社會主義中國成立十週年而表演。考慮到它的生產時間，我們或許會問，這部「封建的」才子佳人戲緣何能夠在動盪的政治和文化空氣中生存下來，甚至獲得如許的成功？

41 張愛玲，《紅樓夢魘》（台北：皇冠文學出版有限公司，一九七六），頁一〇。

42 王愷，〈越劇《紅樓夢》的誕生〉，《三聯週刊》（二〇〇九年七月九日），頁五六—六五。

43 將《紅樓夢》搬上大銀幕的改編持續至一九七〇年代。傳播最廣的作品是邵氏兄弟公司的《金玉良緣紅樓夢》（一九七七），由林青霞和張艾嘉主演，李翰祥導演。

事實上，在二十世紀中期的社會主義現代化過程中，這部清代的經典以一種奇詭的方式被放置在文化與政治的聚光燈下。在大陸的社會主義建設高潮中，《紅樓夢》這部與社會主義現實之間的距離不能更遠的小說出乎意料地成了針對知識分子的第一波政治運動的觸媒。一九五二年九月，傑出的散文家、詩人、歷史學家、文學批評家俞平伯（一九〇〇—一九九〇）發表了一部紅學文集《紅樓夢研究》（一九五二），其中收入了他修訂過的部分舊著《紅樓夢辨》（一九二三）和其他研究文章。[44]次年五月，《文藝報》發表了一系列批評文章，高度讚揚俞著及其《紅樓夢》研究。在年輕的社會主義國家的頭幾年，《紅樓夢》研究似乎占據了一個遠離政治和社會現實的安全的角落。

然而，一九五四年形勢劇變。李希凡和藍翎這兩位山東大學的新近畢業生撰寫了一篇文章嚴厲斥責俞平伯最近的紅學論集。他們先在一九五四年初將文章投給了《文藝報》，後者對此毫無興趣。九個月後，這篇文章終於在山東大學的刊物《文史哲》上發表。我們不難理解為什麼兩位年輕大學畢業生試圖批評古典文學領域中聲名顯赫的學者的文章沒有得到主要文學期刊的太多關注。但令人意外的是，這一貌似小眾的學術實踐得到了毛主席的關注。以其敏銳的政治敏感性，毛在其中發現了一個完美的機會，來開啟一場針對「資產階級學術權威」的思想批判戰役。

一九五四年十月十六日，毛澤東給中央政治局寫了封信，題為〈關於《紅樓夢》研究問題的信〉。其中，他表彰李希凡和藍翎的文章「是三十多年以來向所謂《紅樓夢》研究權威作家的錯誤觀點的第一次認真的開火」，[45] 並嚴厲地斥責《文藝報》忽略、阻礙這一革命行為的做法。在毛的命令下，大陸所有學術與文化機構都必須批判俞平伯的《紅樓夢》研究所代表的資產階級唯心論。

人們或許會好奇，為什麼毛澤東在實施他的社會主義現代化計畫的緊要關頭還會對一篇文學批評文章產生個人興趣。對毛而言，文學或文學批評從來不僅是一個表達個人意見的場所。文學的價值並不在於什麼美學自主性，它應該被視為一個與政治同樣重要的鬥爭的場域。這種關於文學的概念至少可以被追溯到一九四〇年代初。在他的〈在延安文藝座談會上的講話〉中，毛明確表示，文藝應當為政治和革命服務，並主張黨要控制一切文化活動。在一起貌似僅僅關於對一部古典文學作品的不同意見的事件裡，毛澤東抓住了理想中的機會，來以馬克思主義辯證唯物主義和歷史唯物主義占領學術研究。毛把它看作將文藝領域從俞平伯這樣受到資本主義「主觀唯心論」影響的「學術權威」手上奪回來的戰役。對古典文學的闡釋無法再棲居於

44 俞平伯，《紅樓夢研究》（上海：棠棣，一九五二）；《紅樓夢辨》（上海：亞東圖書館，一九二三）。

45 毛澤東，〈關於《紅樓夢》研究問題的信〉，收入中共中央文獻研究室編，《毛澤東文集》卷六（北京：人民出版社，一九九三—一九九九），頁三五二—五三。

世外的學術象牙塔，它成了社會主義改造和建設的重要部分。因此，一九五四年的《紅樓夢》之爭是一起馬克思主義意識形態和資本主義意識形態之間的嚴重的政治對抗，它塑造了之後所有中國學術界的運動，並在文革中達到最極端的表現。

到了一九五五年，前一年忽然爆發的批判俞平伯運動已經將目標轉向了胡適。胡適是現代紅學研究之父，也是中國的資產階級知識分子的原型。[46]隨後，運動又轉向了中共的文化和宣傳部的領導，尤其是胡風。最終，《紅樓夢》之爭擴展為一九五七年全國性的反右運動，以全體中國知識界為目標。在批判胡適的高潮中，俞平伯不得不寫下懺悔文章批駁胡適的思想。〈堅決與反動的胡適思想劃清界限〉一文發表在《文藝報》上——幾年之前，正是這一份刊物刊登了他的《紅樓夢》研究。儘管成千上萬人為胡適思想的「流毒」所害，但胡適自己只能在他曼哈頓的公寓中閱讀關於對他的批判的報導——它們正滌蕩社會主義國家的鐵籠，如火如荼。這位半個世紀前的五四全盤性反傳統的文學和文化革命的領袖，現在通過一部十八世紀的文學經典《紅樓夢》，而間接地參與到社會主義政治的激進主義運動中。當成千上萬的人被指控與迫害時，歷史的諷刺之處在於，這一系列由批判俞平伯運動點燃的政治運動，導致了《紅樓夢》在一九四九年以後的社會主義中國被廣泛地閱讀。一九五八至一九六二年，《紅樓夢》的印數達到十四萬，成為《毛選》之外銷量最高的圖書。

在對《紅樓夢》的全國性狂熱中，徐進編劇的一九五八年的越劇是第一部對全書——而非其中的選段——改編而成的戲劇。萃取濃縮《紅樓夢》這樣一部史詩般的複雜作品本身就是一項艱巨的工作。但是，更為困難的是，如何使這部戲適應於當時的政治環境。在一九五〇年代的《紅樓夢》之爭中，如何以新生的社會主義國家所信奉的馬克思主義政治和文化話語來闡釋這部作品始終是爭論的焦點問題。胡適和俞平伯的方式因其帶有資本主義主觀唯心主義色彩而受到批判，而本身就是《紅樓夢》的熱心讀者的毛澤東則主張，只有從階級鬥爭的視野出發，人們才能真正將《紅樓夢》和中國歷史作為一個整體來鑑賞。由此，他認為這本書的主線是反封建的階級鬥爭：「階級鬥爭激烈，有好幾十條人命。」[47]

較早嘗試在新的政治話語制定的主題框架中將《紅樓夢》改編成越劇的人正是蘇青——她是張愛玲的好友，和張一樣，以關於女性空間與主體性的作品在日治時期的上海贏得了文名。[48]也和張愛玲一樣，蘇青因為她在日治上海可疑的與傀儡政府合作的行為而在戰後被同輩

---

46 關於一九五五年批判胡適運動的詳細討論，見Jerome Grieder, "The Communist Critique of *Hunglou meng*," *Papers on China* (Harvard University, East Asian Research Center) 10 (October 1956): 142-68. 關於二十世紀初的新紅學，見Louise Edwards, "New *Hongxue* and the 'Birth of the Author': Yu Pingbo's 'On Qin Keqing's Death'," *Chinese Literature: Essays, Articles, Reviews (CLEAR)* 23 (December 2001): 31-54.

47 毛澤東，〈關於哲學的講話〉，《毛澤東思想萬歲》（武漢，內部資料，一九六九），頁五四九。

48 蘇青被捲入了一九五五年接踵而至的反胡風運動，並於同年被作為胡風分子而關押，這使得這個戲曲選段從

作家所指責。在共和國初年，她不得不從小說寫作轉向為戲劇公司寫作劇本，以此為生。為了符合闡釋《紅樓夢》時的主導性政治標準，在她為芳華越劇團所寫的戲《寶玉和黛玉》裡，蘇青創造了一個叫蕙香的丫鬟，她克服了殘酷的壓迫，揭露出賈府嚴酷的階級鬥爭。[49]

然而，當徐進開始為上海越劇院改編《紅樓夢》時，他試圖以一種更具野心也更精緻的方式將其完成。徐進將其處理為一齣由令人窒息的家長制體系所導致的愛情悲劇，寶玉和黛玉則是以「金玉良緣」這句話所體現的封建包辦婚姻的犧牲者。於是，這部作品就不再是一部反動的才子佳人小說，而是意在否定封建倫理和社會規則，提倡五四新文化運動的核心價值，包括反抗家族壓迫、追求個人自由的勇氣。以黛玉進賈府開場，這部戲強調了如寶玉被父親毆打、黛玉葬花、寶黛共讀《西廂記》、寶玉的婚禮、黛玉焚稿及之後的死亡等情節。它以寶玉憑弔黛玉之死並離家出走結束，伴隨著著名的臺詞的吟唱：「拋卻了莫失莫忘通靈玉，掙脫了不離不棄黃金鎖，離開了蒼蠅競血骯髒地，撇開了黑蟻爭穴富貴窠。」[50]這個結局凸顯了全戲的主題，詛咒傳統的婚姻制度和封建家族的腐敗。這部戲採用了高鶚後四十回續書的情節，其中寶玉在熙鳳的設計下在黛玉孤獨慘死的當晚與寶釵結婚，由此，它事實上將《紅樓夢》簡化為一齣愛情悲劇，並成功地符合大眾消費趣味。在凸顯反封建主題的同時，這部戲沒有觸犯主導性的政治意識形態規範，同時在它精緻而抒情的唱段、演奏和合唱中保留了原作的詩學臻美。

正是在這種複雜的政治和文化環境中，張愛玲受電懋邀請為香港市場寫作《紅樓夢》的電影劇本，這個市場因上海越劇院的表演而對《紅樓夢》燃起了巨大的興趣。大陸政治上的束縛固然限制了蘇青和徐進等編劇，但在香港的張愛玲也面臨著一種不同的困境。誠然，蘇青和徐進的戲都受到了政治審查的傷害；但張愛玲的《紅樓夢》改編甚至沒能通過電影公司的初審。張愛玲在當時寫給賴雅（Ferdinand Reyher）——她一九五六年嫁給了這位美國編劇——的信裡對她的電影劇本的被拒給出了兩個理由：電懋的經理們從未看過《紅樓夢》原作，因而無法欣賞她的改編；電懋在香港的主要競爭對手邵氏兄弟公司已經著手開拍邵氏《紅樓夢》電影。[51]

電懋的經理們可能確實沒有讀過《紅樓夢》，邵氏兄弟公司也可能確實動作更快，從而抓住了這個市場機會。然而，張愛玲的劇本被拒的原因絕不是因為她不知道如何投大眾所好。畢竟，從她的文學生涯一開始，她就以偏好大眾文化而聞名。在我看來，她的困境另有原因。張愛玲曾寫道，《紅樓夢》中所有的戲劇性場面都發生在後四十回：「原著八十回中沒有一件大

舞臺上消失了。《寶玉與黛玉》最早由戲曲明星尹桂芳主演。

49 關於蘇青對越劇《紅樓夢》的重寫，見王一心，《他們仨：張愛玲・蘇青・胡蘭成》（上海：東方出版中心，二〇〇八），頁一三〇—四一。

50 原文由徐進創作。

51 見張愛玲信，周芬伶，《孔雀藍調：張愛玲評傳》（台北：麥田出版，二〇〇五），頁一七九—二〇六。

事。……大事都在後四十回內。……前八十回只提供了細密真切的生活質地。」[52]如何處理《紅樓夢》情節上的發展，或者說，在篇末如何處理寶玉、黛玉、寶釵的關係，必然是張愛玲在重寫《紅樓夢》時的核心問題。很有可能張愛玲對故事結尾的處理沒有讓電懋的經理們滿意。儘管張愛玲的《紅樓夢》劇本現已不存，無法考察，但仔細地閱讀她在劇本失敗後不久開始寫作的紅學著作《紅樓夢魘》，尤其是她對後四十回是否曹雪芹原著的真偽的推測，會為她對《紅樓夢》的看法提供重要的線索。我將在下一部分進一步討論這個問題。

事實上，正當張愛玲不斷地修改劇本以爭取電懋首肯時，邵氏兄弟公司確實製作了一部《紅樓夢》的黃梅戲版影片，它的情節大部分都取自徐進的越劇版本，以寶釵新婚之夜的黛玉之死，以及寶玉的離家出走收尾。邵氏兄弟的《紅樓夢》於一九六二年上映，由樂蒂主演，並最終迫使電懋放棄了自己的拍攝計畫。黃梅戲電影是一九五〇年代和一九六〇年代香港國語電影的支柱，這部大片在票房上大獲成功。[53]而當邵氏兄弟的黃梅戲版電影《紅樓夢》在離散華人群體中廣為流傳時，完成於同一年上海越劇院的電影《紅樓夢》則因為大陸另一起大規模的文化運動的發動而被查禁：無產階級文化大革命。

三、錯失的現代性時刻：《紅樓夢魘》

一九六三年，《紅樓夢》電影計畫流產後，張愛玲回到美國，不久，她就開始了關於《紅樓夢》的研究，這一努力持續了十年。其產物是一系列文章，後結集成為《紅樓夢魘》。在她的美國離散生活裡，尤其是她在第二任丈夫逝世後的隱居時光裡，為什麼張愛玲選擇投向《紅樓夢》的世界？在何種意義上，《紅樓夢》以及張愛玲對它的解讀與她自己的文學作品和美學發生了關係？很少有人注意到張愛玲這唯一一部考證研究性著作。在回答上述問題時，我對張愛玲的《紅樓夢魘》的探討為我們提供一種新的視角，來思考她一九四九年以後的寫作生涯，同時也更為深入地理解她的美學世界。

張愛玲的《紅樓夢》研究處於一個綿長而又豐富的紅學傳統之中。這個傳統幾乎與這部著

52 韓子雲著，張愛玲註譯，《海上花開：國語海上花列傳（一）》（台北：皇冠文學出版有限公司，一九九一）；韓子雲著，張愛玲註譯，《海上花落：國語海上花列傳（二）》（台北：皇冠文學出版有限公司，一九九一），頁六三九。

53 關於這一類型在香港電影史上的研究，見陳煒智，《我愛黃梅調：絲竹中國，古典印象——港臺黃梅調電影初探》（台北：牧村圖書有限公司，二〇〇五）；吳昊主編，《古裝・俠義・黃梅調》（香港：三聯書店（香港）有限公司，二〇〇四）。

作在十八世紀中葉的完成同時開始。除了早期的評點外，脂評本是其中最重要的成果。紅學有兩個重要派別：索隱派和考證派。索隱派將全書視為一部清代早期的宮闈祕聞錄，或是對滿清政權的隱祕的族裔批判；而考證派是由胡適開啟的對《紅樓夢》所謂現代方式的研究。考證派的一個主要焦點在於小說的作者，他們認為這部小說是作者曹雪芹的自傳性作品。然而，拋開他們對政治寓言或作者背景的不同關注，索隱派和考證派都將《紅樓夢》視為一部歷史文獻，而非虛構的文學作品。正如蘇源熙（Haun Saussy）指出的，「索隱派和考證派同屬歷史閱讀模式，只不過兩者在什麼構成了歷史，或者什麼在歷史上是重要的這些問題上有所區別。」[54]

在《紅樓夢魘》的序言中，張愛玲提到她對《紅樓夢》的研究不僅細讀字裡行間，也比較各種抄本與印本，她將這一過程比作走「迷宮」、「拼圖遊戲」、閱讀「偵探推理小說」或是追逐「《羅生門》」中的不同可能性。[55]我在最近一篇關於《紅樓夢》在現代中國的前世今生的文章中指出，這樣仔細的研究結合了為索隱派和考證派所特有的闡釋學和語文學的方法。[56]《紅樓夢魘》爬梳不同版本與圈點評注，並讓它們互相補充、互相鏡照。在她的序言中，張愛玲將她對《紅樓夢》的研究歸諸她對這本小說的熟悉：「不同的本子不用留神看，稍微眼生點的字自會蹦出來。」[57]在她嚴格的文本分析中，張愛玲大量借鑑了先前的研究成果，尤其是胡適、俞平伯、周汝昌、吳世昌、趙剛等考證派學者的研究。

然而，張愛玲對《紅樓夢》的爬梳羊皮紙式的層層研究，與這兩派都有重大差異。她的目的不在於提出新的關於政治寓言、王朝祕聞、或是曹雪芹的家史與生平的猜測。她的研究更關注曹雪芹二十多年的寫作和修訂過程中不斷成熟起來的文學風格與技巧、美學理念，探討角色塑造和情節安排上的主要變化，以及作品展現的情與色、欲望與幻滅這些核心觀念。在討論張愛玲的《紅樓夢魘》時，郭玉雯認為張愛玲的研究將《紅樓夢》視為小說創作而非自傳或社會與歷史材料。因此張的研究是文學的，而索隱派和考證派都是歷史學的。[58]確實，張愛玲的紅學事業充滿了她作為女性作者的聲音，以及她作為女作家的獨特的細緻視角。毫不意外地，在紅學研究領域，由於她的不尋常的方法，張愛玲經常被視為一位準紅學家。[59]知名紅學家周汝

54 Haun Saussy, "The Age of Attribution: Or, How the 'Honglou meng' Finally Acquired an Author," *Chinese Literature: Essays, Articles, Reviews (CLEAR)* 25 (December 2003): 129. 蘇源熙在此文中提供關於《紅樓夢》作者的重要理論視野。

55 張愛玲，《紅樓夢魘》，頁一〇。

56 Xiaojue Wang, "*Stone* in Modern China: Literature, Politics, and Culture," in *Approaches to Teaching The Story of the Stone (Dream of the Red Chamber)*, eds. Andrew Schonebaum and Tina Lu (New York: Modern Language Association of America, 2012), pp. 662-91.

57 張愛玲，《紅樓夢魘》，頁六。

58 郭玉雯，《紅樓夢學：從脂硯齋到張愛玲》（台北：里仁書局，二〇〇四），頁三四一—六八。

59 關於張愛玲的《紅樓夢魘》的研究包括郭玉雯，《紅樓夢學：從脂硯齋到張愛玲》；康來新，〈對照記：張愛

昌儘管讚賞她的天賦和對《紅樓夢》的執迷，卻認為張愛玲是紅學研究傳統中的「怪傑」，並認為《紅樓夢魘》令人遺憾地對作為客觀的、科學的研究領域的紅學研究沒有太大的貢獻。[60]

在紅學研究的不同階段，尤其對考證派而言，關於作者、關於各版本《紅樓夢》的真偽始終是焦點問題。[61]而張愛玲的主要研究關懷之一，則是如何評價高鶚對《紅樓夢》的貢獻。在回憶她年輕時的閱讀經驗時，張愛玲寫道，「看到八十一回『四美釣遊魚』，忽然天日無光，百樣無味起來，此後完全是另一個世界。……許多年後才知道是別人代續的。」[62]後四十回中有沒有可能包含一點曹雪芹原作的散片呢？後四十回的創作能否完全歸諸高鶚，還是說有可能有好幾位作者？

為了回答上述問題，張愛玲對後四十回參差不齊的文學品質進行了細緻的考察，並試圖解釋《紅樓夢》早期版本經歷的主要變動。[63]她並未集中於比較不同版本的文本異同，而是探究了寫作風格、人物描寫、文學主題上的不一致性。一個很好的例子是張愛玲對有關黛玉外貌描寫的前後不一致之處的分析。張愛玲發現，在前八十回中幾乎沒有對黛玉的表情或衣著的描寫。黛玉的意象好像是永恆的、仙界的、而從來不是肉身的：黛玉「通身沒有一點細節，只是一種姿態，一個聲音。」[64]以此，曹雪芹塑造的黛玉是超越世俗世界的，而受制於儒家道德的寶釵則被表現為一個精緻而世俗的人物。在第八十九回讀到對黛玉衣著的詳細描寫——穿著水紅花襖，頭上插著赤金扁簪——時，張愛玲感到出離憤怒。這一描寫顯然毀壞了黛玉所有的超凡脫俗、飄渺不可及的美感。她由此斷定，這必然不是曹雪芹本人寫的。

所以，張愛玲認為我們必須將八十回本《紅樓夢》視為一部未完成的作品，才能發現它真正的文學光華。高鶚的後四十回不過是「狗尾續貂」、「附骨之疽」。[65]高鶚的版本不過是將《紅樓夢》變成了一部具有戲劇化結尾的三角戀的爛俗故事，因而嚴重地敗壞了中國人的閱讀

玲與《紅樓夢》〉，收入楊澤編，《閱讀張愛玲：張愛玲國際研討會論文集》（台北：麥田出版，一九九九），頁二九—五八；趙岡，〈張愛玲與紅學〉，《聯合報・聯合副刊》，一九九五年十一月二十一日。

60 周汝昌著，周倫玲編，《定是紅樓夢裡人：張愛玲與紅樓夢》（北京：團結出版社，二〇〇五），頁五。

61 在他一九二一年的論文〈紅樓夢考證〉裡，胡適第一次將曹雪芹確認為《紅樓夢》的作者。更為重要的是，他將歷史實用主義作為一種關鍵的方法，提供了研究《紅樓夢》的新起點，並發起了紅學研究的新流派：考證派。見胡適，〈紅樓夢考證〉，《胡適文存》（台北：遠東圖書公司，一九五三），頁五七五—六二〇。在晚近的紅學研究中值得重視的是Anthony C. Yu的*Rereading the Stone: Desire and the Making of Fiction in Dream of the Red Chamber* (Princeton, N.J.: Princeton University Press, 1997).

62 張愛玲，《張看》（台北：皇冠文學出版有限公司，一九九一），頁一五二。

63 張愛玲提出的一個主要假說是關於襲人的。她認為高鶚蓄意扭曲了襲人的形象，將他自己與侍妾畹君的失敗關係投射到了襲人這個人物身上。見張愛玲，《紅樓夢魘》，頁五七—六七。

64 同前注，頁二二。

65 同前注，頁九。

趣味和文學標準。張愛玲在其他地方曾提到，生活的戲劇化並不健康。[66]在她對《紅樓夢》的研究中，她尤其關注一處爭議——寶玉的最終結局。她強烈反對高鶚「庸俗」的補充——寶玉和寶釵在黛玉慘死時結婚，寶玉最終選擇離家出走的生活。相反，她傾向於認同這樣一種理論，即在早期的一個湮失的版本中，在賈府敗落後，寶玉最終和表妹湘雲結婚（他倆在黛玉出現前就一起長大），而小說終結於兩人的破落的生活。根據張愛玲的理解，這樣一種結尾證實了第三十一回的標題：「因麒麟伏白首雙星。」

張愛玲不遺餘力地深入推測這一結局，它對她的衝擊之大，如「石破天驚，雲垂海立」。[67]顯然，相對於高鶚的濫情俗套，張愛玲更喜歡寶玉與湘雲結合，貧賤夫妻百事哀這一結局。張愛玲認為，後者給了這部作品以「寫實、現代」之感。[68]與此同時，她也承認這樣一個凡庸的、毫不戲劇性的結局將無法滿足當時的讀者大眾的閱讀趣味。因此她認為，作者後來也不得不改寫這個結尾，加入更為戲劇性的部分，即寶玉了去一切塵緣，出家為僧，這個最終的姿態將對讀者大眾更具吸引力。由此來看，這本書敘事策略上的修訂依循著「從現代改為傳統」的路徑。[69]張愛玲惋惜中國文學因此錯失了一個現代性的時刻。

考慮到張愛玲對早本結局的偏愛，我們有理由相信她很有可能會在為電懋所寫的劇本中採用寶玉／湘雲的模式。在討論早本的結尾在文學史中的意義時，張愛玲推測到，「這結局即使置之於近代小說之列，讀者也不易接受。」[70]如果這在文學領域裡是如此，那麼在電影這一新的媒介中就更是如此。和曹雪芹一樣，張愛玲也被迫對她的劇本做出大量的修改來滿足大眾的趣味。但這次，大眾趣味已經被高鶚版的故事塑造了有兩個世紀之久了。

在《紅樓夢魘》的序中，張愛玲提到，「這兩本書（《金瓶梅》和《紅樓夢》）在我是一切的泉源，尤其《紅樓夢》。」[71]在現代中國文學中，張愛玲確實是《紅樓夢》藝術性的最佳實踐者，也是《紅樓夢》中關於幻覺和幻滅的理念的最佳闡釋者，它們深深地根植於日常生活的肌理中。在反思她自己的寫作時，張愛玲說道，「所以我的小說裡，除了〈金鎖記〉裡的曹七巧，全是些不徹底的人物。他們不是英雄，他們可是這時代的廣大的負荷者。因為他們雖然不徹底，但究竟是認真的。他們沒有悲壯，只有蒼涼。悲壯是一種完成，而蒼涼則是一種啟示。」[72]缺乏悲壯，強調曖昧而又真實的人物，這些正構成了人性和生活的本質，也是張愛玲

66 張愛玲，《流言》，頁一二。
67 張愛玲，《紅樓夢魘》，頁三三三。
68 同前注。
69 同前注。
70 同前注。
71 同前注，頁一〇。
72 張愛玲，《流言》，頁一九。

欣賞曹雪芹的《紅樓夢》的原因。在她看來，這正是《紅樓夢》的文學現代性所在，使這本書超越於時代。根據張愛玲的研究，此書早先版本刻畫人物時，把他們的不幸描寫為自誤所致，這個概念與希臘悲劇中的「悲劇性錯誤」（hamartia）非常類似。要到後來修正版本中，作者才加上了一些外在的命運的力量，譬如貴妃元春令寶玉和寶釵結婚之類。在分析黛玉和寶釵的性格時，張愛玲提到了脂評中的一句話，並進一步闡明：「黛玉太聰明了，過於敏感，自己傷身體。寶釵無所不知，無所不曉。娶了個Mrs. Know-all，不免影響夫婦感情。」[73]人物的缺陷和模糊性使他們顯得真實。在這一點上，張愛玲和魯迅觀點一致。早在一九二四年，魯迅就在他的〈中國小說的歷史變遷〉一文中認為《紅樓夢》為「人情派」小說做出了巨大貢獻，並斷言《紅樓夢》的價值正在於「其要點在敢於如實描寫，並無諱飾，和從前的小說敘好人完全是好，壞人完全是壞的，大不相同，所以其中所敘的人物，都是真的人物。」[74]

在她對中國人的宗教情感的觀察中，張愛玲寫道，「就因為對一切都懷疑，中國文學裡瀰漫著大的悲哀。只有在物質的細節上，它得到歡悅——因此《金瓶梅》、《紅樓夢》仔仔細細開出整桌的菜單，毫無倦意，不為什麼，就因為喜歡——細節往往是和美暢快，引人入勝的，而主題永遠悲觀。一切對於人生的籠統觀察都指向虛無。」[75]張愛玲自己的文學寫作特點正在於對日常生活中的表面的、感官的、「女性的細節」的執迷，同時深刻切入人性的脆弱和歷史的悲情。[76]這樣一種哲學，或曰「宗教情感」在她的「蒼涼的美學」中得到了最好的表達。在她的文學世界裡，即將到來的末日籠罩著人類文明。在〈自己的文章〉裡她提到，「這時代，舊的東西在崩壞，新的在滋長中。但在時代的高潮來到之前，斬釘截鐵的事物不過是例外。人們只是感覺日常的一切都有點兒不對，不對到恐怖的程度。人是生活於一個時代裡的，可是這時代卻在影子似地沉沒下去，人覺得自己是被拋棄了。」[77]浸透著一種深刻的失落與悲哀感，張愛玲的蒼涼美學揭示了世俗欲望和對它的否定之間的辯證，而在王國維對《紅樓夢》的哲學分析中，這正構成了這部古典小說的核心要旨。[78]

自一九七六年出版後，張愛玲的《紅樓夢魘》從來沒有流行於紅學研究界，或是成為華語世界張迷的暢銷書。這是一部由引文、碎片、大段的文本和版本比較、文學批評，以及對自己

73 張愛玲，《紅樓夢魘》，頁三二九。英語"Ms. Know-all"為張愛玲原文。
74 魯迅，《魯迅全集》卷九（北京：人民文學出版社，一九八一），頁三三八。
75 張愛玲，《餘韻》（台北：皇冠文學出版有限公司，一九九一），頁一七。英譯來自*The Chinese Essay*, ed. and trans. David Pollard (New York: Columbia University Press, 2000), p. 284.
76 如Leo Ou-fan Lee, *Shanghai Modern: The Flowering of a New Urban Culture in China, 1930-1945*, pp. 84-120.
77 張愛玲，《流言》，頁一九。
78 王國維，〈《紅樓夢》評論〉，收入陳平原、夏曉虹等編，《二十世紀中國小說理論資料 第一卷，一八九七—一九一六》（北京：北京大學出版社，一九八九），頁九六—一一五。

的閱讀與寫作經驗的回憶組成的散碎的作品。此外，正如錢敏恰當地指出的，「嚴格而仔細的文本分析和想像的、大膽的虛構寫作之間」並沒有什麼一貫的脈絡，[79]使得這部書難以閱讀。在她對《紅樓夢魘》的研究中，黃心村提議我們將它作為一部文學作品，而非學術著作來閱讀。由此，她將此書視為張愛玲對自己的人生的思索——以檢視人生各階段閱讀《紅樓夢》的經驗為方式表達出來。從這個角度看，《紅樓夢魘》為反思張愛玲早期小說與散文中的核心主題，如時間和空間的錯位，提供了新的方式。[80]在我看來，儘管《紅樓夢魘》繼續探索張愛玲日治時期作品中的那些主題，但它在文學風格上與她的早期作品，不論是小說還是散文，都具有明顯的差異。知名的紅學家周汝昌或許不會同意張愛玲在她的紅學著作中提出的許多猜測，但他對張愛玲此書的寫作風格的描述顯然是精確的：「平實、樸素」。[81]那種她早期作品中特有的、使她在日治上海成為文學明星的華麗的寫作風格，那種精雕細琢的辭藻和瑰麗玄妙的意象完全消失了，這無疑也是此書不受讀者的歡迎的原因之一。余斌認為，張愛玲風格上的改變可以追溯到她二次赴港之前的寫作。而在我看來，張愛玲對一種平實而成熟的敘事和美學風格的追尋最佳地體現在她一九五〇年代的小說《秧歌》裡。在胡適對這部小說的評論中，他注意到《秧歌》具有一種「平淡而近自然」的特質，而三十年以前，他在稱讚韓邦慶的晚清狹邪小說《海上花列傳》（一八九二）時所用的也是同樣的評語。[82]有趣的是，張愛玲在給胡適寄去《秧歌》時所附的信上也引用了同樣的說法，希望這本書有點「平淡而近自然」的特質。[83]毫不意外地，張愛玲將《海上花列傳》稱頌為《紅樓夢》的真正的繼承者，並花費數年時間將這本吳語小說先譯成英文，再譯成國語。《紅樓夢魘》是張愛玲又一次在探究她最愛的小說的同時，創造一種「平淡而近自然」的文風的嘗試。張愛玲對曹雪芹的未完成作品的研究帶來了一部她自己的未完成的作品。抗拒大團圓結局、抗拒傳統的敘事結構、抗拒確定的文類，《紅樓夢魘》確證了一種由《紅樓夢》開啟的文學現代性的形式。

四、重寫的政治：冷戰前線的張愛玲

一九八〇年代中期以後，先前消失在一九四九年以後的現代中國文學史的作家，如錢鍾

79 錢敏，〈張愛玲和她的《紅樓夢魘》〉，《讀書》十一期（二〇〇〇），頁一一〇—一一一。
80 黃心村，〈夢在紅樓，寫在隔世〉，收入沈雙主編，《零度看張：重構張愛玲》（香港：中文大學出版社，二〇一〇），頁九九—一一八。
81 周汝昌著，周倫玲編，《定是紅樓夢裡人：張愛玲與紅樓夢》，頁三〇。
82 關於胡適給張愛玲的信，見張愛玲，《張看》，頁一四一—一五四。胡適關於《海上花列傳》的文章見胡適為韓邦慶《海上花列傳》所作的序（台北：廣雅出版社，一九八四），頁八。這個說法最早由魯迅提出。
83 見蘇偉貞，《孤島張愛玲：追蹤張愛玲香港時期（一九五二～一九五五）》，頁七九—八〇。

書、沈從文、張愛玲等，在大陸再度興起。在導論中，我討論了葉兆言對這些作家在一九四九年以後所面臨的政治和文化困境的反思。在我引述的段落中，他發現一九四九年後的特殊環境不再允許錢鍾書和巴金等大陸作家繼續他們先前的寫作方式。之後他又說道，「可是張愛玲跑出去了，有著太多可以自由寫作的時間，也仍然沒寫出什麼像樣的巨著。」[84]這裡的「環境」顯然指的是新生社會主義國家加諸知識分子的種種政治限制。然而，在他談到離開了共產主義中國的張愛玲也沒有寫出什麼巨著時，葉也許沒有意識到，居於冷戰分裂另一側的作家也受制於巨大的政治壓力。

就此而言，張愛玲在美國尋找出版機會的艱辛歷程就是一個很好的例子。一九五六年，張愛玲完成了英文小說*Pink Tears*（粉淚），它是對早年的中篇〈金鎖記〉的擴展與改寫。但它遭到了好幾家大出版社的退稿，包括斯克里布納之子、克諾夫（Knopf）和諾頓（Norton）。[85]考慮到麥卡錫時代嚴重的紅色恐懼，像《粉淚》這樣的作品不符合政治期待是可以想見的。它關注的是人的脆弱，在任何意義上都不屬於陳紀瑩的*Fool in the Reeds*（荻村傳）或江文的《浪淘沙》這樣的反共小說的範疇，而後者卻為當時的出版者青眼有加。諷刺的是，這兩部作品的英譯者都是張愛玲。在她自己的文學作品被拒後，她不得不依靠翻譯為生。而諷刺並未終結於此。像《粉淚》這樣非政治的作品被認為帶有可疑的政治意味。克諾夫出版社的評審認為，「所有的人物都令人起反感。如果過去的中國是這樣，豈不連共產黨都成了救星？」[86]

此外，克諾夫的評審還包含著一個隱藏的訊息，指向另一個問題。這位編輯顯然對張愛玲筆下的中國感到失望——或者更準確地說，是被其激怒了。《粉淚》中的中國的形象並不符合西方讀者的東方主義期待。在回應這種東方主義焦慮時，張愛玲寫道，「我一向有個感覺，對東方特別喜愛的人，他們所喜歡的往往正是我想拆穿的。」[87]她清楚地意識到西方人眼中的中國和中國性是被建構出來的。她的小說中從不缺乏對那些愛上了自己所虛構的中國的人物的諷刺。《傾城之戀》中的范柳原和〈金鎖記〉中的童世舫是兩個明顯的例子。就此而言，張愛玲的中國和韓素音的《生死戀》等書所描繪的中國截然不同。[88]在張愛玲看來，韓素音的中國不僅是一個綴滿了「古詩」的世界，更是一個充滿中國女孩和白種人的浪漫戀情的世界。這是

84 葉兆言，〈圍城裡的笑聲〉，頁一四九。

85 關於麥卡錫主義的反共運動如何影響了冷戰時期的美國文化生產，見Frances Stonor Sauders, *The Cultural Cold War: The CIA and the World of Arts and Letters* (New York: New Press, 1999).

86 見張愛玲給夏志清的信，〈張愛玲給我的信件〉，《聯合文學》十三卷十一期（一九九七年九月），頁六九—七一。

87 同前注，頁七〇—七一。

88 關於美國的中國文學、戲劇、電影中中國形象的建構，見Sau-ling Cynthia Wong, *Reading Asian American Literature: From Necessity to Extravagance* (Princeton, N.J.: Princeton University Press, 1993); 單德興，《銘刻與再現：華裔美國文學與文化論集》（台北：麥田出版，二〇〇〇）。

一個西方讀者可以輕易認同的中國。[89]因此，冷戰的文化政策的確對當時的離散作家加諸了嚴重的束縛，但東方主義的影響也同樣危險。

上文提到，葉兆言認為張愛玲在一九四九年以後沒有寫出任何重要作品。他顯然不是第一個指出張愛玲的晚年作品不如她早年的文學成就的人。不過，當他將這種文學上的退步歸咎於一九四九年以後中國作家缺乏內在動力時，他似乎沒有意識到張愛玲在二十世紀後半葉的幾乎以一種強迫症的方式在寫作產出。這裡有必要歷數一下她僅在一九五〇年代所完成的長篇小說：《十八春》、《秧歌》、《赤地之戀》、*Pink Tears*（她後來將其改寫成*Rouge of the North*〔北地胭脂〕）。她的產量是驚人的，對一個從來沒有寫過長篇的作家來說就更是如此。她對《紅樓夢》的研究和隨後翻譯《紅樓夢》的繼承者《海上花列傳》的計畫也同樣令人震驚。事實上，不論以中文還是英文，張愛玲都從未停止過寫作。

此外，張愛玲一九四九年以後的文學生涯還有一個特徵，一種強迫症式的重寫改寫自己的作品。〈色，戒〉早在一九五三年就寫成了，並在之後三十年裡經過了無數次的修改，直到一九八三年才最後發表。《小團圓》的寫作始於一九七〇年代，在二十年的寫作和重寫後，張愛玲依舊覺得它還沒到發表的時候。在寫作、修訂《小團圓》的同時，她還在用英文重寫和改寫《小團圓》，這個書稿於二〇〇九年被發現，並於二〇一〇年以兩本書的形式出版：*The Fall of Pagoda*（雷峰塔）和*The Book of Change*（易經）。這兩部英文小說為張愛玲從未停止編織的人生故事——這條自傳性的掛毯——提供了「拼圖遊戲」又一個新的片段。〈金鎖記〉的改寫和重寫是另一個典型的例子。如前所述，張愛玲在到達美國後完成的第一部小說是*Pink Tears*，它是對早年的中篇〈金鎖記〉的英文翻譯的基礎上完成的。在它被數家大出版社拒稿之後，張愛玲將它重寫為*Rouge of the North*，並最終於一九六七年在英國的卡塞爾（Cassell）出版社出版。與此同時，她以〈怨女〉為題將其改寫成了中文，並在香港和台灣連載。事實上，張愛玲在美國的文學生涯充滿著不斷的重寫與跨語言、跨文類、跨媒介（文學、攝影、戲劇、電影、廣播）的翻譯。她關於《紅樓夢》和《海上花列傳》的計畫也完全可以放在這個框架中思考。

這種文學和文化實踐需要在更大的冷戰語境下加以考察。王德威指出，英語的使用為張愛玲提供了逃離的可能性，逃離被文學現實主義所主導的現代中國文學。他觀察到，「作為一種媒介，在傳達或翻譯她在中國環境中那已然異化的生存時，外語並不比中文要更為異質。」[90] 我願將這一論點再往前推進一步，在我看來，張愛玲的跨語際實踐不僅質疑了現代中國文學與政治話語的束縛，更表明了冷戰美國同樣具有操控性的意識形態和文化鉗制。張愛玲從共產主

89 見張愛玲給夏志清的信，〈張愛玲給我的信件〉，《聯合文學》十三卷六期（一九九七年四月），頁五二—五三。

90 David Der-wei Wang, "Foreword," in Eileen Chang, *The Rouge of the North* (Berkeley: University of California Press, 1998), pp. xi-xii.

義大陸逃出，卻發現自己被困於鐵幕另一面的麥卡錫主義之中。她清楚地知道主流美國出版商拒絕她的作品背後的政治和文化緣由，但卻依舊堅持自己的文學和美學立場。她對任何種類的意識形態霸權都抱有深刻的懷疑，這不僅表現在她一九四九至一九五三年在傾共小說和反共小說之間的遊移，更重要的是，這也反映在她多產的重複寫作，或者更準確地說，跨語際、跨文類的作品的不斷裂變之中。在這個意義上，重寫，或曰一種文學的分裂繁殖，成了她的解域策略，成了一種避免冷戰任意一方——共產主義或反共主義——對文學創作施加政治控制的方法。

在張愛玲那裡，文學的裂殖提供了一種使貌似鐵板一塊的冷戰二元論複雜化的方式。事實上，她一九四九年以後的文學實踐也確證了這一點，它們催生了相似卻不同的主體性的增殖，這一主體性不僅屬於文學人物，更屬於作家自己。這種策略在張愛玲最後的作品《對照記：看老照相簿》（一九九四）顯得尤為清晰。這部作品與其說是傳統的以文字的形式創作的文學再現，不如說是在相片中的自我展現。[91]一九九四年，張愛玲為大陸、台灣、香港和海外華人群體創作了這本家庭相簿。她用了幾十張綿延一個世紀的照片，將她的人生形象呈現為不斷分裂的自我和主體。通過五十四張家庭相片和長短不一的文字，《對照記》構築了一種視覺的和文字的自傳敘事。有些標注僅有短短的一句話，注明了照片拍攝的時間和地點，而其他時候則是一篇篇微型散文，讓人想起她其他的自傳性寫作，如《童言無忌》或是《小團圓》裡的段落。

在一部自傳中收入這些照片——不論它們多麼模糊與粗糙——似乎服務於一個直白的目的：為書面敘事作注解和補充。然而，圖像和文字的關係在這本書中發揮著遠為複雜的功能。澤巴爾德（W. G. Sebald），一位同樣喜歡在作品中使用照片的當代德國作家，曾經指出攝影和小說寫作都似乎可以成為真實性的標記。但是，因為它們都是演繹、偽造、建構的產物，它們「通往真實的道路是蜿蜒的」。[92]正如《對照記》所表明的，文本和圖像的互動往往加強了這兩種再現方式的曖昧性。的確，張愛玲跨越文化、語言、意識形態和國族邊界的晚期生涯有力地證明了文化冷戰中政治和文學、國族和敘事之間波譎雲詭的流通與協商。

91 張愛玲，《對照記：看老照相簿》（台北：皇冠文學出版社有限公司，一九九四）。關於《對照記》的詳細討論，見 Xiaojue Wang, "Individual Memory, Photographic Seduction and Allegorical Correspondence: Zhang Ailing and Her *Mutual Relflections: Reading Old Photographs*," in *Rethinking Chinese Popular Culture: Cannibalizations of the Canon*, eds. Carlos Rojas and Eileen Cheng-yin Chow (London: Routledge, 2008), pp. 190-206.

92 Toby Green，引自 T. D. Adams, "Photographs on the Walls of the House of Fiction Poetics," *Poetics Today* 29.1 (2008): 188.

結語　去冷戰批評與中國文學現代性

一九四九年不啻是中國歷史上一個重大的轉捩點。在地理上，它帶來了冷戰式的分裂，導致了多重離散、分隔與動盪。在文化上，它引發了歧義紛呈的民族國家、政治文化想像。一九四九的分裂是斷裂、延續、轉折，它是危機也是契機；流亡和疏離的經驗啟發了去地域化（deterritorialized）的自我反思，以及理解歷史與文化的新的可能性。一九四九年之後，中國文學版圖呈現出多元的、跨地緣政治疆界的特點。中國文學、新文學、現代文學、國族文學這些範疇是否依然有效？如何在國族文學的傳統分野之外，尋求新的研究視角？一九四九年不僅是一個中國事件，同時也是全球冷戰格局形成的一個關鍵點。冷戰開啟的地理學，在政治、文化、語言層面上生成了新的邊界、中心、路徑、網路與交叉點。處於冷戰的亞洲與世界的格局之中，如何重新尋求中國文學在興起的世界文學中的特殊定位？

本書從二十世紀出現的對中國現代性的多重想像出發，在全球文化冷戰的語境中來思考中國一九四九年分裂的意義。通過對沈從文、丁玲、馮至、吳濁流和張愛玲在一九四九前後的文化活動的考察，探討文學實踐中彼此競爭、融合或衝突的想像現代中國的模式。這些知識分子對藝術與政治、國族與敘述之間的微妙關係的思索，或在大陸，或在台灣、香港，或在海外，跨越地緣政治的隔閡，構成全球文化冷戰圖景的重要部分。這些未完成的、或是被壓抑的理念與想像，在後冷戰時代的文學與文化實踐中重新浮現出來。

在中國文學的研究中，跨越一九四九年的斷裂具有重要的意義。一九四〇年代與一九五〇年代的中國文學為我們理解中國文學現代性、理解美學與政治、國族與敘述之間的複雜關係提供了一條重要的隱匿線索。把一九四九視為斷裂和轉機，視為世界冷戰格局的一個重要環節，可以幫助我們超越內觀式的、對民族文學的執著。本書的英文版出版之前，絕大多數對冷戰中國的研究都集中在國際政治與外交關係等宏大政治歷史領域，對一九四九轉折的社會文化維度的研究卻寥寥無幾。在考察冷戰盛期——一九四〇年代末至一九六〇年代初——中國大陸、台灣、英屬殖民地香港，以及海外華語地區的文學活動時，我認為，相比於歷史或政治分析，文學研究更能夠把握住冷戰變化多端的性質。自從中國文學作為一種現代文化機制出現之後，它就始終深切地與民族、民族主義、與國家建設纏繞在一起。在整個二十世紀的歷史中，沒有哪個時段的現代中國文學比冷戰時期承擔了更為深重的政治責任。隔海對峙的兩個政權傾盡全力來掀起文化與意識形態的戰爭。但也許雙方都沒有意識到，文學，與其說是再現著政治現實或是國族歷史，不如說是代表和體現了我們稱之為冷戰的那些詭譎的經驗：個人的、情感的、國族的、國際的。

本書所選擇的五位作家為想像現代中國與文學現代性提供了重要的視野，希望能夠為處在十字路口的現代中國思想繪製地形圖。需要指出，對這五位作家的討論並無意覆蓋現代文學的全貌。這一時期有太多重要的作家，他們的文化實踐對二十世紀的分裂經驗同樣具有症候性的意義。但本書只能稍作提及，甚至不得不遺憾略過：錢鍾書（一九一〇—一九九八）和《圍城》

（一九四七）；路翎（一九二三—一九九四）和《財主的兒女們》（一九四五、一九四八）；趙樹理（一九〇六—一九七〇）和《李家莊的變遷》（一九七八）；劉以鬯（一九一八—二〇一八）和他的《酒徒》（一九五六），等等。我也無意把這五位作家看作中國知識分子的精神代表，或者政治犧牲品。在那個轉折時代，他們和絕大多數中國人一樣困惑徬徨。恰恰因為他們的堅持與努力，遭遇了更為深刻的痛苦。本書試圖跨越文體、性別、學科、語言和意識形態的界限，考察中國冷戰文學中互相競爭的多重想像國家、文化與人類生活的方式。在他們最出色的作品中，這些中國作家創造出了各種溝通、連接與闡釋的方法，來揭示、對抗那種將東方對立於西方、將共產主義對立於資本主義、將極權主義對立於民主制的冷戰二元論述。這些差異與融合、爭論與協商的努力，證明了他們的智識能力可以在鐵板一塊的冷戰世界打開縫隙與孔洞。

隨著一九八九年東歐社會主義的潰敗，國際冷戰對峙暫時告一段落。然而，即便全球化似乎輕而易舉地席捲了所有地緣政治疆界，世界的衝突與分隔卻並未隨著冷戰的中止而終結。在冷戰似乎已成往事之時，冷戰思維方式依舊頑固地存在於當下。不論是革命的國家主義話語還是資本主義全球化，新帝國想像還是反恐主義，冷戰思維的幽靈飄盪不散。我們如何去建構一種新的思維方式，一種有效的去冷戰批評的實踐話語，來討論後冷戰時代變動的全球現狀？如何去尋找新的知識形式，以打破冷戰的二元對立，去接觸他人的文化與歷史，並重構歷史與文學的辯證法？作為表達、再現與傳播領域的文學與文學批評，又如何繼續存在、發揮效用、並獲取意義？帶著這些問題，本文討論冷戰最後幾年裡，在一些意味深長的時空點所發生的敘述與交流的失效、曖昧或者陷入沉默的時刻。通過考察這些與文學、人道主義和國際主義等觀念相關的實例，我們得以探尋一種去冷戰批評的可能性。去冷戰批評的目的在於構築不同人民、文化與思想間新的交流途徑，並想像一種新形式的國際主義，或者說是一種新的世界文學的概念，它將更接近於歌德的原初理念——即新的傳播、溝通與闡述人類經驗的模式。

一九八一年，在恢復政治名譽後，丁玲赴美參加愛荷華大學的國際寫作計畫（International Writing Program）。在這次跨過鐵幕訪問敵國的旅程中，丁玲不斷地被問到她在一九五〇至一九七〇年代所經歷的磨難。對於她的美國觀眾來說，丁玲下放北大荒養雞的經歷，是極權政治迫害和國家暴力的最好例證。但是，丁玲卻以一種出人意料的輕快口吻，描述她的農場生活。這不僅使她的聽眾感到困惑、失望、乃至憤怒，並且經常被引為證據，用來批評她在一九八〇年代的極左立場。

在一次華府的晚會上，丁玲又一次被中外人士邀請談談她的養雞歲月。丁玲淡淡地說，「養雞也很有趣味」，震驚全場。這些熱心的聽眾繼續追問緣由，並提議丁玲寫一部自傳，警醒下一代，這樣，歷史不至於重複。面對所有人熱切的目光，丁玲冷靜地回答，她不在乎記錄什麼個人歷史，「個人的事，沒有什麼寫頭。」[1]對話在一陣尷尬的沉默中結束了。丁玲後來回憶到，她曾想給這些人上一課，卻又找不到合適的詞語。因此她悄悄地走開了。

這是一次典型的冷戰式遭遇，是共產主義的集體觀念，和自由民主式的人道主義觀念之間的一次失敗的溝通。對丁玲來說，共產主義是所有人類社會的至高理想，儘管它曾經在中國走了一段錯誤的道路。而對她的美國觀眾來說，將一位作家下放去飼養動物無疑是對基本人性的侵犯，暴露了共產主義社會的非人道本質。將自由主義資本主義關於人道主義或個人主義的觀念加諸於丁玲的經驗的這種衝動，已然將丁玲預先設定為一位共產主義的受害者、目擊者，以及倖存者，而這樣一種身分恰恰是丁玲所頑強地拒絕的。

有關人道主義或個人主義的話語，丁玲當然不會感到陌生。一九二〇年代，她在文壇的亮相之作，其宗旨正是批評個人主義理想的局限。她的早期作品，包括〈莎菲女士的日記〉，處理了在半殖民資本主義現代化時期，新近獲得主體性的中國女性所面臨的困境。這些作品在宣導個人主義理念的同時，也清醒質疑了其所標榜的普世主義：普世的個人主義話語的弊病在於遮掩了歷史及語境的特殊性，譬如帝國主義和殖民主義的宰制和侵蝕，更不用說種族和性別的差別。冷戰意識形態把世界一分為二地分隔為共產主義與自由民主體制，其話語的核心部分恰恰圍繞著人道主義與人性的觀念。在薩依德寫於冷戰終結前十年的開創性著作《東方主義》中，他批評了作為一種支配性知識形式的自由主義人道主義，並告誡人們去注意這一貌似普世的概念中的帝國主義意識殘留：「自由主義人道主義——東方主義在歷史上是它的一個部門——延遲了意義的進一步拓展的過程，而正是經由這一過程，才能達到真正的理解。」[2]

然而，這種冷戰式的溝通失敗乃至拒絕溝通之所以令丁玲感到不快，其原因不僅在於複雜的國際社會政治秩序問題被以一種可疑的古典自由主義人道主義所編碼。更重要的是，在當時她所身處的時刻，即一九八〇年代初，恰有一種不同類型的人道主義話語——馬克思主義人道主義——在中國大陸興起。從王若水的〈人是馬克思主義的出發點〉（一九八〇）到周揚的〈關於馬克思主義的幾個理論問題的探討〉（一九八三），從白樺的電影劇本《苦戀》（一九七九）到傷痕文學，從李澤厚的康德美學到劉再復的「文學主體性」，有關人道主義、人性和人文主義的討論，在官方、民間，以及批評領域等各個層面方興未艾。[3] 一九八〇年代的馬克思主義人道主義論辯和對異化問題的批判，試圖回應在文革中達到頂峰的社會主義危機。然而，社會主義人道主義這一概念的提出，正是以歐洲啟蒙價值為其認識論基礎的。在這個意義上，它其實是一九五〇年代中期簡短回歸歐洲人道主義的思潮在一九八〇年代的延續，而這一思想傾向

1 丁玲，〈養雞與養狗〉，《丁玲全集》卷六（石家莊：河北人民出版社，二〇〇一），頁一四九。
2 Edward W. Said, *Orientalism* (New York: Vintage, 1979), p. 254.
3 周揚報告中的一部分是由文學理論家王元化撰寫的。

在五〇年代，曾經遭到馮至等歐洲文學學者的嚴厲譴責和批判。那麼，一九八〇年代的人道主義話語的興起，不啻是對歐洲啟蒙理想的一次遲來的肯定與平反。丁玲後來對傷痕文學及其所彰顯的人性理念幾近苛責的批評人盡皆知。儘管我與她的文學立場並不相同，但我認為，丁玲敏銳地捕捉到了社會主義人道主義作品中逐漸消散的革命激情，而這最終預示了一九九〇年代主導中國社會的去政治化與去革命化的思潮。[4]由於馬克思主義人道主義與自由主義人道主義之間含而不露的親緣關係，它亦無法真正地解釋晚近的中國社會主義歷史經驗。正如汪暉所言，「在這一解釋模式中，社會主義從來不是一種反資本主義的現代化形式；相反，社會主義歷史經驗是對歐洲現代性價值的一次徹底的肯定。」[5]

在冷戰格局日趨緩和之際，丁玲同時遭遇了資本主義人道主義和馬克思主義人道主義話語的垂詢。而對丁玲而言，這兩種人道主義都不能提供理解中國的社會主義經驗的有效方式。由於這兩種人道主義話語都局限於極權對立民主、壓迫對立自由這樣的冷戰式的二分邏輯，因而在解釋人類歷史時，它們其實都有偏頗，決非如各自所標榜的那樣包容與普世。在冷戰方興時，奧爾巴赫（一八九二—一九五七）觀察指出，冷戰的文化危機源於這樣一種傾向：「所有的人類活動，要麼被塞進歐美模式，要麼被塞進蘇聯布爾什維克模式。」[6]冷戰思維的抹平差異、製造分化的力量嚴重地戕害了人類世界及其文化的多元性。如果說冷戰是一種知識生產的方式，「一種思想的類型，權力借此創造分立、差異與歧視」[7]，那麼它同時也創造了一種破壞知識的方式，並因此限制了知識的生產。

假如關注人的狀況與人的歷史的人道主義在後冷戰時代尚未窮盡其批判潛能，那麼，哪一種人道主義仍然保持活力呢？人道主義作為一種批評實踐，如何積極並有效地介入我們當下的生活？何種「新的」人道主義觀念能夠幫助我們創造一種去冷戰的批評意識，以有效地處理冷戰遺產，並消除那種依然活躍在我們這個後冷戰時代的冷戰話語幽靈？

在《語文學與世界文學》（一九五二）中，奧爾巴赫揚棄了德國浪漫派語文學傳統，提出了一種人道主義語文學，以求建立探索歷史與文學之關聯的文化批評模式，追溯人類「走向對自身的人類狀況的自覺，走向對自身天賦潛能的實現」的過程的闡釋實踐。[8]奧爾巴赫敏銳地

---

4 關於丁玲對傷痕文學的批評，可參其〈在中宣部一次文藝座談會上的發言〉，《丁玲全集》卷八（石家莊：河北人民出版社，二〇〇一），頁四四一—四四二。

5 Hui Wang, "Contemporary Chinese Thought," 英譯稿發表在*Social Text* 55 (Summer 1998): 39，譯者為Rebecca E. Karl。

6 Erich Auerbach, "Philology and *Weltliteratur*," *The Centennial Review* XIII (Winter 1969): 1-17.

7 Andrew N. Rubin, *Archives of Authority: Empire, Culture, and the Cold War* (Princeton, N.J.: Princeton University Press, 2012), p. 103.

8 Erich Auerbach, "Philology and *Weltliteratur*," p. 5.

意識到冷戰文化的危險性。在他看來，冷戰意識形態是一個抹除差異、強化同質性的「猛烈而迅速的過程」，這一過程將同質性強加於豐富多元的人類文化寶庫之上。儘管如此，對人道主義實踐，他依然抱有希望。奧爾巴赫這種著眼於人文主義的人道主義概念旨在推動不同文化傳統之間的互相理解與文化交流，同時創造一種知識模式，力求在人性的「多元性中發見統一性。」[9]

在一系列先後在哥倫比亞大學與劍橋大學發表的講座中，愛德華・薩依德最後一次訴諸人道主義。他提出了一種批判性的、世界性的人道主義概念，它將有助於處理以全球化與恐怖主義為代表的後九一一世界的種種危機。在奧爾巴赫的世俗人道主義的基礎上，薩依德指出，世界性人道主義的任務是將其闡釋力量用於抵抗任何支配性的、霸權性的文化。薩依德主張，一種全球性的、世界性的、移動的人道主義，「必須發掘沉默，發掘記憶與流離失所者的世界，發掘被排斥、隱形之處。」[10]因而，人道主義語文學的批判鋒芒在於揭示在語言中被掩蓋、隱藏、扭曲之物的闡釋能力。薩依德總結道：

> 人道主義，我認為，是一種手段，或是一種自覺意識，我們用它來提供一種最終是反律法的、或是對抗性的分析，來處理言辭的空間與它的各種來源及其在物理與社會位置中的部署，從文本到實際中的挪用或抵抗的場所，到傳播、閱讀與闡釋，從私人

到公眾，從沉默到解釋與言說，再重新返回，當我們遭遇自身的沉默與無常——所有這些都發生在世界上，有賴於日常生活、歷史與希望，對知識與正義，甚或是自由的追尋。[11]

這樣一種人道主義實踐提供了文本與其所身處的社會現實之間的「反律法的或對抗性的分析」，因而可以作為一個去冷戰批評的起點。在《冷戰與中國現代性》一書中，我所致力於揭示的，是知識分子即便在最為深重的冷戰局囿之下，仍然努力進行人文主義的實踐，探求潛在的能動性，以此來跨越意識形態或其他任何支配性知識形式所施加的限制。去冷戰的文化批評質疑冷戰話語造成的分裂、隔離與歧視，並抵抗「封閉、化合與固著的意識形態形式。」[12]假如人道主義依舊能為今日的文化批評注入任何生機，一種去冷戰的人道主義實踐必須反抗現代化與全球化的同質化力量，必須挑戰隔離與區分的約束，同時要尊重所有人類傳統的歷史與語境的特殊性。惟其如此，任何文化批判意識才有可能並且有能力在後冷戰時代保有政治能量。

9 Ibid., p. 7.

10 Edward W. Said, *Humanism and Democratic Criticism* (New York: Columbia University Press, 2004), p. 81.

11 Ibid.

12 Andrew N. Rubin, *Archives of Authority: Empire, Culture, and the Cold War*, p. 107.

這裡，讓我們重新審視沈從文在一九八〇年代初表達的一種關於文化的深刻觀念。在沈從文訪美期間，他在哥倫比亞大學舉辦了一場講座。在這場演講中，他重新思考了自己一生不同階段的工作，並反思了帝都北京何以能夠成為中國藝術、文化、人文的博物館，並且滋養了他的兩項彼此相關的熱情：寫作和歷史文物研究。[13]在他對湘西的文學呈現，以及在他的中國文物藝術研究中，沈從文不僅僅是編目、描繪、存錄了各種人類活動與文化作品，更重要的是，他將它們當作文本加以處理，釐定它們在人類生活的社會、歷史現實中的位置，並因此展現出了過去、現在與未來之間的一種聯繫。這種聯繫正是沈從文的同代人奧爾巴赫所定義的「人類的自我表達的實現」的「內在歷史」。[14]准此而言，沈從文的文化實踐非常接近於一種人文主義的語文學批評。在中國的文化危機及其不斷擴張的意識形態同質化過程中，沈從文在對文物——不論是語言、絲線、數位、銅器或是音符——的這種文本與歷史研究中發現了一種保存人性、獲得對我們自身的歷史產生自覺認識的方式。人類與人性構成了他一生之工作的根基與信仰，正如他的墓誌銘所書：「照我思索，能理解『我』，照我思索，可認識人。」儘管他對當代中國具體的政治緘口不言，但他在這一時期的文化實踐可以被視為是對中國文明之危機的深切的回應。沈從文的文化反思為後冷戰時代的批判性知識分子提供了一條重要的線索。去冷戰批評必須有能力在任何意識形態操控與壓迫之外去閱讀文本，去捕捉並保存各種文本、文化、歷史中的差異與特殊性。

在蘇聯共產主義解體之後，當國家社會主義似乎已耗盡了其變革與實驗潛力時，去冷戰批評同時意味著想像一種替代性道路的勇氣——一種替代性的生活方式、自我表達方式和國際文化交流方式，以挑戰由新自由主義全球化所開啟的又一輪忽視個體文化歷史差異的同質化過程。當法蘭西斯・福山的「歷史終結」論將自由民主制設定為人類歷史的終極形態時，它同時也透露了一種不可名狀的焦慮，一種「足以與自由民主制對抗的具有吸引力的替代性的生活方式或組織人類集體的方式」的匱乏。[15]一種替代新自由主義全球化的國際主義形式是否依舊可能？這種國際主義如何有助於實現歌德所預示的世界文學，一種充滿活力的、在文化傳統間建立豐富聯結與交流的世界文學？對這些問題，下面的討論將為我們提供進一步的反思途徑。

二〇〇三年，陳映真在馬來西亞吉隆坡被授予馬華最高文學獎項「花踪世界華文文學獎」。在頒獎儀式上，這個獎項的第一屆獲獎者王安憶談起了陳映真對她的影響。一九八二年

13 沈從文，〈二十年代的中國新文學〉，收入張兆和主編，《沈從文全集》卷一二（太原：北岳文藝出版社，二〇〇二），頁三七四—三八二。

14 Erich Auerbach, "Philology and *Weltliteratur*," p. 6.

15 Jan-Werner Müller, "The Cold War and the Intellectual History of the Late Twentieth Century," in *The Cambridge History of the Cold War*, eds. Melvyn P. Leffler and Odd Arne Westad (Cambridge: Cambridge University Press, 2010), vol. 3, p. 21.

在愛荷華大學的國際寫作計畫，王安憶第一次見到陳映真，愛荷華大學的經歷，陳映真給予她智識上深刻的教益。王安憶感慨道，陳映真是一位孤獨的知識分子，「他已經被時代拋在身後，成了落伍者，就好像理想國烏托邦，我們從來沒有看見過它，卻已經熟極而膩。」[16]對這樣一個理想國烏托邦的最好的表達，或許正是王安憶後來發表於《星洲日報》上的那篇文章的標題：「英特納雄耐爾」，一個國際主義的理想，它尚未實現，便已然被悲劇性地拋棄了。

兩年後，陳映真也回顧了一次冷戰末期發生在愛荷華國際寫作計畫的「英特納雄耐爾」時刻，一個語言與思想失效的時刻，一次社會主義者與國際主義者之間失敗的溝通。愛荷華大學的國際寫作計畫是美國冷戰時期非常重要的一個文化機構，由美國詩人保羅・安格爾與他的太太聶華苓創辦於一九六七年，旨在邀請世界各國、當時位於冷戰對峙兩個陣營的重要作家，提供一個交流、對談和寫作的空間。近些年來，美國文化冷戰研究者們開始關注並探討愛荷華大學的文學寫作項目與美國冷戰機構之間的聯繫。二〇一四年，艾瑞克・班尼特（Eric Bennett）在《高等教育紀事報》（*The Chronicle of Higher Education*）上發表長文〈愛荷華如何傷害了文學〉，鉤沉了一九六〇年代安格爾創建國際寫作計畫的歷史，尤其是其中與美國冷戰宣傳機構的關係。在愛荷華作家工作坊成功的基礎之上，安格爾設計提出了頗具雄心，面向世界的國際寫作計畫。針對蘇聯在莫斯科大學成立的國際學生招募計畫，愛荷華大學的國際寫作計畫在冷戰文化競賽上更有創意和想像力，企圖憑藉文學的潤物細無聲的魅力來征服冷戰全球版圖。一九六七年，安格爾成功地獲得法菲爾德基金的資助。桑德斯在一九九九年的力作《文化冷戰：中央情報局和文藝世界》中，已經考證了法菲爾德基金其實是美國中情局祕密設置的文化機構，是文化自由大會的主要資助人。所以，國際寫作計畫所經營的文學無國界的想像背後與美國冷戰意識形態有著千絲萬縷的聯繫。

一九六八年，陳映真第一次收到安格爾和太太聶華苓的邀請，參加愛荷華大學的作家工作坊，然而卻沒有成行，因為同年他就因其左派立場被國民黨當局投入了監獄。直到一九八二年，也就是丁玲結束在國際寫作計畫的訪問一年之後，陳映真才終於獲得准許，前往愛荷華。對聶華苓而言，國際性的作家論壇的想法與她自己在冷戰中的離散經驗密不可分。聶的文學生涯始於國共內戰期間，在台期間為《自由中國》半月刊（一九四九—一九六〇）的文學副刊擔任編輯。《自由中國》在一九五〇年代台灣的反共文學之外占據著一片可觀的文學領地。在這份自由派刊物被國民黨查禁之後，聶華苓離開了白色恐怖下的台灣，在美國繼續其文學生命。

一天下午，陳映真和一位來自菲律賓的左翼作家阿奎諾一起去訪問他們的東歐同志，共同討論社會主義和社會主義文學的理念。然而，這場對話意外地擱淺在一場關於美國電影的激烈爭執當中。東歐作家讚賞這些電影對人性細膩入微的刻畫，而陳映真和阿奎諾卻譴責這些電影

16 王安憶，〈英特納雄耐爾〉，《上海文學》三一五期（二〇〇四），頁七五—七七。

的意識形態滲透，借助文化的包裝，對美國的冷戰保護國的人民宣揚帝國主義思想。雙方操持著帶有外國口音的笨拙英語，試圖傳達對人性與社會主義的不同觀點，在這場爭論中，無法溝通的是語言還是觀念？在僵持中，有人突然開始哼唱一首歌——〈國際歌〉——於是所有人都用自己的母語，加入了由不同語言演繹的合唱之中。那個下午結束在〈國際歌〉的旋律之中，結束在淚水與彼此的擁抱之中。

多年以後，在反思第三世界論和國際主義的時候，陳映真依舊困惑於那個下午對〈國際歌〉的召喚：它是「為了一個過去的革命？為了共有過的火熱的信仰？為了被喚醒的、對於紅旗和國際主義的鄉愁」？[17]愛荷華國際寫作計畫成立的宗旨之一是為國際作家提供一個交流的場合，讓「中國大陸作家見一見東歐作家，以了解他們的社會主義與嚴格的馬克思主義之間的不同」，而在這裡爆發的這場貌似不可調和的衝突，似乎在一首由各國語言合唱的〈國際歌〉中被解決、或是取代了。[18]但事實上，這次擱淺的國際主義聯盟揭示出了多層面的衝突：不同的社會主義想像之間的衝突；打著冷戰反共主義旗幟的美式新帝國主義和新殖民主義，與亞非拉國家的去殖民獨立運動之間的衝突；東方與西方的衝突（這兩個概念都是交叉的，東方在這裡包括亞洲和東歐的社會主義陣營，而西方則指歐洲和資本主義陣營，包括了地處亞洲的台灣與菲律賓）。更重要的是，這場無法調和的論爭揭示了尋求一條替代資本主義的新道路的需求、困境乃至急迫性——一種既不同於西方、也不同於毛澤東的「三個世界」圖景的第三世界。因而，在新自由主義全球化似乎已宣告了歷史之終結的二十年以後，陳映真重提當年同唱〈國際歌〉的時刻，因為在他看來，那個時刻揭示了一種不同的國際主義形式的可能性，而非預示了共產主義的安魂曲。

一種去冷戰的批評話語必須建立在這樣一種堅韌的信念與承諾之上：它是一種批判意識，抵抗任何忽視和掩蓋差異的企圖，不論這種企圖打著共產主義、普世人道主義、全球化、還是反恐怖主義的旗號；它將文化與傳統之間的聯結深深地契入人類狀況之中；它在人性的多元性中尋找其共同性。只有這樣一種批判立場，才能使我們驅除遊蕩世界的冷戰的幽靈，避免滑入一種情緒性的感傷話語，以及企圖把個人英雄對抗國家機器和霸權實體的道德立場。只有這樣一種去冷戰批判意識，才能讓我們的視界超越冷戰二元對立話語的局囿，探索並發現中國現代性中的那些微妙與複雜的層面。

17 陳映真，〈對我而言的「第三世界」〉，《讀書》十期（二〇〇五），頁一七—二四。

18 Herbert Mitgang, "Publishing: Chinese Weekend in Iowa," *New York Times*, August 17, 1979, C24.

參考書目

外文部分

Adams, T. D. “Photographs on the Walls of the House of Fiction Poetics,” *Poetics Today* 29.1 (2008): 188.

Adorno, Theodor W. “Valéry Proust Museum,” in *Prisms*, trans. Samuel Weber and Shierry Weber (London: Neville Spearman, 1967), pp. 173-86.

Adorno, Theodor W. *Prisms*, trans. Samuel Weber and Shierry Weber (London: Neville Spearman, 1967).

Akiyama, Masayuki and Yiu-nam Leung eds. *Crosscurrents in the Literatures of Asia and the West: Essays in Honor of A. Owen Aldridge* (Newark: University of Delaware Press / London, N.J.: Associated University Presses, 1997).

Alber, Charles J. *Embracing the Lie: Ding Ling and the Politics of Literature in the People's Republic of China* (Westport, CT and London: Praeger, 2004).

Anderson, Benedict. *Imagined Communities: Reflections on the Origin and Spread of Nationalism* (London: Verso, 1991).

Anderson, Mark M. *Kafka's Clothes: Ornament and Aestheticism in the Habsburg Fin de Siècle* (Oxford: Clarendon Press, 1992).

Artaud, Antonin. "Van Gogh: The Man Suicided by Society," in *Antonin Artaud Anthology*, ed. Jack Hirschman (San Francisco: City Lights Books, 1965), pp. 135-63.

Ashcroft, Bill, Gareth Griffiths and Helen Tiffin. *The Empire Writes Back: Theory and Practice in Post-Colonial Literatures* (London: Routledge, 2002, 2nd ed.).

Auden, W. H. *Journey to a War* (New York: Random House, 1939).

Auerbach, Erich. "Philology and *Weltliteratur*," *The Centennial Review* XIII (Winter 1969): 1-17.

Barghoorn, Frederick C. *Soviet Foreign Propaganda* (Princeton, N.J.: Princeton University Press, 1964).

Barlow, Tani E. "Woman under Maoist Nationalism in the Thought of Ding Ling," *The Question of Women in Chinese Feminism* (Durham, N.C.: Duke University Press, 2004), pp. 190-252.

Barlow, Tani E. with Gary J. Bjorge eds. *I Myself Am a Woman: Selected Writings of Ding Ling* (Boston: Beacon Press, 1989).

Becker, Jasper. *Hungry Ghosts: Mao's Secret Famine* (New York, N.Y.: The Free Press, 1996).

Bell, Edward ed. and trans. *Wilhelm Meister's Travels*, book 2, in *Goethe's Works*, vol. 9 (London: George Bell and Sons, 1885).

Benjamin, Walter. "Paris, Capital of the Nineteenth Century," in *Reflections: Essays, Aphorisms, Autobiographical Writings*, trans. Peter Demetz (New York: Schocken Books, 1986), pp. 146-62.

Benjamin, Walter. "Politisierung der Intelligenz: Zu S. Kracauer 'Die Angestellten'," (The Politicization of the Intellectuals: On S. Kracauer's "The employees"), in *Angelus Novus, Ausgewählte Schriften* (Frankfurt am Main: Suhrkamp Verlag, 1966), vol. 2, p. 428.

Benjamin, Walter. "Surrealism: The Last Snapshot of the European Intelligentsia," in *Reflections: Essays, Aphorisms, Autobiographical Writings*, trans. Peter Demetz (New York: Schocken Books, 1986), pp. 177-92.

Benjamin, Walter. "The Author as Producer," in *Reflections: Essays, Aphorisms, Autobiographical Writings*, trans. Peter Demetz (New York: Schocken Books, 1986), pp. 22-38.

Benjamin, Walter. "Theses on the Philosophy of History," in *Illuminations: Essays and Reflections,* ed. Hannah Arendt, trans. Harry Zohn (New York: Schocken Books, 1969), pp. 253-64.

Benjamin, Walter. "Unpacking My Library: A Talk about Book Collecting," in *Illuminations: Essays and Reflections,* ed. Hannah Arendt, trans. Harry Zohn (New York: Schocken Books, 1969), pp. 59-68.

Benjamin, Walter. *Charles Baudelaire: A Lyric Poet in the Era of High Capitalism*, trans. Harry Zohn (London: Verso, 1983).

Benjamin, Walter. *Illuminations: Essays and Reflections,* ed. Hannah Arendt, trans. Harry Zohn (New York: Schocken Books, 1969).

Benjamin, Walter. *Reflections: Essays, Aphorisms, Autobiographical Writings*, trans. Peter Demetz (New York:

Schocken Books, 1986).

Benjamin, Walter. "Eduard Fuchs: Collector and Historian," in *The Essential Frankfurt School Reader*, eds. Andrew Arato and Eike Gebhardt (New York: Continuum, 1998), pp. 225-53.

Bleuler, Eugen. *Dementia Praecox or the Group of Schizophrenias*, trans. Joseph Zinkin (New York: International Universities Press, 1950).

Brook, Timothy and B. Michael Frolic. *Civil Society in China* (Armonk, N.Y.: M.E. Sharpe, 1997).

Brown, Jeremy and Paul G. Pickowicz ed. *Dilemmas of Victory: The Early Years of the People's Republic of China* (Cambridge, MA and London: Harvard University Press, 2007).

Bürger, Peter. *Theory of the Avant-garde*, trans. Michael Shaw (Minneapolis: University of Minnesota Press, 1984).

Cammett, John. *Antonio Gramsci and the Origins of Italian Communism* (Stanford, CA: Stanford University Press, 1967).

Carmichael, Virginia. *Framing History: The Rosenberg Story and the Cold War* (Minneapolis: University of Minnesota Press, 1993).

Caute, David. *The Dancer Defects: The Struggle for Cultural Supremacy during the Cold War* (New York: Oxford University Press, 2003).

Chang, Carsun. "A Manifesto for a Re-appraisal of Sinology and Reconstruction of Chinese Culture," *The Development of Neo-Confucian Thought* (New York: Bookman Associates, 1962), vol. 2, pp. 445-83.

Chang, Carsun. *The Development of Neo-Confucian Thought* (New York: Bookman Associates, 1962). 2 Vols.

Chang, Eileen. "A Return to the Frontier," *The Reporter* (1963).

Chang, Eileen. "The Spyring or Ch'ing K'e! Ch'ing K'e!," *Muse* (Hong Kong) (March 2008): 64-72.

Chang, Eileen. "Writings of One's Own," in *Written on Water*, trans. Andrew F. Jones, co-ed. Nicole Huang (New York: Columbia University Press, 2005), p. 19.

Chang, Eileen. *Love in a Fallen City*, trans. Karen S. Kingsbury (New York: New York Review of Books, 2007).

Chang, Eileen. *The Book of Change* (Hong Kong: Hong Kong University Press, 2010).

Chang, Eileen. *The Fall of the Pagoda* (Hong Kong: Hong Kong University Press, 2010).

Chang, Eileen. *The Rice-Sprout Song* (Berkeley: University of California Press, 1998).

Chang, Eileen. *The Rouge of the North* (Berkeley: University of California Press, 1998).

Chang, Eileen. *Written on Water*, trans. Andrew F. Jones, co-ed. Nicole Huang (New York: Columbia University Press, 2005).

Chang, Gordon H. *Friends and Enemies: The United States, China, and the Soviet Union, 1948-1972* (Stanford, CA: Stanford University Press, 1990).

Chang, Hao. "New Confucianism and the Intellectual Crisis of Modern China," in *The Limits of Change: Essays on Conservative Alternatives in Republican China*, ed. Charlotte Furth (Cambridge, MA: Harvard University Press, 1976), pp. 276-302.

Chang, Sung-sheng Yvonne. *Modernism and the Nativist Resistance: Contemporary Chinese Fiction from Taiwan* (Durham, N.C.: Duke University Press, 1993).

Chatterjee, Partha. *The Nation and Its Fragments: Colonial and Postcolonial Histories* (Princeton, N.J.: Princeton University Press, 1993).

Chen, Jian. *China's Road to the Korean War: The Making of the Sino-American Confrontation* (New York: Columbia University Press, 1997).

Chen, Kuan-Hsing. *Asia as Method: Toward Deimperialization* (Durham: Duke University Press, 2010).

Cheung, Dominic. "Feng Zhi: Shisihang ji (Sonnets), 1942," in *A Selective Guide to Chinese Literature, 1900-1949.* vol. 3, *The Poem*, ed. Lloyd Haft (Leiden: Brill, 1989), pp. 103-105.

Cheung, Dominic. *Feng Chih* (Boston: Twayne, 1979).

Chi, Pang-yuan and David Der-wei Wang. *Chinese Literature in the Second Half of a Modern Century: A Critical Survey* (Bloomington: Indiana University Press, 2000).

Chiang, Kai-shek. "Essentials of the New Life Movement," in *Sources of Chinese Tradition: From 1600 Through the Twentieth Century*, compiledr by Wm. Theodore de Bary and Richard Lufrano (New York: Columbia University Press, 2000, 2ND ed.), vol. 2, pp. 341-44.

Ching, Leo T. S. *Becoming "Japanese": Colonial Taiwan and the Politics of Identity Formation* (Berkeley: University of California Press, 2001).

Chow, Rey. "Fateful Attachments: On Collecting, Fidelity, and Lao She," *Critical Inquiry* 28.1 (Autumn 2001): 286-304.

Chow, Rey. *Woman and Chinese Modernity: The Politics of Reading between West and East* (Minneapolis: University of Minnesota Press, 1991).

Chu, S. C. "China's Attitudes toward Japan at the Time of the Sino-Japanese War," in Akira Iriye ed. *The Chinese and the Japanese: Essays in Political and Cultural Interactions* (Princeton, N.J.: Princeton University Press, 1980), pp. 74-95.

Cleve, Ingeborg. "Subverted Heritage and Subversive Memory: Weimarer Klassik in the GDR and the Bauerbach Case." in *German Literature, History and the Nation: Papers from the Conference "The Fragile Tradition," Cambridge 2002*, ed. Christian Emden and David Midgley (New York: Peter Lang, 2004), vol. 2, pp. 355-80.

Clunas, Craig. *Superfluous Things: Material Culture and Social Status in Early Modern China* (Urbana: University of Illinois Press, 1991).

Cody, Jeffrey W., Nancy S. Steinhardt and Tony Atkin. *Chinese Architecture and the Beaux-Arts*, (Honolulu: University of Hawai'i Press / Hong Kong: Hong Kong University Press, 2011).

Cohen, Paul A. "Ambiguities of a Watershed Date: The 1949 Divide in Chinese History," in *China Unbound: Evolving Perspectives on the Chinese Past* (London and New York: Routledge, 2003), pp. 131-47.

Cohen, Warren I. and Akira Iriye eds. *The Great Powers in East Asia, 1953-1960* (New York: Columbia University Press, 1990).

Crimp, Douglas. *On the Museum's Ruins*, with photographs by Louise Lawler (Cambridge, MA: MIT Press, 1997).

Croizier, Ralph C. *Koxinga and Chinese Nationalism: History, Myth, and the Hero* (Cambridge, MA: Harvard University Press, 1977).

Cull, Nicolas J. *The Cold War and the United States Information Agency 1945-1989* (Cambridge: Cambridge University Press, 2008).

Daruvala, Susan. *Zhou Zuoren and an Alternative Chinese Response to Modernity* (Cambridge, MA: Harvard University Asia Center, 2000).

Davidson, James W. *The Island of Formosa, Past and Present: History, People, Resources, and Commercial Prospects. Tea, Camphor, Sugar, Gold, Coal, Sulphur, Economical Plants, and Other Productions* (Taipei: Southern Materials Center Publishing, 1988).

De Man, Paul. "Literary History and Literary Modernity," in *Blindness and Insight: Essays in the Rhetoric of Contemporary Criticism* (Minneapolis: University of Minnesota Press, 1983), pp. 388-89.

De Man, Paul. *Blindness and Insight: Essays in the Rhetoric of Contemporary Criticism* (Minneapolis: University of Minnesota Press, 1983).

Deleuze, Gilles and Felix Guattari. *Anti-Oedipus. Capitalism and Schizophrenia* (Minneapolis: University of Minnesota Press, 1983), vol. 1.

Demetz, Peter. *Marx, Engels and the Poets: Origins of Marxist Literary Criticism* (Chicago: University of Chicago Press, 1967).

Denton, Kirk A. "Museums, Memorials, and Exhibitionary Culture in the People's Republic of China," *China Quarterly* 183 (Fall 2005): 565-86.

Denton, Kirk A. "Visual Memory and the Construction of a Revolutionary Past: Paintings from the Museum of the

Chinese Revolution," *Modern Chinese Literature and Culture* 12.2 (Fall 2000): 203-35.

Denton, Kirk A. ed. *Modern Chinese Literary Thought: Writings on Literature, 1893-1945* (Stanford, CA: Stanford University Press, 1996).

Derrida, Jacques. *Specters of Marx: The State of the Debt, the Work of Mourning, and the New International*, trans. Peggy Kamuf (New York and London: Routledge, 1994).

Dikötter, Frank. *The Discourse of Race in Modern China* (Stanford, CA: Stanford University Press, 1992).

Ding, Ling. "Du Wanxiang," in *I Myself Am a Woman: Selected Writings of Ding Ling*, eds. Tani E. Barlow with Gary J. Bjorge (Boston: Beacon Press, 1989), pp. 131-354.

Ding, Ling. *The Sun Shines over the Sangkan River*, trans. Yang Hsien-yi and Gladys Yang (Beijing: Foreign Languages Press, 1954).

Dirlik, Arif. "Confucius in the Borderlands: Global Capitalism and the Reinvention of Confucianism," *boundary 2* 22 (Fall 1995): 229-73.

Dirlik, Arif. "The Predicament of Marxist Revolutionary Consciousness: Mao Zedong, Antonio Gramsci, and the Reformulation of Marxist Revolutionary Theory," *Modern China* 9.2 (April 1983): 182-211.

Dudden, Alexis. "Japan's Engagement with International Terms," in *Tokens of Exchange: The Problem of Translation in Global Circulations*, ed. Lydia H. Liu (Durham, N.C.: Duke University Press, 1999), pp. 165-91.

Edwards, Louise. "New *Hongxue* and the 'Birth of the Author': Yu Pingbo's 'On Qin Keqing's Death'," *Chinese Literature: Essays, Articles, Reviews (CLEAR)* 23 (December 2001): 31-54.

Emden, Christian and David Midgley eds. *German Literature, History and the Nation: Papers from the Conference "The Fragile Tradition," Cambridge 2002*, (New York: Peter Lang, 2004), vol. 2.

Engel, Von Manfred und Ulrich Fülleborn hrsg. *Werke. Kommentierte Ausgabe in vier Bänden* (Frankfurt am Main, 1996), Band 2.

Engels, Friedrich. *The Origin of the Family, Private Property, and the State* (New York: International Publishers, 1942).

Engels, Friedrich. *The Origin of the Family, Private Property, and the State* (Hottingen-Zürich: Volksbuchhandlung, 1884).

Fairbank, John K. and Kwang-Ch'ing Liu eds. *The Cambridge History of China*. vol. 11, *Late Ch'ing, 1800-1911* (Cambridge: Cambridge University Press, 1980).

Fairbank, John K. *Trade and Diplomacy on the China Coast* (Stanford, CA: Stanford University Press, 1953).

Fairbank, Wilma. *Liang and Lin: Partners in Exploring China's Architectural Past* (Philadelphia: University of Pennsylvania Press, 1994).

Fan, K. Sizheng. "A Classicist Architecture for Utopia: The Soviet Contacts," in *Chinese Architecture and the Beaux-Arts*, eds. Jeffrey W. Cody, Nancy S. Steinhardt and Tony Atkin (Honolulu: University of Hawai'i Press / Hong Kong: Hong Kong University Press, 2011), pp. 91-126.

Farrelly, Daniel J. *Goethe in East Germany, 1949-1989: Toward a History of Goethe Reception in the GDR* (Rochester, N.Y.: Camden House, 1998).

Fichte, Johann Gottlieb. *Addresses to the German Nation*, trans. R. F. Jones and G. H. Turnbull (Westport, CT: Greenwood Press, 1979).

Foucault, Michel. *The Order of Things: An Archaeology of the Human Sciences* (New York: Vintage Books, 1973).

Franco, Jean. *The Decline and Fall of the Lettered City: Latin America in the Cold War* (Cambridge, MA: Harvard University Press, 2002).

Freud, Sigmund. "Psychoanalytic Notes upon an Autobiographical Account of a Case of Paranoia (Dementia Paranoides)," in *Three Case Histories* (New York: Simon & Schuster, 1996), p. 153.

Fu, Poshek. "Modernity, Diasporic Capital, and 1950's Hong Kong Mandarin Cinema." *Jump Cut: A Review of Contemporary Media* 49 (Spring 2007), www.ejumpcut.org/archive/jc49.2007/text.html.

Fukuzawa Yukichi Nenkan (Annals), vol. 11, Mita (Tokyo: Fukuzawa Yukichi Kyokai, 1984).

Furth, Charlotte. *The Limits of Change: Essays on Conservative Alternatives in Republican China* (Cambridge, MA: Harvard University Press, 1976).

Gaddis, John Lewis. *The Long Peace: Inquiries into the History of the Cold War* (New York: Oxford University Press, 1987).

Gaddis, John Lewis. *We Now Know: Rethinking Cold War History* (New York: Oxford University Press, 1997).

Galik, Marian. "Feng Zhi and His Goethean Sonnet," in *Crosscurrents in the Literatures of Asia and the West: Essays in Honor of A. Owen Aldridge*, ed. Masayuki Akiyama and Yiu-nam Leung (Newark: University of Delaware Press / London, N.J.: Associated University Presses, 1997), pp. 123-34.

Gilman, Sander L. *Difference and Pathology: Stereotypes of Sexuality, Race, and Madness* (Ithaca: Cornell University Press, 1985).

Gisela Henckmann und Dorothea Hölscher-Lohmeyer hrsg. *Johann Wolfgang Goethe: Sämtliche Werke nach Epochen seines Schaffens* (Complete works of Goethe arranged by periods). Münchner Ausgabe, Bd. 12: Letzte Jahre. 1827-1832, hrsg. Gisela Henckmann und Dorothea Hölscher-Lohmeyer (München: Hanser Verlag, 1997).

Goethe, Faust. *Der Tragödie zweiter Theil in fünf Acten* (Faust. The tragedy's second part of fi ve acts, 1831), verse 12104-11.

Goethe, Johann Wolfgang. "Epirrhema," in *Johann Wolfgang Goethe: Sämtliche Werke nach Epochen seines Schaffens* (Complete works of Goethe arranged by periods). Münchner Ausgabe, Bd. 12, p. 92: Letzte Jahre. 1827-1832, hrsg. Gisela Henckmann und Dorothea Hölscher-Lohmeyer (München: Hanser Verlag, 1997).

Goldman, Merle. *Literary Dissent in Communist China* (Cambridge, MA: Harvard University Press, 1967).

Gordon, Leonard. "Japan's Abortive Colonial Venture in Taiwan, 1874," *Journal of Modern History* 37 1 (March 1965): 171-85.

Gramsci, Antonio. *Selections from the Prison Notebooks* (New York: International Publishers, 1971).

Grieder, Jerome. "The Communist Critique of *Hunglou meng*," *Papers on China* (Harvard University, East Asian Research Center) 10 (October 1956): 142-68.

Guang Zhang, Shu. *Deterrence and Strategic Culture: Chinese-American Confrontations, 1949-1958* (Ithaca: Cornell

University Press, 1992).

Habermas, Jürgen. "Citizenship and National Identity," *Praxis International* 12.1 (April 1992): 1-19.

Haft, Lloyd ed. *A Selective Guide to Chinese Literature, 1900-1949*. vol. 3, *The Poem* (Leiden: Brill, 1989).

Haft, Lloyd. "Some Rhythmic Structures in Feng Zhi's *Sonnets,*" *Modern Chinese Literature* 9.2 (1996): 297-326.

Hal Foster ed. *The Anti-Aesthetic: Essays on Postmodern Culture* ((Port Townsend, WA: Bay Press, 1983).

Hamm, John Christopher. *Paper Swordsmen: Jin Yong and the Modern Chinese Martial Arts Novel* (Honolulu: Hawai'i Press, 2005).

Hammond, Andrew. *Global Cold War Literature* (London and New York: Routledge, 2012).

Hardt, Michael, and Antonio Negri. *Empire* (Cambridge, MA: Harvard University Press, 2000).

Hardt, Michael. *Gilles Deleuze: An Apprenticeship in Philosophy* (Minneapolis: University of Minnesota Press, 1993).

Harootunian, Harry D. *The Empire's New Clothes: Paradigm Lost, and Regained* (Chicago: Prickly Paradigm Press, 2004).

Hartmann, Heidi. "The Unhappy Marriage of Marxism and Feminism: Towards a More Progressive Union," in *Women and Revolution: A Discussion of the Unhappy Marriage of Marxism and Feminism*, ed. Lydia Sargent (Boston: South End Press, 1981), pp. 1-42.

Harvey, David. *Paris, Capital of Modernity* (New York and London: Routledge, 2003).

Harvey, David. *The Condition of Postmodernity: An Enquiry into the Origins of Cultural Change* (Oxford [England];

Cambridge, Mass., USA: Blackwell, 1989).

Hayhoe, Ruth and Ningsha Zhong. "University Autonomy and Civil Society," in *Civil Society in China*, eds. Timothy Brook and B. Michael Frolic (Armonk, N.Y.: M.E. Sharpe, 1997), pp. 99-123.

Hayhoe, Ruth. *China's Universities, 1895-1995: A Century of Cultural Conflict* (London: Taylor & Francis, 1996).

Herbert Mitgang. "Publishing: Chinese Weekend in Iowa,"*New York Times*, August 17, 1979, C24.

Herder, Johann Gottfried. *Outlines of a Philosophy of the History of Man*, trans. T. Churchill (New York: Bergman Publishers, 1966).

Hershatter, Gail. *Dangerous Pleasures: Prostitution and Modernity in Twentieth-Century Shanghai* (Berkeley: University of California Press, 1997).

Hevia, James. *Cherishing Men from Afar: Qing Guest Ritual and the Macartney Embassy of 1793* (Durham, N.C.: Duke University Press, 1995).

Hinton, William. *Fanshen: A Documentary of Revolution in a Chinese Village* (New York and London: Monthly Review Press, 1966).

Hirschman, Jack. *Antonin Artaud Anthology* (San Francisco: City Lights Books, 1965).

Ho, Elaine Yee Lin and Julia Kuehn. *China Abroad: Travels, Subjects, Spaces* (Hong Kong: Hong Kong University Press, 2009).

Ho, Elaine Yee Lin. "China Abroad: Nation and Diaspora in a Chinese Frame," in *China Abroad: Travels, Subjects, Spaces*, eds. Elaine Yee Lin Ho and Julia Kuehn (Hong Kong: Hong Kong University Press, 2009), pp. 3-22.

Hohendahl, Peter Uwe. *Building a National Literature: The Case of Germany, 1830-1870* (Ithaca: Cornell University Press, 1989).

Holland, Eugene W. *Deleuze and Guattari's Anti-Oedipus: Introduction to Schizoanalysis* (London: Routledge, 1999).

Hong, Zicheng. *A History of Contemporary Chinese Literature* (Leiden: Brill, 2007).

Hsia, C. T. *A History of Modern Chinese Fiction* (Bloomington: Indiana University Press, 1999).

Hsia, C. T. *C. T. Hsia on Chinese Literature* (New York: Columbia University Press, 2004).

Hsia, T. A. *The Gate of the Darkness: Studies on the Leftist Literary Movement in China* (Seattle: University of Washington Press, 1968).

Hsu, Immanuel C. Y. "Late Ch'ing Foreign Relations," in *The Cambridge History of China*. vol. 11, *Late Ch'ing, 1800-1911*, pt. 2, eds. John K. Fairbank and Kwang-Ch'ing Liu (Cambridge: Cambridge University Press, 1980), pp. 86-87.

Hsu, Kai- yu. *Twentieth- century Chinese Poetry: An Anthology* (Ithaca: Cornell University Press, 1970).

Huang, Nicole. *Women, War, Domesticity: Shanghai Literature and Popular Culture of the 1940s* (Leiden: Brill, 2005).

Huang, Philip C. C. "Rethinking the Chinese Revolution: An Introduction," *Modern China* 21.1 (January 1995): 3-7.

Huangfu, Jenny. "Roads to Salvation: Shen Congwen, Xiao Qian, and the Problem of Non-Communist Celebrity Writers, 1948-1957," *Modern Chinese Literature and Culture* 22.2 (Fall 2010): 39-87.

Hunt, Michael and Steven Levine. "The Revolutionary Challenge to Early U.S. Cold War Policy in Asia," in *The Great Powers in East Asia, 1953-1960*, eds. Warren I. Cohen and Akira Iriye (New York: Columbia University Press, 1990), pp. 13-34.

Huss, Ann and Jianmei Liu eds. *The Jin Yong Phenomenon: Chinese Martial Arts Fiction and Modern Chinese Literary History* (Youngstown, N.Y.: Cambria Press, 2007).

Huyssen, Andreas. *After the Great Divide: Modernism, Mass Culture, Postmodernism* (Bloomington: Indiana University Press, 1986).

Huyssen, Andreas. *Twilight Memories: Marking Time in a Culture of Amnesia* (New York and London: Routledge, 1995).

Iriye, Akira ed. *The Chinese and the Japanese: Essays in Political and Cultural Interactions* (Princeton, N.J.: Princeton University Press, 1980).

Iriye, Akira. *The Cold War in Asia: A Historical Introduction* (Englewood Cliffs, N.J.: Prentice Hall, 1974).

James, M. R. *The Apocryphal New Testament* (Oxford, UK: Clarendon Press, 1924).

Jameson, Fredric. "Postmodernism and Consumer Society," in *The Anti-Aesthetic: Essays on Postmodern Culture,* ed. Hal Foster (Port Townsend, WA: Bay Press, 1983), pp. 111-25.

Jay, Martin. *Marxism and Totality: The Adventures of a Concept from Lukács to Habermas* (Berkeley: University of California Press, 1984).

Jusdanis, Gregory. *The Necessary Nation* (Princeton, N.J.: Princeton University Press, 2001).

Kaderas, Christoph and Meng Hong eds. *120 Jahre Chinesische Studierende an deutschen Hochschulen* (120 years of chinese students in German institutes of higher education) (Bonn: DAAD-Forum, Band 22, 2000).

Kalliney, Peter. *The Aesthetic Cold War: Decolonization and Global Literature* (Princeton, N.J.: Princeton University Press, 2022).

Karabel, Jerome. "Revolutionary Contradictions: Antonio Gramsci and the Problem of Intellectuals," *Politics and Society* 6. 2 (1976): 123-72.

Kerr, George H. *Formosa Betrayed* (Boston: Houghton Mifflin, 1965).

Kim, Jodi. *Ends of Empire: Asian American Critique and the Cold War* (Minneapolis: University of Minnesota Press, 2010).

Kinkley, Jeffrey C. *The Odyssey of Shen Congwen* (Stanford, CA: Stanford University Press, 1987).

Kirby, William C. "Continuity and Change in Modern China: Economic Planning on the Mainland and on Taiwan, 1943-1953," *Australian Journal of Chinese Affairs* 24 (July 1990): 121-41.

Kirby, William C. "Lessons of Modern Chinese History, To the US Congress, April 1998," *Chinese Historical Review* (Spring 2004): 15-22.

Klein, Christina. *Cold War Cosmopolitanism: Period Style in 1950s Korean Cinema* (Oakland, California: University of California Press, 2020).

Klein, Christina. *Cold War Orientalism: Asia in the Middlebrow Imagination, 1945-1961* (Berkeley: University of California Press, 2003).

Klein, Melanie. *Das Seelenleben des Kleinkindes und andere Beiträge zur Psychoanalyse* (The mental life of children and other thesis on psychoanalysis) (Stuttgart: Klett-Cotta, 1983).

Kraepelin, Emil. *Dementia praecox and Paraphrenia*, trans. R. M. Barclay (Huntington, N.Y.: Robert E. Krieger, 1971 [1919]).

Kruks, Sonia, Rayna Rapp and Marilyn B. Young. "Introduction," in *Promissory Notes. Women in the Transition to Socialism*, eds. Sonia Kruks, Rayna Rapp and Marilyn B. Young (New York: Monthly Review Press, 1989), p. 8.

Kruks, Sonia, Rayna Rapp and Marilyn B. Young. *Promissory Notes. Women in the Transition to Socialism* (New York: Monthly Review Press, 1989).

Kubin, Wolfgang. "Zong Baihua (1896-1996) und sein ästhetisches Werk," (Zong Baihua and his aesthetic work). in *120 Jahre Chinesische Studierende an deutschen Hochschulen* (120 years of chinese students in German institutes of higher education), ed. Christoph Kaderas and Meng Hong (Bonn: DAAD-Forum, Band 22, 2000), pp. 139-46.

Laing, R. D. *The Politics of Experience* (New York: Pantheon Books, 1967).

Lamley, Harry J. "The 1895 Taiwan Republic: A Significant Episode in Modern Chinese History," *Journal of Asian Studies* 27.4 (August 1968): 739-54.

Landes, Joan B. "Marxism and the 'Woman Question," in *Promissory Notes: Women in the Transition to Socialism*, eds. Sonia Kruks, Rayna Rapp and Marilyn B. Young (New York: Monthly Review Press, 1989), pp. 15-28.

Law, Kar. "A Glimpse of MP&GI's Creative / Production Situation: Some Speculations and Doubts," in *The Cathay Story*, ed. Ailing Wong (Hong Kong: Hong Kong Film Archive, 2002), pp. 58-65.

Lee, Leo Ou-fan. *Shanghai Modern: The Flowering of a New Urban Culture in China, 1930-1945* (Cambridge, MA: Harvard University Press, 1999).

Lee, Leo Ou-fan. *Voices from the Iron House: A Study of Lu Xun* (Bloomington: Indiana University Press, 1987).

Leffler, Melvyn P. and Odd Arne Westad eds. *The Cambridge History of the Cold War* (Cambridge: Cambridge University Press, 2010), vol. 3.

Liao, Ping-hui. "Rewriting Taiwanese National History: The February 28 Incident as Spectacle," *Public Culture* 5 (1993): 281-96.

Lin, Yutang. *The Flight of the Innocents* (New York: Putnam, 1964).

Liu, James J. Y. *The Chinese Knight-errant* (Chicago: University of Chicago Press, 1967).

Liu, Lydia H. ed. *Tokens of Exchange: The Problem of Translation in Global Circulations* (Durham, N.C.: Duke University Press, 1999).

Liu, Lydia H. *The Clash of Empires: The Invention of China in Modern World Making* (Cambridge, MA: Harvard University Press, 2004).

Liu, Lydia H. *Translingual Practice: Literature, National Culture, and Translated Modernity-China, 1900-1937* (Stanford, CA: Stanford University Press, 1995).

Liu, Petrus. *Stateless Subjects: Chinese Martial Arts Literature and Postcolonial History* (Ithaca: Cornell East Asian

Series, 2011).

Louie, Kam ed. *Eileen Chang: Romancing Languages, Cultures, and Genres* (Hong Kong: Hong Kong University Press, 2011).

Lu, Xun. *Selected Stories of Lu Hsun*, trans. Yang Hsien-yi and Gladys Yang (New York: W. W. Norton, 1977).

Luk, Bernard Hung-kay. "Chinese Culture in the Hong Kong Curriculum: Heritage and Colonialism," *Comparative Education Review* 35.4 (November 1991): 659-60.

Lukács, Georg. *Goethe und seine Zeit* (Berlin: Aufbau, 1950).

Lukács, Georg. *History and Class Consciousness: Studies in Marxist Dialectics*, trans. Rodney Livingstone (Cambridge, MA: MIT Press, 1971).

Mahler, Margaret S. *The Psychological Birth of the Human Infant: Symbiosis and Individuation* (New York: Basic Books, 1975).

Mao, Tse-tung. *On Art and Literature* (Peking: Foreign Language Press, 1960).

Mao, Tse-tung. *Selected Works of Mao Tse-tung*. 5 vols (Beijing: Foreign Language Press, 1965-1967).

Marcuse, Herbert. "Review of Georg Lukács, *Goethe und Seine Zeit*." *Philosophy and Phenomenological Research* 11.1 (September 1950): 142-44.

Mark, Chi-kwan. "The 'Problem of People': British Colonials, Cold War Powers, and the Chinese Refugees in Hong Kong, 1949-62," *Modern Asian Studies* (November 2007): 1145-181.

Marx, Karl. "Preface to 'A Contribution to the Critique of Political Economy,'" in *Karl Marx: Selected Writings*, ed.

David McLellan (Oxford: Oxford University Press, 1977), p. 181.

Mei, Yi-tsi Feuerwerker. "Ting Ling's 'When I Was in Sha Chuan (Cloud Village),', with a Discussion by Yi-tsi Feuerwerker," *Signs: Journal of Women in Culture and Society* 2.1 (Autumn 1976): 255-279.

Mei, Yi-tsi Feuerwerker. *Ding Ling's Fiction: Ideology and Narrative in Modern Chinese Literature* (Cambridge, MA: Harvard University Press, 1982).

Meinecke, Friedrich. *Cosmopolitanism and the National State*, trans. Robert B. Kimber (Princeton, N.J.: Princeton University Press, 1970).

Meisner, Maurice. *Mao's China and After: A History of the People's Republic* (New York: Free Press, 1986).

Miyoshi, Masao and H. D. Harootunian eds. *Learning Places: The Afterlives of Area Studies* (Durham: Duke University Press, 2002).

Morris, Andrew. "The Taiwan Republic of 1895 and the Failure of the Qing Modernizing Project." in *Memories of the Future: National Identity Issues and the Search for a New Taiwan*, ed. Stephane Corcuff (Armonk, N.Y.: M. E. Sharpe, 2002), pp. 3-22.

Müller, Jan-Werner. "The Cold War and the Intellectual History of the Late Twentieth Century," in *The Cambridge History of the Cold War*, ed. Melvyn P. Leffler and Odd Arne Westad (Cambridge: Cambridge University Press, 2010), vol. 3, pp. 1-22.

Ng, Kenny K. K. "Romantic Comedies of Cathay-MP&GI in the 1950s and 60s: Language, Locality, and Urban Character," *Jump Cut: A Review of Contemporary Media* 49 (Spring 2007), www.ejumpcut.org/archive/

jc49.2007/text.html.

Novalis, *Schriften: Die Werke Friedrich von Hardenbergs*, ed. Paul Kluckhohn und Richard Samuel (Stuttgart: Kohlhammer, 1960), vol. 1.

Ong, Aihwa and Donald M. Nonini eds. *Ungrounded Empires: The Cultural Politics of Modern Chinese Transnationalism*, (New York: Routledge, 1997).

Ong, Aihwa. "Chinese Modernities: Narratives of Nation and of Capitalism," in *Ungrounded Empires: The Cultural Politics of Modern Chinese Transnationalism*, eds. Aihwa Ong and Donald M. Nonini (New York: Routledge, 1997), pp. 171-202.

Ong, Aihwa. *Flexible Citizenship Flexible Citizenship: The Cultural Logics of Transnationality* (Durham, N.C.: Duke University Press, 1999).

Owen, Stephen. *Remembrances: The Experience of the Past in Classical Chinese Literature* (Cambridge, MA: Harvard University Press, 1986).

Park, Josephine. *Cold War Friendships: Korea, Vietnam, and Asian American Literature* (New York: Oxford University Press, 2016).

Perry, Elizabeth J. *Shanghai on Strike: The Politics of Chinese Labor* (Stanford: Stanford University Press, 1993).

Piette, Adam. *The Literary Cold War: 1945 to Vietnam.* Edinburgh: Edinburgh University Press, 2009.

Pollard, David ed. and trans. *The Chinese Essay* (New York: Columbia University Press, 2000).

Pollard, David. *A Chinese Look at Literature: The Literary Values of Zhou Zuoren in Relation to the Tradition*

(London: Hurst, 1973).

Quo, F. Q. "British Diplomacy and the Cession of Formosa, 1894-95," *Modern Asian Studies* 2 (April 1968): 141-54.

Rainer Maria Rilke. "Sonette an Orpheus," I, XII, in *Werke. Kommentierte Ausgabe in vier Bänden*, hrsg. von Manfred Engel und Ulrich Fülleborn (Frankfurt am Main, 1996), Band 2, p. 246.

Rickett, Ally and Adele Rickett. *Prisoners of Liberation* (New York: Cameron Associates, 1957).

Rilke, Rainer Maria. "Von der Landschaft," in Rainer Maria Rilke. *Rainer Maria Rilke: Sämtliche Werke* (Wiesbaden und Frankfurt am Main: Insel Verlag, 1955-1966), vol. 5, pp. 516-23.

Rilke, Rainer Maria. *Gesammelte Werke: Gebunden in feinem Leinen mit goldener Schmuckprägung* (Leipzig: Insel, 1927).

Rilke, Rainer Maria. *Rainer Maria Rilke: Sämtliche Werke* (Wiesbaden und Frankfurt am Main: Insel Verlag, 1955-1966), vol. 5.

Rilke, Rainer Maria. *Umschlag und Verwandlung. Poetische Struktur und Dichtungstheorie in R. M. Rilkes Lyrik der Mittleren Periode (1907-1914)* (Munich: Winkler, 1972).

Rojas, Carlos and Eileen Cheng-yin Chow eds. *Rethinking Chinese Popular Culture: Cannibalizations of the Canon* (London: Routledge, 2008).

Rubin, Andrew N. *Archives of Authority: Empire, Culture, and the Cold War* (Princeton, N.J.: Princeton University Press, 2012).

Ryan, Judith. *Rilke, Modernism and Poetic Tradition* (Cambridge: Cambridge University Press, 1999).

Ryan, Judith. *Umschlag und Verwandlung. Poetische Struktur und Dichtungstheorie in R. M. Rilkes Lyrik der Mittleren Periode (1907-1914)* (Munich: Winkler, 1972).

Sadovni, Alan R. *Knowledge and Pedagogy: The Sociology of Basil Bernstein* (Norwood, N.J.: Ablex Publishing, 1995).

Said, Edward W. *Culture and Imperialism* (New York: Vintage, 1993).

Said, Edward W. *Humanism and Democratic Criticism* (New York: Columbia University Press, 2004).

Said, Edward W. *Orientalism* (New York: Vintage, 1979).

Said, Edward W. *The World, the Text, and the Critic* (Cambridge: Harvard University Press, 1983).

Sargent, Lydia ed. *Women and Revolution: A Discussion of the Unhappy Marriage of Marxism and Feminism* (Boston: South End Press, 1981).

Sauders, Frances Stonor. *Cultural Cold War: The CIA and the World of Arts and Letters* (New York: New Press, 1999).

Sauders, Frances Stonor. *The Cultural Cold War: The CIA and the World of Arts and Letters* (New York: New Press, 1999).

Saussy, Haun. "The Age of Attribution: Or, How the 'Honglou meng' Finally Acquired an Author," *Chinese Literature: Essays, Articles, Reviews (CLEAR)* 25 (December 2003): 119-32.

Schaeffer, Robert K. *Severed States: Dilemmas of Democracy in a Divided World* (Lanham, MD: Rowman & Littlefield, 1999).

Schonebaum, Andrew and Tina Lu eds. *Approaches to Teaching The Story of the Stone (Dream of the Red Chamber)* (New York: Modern Language Association of America, 2012).

Shen, Shuang. "Betrayal, Impersonation, and Bilingualism: Eileen Chang's Self-Translation," in *Eileen Chang: Romancing Languages, Cultures, and Genres*, ed. Kam Louie (Hong Kong: Hong Kong University Press, 2011), pp. 91-112.

Shen, Shuang. "Empire of Information: The Asia Foundation's Network and Chinese-language Cultural Production in Hong Kong and Southeast Asia," *American Quarterly* 69.3 (September 2017): 589-610.

Shih, Shu-mei. "The Concept of the Sinophone," *PMLA* 126.3 (May 2011): 709-18.

Shih, Shu-mei. *Visuality and Identity:Sinophone Articulations across the Pacific* (Berkeley: University of California Press, 2007).

Shu, Kei. "Notes on MP&GI," in *The Cathay Story*, ed. Ailing Wong (Hong Kong: Hong Kong Film Archive, 2002), pp. 66-81.

Silverman, Kaja. *Flesh of My Flesh* (Stanford, CA: Stanford University Press, 2009).

Song, Weijie. "Nation-State, Individual Identity, and Historical Memory: Conflicts between Han and Non-Han Peoples in Jin Yong's Novels," in *The Jin Yong Phenomenon: Chinese Martial Arts Fiction and Modern Chinese Literary History*, eds. Ann Huss and Jianmei Liu (Youngstown, N.Y.: Cambria Press, 2007), pp. 121-54.

Song, Weijie. "Space, Swordsmen, and Utopia: The Dualistic Imagination in Jin Yong's Narratives," in *The Jin Yong*

Phenomenon: Chinese Martial Arts Fiction and Modern Chinese Literary History, eds. Ann Huss and Jianmei Liu (Youngstown, N.Y.: Cambria Press, 2007), pp. 155-78.

Sonia Kruks, Rayna Rapp and Marilyn B. Young eds. *Promissory Notes: Women in the Transition to Socialism* (New York: Monthly Review Press, 1989).

Stephane Corcuff ed. *Memories of the Future: National Identity Issues and the Search for a New Taiwan* (Armonk, N.Y.: M. E. Sharpe, 2002).

Szasz, Thomas. *Schizophrenia: The Sacred Symbol of Psychiatry* (New York: Basic Books, 1976).

Tang, Xiaobing. "On the Concept of Taiwan Literature," in *Writing Taiwan: A New Literary History*, eds. David Der-wei Wang and Carlos Rojas (Durham: Duke University Press, 2007), pp. 51-92.

Tani E. Barlow. *The Question of Women in Chinese Feminism* (Durham, N.C.: Duke University Press, 2004).

Tay, William. "Colonialism, the Cold War, and Marginal Space: The Existential Condition of Five Decades of Hong Kong Literature," in *Chinese Literature in the Second Half of a Modern Century: A Critical Survey*, eds. Pang-yuan Chi and David Der-wei Wang, *Chinese Literature in the Second Half of a Modern Century: A Critical Survey* (Bloomington: Indiana University Press, 2000), pp. 36-37.

Taylor, Jeremy and Lanjun Xu eds. *Chineseness and the Cold War: Contested Cultures and Diaspora in Southeast Asia and Hong Kong* (New York: Routledge, 2022).

Todd, Nigel. "Ideological Superstructure in Gramsci and Mao Tse-tung," *Journal of the History of Ideas* 35 (Jan. / Mar. 1974): 148-56.

Tsang, Steve. "Strategy for Survival: The Cold War and Hong Kong's Policy towards Kuomintang and Chinese Communist Activities in the 1950s," *Journal of Imperial and Commonwealth History* 25.2 (May 1997): 294-317.

Tsang, Steve. *Cold War's Odd Couple: The Unintended Partnership between the Republic of China and the UK, 1950-1958* (London and New York: I. B. Tauris & Company, 2006).

Tsu, Jing. *Failure, Nationalism, and Literature: The Making of Modern Chinese Identity, 1895-1937* (Stanford, CA: Stanford University Press, 2005).

Tu, Wei-ming. "Cultural China: The Periphery as the Center," *Daedalus* 120.2 (spring 1991): 1-32.

U. S. Department of State. *United States Relations with China, with Special Reference to the Period 1944-1949* (Washington, DC: U.S. Government Printing Office, 1949).

Virno, Paolo and Michael Hardt eds. *Radical Thought in Italy: A Potential Politics* (Minneapolis: University of Minnesota Press, 1996).

Viswanathan, Gauri. *Masks of Conquest: Literary Study and British Rule in India* (New York: Columbia University Press, 1989).

Wagner, Rudolf G. *Inside a Service Trade: Studies in Contemporary Chinese Prose* (Cambridge, MA and London: Harvard University Asia Center, 1992).

Wang, Ban. *The Sublime Figure of History: Aesthetics and Politics in Twentieth-Century China* (Stanford, CA: Stanford University Press, 1997).

Wang, David Der-wei and Carlos Rojas eds. *Writing Taiwan: A New Literary History* (Durham: Duke University Press, 2007).

Wang, David Der-wei. "Foreword," in Eileen Chang. *The Rouge of the North* (Berkeley: University of California Press, 1998), pp. xi-xii.

Wang, David Der-wei. "Reinventing National History: Communist and Anti-Communist Fiction of the Mid-Twentieth Century," in *Chinese Literature in the Second Half of a Modern Century: A Critical Survey*, eds. Pang-yuan Chi and David Der-wei Wang (Bloomington: Indiana University Press, 2000), pp. 39-64.

Wang, David Der-wei. *Fictional Realism in 20th Century China: Mao Dun, Lao She, Shen Congwen* (New York: Columbia University Press, 1992).

Wang, David Der-wei. *Fin-de-siècle Splendor: Repressed Modernities of Late Qing Fiction, 1849-1911* (Stanford, CA: Stanford University Press, 1997).2

Wang, David Der-wei. *The Monster That Is History: History, Violence, and Fictional Writing in Twentieth-Century China* (Berkeley: University of California Press, 2004).

Wang, Hui. "Contemporary Chinese Thought," trans. Rebecca E. Karl, *Social Text* 55 (Summer 1998):9-44.

Wang, Hui. "Humanism as the Theme of Chinese Modernity," *Surfaces* 5.202 (1995).

Wang, Hui. "Politics of Imagining Asia," in Hui Wang. *The Politics of Imagining Asia*, trans. Matthew A. Hale, ed. Theodore Huters (Cambridge, MA: Harvard University Press, 2011), pp. 10-62.

Wang, Hui. *The Politics of Imagining Asia*, trans. Matthew A. Hale, ed. Theodore Huters (Cambridge, MA: Harvard

University Press, 2011).

Wang, Xiaojue. "Individual Memory, Photographic Seduction and Allegorical Correspondence: Zhang Ailing and Her *Mutual Relflections: Reading Old Photographs*," in *Rethinking Chinese Popular Culture: Cannibalizations of the Canon*, eds. Carlos Rojas and Eileen Cheng-yin Chow (London: Routledge, 2008), pp. 190-206.

Wang, Xiaojue. "Radio Culture in Cold War Hong Kong," *Interventions: International Journal of Postcolonial Studies* 20.8 (2018): 1153-170.

Wang, Xiaojue. "*Stone* in Modern China: Literature, Politics, and Culture," in *Approaches to Teaching The Story of the Stone (Dream of the Red Chamber),* ed. Andrew Schonebaum and Tina Lu (New York: Modern Language Association of America, 2012), pp. 662-91.

Wang, Xiaojue. *Modernity with a Cold War Face: Reimagining the Nation in Chinese Literature across the 1949 Divide* (Cambridge, MA: Harvard East Asian Center, 2013).

Wasserstrom, Jeffrey N. *Student Protest in Twentieth-Century China: The View from Shanghai* (Stanford: Stanford University Press, 1991).

Watson, Jini Kim. *Cold War Reckonings: Authoritarianism and the Genres of Decolonization* (New York: Fordham University Press, 2021).

Wedemeyer, Albert C. *Wedemeyer Report*.

Westad, Odd Arne ed. *Brothers in Arms: The Rise and Fall of the Sino-Soviet Alliance, 1945-1963* (Washington, DC: Woodrow Wilson Center Press, 1998).

Westad, Odd Arne. "Rethinking Revolution: The Cold War in the Third World," *Journal of Peace Research* 29.4 (November 1992): 455-64.

Westad, Odd Arne. *Cold War and Revolution: Soviet-American Rivalry and the Origins of the Chinese Civil War, 1944-1946* (New York: Columbia University Press, 1992).

Williams, Raymond. *Marxism and Literature* (Oxford: Oxford University Press, 1977).

Wm. Theodore de Bary and Richard Lufrano compiler. *Sources of Chinese Tradition: From 1600 Through the Twentieth Century* (New York: Columbia University Press, 2000, 2ND ed.), vol. 2.

Wolfgang Koeppen. *Tauben im Gras* (*Pigeons on the Grass*) (Stuttgart & Hamburg: Scherz & Goverts Verlag, 1951).

Wong Ailing. *The Cathay Story* (Hong Kong: Hong Kong Film Archive, 2002).

Wong, Sau-ling Cynthia. *Reading Asian American Literature: From Necessity to Extravagance* (Princeton, N.J.: Princeton University Press, 1993).

Wu, Hung. *Remaking Beijing: Tiananmen Square and the Creation of a Political Space* (Chicago: University of Chicago Press, 2005).

Yang, Dali L. *Calamity and Reform in China: State, Rural Society, and Institutional Change Since the Great Leap Famine* (Stanford, CA: Stanford University Press, 1996).

Yeh, Michelle. "'On Our Destitute Dinner Table': Modern Poetry Quarterly in the 1950s," in *Writing Taiwan: A New Literary History*, eds. David Der-wei Wang and Carlos Rojas (Durham: Duke University Press, 2007), pp. 113-39.

Yeh, Michelle. *Modern Chinese Poetry: Theory and Practice Since 1917* (New Haven, CT: Yale University Press, 1991).

Yu, Anthony C. *Rereading the Stone: Desire and the Making of Fiction in Dream of the Red Chamber* (Princeton, N.J.: Princeton University Press, 1997).

Zahavi, Dan. "Schizophrenia and Self-Awareness," *Philosophy, Psychiatry and Psychology* 4 (2001): 339-41.

Zhang, Jing. "Wilderness to Reclaim Farmland," *Asian Times*, 2000 May 15, http://www.atimes.com/china/BE16Ad01.html.

Zhang, Jingyuan. *Psychoanalysis in China: Literary Transformations, 1919-1949* (Ithaca: Cornell East Asia Program, 1992).

Zhang, Kuan. "A Remarkable Cultural Encounter: The Reception of German Romanticism, Rilke, and Modernism in Feng Zhi's Poetry," PhD diss., Stanford University, 1999.

Zhang, Xudong. *Postsocialism and Cultural Politics: China in the Last Decade of the Twentieth Century* (Durham, N.C.: Duke University Press, 2008).

Zhang, Yingjin. "Institutionalization of Modern Literary History in China," *Modern China* 20.3 (July 1994): 347-77.

中文部分

丁玲，《丁玲文集》卷一－一〇（長沙：湖南人民出版社，一九八三－一九八四）。

丁玲，《丁玲全集》卷一－一二（石家莊：河北人民出版社，二〇〇一）。

中共中央毛澤東選集出版委員會編，《毛澤東選集》卷一—四（北京：人民出版社，一九九一）。
中共中央文獻研究室編，《毛澤東文集》卷一—八（北京：人民出版社，一九九三—一九九九）。
沈從文著，張兆和主編，《沈從文全集》卷一—三二（太原：北岳文藝出版社，二〇〇二）。
馮至，《馮至全集》卷一—一二（石家莊：河北教育出版社，一九九九）。
魯迅，《魯迅全集》卷一—一六（北京：人民文學出版社，一九八一）。
〈「再批判」編者按語〉，《文藝報》一九五八年二期。
〈中央組織部審查丁玲同志被捕被禁經過的結論〉，收入丁玲，《丁玲文集》卷八（長沙：湖南人民出版社，一九八三—一九八四）。
〈脫亞論〉，《時事新報》（*Jiji-shimpo*），一八八五年三月十六日。
〈今日文學的方向〉，《大公報》一〇七期（一九四八年十一月十四日）。
丁抒，《人禍：「大躍進」與大饑荒》（香港：九十年代雜誌社，一九九一）。
丁言昭，《在男人的世界裡：丁玲傳》（上海：上海文藝出版社，一九九八）。
于風政，《改造》（鄭州：河南人民出版社，二〇〇一）。
中國國民黨中央委員會黨史委員會，《三民主義：增錄民生主義育樂兩篇補述》（台北：中央文物供應社，一九八五）。
中國現代文學館編，《鍾理和代表作・原鄉人》（北京：華夏出版社，二〇〇九）。
中國現代作家傳略／徐州師範學院《中國現代作家傳略》編輯組編，《中國現代作家傳略》卷一（重慶：四川人民出版社，一九八一）。

中華全國婦女聯合會編，《蔡暢，鄧穎超，康克清婦女解放問題文選（一九三八—一九八七）》（北京：人民出版社，一九八八）。
巴金，《隨想錄》（北京：北京人民出版社，一九八〇）。
巴金、黃永玉等著，《長河不盡流：懷念沈從文先生》（長沙：湖南文藝出版社，一九八九）。
文訊雜誌社主編，《鄉土與文學：台灣地區區域文學會議實錄》（台北：文訊雜誌社，一九九四）。
毛澤東，〈關於哲學的講話〉，《毛澤東思想萬歲》（出版地不詳：出版者不詳，一九六九），頁五四九。
水晶，《張愛玲的小說藝術》（台北：大地出版社，一九七三）。
王一心，《他們仨：張愛玲・蘇青・胡蘭成》（上海：東方出版中心，二〇〇八）。
王安憶，〈英特納雄耐爾〉，《上海文學》三二五期（二〇〇四），頁七五—七七。
王宏志，《歷史的偶然：從香港看中國現代文學史》（香港：牛津大學出版社，一九九七）。
王軍，《城記》（北京：生活・讀書・新知三聯書店，二〇〇三）。
王哲甫，《中國新文學運動史》（北平：傑成印書局，一九三三）。
王國維，〈《紅樓夢》評論〉，收入陳平原、夏曉虹等編，《二十世紀中國小說理論資料 第一卷，一八九七—一九一六》（北京：北京大學出版社，一九八九），頁九六—一一五。
王梅香，〈冷戰時期非政府組織的中介與介入：自由亞洲協會、亞洲基金會的東南亞文化宣傳（一九五一—一九五九）〉，《人文及社會科學集刊》三三卷一期（二〇二〇年三月），頁一二三—五八。
王愷，〈越劇《紅樓夢》的誕生〉，《三聯週刊》（二〇〇九年七月九日），頁五六—六五。
王瑤，《中國新文學史稿》卷一（北京：開明書局，一九五一）。

王蒙，〈我心目中的丁玲〉，收入汪洪編，《左右說丁玲》（北京：中國工人出版社，二〇〇二），頁二〇一—二一四。
王劍叢，〈評司馬長風的《中國新文學史》〉，《香港文學》二二期（一九八六），頁三四—四〇。
王增如，《無奈的涅槃：丁玲最後的日子》（上海：上海書店，二〇〇三）。
王德威，《後遺民寫作：時間與記憶的政治學》（台北：麥田出版，二〇〇七）。
王德威、陳思和、許子東主編，《一九四九以後》（香港：牛津大學出版社，二〇一〇）。
王豐園，《中國新文學運動述評》（北平：新新學社，一九三五）。
丘逢甲，〈春愁〉，《嶺雲海日樓詩抄》（上海：上海古籍出版社，一九八二），頁二九。
包遵彭，《中國博物館史》（台北：中華叢書編審委員會，一九六四）。
司馬長風，《中國新文學史》（香港：昭明出版社，一九七六）。
司馬新，《張愛玲與賴雅》（台北：大地出版社，一九九六）。
甘露，〈丁玲與毛主席二三事〉，《新文學史料》四期（一九八六），頁八七—九〇。
朱光潛，《變態心理學》（上海：商務印書館，一九三三）。
朱光潛，《變態心理學》，《朱光潛全集》卷一（合肥：安徽教育出版社，一九八七〔一九三三〕）。
朱光潛，《變態心理學派別》，《朱光潛全集》卷一（合肥：安徽教育出版社，一九八七〔一九三〇〕）。
朱自清，〈文物，舊書，毛筆〉，收入朱喬森編，《朱自清散文全集》卷三（南京：江蘇教育出版社，一九九六），頁五一七—五二一。
朱自清，〈論不滿現狀〉，原載《觀察》三卷十八期（一九四七）；後收入朱喬森編，《朱自清散文全集》卷三（南京：江蘇教育出版社，一九九六），頁五〇六—五〇九。

朱自清，《新詩雜話》（北京：生活・讀書・新知三聯書店，一九八四）。

朱喬森編，《朱自清散文全集》卷三（南京：江蘇教育出版社，一九九六）。

朱曉東，〈通過婚姻的治理：一九三〇年到一九五〇年共產黨的婚姻和婦女解放法令中的策略與身體〉，收入汪民安主編，《身體的文化政治學》（開封：河南大學出版社，二〇〇三），頁六四—六五。

竹可羽，〈論《太陽照在桑乾河上》〉，收入袁良駿編，《丁玲研究資料》（天津：天津人民出版社，一九八二），頁三六一—三九八。

老舍、蔡儀、王瑤、李何林，〈中國新文學史教學大綱〉（初稿），《新建設》雜誌四卷四期（一九五一年七月）；後收入李何林等編，《中國新文學史研究》（北京：新建設雜誌社，一九五一），頁一—一八。

西南聯合大學北京校友會編，《國立西南聯合大學校史：一九三七至一九四六年的北大、清華、南開》（北京：北京大學出版社，一九九六）。

何冬暉，〈〈鋼鐵是怎樣煉成的〉：蘇聯教育小說與兩代中國讀者〉，收入沈志華、李濱（Douglas A. Stiffler）編，《脆弱的聯盟：冷戰與中蘇關係》（*Fragile Alliance: The Cold War and Sino-Soviet relations*）（北京：社會科學文獻出版社，二〇一〇），頁一一四—一四一。

吳世勇，〈為文學運動的重造尋找一個陣地：沈從文參與《戰國策》編輯經歷考辯〉，《淮南師範學院學報》一期（二〇〇五），頁一八—二一。

吳昊主編，《古裝・俠義・黃梅調》（香港：三聯書店（香港）有限公司，二〇〇四）。

吳密察，〈一八九五年台灣民主國的成立經過〉，收入張炎憲、李筱峰、戴寶村主編，《台灣史論文精選》上冊（台北：玉山社，一九九六），頁一一—五四。
吳濁流，《無花果》（台北：草根出版事業公司，一九九五）。
吳濁流著，張良澤編，《功狗》（台北：遠景出版公司，一九七七）。
吳濁流著，張良澤編，《波茨坦科長》（台北：遠行出版社，一九九三）。
吳濁流著，張良澤編，《南京雜感》（台北：遠行出版社，一九七七）。
吳濁流著，張良澤編，《黎明前的台灣》（台北：遠行出版社，一九七七）。
吳濁流著，傅恩榮譯，黃渭南校閱，《亞細亞的孤兒》（台北：南華出版社，一九六二）。
吳濁流著，楊召憩譯，《亞細亞的孤兒》（高雄：黃河出版社，一九五九）。
呂政惠，《戰後台灣文學經驗》（台北：新地文學出版社，一九九二）。
呂新昌，《鐵血詩人吳濁流》（台北：前衛出版社，一九九六）。
宋冬陽（陳芳明），〈朝向許願中的黎明——討論吳濁流作品中的「中國經驗」〉，《放膽文章拼命酒》（台北：林白出版社，一九八八），頁五—三三。
宋偉杰，《從娛樂行為到烏托邦衝動：金庸小說再解讀》（南京：江蘇人民出版社，一九九九）。
李陀，〈丁玲不簡單：毛體制下知識份子在話語生產中的複雜角色〉，《今天》三期（一九九三），頁二三六—二四〇。
李偉，《曹聚仁傳》（南京：南京大學出版社，一九九三）。
李筱峰，〈不像獨立的獨立運動：一八九五年台灣民主國的本質〉，《自立早報》，一九九五年四月十六日。
李筱峰，《台灣史一〇〇件大事》（台北：玉山社，一九九九）。

李廣田，《詩的藝術》（上海：開明書店，一九四三）。

李輝，〈靈魂在飛翔〉，收入張業松主編，《路翎印象》（上海：學林出版社，一九九七），頁二八八—二九五。

汪民安主編，《身體的文化政治學》（開封：河南大學出版社，二〇〇三）。

汪洪編，《左右說丁玲》（北京：中國工人出版社，二〇〇二）。

汪曾祺，〈沈從文轉業之謎〉，收入巴金、黃永玉等著，《長河不盡流：懷念沈從文先生》（長沙：湖南文藝出版社，一九八九），頁一三九—一四二。

沈志華、李濱（Douglas A. Stiffler）編，《脆弱的聯盟：冷戰與中蘇關係》（*Fragile Alliance: The Cold War and Sino-Soviet relations*）（北京：社會科學文獻出版社，二〇一〇）。

沈虎雛，〈團聚〉，收入巴金、黃永玉等著，《長河不盡流：懷念沈從文先生》（長沙：湖南文藝出版社，一九八九），頁四九〇—五二〇。

周一良，《畢竟是書生》（北京：北京十月文藝出版社，一九九八）。

周汝昌著，周倫玲編，《定是紅樓夢裡人：張愛玲與紅樓夢》（北京：團結出版社，二〇〇五）。

周作人，《中國新文學的源流》（北平：人文書店，一九三二）。

周良沛，《丁玲傳》（北京：北京十月文藝出版社，一九九三）。

周良沛，《馮至評傳》（重慶：重慶出版社，二〇〇一）。

周芬伶，《孔雀藍調：張愛玲評傳》（台北：麥田出版，二〇〇五）。

周揚，〈文藝戰線上的一場大辯論〉，收入洪子誠，《中國當代文學史・史料選（一九四五—一九九九）》（武漢：長江文藝出版社，二〇〇二），頁四三二—四五八。

周揚，〈新的人民的文藝〉，收入洪子誠編，《中國當代文學史・史料選（一九四五—一九九九）》（武漢：長江文藝出版社，二〇〇二），一五〇—一六一。
周翼虎、楊曉民，《中國單位制度》（北京：中國經濟出版社，一九九九）。
季羨林，《牛棚雜憶》（北京：中共中央黨校出版社，一九九八）。
林以亮，〈私語張愛玲〉，收入蔡鳳儀編輯，《華麗與蒼涼：張愛玲紀念文集》（台北：皇冠文學出版有限公司，一九九六），頁一〇五—一二四。
林杉，《一代才女林徽因》（北京：作家出版社，二〇〇五）。
林柏燕，〈吳濁流的大陸經驗〉，收入文訊雜誌社主編，《鄉土與文學：台灣地區區域文學會議實錄》（台北：文訊雜誌社，一九九四），頁三三四—三五六。
林洙，《困惑的大匠：梁思成》（濟南：山東畫報出版社，一九九七）。
林海音，〈城南舊事〉，《城南舊事》（台北：爾雅出版社，一九六〇），頁三一一—二二九。
林海音，《剪影話文壇》（台北：純文學出版社，一九八四）。
林語堂，《逃往自由城》（台北：中央通訊社，一九六五）。
俞平伯，《紅樓夢研究》（上海：棠棣，一九五二）。
俞平伯，《紅樓夢辨》（上海：亞東圖書館，一九二三）。
姚可崑，《我與馮至》（南寧：廣西教育出版社，一九九四）。
姜貴，《旋風》（台北：明華書局，一九五九）。
思痛子，《臺海思痛錄》（台北：臺灣銀行・經濟研究室，一九五九）。

柯喬治（Kerr, George H.）著，陳榮成譯，《被出賣的台灣》（*Formosa Betrayed*）（台北：前衛出版社，一九九一）。

洪子誠，〈「當代文學」的概念〉，《文學評論》一期（一九九八），頁三八－四八。

洪子誠，《中國當代文學史》（北京：北京大學出版社，一九九九）。

洪子誠，《中國當代文學史・史料選（一九四五－一九九九）》（武漢：長江文藝出版社，二〇〇二）。

洪子誠，《問題與方法：中國當代文學史研究講稿》（北京：北京大學出版社，二〇一〇）。

胡適，〈《海上花列傳》序〉，收入韓邦慶，《海上花列傳》（台北：廣雅出版社，一九八四），頁八。

胡適，〈紅樓夢考證〉，《胡適文存》（台北：遠東圖書公司，一九五三），頁五七五－六二〇。

茅盾，〈女作家丁玲〉，收入楊桂欣編，《觀察丁玲》（北京：大眾文藝，二〇〇一），頁二〇四－二〇八。

茅盾，〈夜讀偶記〉，《文藝報》一九五八年一、二、八、十期。

茅盾，〈夜讀偶記〉，收入洪子誠編，《中國當代文學史・史料選（一九四五－一九九九）》（武漢：長江文藝出版社，二〇〇二），頁三九八－四一四。

凌宇，《沈從文傳》（北京：北京十月文藝出版社，一九八八）。

唐小兵編，《再解讀：大眾文藝與意識形態》（香港：牛津大學出版社，一九九三）。

唐君毅、張君勱、牟宗三、徐復觀，〈為中國文化敬告世界人士宣言〉，收入《唐君毅全集》（台北：台灣學生書局，一九九一），卷四，第二章。

夏志清，〈現代中國文學史四種合評〉，《現代文學》復刊第一期（一九七七年七月），頁四一－六一。

夏志清編註，〈張愛玲給我的信件〉，《聯合文學》十三卷一一期（一九九七年九月），頁六九－七一。

夏志清編註，〈張愛玲給我的信件〉，《聯合文學》十三卷六期（一九九七年四月），頁五二—五三。

夏志清編註，〈張愛玲給我的信件〉，《聯合文學》十四卷九期（一九九八年七月），頁一四四—一四五。

奚密，〈台灣人在北京〉，收入陳平原、王德威編，《北京：都市想像與文化記憶》（北京：北京大學出版社，二〇〇五），頁三七一—三八九。

秦孝儀主編，《總統蔣公思想言論總集》卷一二（台北：中國國民黨中央執行委員會訓練委員會，一九八四）。

荃麟、乃超等著，《大眾文藝叢刊 文藝的新方向》（香港：生活書店，一九四八）。

袁良駿編，《丁玲研究資料》（天津：天津人民出版社，一九八二）。

高全之，《張愛玲學：批評・考證・鉤沉》（台北：一方出版，二〇〇三）。

高旭輝，〈發揚「五四」的民族思想與愛國精神〉，《國魂》一九二期（一九六一年五月），頁五。

高華，〈中共從五四教育遺產中選擇了什麼：延安教育的價值及局限〉，《在歷史的風陵渡口》（香港：時代國際出版有限公司，二〇〇八），頁七〇—七八。

高華，《在歷史的風陵渡口》（香港：時代國際出版有限公司，二〇〇八）。

國立北京大學台灣同學會編，《五四愛國運動四十周年紀念特刊》（台北：國立北京大學台灣同學會，一九五九）。

康來新，〈對照記：張愛玲與《紅樓夢》〉，收入楊澤編，《閱讀張愛玲：張愛玲國際研討會論文集》（台北：麥田出版，一九九九），頁二九—五八。

張永泉，〈走不出的怪圈：丁玲晚年心態探析〉，收入汪洪編，《左右說丁玲》（北京：中國工人出版社，二〇〇二），頁二三二—二五一。
張圭陽，《金庸與明報傳奇》（台北：允晨文化，二〇〇五）。
張我軍著，張光直編，《張我軍詩文集》（台北：純文學出版社，一九八九）。
張東蓀，《精神分析學ABC》（上海：世界書局，一九二九）。
張炎憲、李筱峰、戴寶村主編，《台灣史論文精選》上冊（台北：玉山社，一九九六）。
張清平，《林徽因》（天津：百花文藝出版社，二〇〇二）。
張紫葛，《心香淚酒祭吳宓》（廣州：廣州出版社，一九九七）。
張愛玲，《小團圓》（台北：台北：皇冠文化出版有限公司，二〇〇九）。
張愛玲，《赤地之戀》（台北：皇冠文學出版有限公司，一九九一）。
張愛玲，《流言》（台北：皇冠文學出版有限公司，一九九一）。
張愛玲，《紅樓夢魘》（台北：皇冠文學出版有限公司，一九七六）。
張愛玲，《重訪邊城》（台北：皇冠文化出版有限公司，二〇〇八）。
張愛玲，《秧歌》（台北：皇冠文學出版有限公司，一九九一）。
張愛玲，《張看》（台北：皇冠文學出版有限公司，一九九一）。
張愛玲，《惘然記》（台北：皇冠文學出版有限公司，一九八四）。
張愛玲，《傾城之戀：張愛玲短篇小說集之一》（台北：皇冠文學出版有限公司，一九九一）。
張愛玲，《對照記：看老照相簿》（台北：皇冠文學出版有限公司，一九九四）。
張愛玲，《餘韻》（台北：皇冠文學出版有限公司，一九九一）。

張新穎，《二十世紀上半期中國文學的現代意識》（北京：生活・讀書・新知三聯書店，二〇〇一）。
張業松主編，《路翎印象》（上海：學林出版社，一九九七）。
戚其章，〈丘逢甲離臺內渡考〉，《學術研究》一九一期（二〇〇〇年十月），頁七七—八五。
曹聚仁，《文壇五十年》（香港：新文化出版社，一九五五）。
梁秉鈞，〈一九五七年，香港〉，收入王德威、陳思和、許子東主編，《一九四九以後》（香港：牛津大學出版社，二〇一〇），頁一九九—二〇〇〇。
梁秉鈞，〈張愛玲與香港〉，收入劉紹銘、梁秉鈞、許子東編，《再讀張愛玲》（濟南：山東畫報出版社，二〇〇四），頁一九七—二〇六。
梁思成，〈北平的文物必須整理與保存〉，《梁思成文集》卷二（北京：中國建築出版社，一九八二），頁三六五—三七一。
梁啟超，〈遊臺灣書牘〉，收入林志鈞編，《飲冰室合集》卷五（上海：中華書局，一九六一），頁二〇五—二〇六。
梁啟超著，林志鈞編，《飲冰室合集》卷五（上海：中華書局，一九六一）。
梅家玲，《性別，還是家？：五〇與八、九〇年代台灣小說論》（台北：麥田出版，二〇〇四）。
許俊雅，《日據時期臺灣小說研究》（台北：文史哲出版社，一九九五）。
郭玉雯，《紅樓夢學：從脂硯齋到張愛玲》（台北：里仁書局，二〇〇四）。
郭延禮，〈陳季同：中法文化使者的前驅〉，《中華讀書報》，二〇〇〇年三月二十二日。
郭沫若，〈斥反動文藝〉，收入荃麟、乃超等著，《大眾文藝叢刊 文藝的新方向》（香港：生活書店，一九四八），頁一九—二二。
郭沫若，〈為建設新中國的人民文藝而奮鬥〉，收入洪子誠編，《中國當代文學史・史料選（一九四五—一九九九）》（武漢：長江文藝出版社，二〇〇二），頁一七二—一七八。
陳平原，《千古文人俠客夢：武俠小說類型研究》（北京：人民文學出版社，一九九二）。
陳平原，《作為學科的文學史》（北京：北京大學出版社，二〇一一）。
陳平原，《當年遊俠人：現代中國的文人與學者》（台北：二魚文化事業有限公司，二〇〇三）。
陳平原、王德威編，《北京：都市想像與文化記憶》（北京：北京大學出版社，二〇〇五）。
陳平原主編，《現代中國》（集刊）第一輯（武漢：湖北教育出版社，二〇〇一）。
陳芳明，〈楊逵的反殖民精神〉，《左翼台灣：殖民地文學運動史論》（台北：麥田出版，一九九八），頁七五—九八。
陳芳明，〈鄭成功與施琅：台灣歷史人物評價的反思〉，《殖民地摩登：現代性與台灣史觀》（台北：麥田出版，二〇〇四），頁二九三—三一四。
陳芳明，《左翼台灣：殖民地文學運動史論》（台北：麥田出版，一九九八）。
陳芳明，《殖民地摩登：現代性與台灣史觀》（台北：麥田出版，二〇〇四）。
陳建忠，〈被詛咒的文學？戰後初期（一九四五—一九四九）臺灣小說的歷史考察〉，收入陳義芝編，《台灣現代小說史綜論》（台北：行政院文化建設委員會，一九九八），頁四九—五二。
陳建忠、應鳳凰、邱貴芬、張誦聖、劉亮雅，《臺灣小說史論》（台北：麥田出版，二〇〇七）。
陳映真，〈孤兒的歷史，歷史的孤兒：試評《亞細亞的孤兒》〉，《陳映真作品集》卷九，《鞭子與提燈》（台北：人間出版社，一九八八），頁四八。
陳映真，〈對我而言的「第三世界」〉，《讀書》十期（二〇〇五），頁一七—二四。
陳映真，《陳映真作品集》卷九，《鞭子與提燈》（台北：人間出版社，一九八八）。
陳庭梅，〈蘇聯電影的引進〉，收入沈志華、李濱（Douglas A. Stiffler）編，《脆弱的聯盟：冷戰與中蘇關係》（*Fragile Alliance: The Cold War and Sino-Soviet relations*）（北京：社會科學文獻出版社，二〇一〇），頁一四二—六七。
陳徒手，《人有病天知否：一九四九年後的中國文壇紀實》（北京：人民文學出版社，二〇〇〇）。
陳國球，《文學史書寫形態與文化政治》（北京：北京大學出版社，二〇〇四）。
陳順馨，《社會主義現實主義理論在中國的接受與轉化》（合肥：安徽教育出版社，二〇〇〇）。
陳煒智，《我愛黃梅調：絲竹中國，古典印象——港臺黃梅調電影初探》（台北：牧村圖書有限公司，二〇〇五）。
陳義芝編，《台灣現代小說史綜論》（台北：行政院文化建設委員會，一九九八）。
陳萬益，《于無聲處聽驚雷》（臺南：臺南市立文化中心，一九九六）。
陸永恆編，《中國新文學概論》（廣州：克文印務局，一九三二）。
陸鍵東，《陳寅恪的最後二十年》（北京：生活・讀書・新知三聯書店，一九九五）。
陸耀東，《馮至傳》（北京：北京十月文藝出版社，二〇〇三）。
傅朗（Volland, Nicolai），〈政治認同：1950年代中國與蘇聯，東歐的文化交流〉，收入沈志華、李濱（Douglas A. Stiffler）編，《脆弱的聯盟：冷戰與中蘇關係》（*Fragile Alliance: The Cold War and Sino-Soviet*

relations）（北京：社會科學文獻出版社，二〇一〇），頁九三—一一三。

傅葆石，〈文化冷戰在香港：《中國學生周報》與亞洲基金會，一九五〇—一九七〇〉（上），《二十一世紀》一七三期（二〇一九年六月），頁四七—六二。

傅葆石，〈文化冷戰在香港：《中國學生周報》與亞洲基金會，一九五〇—一九七〇〉（下），《二十一世紀》一七四期（二〇一九年八月），頁六七—八二。

單德興，《銘刻與再現：華裔美國文學與文化論集》（台北：麥田出版，二〇〇〇）。

彭瑞金，〈戰後台灣新文學運動的路標：《亞細亞的孤兒》〉，《瞄準台灣作家：彭瑞金文學評論》（高雄：派色文化出版社，一九九二），頁一三—二二。

彭瑞金，《台灣新文學運動四十年》（台北：自立晚報社文化出版部，一九九一）。

曾令存，〈一九四八—一九四九：大眾文藝叢刊〉，《中國現代文學研究叢刊》二期（二〇〇二），頁四五—六九。

賀桂梅，〈「現代」·「當代」與「五四」——新文學史寫作範式的變遷〉，收入陳平原主編，《現代中國》（集刊）第一輯（武漢：湖北教育出版社，二〇〇一），頁五七—七一。

賀桂梅，〈「現代文學」的確立與五〇—六〇年代大學體制〉，《教育學報》三期（二〇〇五），頁八三—九一。

賀桂梅，《「新啟蒙」知識檔案：八〇年代中國文化研究》（北京：北京大學出版社，二〇一〇）。

賀桂梅，《轉折的時代：四〇—五〇年代作家研究》（濟南：山東教育出版社，二〇〇三）。

賀麟，《五十年來的中國哲學》（瀋陽：遼寧教育出版社，一九八九）。

賀麟，《當代中國哲學》（重慶：重慶出版社，一九四七）。

馮至，〈自傳〉，收入中國現代作家傳略／徐州師範學院《中國現代作家傳略》編輯組編，《中國現代作家傳略》卷二（重慶：四川人民出版社，一九八一），頁一四三。

馮至，〈略論歐洲資產階級文學裡的人道主義和個人主義〉，《北京大學學報》一九五八年一期，頁一五—二五。

馮至，〈駁艾青的〈瞭解作家，尊重作家〉〉，《文藝報》，一九五八年一月二十六日。

馮至，《十四行集》（四川：四川人民出版社，一九四二，再版）。

馮至，《十四行集》（桂林：明日社，一九四二）。

馮至主編，《德語文學簡史》（北京：人民文學出版社，一九五八）。

馮姚平編，《馮至和他的世界》（石家莊：河北教育出版社，二〇〇一）。

馮雪峰，〈《太陽照在桑乾河上》在我們文學發展上的意義〉，收入袁良駿編，《丁玲研究資料》（天津：天津人民出版社，一九八二），頁三四〇。

黃子平，《革命・歷史・小說》（香港：牛津大學出版社，一九九六）。

黃心村，〈夢在紅樓，寫在隔世〉，收入沈雙主編，《零度看張：重構張愛玲》（香港：中文大學出版社，二〇一〇），頁九九—一一八。

黃永玉，〈這些憂鬱的瑣屑〉，收入巴金、黃永玉等著，《長河不盡流：懷念沈從文先生》（長沙：湖南文藝出版社，一九八九），頁四五〇—八九。

黃秀政，《臺灣割讓與乙未抗日運動》（台北：臺灣商務印書館，一九九二）。

黃美娥，〈鐵血與鐵血之外：閱讀「詩人吳濁流」〉，收入林柏燕主編，《吳濁流百年誕辰紀念專刊》（新竹：新竹縣文化局，二〇〇〇），頁二六—四三。
黃修己，《中國新文學史編纂史》（北京：北京大學出版社，一九九五）。
黃康顯，〈靈感源泉？情感冰原？——張愛玲的香港大學因緣〉，《香港文學》一三六期（一九九六年四月），頁四—一二。
楊千鶴著，張良澤、林智美譯，《人生的三稜鏡》（台北：南天書局，一九九九）。
楊早，〈九十年代文化英雄的符號與象徵〉，收入戴錦華主編，《書寫文化英雄：世紀之交的文化研究》（南京：江蘇人民出版社，二〇〇〇），頁一八—四五。
楊碧川，《臺灣歷史詞典》（台北：前衛出版社，一九九七）。
楊澤編，《閱讀張愛玲：張愛玲國際研討會論文集》（台北：麥田出版，一九九九）。
葉石濤，《台灣文學史綱》（高雄：文學界，一九八七）。
葉兆言，〈圍城裡的笑聲〉，《收穫》四期（二〇〇〇），頁一四一—一五〇。
葉紀彬，《中西典型理論述評》（上海：華北師範大學出版社，一九九三）。
葉聖陶，《葉聖陶選集》，收入茅盾主編，《新文學選集》（北京：開明書店，一九五一）。
葉嘉瑩，《王國維及其文學批評》（台北：源流文化，一九八二）
雷夢水，〈朱自清先生買書記〉，《讀書》二十五卷四期（一九八一），頁一二八—一二九。
廖咸浩，〈在解構與解體之間徘徊：臺灣現代小說中「中國身分」的轉變〉，《中外文學》二一卷七期（一九九二年十二月），頁一九三—二〇六。

廖炳惠，〈異國記憶與另類現代性：試探吳濁流的《南京雜感》〉，《另類現代情》（台北：允晨文化，二〇〇一），頁九—四二。

趙岡，〈張愛玲與紅學〉，《聯合報・聯合副刊》，一九九五年十一月二十一日。

趙家璧編，《中國新文學大系》十卷（上海：良友圖書公司，一九三五—三六）。

劉再復、林崗，〈中國現代小說的政治式寫作：從《春蠶》到《太陽照在桑乾河上》〉，收入唐小兵編，《再解讀：大眾文藝與意識形態》（香港：牛津大學出版社，一九九三），頁九〇—一〇七。

劉紹銘、梁秉鈞、許子東編，《再讀張愛玲》（濟南：山東畫報出版社，二〇〇四）。

蔡鳳儀編輯，《華麗與蒼涼：張愛玲紀念文集》（台北：皇冠文學出版有限公司，一九九六）。

蔣中正，〈民生主義育樂兩篇補述〉，收入中國國民黨中央委員會黨史委員會，《三民主義：增錄民生主義育樂兩篇補述》（台北：中央文物供應社，一九八五），頁一—八六。

蔣中正，〈新生活運動之要義〉，收入秦孝儀主編，《總統蔣公思想言論總集》卷一二（台北：中國國民黨中央執行委員會訓練委員會，一九八四），頁七〇—八〇。

蔣中正，〈當前幾個重要問題〉，收入國立北京大學台灣同學會編，《五四愛國運動四十周年紀念特刊》（台北：國立北京大學台灣同學會，一九五九），頁四九。

蔣中正，《中國之命運》（台北：正中書局，一九五三）。

蔣中正，《新生活運動綱要》（出版地不詳：中國國民黨中央執行委員會訓練委員會，一九三九）。

蔣勤國，《馮至評傳》（北京：人民出版社，二〇〇〇）。

適夷，〈一九四八年小說創作鳥瞰〉，《小說月刊》二卷二期（一九四九年二月）。

鄧穎超，〈抗日民族統一戰線中的婦女運動〉，收入中華全國婦女聯合會編，《蔡暢，鄧穎超，康克清婦女解放問題文選（一九三八－一九八七）》（北京：人民出版社，一九八八），頁二六－三七。
鄭明娳主編，《當代台灣政治文學論》（台北：時報文化，一九九四》。
鄭樹森，〈張愛玲與兩個片種〉，《印刻文學生活誌》二卷一期（二〇〇五年九月），頁一五四－一五五。
鄭鴻生，〈臺灣的大陸想像〉，《讀書》一期（二〇〇五）。
蕭乾，〈冷眼看台灣〉，《人生採訪》（上海：文化生活出版社，一九四七）。
蕭乾，《人生採訪》（上海：文化生活出版社，一九四七）。
賴澤涵總主筆，《「二二八事件」研究報告》（台北：時報文化，一九九四）。
錢崇實，〈中日甲午戰爭後的各國暗鬥〉，《東方雜誌》五卷五期（一九七一年十一月），頁六三－八三。
錢敏，〈張愛玲和她的《紅樓夢魇》〉，《讀書》十一期（二〇〇〇），頁一一〇－一一一。
錢理群，〈談做夢〉，《拒絕遺忘：錢理群文選》（濟南：山東大學出版社，一九九九），頁七一－八二。
錢理群，《一九四八：天地玄黃》（濟南：山東教育出版社，一九九八），頁三〇五。
錢理群，《對話與漫遊：四十年代小說研讀》（上海：上海文藝出版社，一九九九）。
錢鍾書，〈靈感〉，《人・獸・鬼》（上海：開明書店，一九四六），頁八九－一一九。
應鳳凰，〈反共＋現代：右翼自由主義思潮文學版〉，收入陳建忠、應鳳凰、邱貴芬、張誦聖、劉亮雅，《臺灣小說史論》（台北：麥田出版，二〇〇七），頁一一一－一九六。
謝泳，《逝去的年代：中國自由知識分子的命運》（北京：文化藝術出版社，一九九九）。
鍾理和，〈白薯的悲哀〉，收入彭瑞金編，《鍾理和集》（台北：前衛出版社，一九九一），頁九三－一〇二。

鍾理和，〈夾竹桃〉，收入中國現代文學館編，《鍾理和代表作・原鄉人》（北京：華夏出版社，二〇〇九），頁一四五—一八五。

鍾理和，〈原鄉人〉，收入中國現代文學館編，《鍾理和代表作・原鄉人》（北京：華夏出版社，二〇〇九），頁三—一三。

鍾理和著，彭瑞金編，《鍾理和集》（台北：前衛出版社，一九九一）。

鍾肇政，《鍾肇政回憶錄》卷二（台北：前衛出版社，一九九八）。

韓子雲著，張愛玲註譯，《海上花開：國語海上花列傳（一）》（台北：皇冠文學出版有限公司，一九八三）。

韓子雲著，張愛玲註譯，《海上花落：國語海上花列傳（二）》（台北：皇冠文學出版有限公司，一九八三）。

韓邦慶，《海上花列傳》（台北：廣雅出版社，一九八四）。

羅海雷，《我的父親羅孚：一個報人、「間諜」和作家的故事》（香港：天地圖書有限公司，二〇一一）。

蘇青，《結婚十年》（上海：四海出版社，一九四四）。

蘇偉貞，《孤島張愛玲：追蹤張愛玲香港時期（一九五二～一九五五）》（台北：三民書局，二〇〇二）。

蘇雪林，〈沈從文論〉，《蘇雪林選集》原刊於《文學》，一九三四年九月，第三卷第三期（合肥：安徽文藝出版社，一九八九），頁四五六—四六八。

冷戰與中國文學現代性：一九四九前後重新想像中國的方法

2024年8月初版　　定價：新臺幣650元

著　者	王曉珏
譯　者	康　凌
叢書主編	沙淑芬
內文排版	菩薩蠻
校　對	王中奇
封面設計	沈佳德

出版者	聯經出版事業股份有限公司
地址	新北市汐止區大同路一段369號1樓
叢書主編電話	(02)86925588轉5310
台北聯經書房	台北市新生南路三段94號
電話	(02)23620308
郵政劃撥帳戶第	0100559-3號
郵撥電話	(02)23620308
印刷者	世和印製企業有限公司
總經銷	聯合發行股份有限公司
發行所	新北市新店區寶橋路235巷6弄6號2樓
電話	(02)29178022

副總編輯	陳逸華
總編輯	涂豐恩
總經理	陳芝宇
社長	羅國俊
發行人	林載爵

行政院新聞局出版事業登記證局版臺業字第0130號

本書如有缺頁，破損，倒裝請寄回台北聯經書房更換。　ISBN 978-957-08-7356-6 (平裝)
聯經網址：www.linkingbooks.com.tw
電子信箱：linking@udngroup.com

國家圖書館出版品預行編目資料

冷戰與中國文學現代性：一九四九前後重新想像中國的方法/王曉珏著．康凌譯．初版．新北市．聯經．2024年8月．496面．14.8×21公分

譯自：Modernity with a cold war face: reimagining the nation in Chinese literature across the 1949 divide

ISBN 978-957-08-7356-6（平裝）

1.CST：中國文學 2.CST：現代文學 3.CST：文學評論 4.CST：冷戰

820.908 113004924